SULLIVAN'S WET

D1146390

Nancy Taylor Rosenberg

SULLIVAN'S WET

the house of books

05. 03. 2007

Oorspronkelijke titel
Sullivan's law
Uitgave
Kensington Books, New York
Copyright © 2004 by Nancy Taylor Rosenberg
Copyright voor het Nederlandse taalgebied © 2006 by The House of Books,
New York

Vertaling
E. Braspenning
Omslagontwerp
Hesseling Design, Ede
Foto auteur
Charles W. Bush
Opmaak binnenwerk
ZetSpiegel, Best

ISBN 90 443 1672 9
ISBN 978 90 443 1672 8
D/2006/8899/142
NUR 332

Dit boek draag ik op aan Daniel

Dankbetuiging

Ik wil graag mijn redactrice en vriendin, Michaela Hamilton, bedanken en het voltallige personeel van Kensington Publishing Corporation. Mijn literair agent, Arthur Klebanoff, heeft met veel succes mijn ingewikkelde werkschema in goede banen geleid.

Ik wil ook heel graag mijn prachtige familie noemen: Forrest Blake, Jeannie, Rachel, Chessly, Jim, Jimmy, Christian, Hoyt, Barbara, Remy, Taylor, Amy, Mike, and Nancy Beth. Al het creatieve talent dat ik bezit, schrijf ik toe aan mijn wonderbaarlijke moeder, La Verne Taylor.

Aan dokter Christopher Geiler, die al zes jaar mijn medisch deskundige en huisarts is: oprechte dank voor al uw tijd en moeite.

Ik ben bijzondere dank verschuldigd aan Daniel Conrad Hutchinson. Het enige dat ik kan zeggen, Dan, is dat iemand die zichzelf schertsend beschrijft als het Ultieme Voorbeeld van het Mannelijke Geslacht, in staat zou moeten zijn de rol van twee van de figuren in een fictief verhaal op zich te nemen. Ik betwijfel echter dat je iets gemeen hebt met degene die ik Daniel heb genoemd, en de professor is lang niet zo kritisch als jij. Ook dank aan Christina Hutchinson en Sarah Bostick voor hun advies inzake hedendaagse tieners.

Dank aan de anderen die van me houden en me steunen: mijn broer en schoonzusje, Bill and Jean Taylor, en mijn neefjes Nick, Mark en Ryan; mijn zus en zwager, Linda en John Stewart, en Sharon en Jerry Ford; mijn assistenten, Thomas Villani en Geronima Carrillo, die ervoor zorgen dat mijn rekeningen worden betaald, en dat de koelkast gevuld en mijn kleding schoon is. Dank voor de technische hulp gaat uit naar mijn vrienden bij SDSI Business Systems: John Paul Thomas, Patrick Thomas, Jean Barnett en Nancy King. Zij hebben mijn website op een prachtige manier nieuwe vorm gegeven en zijn erin geslaagd een paniekerige schrijfster steeds te kalmeren wanneer haar computers het begaven. Dank aan Heather Ehrlich, een ware vriendin en geweldige therapeute, die heeft geholpen mijn pijn te beheersen tijdens het schrijven.

Dank aan mijn bijzondere vrienden in het Immaculate Heart Center in Santa Barbara: Joann, Ann, Pauline, Carol; aan pastoor Virgil van de Old Mission, een opmerkelijke en inspirerende man. Aan Barbara en rabbi Bernard King: ik ben er trots op een klein deel te mogen uitmaken van uw liefhebbende, godsdienstige familie. Aan hun zoon, Neil, wiens naam ik heb gebruikt voor een van de personen in dit boek.

Aan mijn vele engelen, heiligen en muzen. Ik ken al jullie namen niet, ik weet alleen dat we bij dezelfde werkgever in dienst zijn.

1

Er loerde gevaar te midden van het weelderige groen van Californië, onder de stralende zon. De stapelwolken konden gemakkelijk worden aangezien voor een met sneeuw bedekte bergketen. Volgens het weerbericht zouden er tegen de avond storm en regen komen. De witte wolken waren bedrieglijk, geladen met vocht. Ze zouden weldra donker worden.

Alles in zijn wereld was bedrieglijk.

Wat het eerst zijn aandacht had getrokken, waren haar schoenen. Wanneer ze liep, flitsten lichtjes in de kleine hartvormige uitsparingen. Achter kinderen met interessante schoenen aanlopen, was een nieuw spelletje van hem. Hij was op het idee gekomen toen hij een keer in het winkelcentrum een maïsbroodje met knakworst had zitten eten, met een flesje limonade erbij. Zitten te niksen tot er iemand belde vond hij vreselijk. Nog erger was wanneer je je op een bepaald tijdstip ergens moest melden. Deze trut was nog onbetrouwbaarder dan drugsdealers, en dealers waren al zo erg. Maar die hadden tenminste redenen om je te laten stikken. Ze hadden geen stuff, hun leverancier was niet op tijd gekomen, of ze waren zo high dat ze zich helemaal niet herinnerden dat je had gebeld. Iedere keer dat hij dit wijf sprak, gaf ze hem weer een ander tijdstip waarop hij moest bellen.

Hij volgde de kinderen met de interessante schoenen tot op het parkeerterrein, omdat hij nieuwsgierig was in wat voor soort auto's hun ouders reden. Gisteren had hij in een periode van vier uur negen kinderen met hetzelfde soort schoenen gevolgd. Niet allemaal van hetzelfde merk. Het enige criterium was dat de schoenen moesten oplichten. Het kon hem niet schelen of de uitsparingen de vorm hadden van dieren, hartjes, bloemen, basketballen of voetballen. Hij wist dat er winkels waren die namaak van de originele merken verkochten, maar ongeacht waar de ouders van die kinderen de schoenen kochten, die met de lichtjes waren overal nog altijd duurder dan gewone gympen.

Hij bladerde in zijn notitieboekje en telde de twee cijferkolommen op. Als het bouwjaar en model van een auto een indicatie waren van hoeveel iemand verdiende, dan waren er veel meer arme kinderen die zulke schoenen droegen, dan rijke. Dergelijke ironische spelingen in het leven vond hij grappig. Hij wist best dat zijn spel geen echte enquête was. Bekijken wat voor soort schoenen kinderen droegen, was niet zijn werk of zo.

Hij had een hekel aan wachten. Nu zocht hij naar een huis. Hij had er al een paar bekeken, een eindje verderop, maar ze voldeden geen van alle aan zijn eisen. Hij hield van bomen, van huizen die een stukje van de straat afstonden, van wijken waar niet iedereen zich met iedereen bemoeide.

Hij had zich nog nooit door een vrouw iets laten voorschrijven.

Hij stond tegen een boom geleund en inhaleerde de rook van zijn sigaret toen hij haar de voordeur van het huis zag openen en de patio opkomen. God, wat was ze mooi. Wat voor soort ouder liet een klein meisje in haar eentje naar buiten gaan? Soms reed ze op haar fietsje met de roze plastic lintjes aan de handvatten. Soms ging ze hinkelen. Haar moeder had haar in ieder geval wat beperkingen opgelegd. Ze mocht niet verder dan het einde van de straat. Hij had haar tot de hoek zien fietsen, daar stoppen, keren en weer terugfietsen. Hij keek op zijn horloge. Ze had er acht minuten voor nodig om bij het braakliggende terrein achter hem te komen.

Het voltallige gezin was die ochtend om halftien naar de kerk gegaan. Hij had hen zien vertrekken in hun zondagse kleren. Ze waren pas tegen enen weer thuisgekomen en hadden hun roestige Volkswagen op de oprit gezet. Hij nam aan dat ze onderweg ergens waren gaan eten.

De hele week had hij gewacht of er een man zou komen. Hij was er nu zo goed als zeker van dat de vrouw geen man had. Jezus, dacht hij, de jongste was niet ouder dan een maand of zes. De baby huilde de hele tijd en de twee jongens waren altijd aan het vechten. De oudste was een meisje, een tiener, met borsten die hij van een kilometer afstand kon zien. Misschien was de baby wel van haar, hoewel hij nooit had gezien dat ze er veel aandacht aan besteedde. Ze zat iedere avond op het trapje van de veranda in het niets te staren. Een paar avonden geleden had hij een hoop geschreeuw gehoord. Toen het oudere meisje naar buiten was gekomen, had hij gezien dat ze had gehuild.

De moeder werkte niet, dus zou ze wel van een uitkering leven. Misschien kreeg ze extra geld voor al die kinderen. Haar boodschappen betaalde ze vast met voedselbonnen. In ieder geval rookte er bij hen thuis niemand. Ze konden de bonnen niet gebruiken voor sigaretten of drank. Sommige mensen ruilden ze met vrienden voor contant geld, voor de helft van de waarde natuurlijk. Hij tikte de as van zijn sigaret en gaf de moeder extra punten omdat ze kookte. Hij wist dat ze dat deed, omdat hij hen op een avond door het keukenraam had bespied. De etensgeuren waren zo verleidelijk geweest dat hij bijna op de deur had geklopt om te vragen of hij mocht mee-eten.

De kinderen zagen er redelijk schoon uit en hij kon wel zien dat de moeder het weinige geld dat ze kreeg, niet aan zichzelf besteedde. Ze droeg 's zondags naar de kerk altijd dezelfde afgedragen schoenen en zwarte jurk van kunstzijde. En ze had altijd een oude, zwarte, plastic handtas bij zich. Wie zou proberen haar van die tas te beroven, dacht hij grinnikend, moest stapelgek zijn. Hij verdacht haar ervan dat ze al haar geld erin bewaarde. Ze had een fors postuur en zou een man flink kunnen raken als ze kwaad werd. Ze liet die tas in ieder geval nooit los, wat er ook gebeurde. Twee dagen geleden was een van de jongens van zijn skateboard gevallen en had zijn arm gebroken. De moeder was met de tas onder haar arm naar buiten gehold om hem te helpen. Er zou een koevoet nodig zijn om haar arm omhoog te krijgen. De tas had geen schouderriem en moest daarom tussen de arm en het lichaam geklemd worden. Tasjesdieven gaven de voorkeur aan tassen met een schouderriem. De meeste vrouwen zagen dat echter niet in.

Overal waar hij keek, zag hij tekenen van armoede. De straat stond vol krakkemikkige auto's die om de drie dagen naar een andere plek geduwd moesten worden om te voorkomen dat de politie ze zou laten wegslepen. De overheid maakte de misère van de armen alleen maar nog groter. Arme mensen hadden niet genoeg geld om hun auto te laten registreren, dus kregen ze een boete. Maar waarvan zouden ze die moeten betalen? Als ze geld hadden, hadden ze de auto wel laten registreren. Een autoverzekering kon er uiteraard ook niet af. Dus nog meer boetes. Het duurde niet lang of de eigenaar kwam in de gevangenis terecht. En wanneer hij weer op vrije voeten was, moest hij nog meer boetes betalen en weer voor de rechter verschijnen. Waarom zou hij dus moeite doen? Hij kon beter thuisblijven en van de bijstand leven. Niemand plakte een boete op je kont als je naar je brievenbus liep. Hijzelf was in precies zo'n soort buurt opgegroeid.

Hij hield de bijbel die hij uit het hotel had gestolen, tegen zijn borst gedrukt en voelde de adrenaline door zijn lichaam stromen. Nog vijf minuten. Hij kon haar al horen zingen. De woorden kon hij niet verstaan, maar hij herkende het liedje. Zoals alles aan haar was haar stem zuiver en zoet. Geen zwaar parfum, geen plakkerige make-up, geen lichaamsgeur, geen etterende zweren, geen blauwe plekken van naalden.

'Jezus houdt van me! Ik weet het zeker, want het staat in de bijbel.' 'Dat is mijn lievelingslied,' zegt hij tegen haar wanneer hij haar heeft ingehaald. Hij vindt het vreselijk dat haar nieuwe schoenen in contact komen met het smerige asfalt en dat ze in dat verwaarloosde oude huis woont. Ze is een prinses, zijn mooie prinses. Haar bruine krullen omlijsten haar snoezige gezichtje. Haar huid heeft een prachtige, warme, bruine kleur en haar ogen sprankelen van levenslust. Hoelang zou het nog duren tot ze zal ophouden met zingen? Zou ze straks huilend op de veranda zitten, net als haar grote zus?

Hij was van plan geweest een week te wachten, in de hoop dat hij zo zou opgaan in zijn nieuwe werk dat hij het spel van het schoenen tellen, dat hijzelf nog steeds als een onschuldig spel beschouwde, zou laten varen. Maar hij begeerde haar te veel. Hij stelde zich voor dat hij haar in zijn armen hield, het pas gewassen haar rook en haar warme, smetteloze huid streelde.

Ze hield op met hinkelen en keek naar hem. Ze zei niets tot ze de bijbel zag die hij bij zich had. 'Gaat u naar onze kerk?'

'Ja,' loog hij met een glimlach. 'Ik heb vanochtend je moeder gesproken. Ze vroeg of ik een oogje op je kon houden. Om ervoor te zorgen dat je niets zal overkomen, snap je?' Hij draaide zich om en wees naar de straat verderop. 'Ik woon hier vlakbij. Hoe is het met de arm van je broer? Je moeder heeft me verteld dat hij van zijn skateboard is gevallen.'

'Ik wil ook mijn arm in het gips,' zei ze. Ze plukte aan de roesjes van haar gebloemde jurk. 'Dan kunnen alle kinderen hun naam erop zetten en hoef ik van mijn moeder 's avonds de tafel niet te dekken. De borden zijn zo zwaar. Ik ben niet sterk genoeg.'

'Ik weet zeker dat je veel sterker bent dan je denkt,' zei hij tegen haar, terwijl hij op een knie zakte. 'Leg je hand maar eens op de mijne en duw dan zo hard als je kunt. Je bent misschien zelfs nog sterker dan ik.'

'Zou u denken?' vroeg ze opgewonden.

Haar kleine, perfecte vingertjes sloten zich om de zijne. Hij voelde een elektrisch schokje, een voorproefje van het genot dat ze hem zou schenken. Tranen welden op in zijn ogen. De donkere wolk hing boven zijn hoofd. Hij moest snel zijn. Zodra het begon te regenen, zou iemand naar haar gaan zoeken.

Ze verdiende een paleis, maar het enige dat hij haar kon bieden was de dood.

Het was al april, maar de regen kwam neer als een transparant gordijn. Omdat ze haar twee kinderen naar school had gebracht, kwam Carolyn Sullivan twintig minuten te laat op haar werk aan. Ze zocht voor haar witte Infiniti een parkeerplaats zo dicht mogelijk bij de ingang van het gebouw, stapte uit en wilde haar paraplu opsteken, maar die bleef achter het autoportier hangen.

Nou, deze week begint goed, dacht ze. Ze gooide de kapotte paraplu op de achterbank en holde met de krant boven haar hoofd naar het gebouw.

Een kwartier later zat ze in het kantoor van haar baas in het gebouw van de reclasseringsdienst van Ventura, een kleine stad aan de rand van Los Angeles. Haar haar was toch nat geworden, haar krant was doorweekt en ze was bij haar baas geroepen voordat ze de kans had gekregen een kop koffie te gaan halen.

Waarom had Brad Preston een bericht op haar voicemail achtergelaten, dat ze zich onmiddellijk bij hem moest melden? Er moest iets bijzonders zijn. Carolyn hoopte dat het goed nieuws was – misschien eindelijk promotie. Haar besluit om rechten te gaan studeren had danig in haar toch al niet al te ruime budget van alleenstaande moeder gehakt.

Ze liep terug naar het voorkantoor. Brads assistente, Rachel Mitchell, had gezegd dat hij in vergadering was met het hoofd van de dienst en dat hij had gezegd dat ze op hem moest wachten. 'Ik ben zo terug,' zei ze tegen Rachel, terwijl ze haar vochtige bloes lostrok van haar borst. 'Ik ga even naar de kantine om een kop koffie te halen.'

Een lange, knappe man met blond haar en blauwe ogen pakte Carolyns elleboog vast. 'Jij gaat nergens naartoe,' zei Brad Preston abrupt. Hij leidde haar terug naar zijn kantoor en schopte de deur achter hen dicht. Toen liet hij haar los en keek naar de krant in haar hand. 'Heb je de voorpagina gezien?'

'Nee,' zei Carolyn. Ze gooide de natte krant in de prullenbak. 'Mijn paraplu bleef achter het portier hangen en was meteen niet meer te gebruiken. Ik heb de krant gebruikt om droog te blijven. Wat is er aan de hand?'

'Eddie Downly heeft een achtjarig meisje verkracht,' zei hij. Hij gooide haar zijn exemplaar van de *Ventura Star Free Press* toe. 'Hij heeft zijn best gedaan haar ook te vermoorden, maar ze leeft nog. Hij was jouw cliënt. Wanneer heb je die klootzak voor het laatst gezien?'

Carolyns vingers trilden toen ze naar de foto van de verkrachter staarde. Op straat werd hij Snelle Eddie genoemd. Zijn naam was Edward James Downly. Op zijn zestiende was hij veroordeeld tot één jaar gevangenisstraf en vier jaar voorwaardelijk. Omdat de misdaad een seksuele aard had gehad, was Downly berecht als volwassene en verplicht gesteld zich te laten registreren als zedendelinquent. In 1998 was een wet van kracht geworden die bepaalde dat alle zedendelinquenten een DNA-test moesten afleggen. Snelle Eddie was nu negentien.

'Ik... ik...' stamelde Carolyn en ze hief langzaam haar blik op. 'Ik weet het niet zeker, Brad. Ik moet zijn dossier erop nakijken.'

'Ik had nooit gedacht,' zei hij terwijl hij in de leren stoel achter zijn met paperassen bezaaide bureau ging zitten, 'dat ik juist met jou een dergelijk gesprek zou moeten voeren, Carolyn. Hoe lang is het geleden?'

'Dat zei ik toch?' zei ze met trillende stem. 'Ik weet het niet zeker. Zijn proeftijd zit er bijna op. Ik heb nooit ergens aan kunnen merken dat Eddie een verkrachter of pedofiel is. Zijn enige misdaad was dat hij zijn hand onder de jurk had gestoken van het veertienjarige meisje dat naast hem woonde. Eddie zwoer dat ze zijn vriendinnetje was. Hij zei dat hij alleen maar was aangeklaagd vanwege een of andere vete tussen de twee families. De laatste keer dat ik hem heb gesproken, was hij verloofd.'

Brad leunde naar voren, zijn gezicht bevroren tot een hard masker. 'De media zitten ons op de huid. Jij bent een van onze beste krachten. Vertel me wat ik wil horen, Carolyn.'

Ze wreef haar voorhoofd, waardoor ze meteen met haar hand een deel van haar gezicht kon bedekken. Hij wilde zekerheid dat ze Downly deze maand had gezien, dat ze al zijn doen en laten in de gaten had gehouden, dat de reclasseringsdienst op geen enkele manier had kunnen voorkomen dat hij een kind zou verkrachten. 'De waarheid? Wil je die echt weten? Het is niet wat je wilt horen.'

'Natuurlijk wil ik de waarheid,' antwoordde Brad op barse toon. Hij stond op, trok zijn colbert uit en rukte zijn stropdas los. 'We moeten onze verklaringen staven met documentatie. Ik heb beloofd dat we de politie binnen een uur kopieën van Downly's volledige dossier zullen sturen. Hij woont niet op het adres dat ze van hem hebben. Hoe lang geleden heb je hem voor het laatst gezien, Carolyn?' Hij kwam naar haar toe en bleef op een paar centimeter afstand van haar staan. 'Jezus, we kunnen hier geen vraag- en antwoordspelletjes spelen terwijl er een verkrachter vrij rondloopt. Vertel me hoe het zit!'

'Het is nogal een tijd geleden,' zei ze. Ze wreef nerveus met haar handpalmen over haar rok. 'Negen maanden... misschien zelfs een jaar.'

'Een jaar!' riep Brad uit. Zijn adem voelde heet aan op haar gezicht. 'Je hebt die kerel al een jaar niet gezien?'

'Vergeet niet,' zei Carolyn, 'dat ik geen velddienst heb. Ik heb de afgelopen maand meer dan veertig pre-vonnisonderzoeken moeten afwerken. Daarnaast heb ik het toezicht op meer dan tweehonderd overtreders. Het is doodgewoon niet mogelijk alles en iedereen constant in de gaten te houden. Dat weet je best, Brad.'

'Toen ik hoorde dat het een zaak van jou was,' zei hij, terwijl hij begon te ijsberen, 'dacht ik dat het geen probleem zou zijn.' Hij wapperde met zijn handen om iets van de spanning kwijt te raken. 'Stuur de politie alles wat je over Downly hebt. Neem je telefoon niet op en verlaat het gebouw niet tot we hebben besloten wat we tegen de pers moeten zeggen.'

Carolyn duwde zich overeind uit haar stoel en bleef staan met haar armen slap langs haar lichaam. 'Er valt niets te besluiten,' zei ze. 'Zodra ik het Downly-dossier overhandig, weten ze dat ik de zaak heb verwaarloosd. Zelfs als men van hogerhand mocht besluiten me te ontslaan, weiger ik met de feiten te rommelen.'

Brad wees op zijn borst, nog geïrriteerder dan voorheen. 'Heb ik gezegd dat je met feiten moet rommelen? Probeer je me te chanteren of zo?'

Carolyn zei niets, maar bleef hem aankijken. Ze hadden een verhouding gehad tot Brad een halfjaar geleden promotie had gemaakt, een verhouding die van het begin af aan tot mislukken gedoemd was geweest. Brad was negenendertig en nooit getrouwd geweest. Hij was in de meeste opzichten een fatsoenlijke vent, maar had een wilde trek in zich. Dat was waarschijnlijk ook een van de redenen waarom vrouwen hem zo onweerstaanbaar vonden. In zijn vrije tijd deed hij aan autoracen en hing hij rond in kroegen, en hij was berucht om zijn temperament. Carolyn begreep nog steeds niet hoe hij zo goed in conditie wist te blijven en er niet ouder uitzag dan dertig. Goede genen, dacht ze, al zou zijn manier van leven hem uiteindelijk toch gaan opbreken.

'Ik wil geen herhaling van de zaak-Cully,' zei ze tegen hem. 'Daarmee zijn we enorm de mist ingegaan, weet je nog?'

Met Jerry Cully hadden ze een soortgelijke situatie gehad, maar dan nog veel ernstiger. Cully had voorwaardelijk gekregen wegens exhibitionisme. In de meeste gevallen waren potloodventers geen seksmisdadigers. De aard van hun misdaden was passief. Het waren over het algemeen introverte, bijna meelijwekkende figuren van wie men geen geweldpleging verwachtte. Jerry Cully was een uitzondering. Hij had vorig jaar een studente verkracht op de campus van de universiteit waar Carolyn studeerde, een paar maanden voordat Brad promotie had gemaakt. Zijn reclasseringsambtenaar, Dick Stanton, had op het punt gestaan met pensioen te gaan en de dagen zitten tellen. In tegenstelling tot Carolyn, die zich, voordat ze de boel had laten verslappen, drie jaar lang nauwkeurig aan de supervisie over Eddie Downly had gehouden, had Stanton Cully's doen en laten maar éénmaal nagegaan.

Na de verkrachting had Stanton het dossier zodanig veranderd dat het net leek alsof hij de activiteiten van Cully met regelmaat in de gaten had gehouden. Later was gebleken dat Cully een serieverkrachter was. Dick Stanton had hem onwetend een alibi verstrekt voor een van zijn misdaden. Uiteindelijk had Stanton de waarheid opgebiecht en ontslag genomen. Carolyn en Brad hadden toen een verhouding en op een dag had Brad haar verteld dat híj Stanton had aangemoedigd met het dossier te knoeien. Hij wist dat hij fout zat, maar had ter verdediging aangevoerd dat hij niet alleen zijn collega had willen beschermen, maar ook de reputatie van de hele reclasseringsdienst. Nu wilde Carolyn er zeker van zijn dat hij van haar niet hetzelfde zou verlangen.

'Om tijd te winnen,' zei Brad tegen haar, 'laat je Rachel het dossier kopiëren en naar het politiebureau sturen, naar Hank Sawyer. Als je iets bent vergeten, kun je hem dat later per e-mail sturen. Ik bel de baas wel om hem op de hoogte te brengen. Ik heb namelijk een andere zaak waarvan ik wil dat jij hem op je neemt.'

'Wat denk je dat er zal gebeuren?' vroeg Carolyn, bang dat ze haar baan zou verliezen wanneer de waarheid over Downly aan het licht kwam.

Brad Preston reikte over zijn bureau heen naar de telefoon. 'Doe nu maar wat ik zeg,' zei hij tegen haar, gebarend met zijn vrije hand. 'Hoe eerder ze Downly te pakken krijgen, hoe eerder we dit kunnen vergeten.'

Om kwart voor tien gaf Carolyn het dikke dossier over Eddie Downly aan Rachel. Voordat ze terugkeerde naar Brads kantoor, dook ze het damestoilet in en barstte in tranen uit. Ze deed haar tas open, pakte een papieren zakdoekje en bette haar ogen. Ze probeerde zichzelf voor te houden dat ook als ze Downly het afgelopen jaar iedere maand had gezien, het hem er niet van zou hebben weerhouden een onschuldig meisje te verkrachten. Wanneer een veroordeelde bergafwaarts begon te gaan, waren daar meestal tekenen van te zien, maar dat was niet altijd het geval bij seksmisdadigers. Vaak maakten die de indruk heel fatsoenlijke mensen te zijn. Een pedofiel was als een scheur in een muur, verborgen achter een kast. Niettemin zou ze hiermee moeten leren leven, met de vraag of ze het niet toch op de een of andere manier had kunnen voorkomen.

Ze zette de krant rechtop tegen de spiegel boven de wastafel. Een meisje van acht! Haar dochter Rebecca was twaalf. Downly had het kind niet alleen verkracht, maar ook gewurgd. Toen het meisje bewusteloos was geraakt, had hij gedacht dat ze dood was. Gisteren, toen Carolyn en haar kinderen samen met haar moeder aan het picknicken waren in Camarillo, had Luisa Cortez in een greppel gelegen achter een verlaten gebouw waar vroeger een fastfoodrestaurant was gevestigd.

Carolyn frommelde de krant tot een bal en smeet die door de toiletruimte. Jaren geleden had ze van haar baan gehouden. Nu werd ze iedere ochtend wakker met pijn in haar maag. Ze moesten ophouden haar meer werk te geven dan ze aankon. Voordat Brad hoofd van hun afdeling was geworden, was ze een keer giftig geworden. Het elfjarige slachtoffer in de zaak die ze behandelde, was iedere ochtend voordat ze naar school ging gedwongen geweest zich over de wc-pot te buigen terwijl haar stiefvader sodomie met haar pleegde. Toen ze zich ertegen had verzet, had hij met een nijptang haar tepels afgeknepen. De zaak was op zich al afgrijselijk genoeg geweest, maar tijdens het onderzoek was Carolyn er ook nog eens achter gekomen dat de sociale dienst geen psychologische begeleiding voor het meisje had geregeld. Terwijl de stiefvader in afwachting van de rechtszaak thuis kon blijven, was het meisje ondergebracht in een pleeggezin. Ze was haar vriendinnen en haar school kwijtgeraakt en zelfs haar moeder, die bij de beklaagde was gebleven omdat ze van mening was dat hij onschuldig was. Tijdens de rechtszaak had Cheryl Wright geprobeerd zich van het leven te beroven.

Carolyn was het kantoor van haar baas binnengestormd en had geëist dat de zaak werd overgedaan aan een andere ambtenaar. Ze was bezig met nóg vier misdaden tegen kinderen en kon dit niet aan. Op de rand van een zenuwinzinking had ze overwogen naar het huis van de stiefvader te gaan en hem neer te schieten. Irene Settle, de vrouw die toentertijd aan het hoofd van hun afdeling stond, had gezegd dat ze de zaak moest afwerken of ontslag nemen. Toen Carolyn haar had gevraagd waarom, had de vrouw haar recht in de ogen gekeken en gezegd dat zij de enige van de afdeling was die in staat was een zo gru-welijke zaak te behandelen.

Omwille van de slachtoffers had Carolyn geen ontslag genomen. In het eerste jaar dat ze rechten studeerde aan het Ventura College of Law ging ze iedere maandag- en woensdagavond naar de colleges. Ze bofte dat haar vijftienjarige zoon, John, voldoende verantwoordelijk-heidsgevoel had om voor zijn jongere zusje te kunnen zorgen. Caro-lyn was rechten gaan studeren om vooruit te komen in het leven en haar inkomen te vergroten. Ze had ook een manier gezocht om uit dit leven los te komen.

Carolyn was vrij klein van stuk en had op haar zevenendertigste een weelderig lichaam. Ze had golvend, kastanjebruin haar dat tot op haar schouders viel, een smetteloze huid en ogen met de kleur van ap-pelstroop. Ze was keurig gekleed in een zwart mantelpakje met een roze katoenen bloes. Het natgeregende jasje had ze te drogen gehan-gen over een stoel in haar kantoor. Bij haar thuis hingen nog twee pre-cies dezelfde pakjes in de kast, alleen verschillend van kleur – het ene was donkerblauw, het andere beige. Ze bracht variatie in haar uiter-lijk met zes pastelkleurige bloezen die ze iedere zaterdagochtend streek. Nu en dan droeg ze een jurk, eenvoudig maar smaakvol. Haar enige accessoires waren een met een bloem gesierd zilveren kruisje, dat ze van haar moeder had gekregen, een Zwitsers horloge en antie-ke paarlen manchetknopen die al meer dan honderd jaar familiestuk-ken waren. In de dertien jaar dat ze nu reclasseringsambtenaar was, waren de manchetknopen haar handelsmerk geworden.

Ze hield haar hoofd gebogen toen ze snel door de gang naar Brads kantoor liep. Rachel zat niet achter haar bureau en de deur van Brads kantoor stond open. Hij zag er gejaagd uit, maar minder gestresst dan daarstraks.

'Wilson reageerde vrij goed,' zei hij. Wilson was het hoofd van de reclasseringsdienst. 'En ik heb daarnet Hank Sawyer aan de lijn ge-had. Hij stond versteld van de hoeveelheid werk die je in Downly hebt gestoken. Al zijn vrienden, favoriete kroegen, familieleden en werk-gevers staan in het dossier.' Zijn witte tanden blonken toen hij zelf-verzekerd glimlachte. 'Ik durf er iets om te verwedden dat Downly vanavond nog achter de tralies zit. Sawyer heeft niet eens iets gezegd over het supervisieprobleem. De gemiddelde duur van een voorwaar-delijk vonnis is drie jaar. Misschien loopt dit dus wel los. De pers weet niet waar we mee bezig zijn. Die eikels weten niet eens het verschil tussen samenvallende en opeenvolgende vonnissen.'

'Je zei iets over een nieuwe zaak,' zei Carolyn, bezorgd dat haar misser toch nog onaangename gevolgen zou hebben. Brad Preston was een onverbeterlijke optimist. En hij liep met zijn emoties te koop. Wanneer je een fout maakte of hem op zijn zenuwen werkte, sprong hij als een poema op je af. Aan de andere kant, zodra hij voor het ene probleem een oplossing had gevonden, wijdde hij zich meteen aan het volgende. Hoewel ze het niet leuk vond dat hij eerder promotie had gemaakt dan zij, moest ze toegeven dat Brad een betere kandidaat was geweest voor deze veeleisende baan.

'Ja, dat klopt,' zei hij en hij gaf haar een dossiermap. 'Wat is zo ongeveer het laatste dat we nodig hebben? Nóg iemand die voorwaardelijk op vrije voeten is gesteld, niet? Die klunzen in Sacramento zouden moeten opdraaien voor wat er met Downly is gebeurd. Iedere keer dat de beide districtskantoren aan hun taks zitten wat het aantal zaken betreft, wordt ons het overschot toegeschoven. Wij werken voor de county, niet voor de staat.'

'Waarom worden de voorwaardelijken eigenlijk niet behandeld door de velddienst?' vroeg Carolyn. 'Het is onze taak rapporten te schrijven in voorbereiding op de rechtszaken, wettelijk vereiste rapporten. Daarom heet onze afdeling Rechtsdiensten, ook al schijnt niemand zich daar iets van aan te trekken.'

'Zelfde probleem,' antwoordde Brad. 'De velddienst kan onmogelijk alle mensen in de gaten houden die actief voorwaardelijk hebben gekregen.' Hij zweeg even en zei toen: 'Goed, de zaak. Na drieëntwintig jaar heeft men de moordenaar van de zoon van Charles Harrison voorwaardelijk vrijgelaten. Het was een beroemde zaak. Je hebt er vast wel van gehoord.'

Carolyns mond zakte open. 'Heb je het over de plaatsvervangend hoofdcommissaris van het LAPD?' LAPD stond voor Los Angeles Police Department, het politiekorps van Los Angeles.

'Ja, Harrison,' zei Brad. 'Toen zijn zoon werd vermoord, was hij commissaris hier in Ventura.'

'Waarom wil je dat juist ik die zaak op me neem?' vroeg Carolyn terwijl ze haar blik over het formulier liet gaan van de man die uit de Chino-bajes was vrijgelaten. 'Dat de politie niet zwaar tilt aan de tekortkomingen betreffende de zaak-Downly, wil nog niet zeggen dat we daar niet alsnog een terugslag van zullen krijgen.'

'Jij bent een kei, liever,' zei Brad. 'Bekijk de info even. Ik ga ondertussen koffie voor ons halen.' Hij sprong overeind en verdween door de open deur.

Carolyn keek op om hem een vraag te stellen en zag dat hij al was verdwenen. Ook dit, het feit dat hij zich kon voortbewegen als een bliksemschicht, was een van zijn unieke trekjes. Waar haalde hij al die energie vandaan? Ze wist dat hij geen drugs gebruikte. Brad zei trouwens dat hij zijn nerveuze energie best wilde inruilen voor haar concentratievermogen. Wanneer Carolyn zich ergens op toelegde, kon je een kanon naast haar afschieten zonder dat ze het zou merken.

Ze bekeek de foto van haar nieuwe cliënt. In tegenstelling tot Brad, die opvallend jong leek voor zijn leeftijd, zag Daniel Metroix er tien jaar ouder uit dan eenenveertig. Zijn huid was grauw, zijn vettige, donkerbruine haar zat tegen zijn hoofd geplakt en hij had donkere kringen onder zijn ogen.

Toen Brad terugkeerde en haar een mok dampende koffie aanreikte, nam ze die gretig aan. 'Je weet waarom ik mijn aandacht voor Downly heb laten verslappen, nietwaar?'

'Daar hebben we het al over gehad,' zei Brad. 'Ik verkeerde tot voor kort in dezelfde positie als jij. Ik weet hoe overwerkt jullie zijn. Downly heeft op de plaats van het misdrijf massa's bewijsmateriaal achtergelaten. Hoe dacht je dat ze zo snel te weten waren gekomen dat hij de dader is?'

Carolyn deed het Metroix-dossier dicht. 'Ik neem iedere avond werk mee naar huis en ik geef die uren nooit op als overuren.'

Brad keek haar strak aan. 'Dit is geen geschikt tijdstip om te gaan zitten klagen.'

'Ik klaag ook niet,' zei ze. 'Maar ik studeer, voor het geval je dat bent vergeten. Het lezen voor mijn studie alleen al vergt ontzettend veel van me. Gisteravond ben ik aan de keukentafel in slaap gevallen. En ik heb niet voldoende tijd voor mijn kinderen.' Ze stopte en haalde diep adem. 'Het is niet zo dat je me dieven en inbrekers toewijst, Brad. Als je wilt dat ik dergelijke ernstige zaken goed aanpak, kun je niet van me verwachten dat ik ook nog eens allerlei gespuis in de gaten houd dat voorwaardelijk op vrije voeten is. Zeker niet bij een zaak die zo gevoelig is als deze. Ik weet dat je mijn meerdere bent, maar wil je hier niet nog even over nadenken?'

'Jij bent onze beste kracht,' zei hij. Hij rommelde in zijn bureaula en haalde er een buisje Tylenol uit. 'Drink doordeweeks nooit tequila.' Nadat hij twee pillen had ingenomen met een slok koffie, ging hij door. 'Jij bent in staat binnen een paar dagen te doen waar andere ambtenaren een paar maanden voor nodig zouden hebben. Ik denk wel eens dat jij meer over de wet weet dan de helft van onze rechters.

Wanneer jij een straftijd van vijftig jaar aanbeveelt, kun je er donder op zeggen dat dát het vonnis wordt. Als jij tijdens een rechtszaak zou zeggen dat een beklaagde zou moeten worden geëxecuteerd, zouden er rechters zijn die onmiddellijk een geweer zouden gaan kopen.'

'Doe niet zo idioot,' zei Carolyn. Ze had een kleur van verlegenheid gekregen. 'Men volgt mijn aanbevelingen alleen maar op omdat ze goed onderbouwd en in overeenstemming met de misdaad zijn. De rechters kennen me, dat is alles. Ze weten dat ik mijn werk serieus opvat.'

'Nee,' ging hij ertegen in. 'Het is macht.'

'Met macht in de rechtszaal kan ik mijn rekeningen niet betalen,' antwoordde ze. 'Waarom denk je dat ik zo hard studeer om mijn bul te halen?'

'Declareer die overuren dan. Of hou je ervan de martelaar uit te hangen?'

'Je weet toch hoe het zit, Brad,' antwoordde Carolyn, verbaasd dat hij dit zei. 'Overal wordt bezuinigd. Als we uitbetaling van overuren gaan vragen, gaan ze mensen ontslaan en dan krijgen we nog meer werk dan we nu al hebben.'

'Ik geef toe dat ik jou de moeilijkste zaken geef,' zei hij. Hij liet zijn kin op zijn handpalm steunen. Hij had niet de tijd genomen naar de kapper te gaan en met zijn blonde haar bijna tot op zijn wenkbrauwen had zijn gezicht een bedrieglijk onschuldige aanblik. 'Ik weet dat het niet fair is, maar ik heb geen keus. Jij bent een van de weinigen die alle problemen rond het vonnissen begrijpt. Als ik een van onze andere mensen aan een zaak zet met twintig aparte aantijgingen, meerdere slachtoffers en tientallen bijkomstigheden, draai ik zelf voor het grootste deel van het werk op.'

De zaken bleven komen als kogels en de enige manier waarop Carolyn ze binnen de verplichte tijdslimiet af kon krijgen, was door er onmiddellijk doorheen te gaan wanneer ze de dossiers op haar bureau kreeg. Wie ze op de lange baan schoof, leverde uiteindelijk slecht werk of moest er op het laatst dag en nacht aan werken. Carolyn had naast haar werk nog zoveel verplichtingen dat ze het zich niet kon veroorloven een achterstand op te lopen.

De supervisie over iemand die voorwaardelijk had gekregen, was lang niet zo ingewikkeld als het voorbereiden van een zaak die moest voorkomen. Zolang de persoon in kwestie de regels niet overtrad, was ze alleen maar verplicht zijn activiteiten eens per maand te noteren. Aan de andere kant was supervisie gevaarlijk. Nadat ze het nieuwe dossier had bekeken, wist Carolyn dat Brad haar in een hachelijke positie bracht, en dat had ze nu echt niet nodig. 'De hele wereld zal over mijn schouder meekijken in de zaak Metroix.'

''t Is niet waar,' zei Preston sarcastisch. Hij tikte met zijn pen tegen zijn tanden. 'Metroix heeft een jongeman vermoord, Carolyn. De vader van de jongeman is een hooggeplaatste politiefunctionaris. Als Metroix in een rioolput zou vallen, zouden vijftig smerissen het deksel dichttimmeren.'

'Ik wéét dat het slachtoffer de zoon was van Charles Harrison. Ik ben op de middelbare school zelfs een paar keer uit geweest met Liam Armstrong.'

'Wie is Liam Armstrong?'

'Een van de twee jongens die in leven zijn gebleven,' antwoordde Carolyn, beelden oproepend van de egoïstische footballspeler die haar bij hun tweede date al had geprobeerd tot seks te dwingen.

'Kleine wereld,' zei Preston. Hij nam nog een slok koffie. 'Ik ben blij dat ik niet in Ventura ben opgegroeid. Vertel eens hoe je andere zaken ervoor staan.'

Ventura was uniek, dacht Carolyn. Het stadje had zich ontwikkeld rond de San Buenaventura Mission en had in veel opzichten een Spaanse sfeer behouden. Aan de kant van het strand was de Freeway 101 helemaal volgebouwd met huizen die elk een eigen steiger voor een boot hadden, en de percelen in de heuvels hadden stuk voor stuk een schitterend uitzicht. Een uur rijden naar het noorden lag Santa Barbara met zijn miljonairs, polovelden en maagdelijke stranden. In Ventura woonden hoofdzakelijk doodgewone, hardwerkende mensen.

'Nou?' zei Brad. 'Komt er nog wat van of moet ik het eruit slaan?'

Carolyn kwam in de verleiding te liegen, te zeggen dat als hij haar per se Metroix wilde toewijzen, hetzelfde zou gebeuren als met Downly. Er waren genoeg competente reclasseringsambtenaren. Maar ongeacht hoeveel werk ze hadden, moest íemand het doen. De wetenschap dat Carolyn deze zaak op zich zou nemen, zou Brad een geruststellend gevoel geven. Ze had gedacht dat hij na dit incident met Downly een stapje terug zou doen, maar dat was duidelijk niet het geval en eerlijk gezegd was dat ook niet zijn stijl. Hij hield van risico's. De makkelijkste weg kiezen, had hij ooit tegen haar gezegd, was saai.

'Ik heb gisteren het dictaat over Dearborn afgerond. De schietpartij,' zei Carolyn. 'Ik heb het zware vonnis aanbevolen, zoals we hebben besproken. De aanklacht tegen Perkins – wegens roof, weet je nog wel? – is al ingediend. Wat de schietpartij van Sandoval betreft, heb ik de feiten samengevat. Ik heb vorige week in de gevangenis een gesprek gevoerd met de beklaagde. Vanmiddag ga ik praten met het slachtoffer, Lois Mason. Sandoval is al tweemaal veroordeeld voor een aanval met een dodelijk wapen en de officier van justitie gaat nu driemaal levenslang in opeenvolgende straftijden eisen, dus die komt voorgoed vast te zitten.'

'Mooi zo,' zei Preston. Hij trok een mondhoek op in een scheve glimlach. 'Eén rotzak minder op straat. Het is toch niet te geloven dat Sandoval een oud dametje heeft neergeschoten om haar tas te roven.'

'Ze had zich verzet,' bracht Carolyn hem in herinnering. 'Verder heb ik nog een paar andere zaken op een zacht pitje staan, en dat is het.' Wanneer je zo efficiënt was als zij, had dat ook nadelen. Ze deed bijna tweemaal zoveel werk als de meesten van haar collega's. 'Je kunt me dus geven wat er toevallig binnenkomt, Brad. En dat zul je sowieso wel doen.'

'Ik heb geen keus,' zei hij, blij dat hij vandaag ook wat goed nieuws te horen had gekregen. Hij had twaalf nieuwe zaken te verdelen en te weinig ambtenaren beschikbaar die ze aankonden. Op minstens vier van de twaalf zou de naam Carolyn Sullivan komen te staan. Nu hoefde hij alleen nog maar iemand te vinden voor de overige acht.

'Hou me op de hoogte van wat er met Downly gebeurt,' zei Carolyn tegen hem en ze stond op.

'Dat zal allemaal dik in orde komen, schat,' zei Brad arrogant. Hij begon een stapel telefoonberichten van de afgelopen week door te nemen, maar stopte en keek op. 'In het dossier staat dat Metroix heeft geprobeerd naar de gevangeniskliniek overgebracht te worden door voor te geven dat hij een paranoïde schizofreen is. Alle psychopaten die ik ken, doen juist hun uiterste best je ervan te overtuigen dat ze niet gek zijn. Een man die zolang in de gevangenis heeft gezeten, is gevaarlijk. Pas dus op.' Hij zweeg even en voegde er toen aan toe: 'En maak er nu eindelijk eens een gewoonte van je pistool bij je te hebben.'

'Daar zal ik mee beginnen wanneer jij ophoudt me liever en schat te noemen,' beet Carolyn hem toe. 'Je bent nu mijn meerdere. Wat wij hebben gehad, is verleden tijd.'

'Doe niet zo flauw,' zei hij en hij vouwde zijn handen achter zijn hoofd. 'Dat onze verhouding voorbij is, wil nog niet zeggen dat ik niet meer om je geef. Ik mag gewoon niet naar bed gaan met iemand over wie ik de supervisie heb.'

'Ik heb gehoord dat je achter Amy McFarland aanloopt,' zei ze tegen hem. 'Gelden voor haar niet dezelfde regels als voor mij? Ik raad je aan je een beetje in te houden, anders krijg je nog een aanklacht wegens ongewenste intimiteiten aan je broek.'

Carolyn had met Brad Preston samengewerkt vanaf de dag dat ze in dienst was genomen. Voordat ze de fout had begaan met hem naar bed te gaan, had ze zich afgevraagd waarom hij nooit was getrouwd. Nadat er een einde was gekomen aan hun verhouding, was haar een specifiek patroon opgevallen. Preston hield van de opwinding van de jacht. Wanneer hij een meisje eenmaal in bed had gekregen, was het slechts een kwestie van tijd voordat hij zijn belangstelling voor haar verloor. Amy McFarland werkte hier nog geen drie maanden. Carolyn vertrouwde haar niet.

'Ik loop niet achter Amy McFarland aan. Amy en ik stoeien af en toe alleen maar wat. Waarom maak je je zo druk? Je was vroeger veel gezelliger, Carolyn. Ben je jaloers, omdat ik promotie heb gemaakt? Ik zit hier vijf jaar langer dan jij. Ik zou het hoofd van deze hele dienst moeten zijn. In plaats daarvan ben ik niet meer dan een klerk met een mooie titel. Als het niet zo goed betaalde, zou ik onmiddellijk met jou van plaats willen ruilen.'

'Niet lullen, Brad,' zei Carolyn met een uitdagende trek op haar gezicht. 'Je bezit zoveel onroerend goed dat je op ieder moment zou kunnen opstappen en een luxueuzer leven leiden dan de meeste mensen. Je vader was een rijk man.'

'Dat is een stoot onder de gordel,' zei hij tegen haar. 'Maar dat wil nog niet zeggen dat we niet samen kunnen gaan lunchen. Zorg dat je om twaalf uur hier bent.' Ze wilde weglopen maar hij hief zijn hand op om haar tegen te houden. 'Ik heb voor vanmiddag twee uur een bespreking belegd over Metroix. We moeten die klootzak goed aanpakken. Harrison wordt een dagje ouder, maar dat wil niet zeggen dat hij geen keiharde is. Als we hiermee de mist ingaan, kunnen we allebei onze carrière wel op onze buik schrijven.'

'Lunch? Laat me niet lachen,' zei Carolyn met een nijdige blik over haar schouder voordat ze de deur uitliep. 'Ik heb geen tijd om te lunchen. Mijn baas is een slavendrijver.'

Brad richtte zijn potlood op haar. 'Een vrouw met pit. Dat mag ik wel. Misschien moet ik om een andere functie vragen, dan kunnen we verdergaan waar we gebleven waren.'

'Over mijn lijk,' zei Carolyn en ze trok de deur achter zich dicht.

2

Terug in het hok dat als haar kantoor diende, voelde Carolyn haar maag branden. Ze keek op haar horloge en zag dat het al over enen was. Ze had zes koppen koffie gedronken en sinds gisteravond niets gegeten.

Ze trok de onderste lade van haar bureau open en stak haar hand uit naar haar noodrantsoen – een voorraad energierepen en wat flesjes mineraalwater. Ze vond alleen de energierepen met pindakaas lekker en die waren lang niet overal te krijgen. Toen de telefoon ging, legde ze de reep op haar bureau neer om op te nemen. Ze hoorde de stem van haar eenendertigjarige broer.

'Ik heb voor vanavond wat mensen uitgenodigd,' zei Neil. 'Niets bijzonders. Wijn en kaas. We proberen te besluiten welke schilderijen we moeten kiezen voor de tentoonstelling van volgende week. Ik wil graag weten wat jij ervan vindt.'

'Je weet toch dat ik op maandagavond college heb?' zei Carolyn. 'Waarom was je er gisteren trouwens niet? Je hebt mamma niet eens gebeld dat je niet zou komen. Ik heb naar je mobieltje gebeld, maar kreeg aldoor in gesprek.'

'Sorry,' zei Neil. 'Helemaal vergeten. Zat ze er erg mee?'

'Ben je mal?' zei Carolyn. 'Je bent de ster van de familie, de hedendaagse Michelangelo. De enige manier waarop je in haar ogen nog hoger had kunnen stijgen, was door priester te worden.'

'Ik moet er niet aan denken,' zei hij lachend. 'Ik zal haar meteen bellen om het goed te maken. Hoe is het met jou? Je klinkt niet zo best.'

Alle ambtenaren van de reclasseringsdienst hadden vorig jaar headsets gekregen. Carolyn pakte nu die van haar en zette hem op zodat ze kon eten terwijl ze praatten. 'Heb je de krant van vandaag gezien? De man die dat achtjarige meisje heeft verkracht, was mijn cliënt.'

'Jezus,' zei Neil. 'Hoe kun je met die schoften werken?'

'Met hen werken is niet het probleem; het gaat erom hen onder controle te houden.'

'Nou, maak je er niet al te druk om,' zei hij. 'Binnenkort ben je advocaat. Over vijf jaar kun je het tot rechter gebracht hebben. Dan kun je zelf alle besluiten nemen. Ik sprak laatst een cliënt van me, Buddy Chambers, de bekende echtscheidingsadvocaat. Die ken je zeker wel? Hij blijkt veel over je gehoord te hebben. Volgens hem zul je een prima rechter zijn.'

'Ik maakte maar een grapje toen ik zei dat ik rechter wilde worden,' zei Carolyn gegeneerd. 'Praat alsjeblieft niet met je vrienden over mij. Ik zal al blij zijn als ik voor het examen slaag.'

Met een druk op de knop schakelde ze de headset uit. Ze kenden elkaar zo goed dat ze precies wisten wanneer een gesprek voorbij was. Om tijd te besparen namen ze vrijwel nooit afscheid. Veel mensen vonden dat raar. Hun vader was vijf jaar geleden gestorven. Sinds zijn dood hadden de overgebleven familieleden een groter bewustzijn ten opzichte van elkaar ontwikkeld. Wanneer Carolyn, haar moeder of haar broer met een probleem zat, belde een van de andere twee altijd meteen. Veel van hun vrienden dachten dat ze via het internet contact hadden, via Instant Messenger of een soortgelijk computerprogramma, maar dat was niet zo. Ze maakten geen gebruik van het internet en waren niet helderziend. Hun vermogen aan te voelen wanneer een van hen de anderen nodig had, kwam voort uit de oudste en sterkste macht ter wereld: liefde.

Neil leidde een heel ander soort leven dan Carolyn. Hij was misschien geen tweede Michelangelo, al beweerde haar moeder dat altijd trots wanneer ze het met haar vriendinnen over hem had, maar hij was een bijzonder begaafd schilder en Carolyn was blij voor hem dat zijn carrière nu eindelijk van de grond begon te komen.

Ze trok de headset van haar hoofd en richtte haar aandacht weer op Daniel Metroix. Ze las het dossier nogmaals helemaal door. Hij was bij een bowlingcentrum drie jongens te lijf gegaan. Twee van de jongens waren lichtgewond geraakt. Metroix was ervan beschuldigd Tim Harrisons dood te hebben veroorzaakt toen hij hem met opzet voor een langsrijdende auto had geduwd. Metroix was niet gewapend geweest en behalve de slachtoffers waren er geen getuigen. Metroix was berecht en schuldig bevonden aan doodslag.

Een misdrijf van deze aard, eigenlijk niet meer dan een vuistgevecht tussen vier jongemannen in dezelfde leeftijdsgroep, dacht Carolyn, had als dood door schuld behandeld moeten worden. De dood van de jongen was hoogstwaarschijnlijk een ongeluk geweest. Dat het gold als een misdaad, ongeacht wie ervoor verantwoordelijk was, kwam door het feit dat de dood was veroorzaakt tijdens het plegen van een daad van agressie. De officier van justitie was degene die bepaalde voor welk soort overtreding een beklaagde berecht werd, en de twee jongens die in leven waren gebleven, hadden onder ede gezworen dat Metroix hen had aangevallen en het slachtoffer opzettelijk voor de auto had geduwd.

Een van de dingen die Carolyn niet begreep, was waarom de drie jongens Metroix niet hadden overmeesterd. Het was drie tegen één geweest en de jongens waren allen footballspelers. Ze stak haar hand in de envelop die aan het achterplat van het dossier was bevestigd en haalde er een reeks foto's uit die waren genomen op de avond van de misdaad. Metroix' gezicht was een bloederige massa pulp en hij keek dof en gedesoriënteerd uit zijn ogen. In de politierapporten stond dat de twee jongens die in leven waren gebleven, tijdens de vechtpartij alleen maar wat blauwe plekken hadden opgelopen.

'Je afspraak van twee uur is er,' zei Kathy Stein via de intercom. 'Waar wil je hem hebben?'

'O,' zei Carolyn, 'breng hem maar naar kamer vier. Zijn naam is Daniel Metroix, nietwaar?'

'Ja,' zei de vrouw met haar hese stem, die lager was dan die van sommige mannen. 'Dat zei hij tenminste. Moet ik hem om een identiteitsbewijs vragen?'

'Nee, nee,' zei Carolyn. 'Dat is niet nodig.'

Ze bleef nog even zitten om de receptioniste de tijd te geven Metroix naar de verhoorkamer te brengen. De afdeling Rechtsdiensten van de reclasseringsdienst van Ventura bezette de volledige derde etage van het gebouw, dat tegenover het gerechtsgebouw stond. Het huis van bewaring was onder hetzelfde dak gevestigd, maar er was geen ingang binnen het hoofdgebouw. Gevangenen konden echter vanuit het huis van bewaring naar het gerechtsgebouw worden gebracht via een ondergrondse tunnel.

De door lage muren gescheiden, individuele werkplekken van de reclasseringsambtenaren hadden uitzicht op het parkeerterrein en de tuin. Aan de tegenoverliggende zijde van de open ruimte was een lange rij kamers. In elk van die kamers stond een tafel met vier stoelen en een telefoon waar de ambtenaren gebruik van konden maken om online dictaten door te geven aan de secretaressezaal waar de teksten werden uitgewerkt. De kamertjes werden ook gebruikt om vraaggesprekken te voeren. In de meeste gevallen waren degenen die er ondervraagd werden geen misdadigers die voorwaardelijk in vrijheid gesteld waren. Het waren eerder beklaagden die in afwachting van hun vonnis op borgtocht vrijgelaten waren, slachtoffers van misdrijven, en allerlei personen die iets te maken hadden met de zaken die de reclasseringsambtenaren behandelden. Beklaagden die geen borgtocht hadden gekregen, werden door de reclasseringsambtenaar in het huis van bewaring ondervraagd. Dat het huis van bewaring in hetzelfde gebouw zat, bespaarde iedereen die bij het criminele proces betrokken was, veel tijd.

De ambtenaren van de afdeling Rechtsdiensten hadden over het algemeen andere talenten dan de ambtenaren die de supervisie hadden over veroordeelden. Van groot belang was het vermogen de ingewikkelde wetten met betrekking tot het vonnissen te kunnen interpreteren, zoals Brad Preston had benadrukt, en in Californië werden die wetten steeds intrinsieker. Een ambtenaar van Rechtsdiensten moest tevens schrijfvaardigheid bezitten. Voor zware gevallen waarbij sprake was van een meervoudig misdrijf en meerdere slachtoffers, kon het rapport van de dienst tussen de twintig en vijftig pagina's beslaan.

De belangrijkste taak van de Velddienst, die in het hele land kantoren had, was de supervisie over wetsovertreders, en de ambtenaren van deze dienst konden de enorme hoeveelheid werk nauwelijks aan. Wanneer Rechtsdiensten een zaak niet naar behoren voorbereidde, kon dat tot ernstige problemen leiden, maar wanneer bij de supervisie iets over het hoofd werd gezien, kon de betreffende ambtenaar indirect schuld dragen aan de dood van een kind, de mishandeling van een vrouw of een van de vele andere tragedies, zoals in het geval van Eddie Downly. Iedereen in de dienst was zich bewust van dit probleem, maar er waren eenvoudigweg niet voldoende mensen om de voortdurend groeiende stroom zaken te verwerken.

De situatie was nog ernstiger bij gevallen van voorwaardelijke invrijheidstelling omdat de paroolambtenaren in die gevallen de supervisie hadden over misdadigers die uit de gevangenis waren gekomen en meestal schuldig waren aan geweldplegingen.

Carolyn gooide de deur open van de verhoorkamer waar Daniel Metroix zat te wachten. Eenmaal binnen duwde ze de deur achter zich dicht, maar ze hield haar rechterhand om de deurknop geklemd. Foto's gaven niet altijd het juiste beeld van iemands uiterlijk. De man die aan de kleine, ronde tafel zat, droeg een lichtblauw denim overhemd, een spijkerbroek met een zwarte leren riem en gymschoenen die er gloednieuw uitzagen. Zijn lichtbruine haar was kort geknipt. Zo te zien had hij in de gevangenis aan conditietraining gedaan, want onder de stof van zijn shirt zag ze pezige spieren. Hij had niets meer van de tengere jongeman op de politiefoto's, dacht ze. De blik in zijn ogen was vlak en kil, al zag ze ook een vonk van interesse.

'Hoe is het ermee?' vroeg hij terwijl hij opstond en haar zijn hand toestak.

Carolyn had geen idee waar hij het over had. Kende ze deze man? Ze verschilden weliswaar niet veel in leeftijd, maar volgens het dossier had hij op Tremont High gezeten, terwijl zijzelf op Ventura High naar school was gegaan.

Daniel liet zijn hand zakken, zichtbaar teleurgesteld. 'Neem me niet kwalijk,' zei hij na een korte stilte. 'We hebben ooit in hetzelfde gebouw gewoond, maar het is lang geleden en ik begrijp dat u zich mij niet herinnert.'

'Nee,' zei ze, nu nieuwsgierig. 'Waar heb je dan gewoond?'

'In die woonkazerne in Maple Street,' zei hij. 'Carlton West. Dure naam voor zo'n lelijk gebouw.' Hij sloeg zijn ogen neer. 'Dat zei mijn moeder tenminste altijd. U woonde een paar deuren bij ons vandaan. U wilde altijd met me spelen.'

'Je vergist je,' zei Carolyn kortaf. 'Ik heb nooit in dat gebouw gewoond.'

Ze trok een stoel naar achteren, ging aan de tafel zitten en gaf Metroix met een gebaar aan ook plaats te nemen. Ze had haar meisjesnaam gehouden toen ze was getrouwd. Wat Brad over Ventura had gezegd, was waar, maar Metroix had iets over zich waardoor haar nekharen overeind kwamen. Ze had gevangenisstraffen aanbevolen voor heel veel mensen. Metroix kon echter geen persoonlijke wrok tegen haar koesteren, omdat ze nog op de middelbare school had gezeten toen hij was veroordeeld. Haar foto stond zo nu en dan in de krant. Misschien had ze de zaak van een van zijn voormalige celgenoten behandeld. Zou hij een van zijn maatjes in de gevangenis hebben gebeld en de naam hebben doorgegeven van zijn nieuwe paroolambtenaar? Was zijn opmerking dat hij haar kende, een poging geweest haar uit haar tent te lokken? Via het internet kon je over vrijwel iedereen dingen te weten komen. Ze had gelogen toen ze had gezegd dat ze nooit in het Carlton West had gewoond, maar het bestond gewoon niet dat Metroix haar had herkend. Ze was toen pas vijf geweest.

Carolyn zag dat hij naar haar linkerhand keek. Ze was nu zeven jaar gescheiden.

'Wat heeft hij gedaan?'

'Wie?'

'Uw man,' zei Daniel. 'Waarom bent u opgehouden van hem te houden? U bent toch getrouwd geweest?'

'Ik bespreek mijn privé-leven niet met cliënten,' zei Carolyn. Het was zaak haar gezag zo snel mogelijk te laten gelden. Ze legde zijn dossier op de tafel, sloeg het open en haalde er het document uit waarop de voorwaarden van zijn voorwaardelijke invrijheidstelling waren gestipuleerd. 'Je hebt voorwaardelijke invrijheidstelling gekregen voor een periode van drie jaar,' zei ze. 'Een van de voorwaarden van de invrijheidstelling is dat je je eens per maand hier bij de reclasseringsdienst moet melden. Is dat duidelijk?'

Daniel knikte en wipte op de achterpoten van zijn stoel.

'Je bent verplicht huisbezoeken van de reclasseringsdienst toe te staan met en zonder bericht vooraf.'

'En als ik geen huis heb?'

'Waar woon je nu?'

'Ik ben nog maar net in de stad aangekomen,' antwoordde hij.

'Maar je bent twee weken geleden al vrijgelaten.'

'Ik wilde een beetje rondkijken,' zei Daniel. 'Ik ben in L.A. geweest. In de papieren stond dat ik me hier pas aan het einde van de maand hoefde te melden. Dat ik alleen maar hoefde te bellen om een afspraak te maken. Toen ik dat deed, kreeg ik te horen dat ik vanmiddag hierheen moest komen.'

Schitterend, dacht Carolyn, maar ze hield in gedachten dat dit iemand was die voorwaardelijk in vrijheid was gesteld. Sommige mensen die het grootste deel van hun leven in een gevangenis hadden gezeten, pleegden zelfmoord wanneer ze vrijgelaten waren. 'Je kunt niet op straat leven. Als je geen kamer hebt of geen geld voor een kamer, moet je naar een opvangcentrum.'

Daniel stak zijn hand in zijn zak en haalde er een verkreukeld velletje papier uit. 'Ik heb in de bus van iemand het adres van een motel gekregen. Ik zal daar vandaag nog een kamer nemen. Het is de Seagull aan Seaward Avenue. Wat denkt u? Is dat een behoorlijk motel?'

'Ik ben geen reisagent. Laat me telefonisch weten of je daar inderdaad een kamer neemt. Ik moet namelijk je behuizing komen bekijken.' Carolyn haalde haar Palm Pilot tevoorschijn. Ze moest vanavond een essay inleveren en betwijfelde of ze voldoende tijd zou hebben het af te maken. Ze was van plan geweest er tijdens haar lunchuur aan te werken. 'Laten we voor morgenmiddag halfzes afspreken.' Dan kon ze er op weg naar huis langsgaan. Nu de zomertijd was ingegaan zou het dan nog licht zijn.

'Mij best,' zei Daniel met de onverschilligheid van een man die eraan gewend was dat anderen hem vertelden wat hij moest doen.

Ze liet haar Palm Pilot op de tafel liggen en ging verder met de voorwaarden van zijn vrijlating: 'Je hebt restricties voor zowel alcohol als drugs.'

'Wat wil dat zeggen?'

'Dat wil zeggen dat je niet in cafés mag komen en andere etablissementen waar sterkedrank wordt geschonken.'

'Ik drink niet.'

'Dan is dat dus geen probleem,' zei Carolyn. 'Verder ben je verplicht je aan een drugstest te onderwerpen wanneer ik dat nodig acht.'

'Illegale drugs, bedoelt u?' vroeg Daniel en hij liet de voorpoten van zijn stoel weer op de grond zakken. 'Ik gebruik medicijnen voor mijn ziekte.'

'Welke ziekte?' vroeg ze. Brad had gezegd dat Metroix in Chino had voorgegeven een geestesziekte te hebben. Ze had daarover niets in zijn dossier zien staan, maar ze had dan ook maar twee uur de tijd gehad om zijn zaak te bekijken.

'Schizofrenie,' antwoordde hij. 'Ik heb het recept bij me, als u het wilt zien. Het is een nieuw medicijn. Ik geef mezelf eens per maand een injectie. Nu ik op vrije voeten ben, bedoel ik. In de gevangenis kreeg ik die prikken in de ziekenboeg.'

'Wanneer is deze diagnose gesteld?'

'Toen ik in de vierde klas van de middelbare school zat,' antwoordde Daniel. Zijn brutale, bijna dreigende houding werd overtrokken door triestheid. 'Ik heb drie maanden in het Camarillo State Hospital gezeten. Ik ga nog liever terug naar de gevangenis dan naar die hel.'

'Laat me het recept eens even zien.' Carolyn hield haar hand op en wachtte tot hij een ander verkreukeld stukje papier tevoorschijn had gehaald. 'Wacht hier,' zei ze terwijl ze opstond. 'Ik moet hiervan een kopie maken voor het dossier.'

Nadat ze een paar deuren verderop de kopie had gemaakt, keerde ze snel terug naar de verhoorkamer en gaf hem zijn recept terug. De naam van het medicijn – decaanphenothiazine – kwam haar niet bekend voor, maar ze wist niet veel over psychotrope medicijnen. Ze schreef de naam op een kladje om straks via het internet uit te zoeken wat het was. Een nieuwe behandeling voor schizofrenie was interessant.

Het feit dat het medicijn via een injectie werd toegediend, was echter een probleem. Ze moest dit met Brad bespreken alvorens er een beslissing over te nemen. Ze las de rest van de voorwaarden van zijn vrijlating en vond het erg raar dat er niet bij stond dat hij zich onder psychiatrische behandeling moest stellen. Wel drugsregels, geen behandelingsregels. Ze zag dergelijke domme fouten iedere dag. Ze zou bij het hof een aanvraag moeten indienen om de voorwaarde te laten toevoegen.

Ze stak haar hand uit en greep zijn linkeronderarm. Daniel deinsde achteruit met een gezicht alsof hij haar te lijf wilde gaan. 'Rol je mouwen op.'

'Waarom?'

'Ik moet zien of je spuit.'

Ze bekeek zijn armen, maar kon niets vinden. Zelfs in de gevangenis kon je moeiteloos aan narcotica komen. Het was verbazingwekkend welke trucjes criminelen allemaal wisten te verzinnen. Een zogenaamde behandeling via injecties zou een perfecte manier zijn om een verslaving aan heroïne of amfetamine te camoufleren. Hij zou de medicijnen moeten meebrengen wanneer hij zich hier eens per maand meldde. Nadat ze zou hebben vastgesteld dat er geen narcotica in de spuit zat, zou hij het medicijn in haar bijzijn moeten toedienen. Dat er op zijn armen geen sporen van naaldenprikken te zien waren, wilde nog niet zeggen dat hij geen verslaafde was. Ze had mannen gekend die bereid waren het spul in hun penis te spuiten. 'Je mag je mouwen weer naar beneden doen,' zei ze tegen hem en ze bedacht opeens dat ze hiermee misschien een reden had gevonden om de supervisie over hem aan een ander over te dragen. Als Metroix iedere maand lichamelijk geheel bekeken moest worden, kon ze hem overdragen aan een mannelijke collega.

'De rest van de voorwaarden luidt als volgt,' ging Carolyn door. 'Je mag niet omgaan met mensen die in de gevangenis hebben gezeten. Je moet een betaalde baan zoeken. Als je een misdaad of zelfs maar een overtreding begaat, wordt je voorwaardelijke vrijheid onmiddellijk ingetrokken.'

Ze schoof het document over de tafel naar hem toe zodat hij het kon ondertekenen. 'Dit is een standaardprocedure, Daniel. Als je niet voldoet aan al deze voorwaarden, zul je worden aangeklaagd wegens schending van je parooloverenkomst en weer in de gevangenis worden gezet. Aangezien je vonnis twaalf jaar tot levenslang was, wil je het vast niet zover laten komen. Vragen?'

'Ja,' zei hij terwijl hij het document ondertekende zonder het te lezen.

Carolyn negeerde hem, pakte haar Palm Pilot van de tafel en voerde voor de komende vier maanden de datums in waarop hij zich bij de dienst moest melden. Toen noteerde ze de datums en tijdstippen op een van haar visitekaartjes. 'Als je niet op de afgesproken tijd kunt komen en een andere afspraak moet maken, moet je me dat zo vroeg mogelijk laten weten. Alles duidelijk?'

'Ja,' zei Daniel. 'Maar wat die baan betreft...'

Ze probeerde zijn ogen te mijden. Iets in die ogen joeg haar angst aan. Bovendien was het bij supervisiegevallen beter om onpersoonlijk te blijven. Wanneer ze rapporten klaarmaakte in voorbereiding voor de berechting van verkrachters, moordenaars en andere daders van geweldplegingen, probeerde ze de misdadigers er altijd van te overtuigen dat ze hun beste vriendin was. Dan droeg ze zelfs een korte rok en hoge hakken, in de hoop bekentenissen los te krijgen die een extra twintig jaar aan hun vonnis zouden toevoegen. 'Heb je al een baan gevonden?'

'Ik heb bijna zeventigduizend dollar,' zei hij met hernieuwd zelfvertrouwen. 'Ik hoef niet te werken.'

Carolyn knipperde een paar keer met haar ogen. Deze man, die net uit de gevangenis kwam, had meer geld op de bank staan dan zij. Ze zou hem bijna aanklagen wegens treiterij. 'Hoe kom je aan zoveel geld?'

'Ik heb het geërfd,' zei Daniel glimlachend. 'Mijn grootmoeder heeft me tienduizend dollar nagelaten. Ze is gestorven toen ik net in de bajes zat. Een advocaat heeft het geld voor me vastgezet. Nu heb ik zeventigduizend. Niet gek, hè?'

Carolyn glimlachte dunnetjes en keek toen weer serieus. 'Je zult me de naam van die advocaat moeten geven. Ik moet controleren of je op een legitieme wijze aan dat geld bent gekomen.'

'Geen probleem,' zei Daniel. Hij krabde aan de zijkant van zijn gezicht. 'Ik heb zijn telefoonnummer niet bij me, maar hij staat in het telefoonboek van Ventura. Zijn naam is Leonard Fletcher.'

'Je zult toch moeten werken,' zei ze, starend naar een punt boven zijn hoofd. 'Een van de voorwaarden voor je vrijlating is dat je een baan moet hebben. Heb je niet geluisterd toen ik je de voorwaarden heb voorgelezen?'

'Nauwelijks,' zei Daniel met een schouderophalen. 'Ik heb nog nooit een baan gehad. Ik was zeventien toen ik ben gearresteerd. Ik heb nooit een vak geleerd. Ik heb in de gevangenis mijn einddiploma van de middelbare school gehaald. De rest van wat ik weet en kan, heb ik in mijn eentje geleerd. Ik ben vrij goed in natuurkunde en wiskunde. Ik kan ook aardig tekenen, maar hoofdzakelijk conceptuele dingen voor machines en apparaten. Wat voor soort baan zou het moeten zijn?'

'Dat maakt niet uit,' legde Carolyn uit, spelend met de manchetknoop aan haar linkerpols. Had hij echt gezegd dat hij goed was in natuurkunde of had ze zich dat maar verbeeld? 'Pompbediende, kelner, manusje-van-alles.'

De realiteit van zijn situatie begon tot hem door te dringen. Zijn stem klonk iets hoger toen hij zei: 'Waarom moet ik werken als ik het geld niet nodig heb?'

'Omdat het hebben van een baan een van de voorwaarden van je invrijheidstelling is,' antwoordde Carolyn. 'Als er een clausule was toegevoegd dat je de komende drie jaar op een paal moest zitten, zou je ofwel op een paal gaan zitten of weer gevangengezet worden. Ik ben niet degene die de regels verzint. Mijn taak is alleen erop toe te zien dat ze worden nageleefd.'

'Dan zal ik een baan gaan zoeken,' zei hij. 'Hoelang heb ik daar de tijd voor?'

'Dertig dagen,' zei ze. 'Over een maand, bij onze volgende afspraak, moet je werk hebben. Verder staat het me niet aan dat je in een motel zou wonen, ongeacht hoeveel geld je hebt. Ik verwacht daarom dat je bij onze volgende ontmoeting niet alleen een baan zult hebben, maar ook geschikte woonruimte.'

Hij keek perplex. 'Waarom mag ik niet in een motel wonen? Staat dat ook in die voorwaarden die u hebt zitten voorlezen?'

'Nee,' zei Carolyn. 'Maar dat is ook niet noodzakelijk. Bepaalde dingen vallen onder de beoordeling van de reclasseringsambtenaar – van mij dus. Ik raad je aan een flat te zoeken. Als je in een hotel gaat wonen, zal je geld opraken en kom je op straat terecht.' Ze pakte de paperassen bijeen. Het vraaggesprek met het slachtoffer in de zaak-Sandoval was voor vier uur gepland en Carolyn had erin toegestemd het bij de vrouw thuis af te nemen. Ze keek op haar horloge en zag dat het bijna drie uur was. 'Geef straks, wanneer je belt, het telefoonnummer van het motel en je kamernummer door. Zodra je een permanent adres hebt, laat je me dat weten. Hetzelfde geldt voor je baan. Ik moet op ieder moment kunnen weten waar je bent en wat je doet. Je mag zonder mijn toestemming geen ontslag nemen, verhuizen of de stad verlaten.'

'Voorwaardelijke invrijheidstelling is hetzelfde als in de gevangenis zitten,' zei hij terwijl hij zijn knokkels liet kraken. 'Misschien is de gevangenis zelfs beter. Daar krijg je tenminste te eten en heb je een dak boven je hoofd. Ik had zelfs mijn eigen laboratorium zodat ik kon werken.'

Carolyn schreef de naam Seagull Motel in zijn dossier. Als hij zich niet meldde, zou ze weten waar ze moest beginnen met zoeken. Ze keek op toen ze hem iets hoorde zeggen over een laboratorium. 'Een eigen laboratorium? Hoe bedoel je?'

'O,' zei Daniel, 'ik mocht van de gevangenisdirecteur een voorraadkamer gebruiken om er een soort laboratorium in te richten.'

Ja, vast, dacht Carolyn. De man was stapelgek. Nu had hij opeens de afgelopen drieëntwintig jaar natuurkundeproeven gedaan in zijn eigen laboratorium. Ze had nog nooit van een gevangenis gehoord waar een gevangene naar eigen believen in een laboratorium mocht werken.

'Ik ben morgenmiddag om halfzes bij je. Vergeet niet door te geven waar je een kamer neemt.' Carolyn wilde het ziekenhuis nog bellen om te vragen hoe Luisa Cortez eraantoe was. Ze vroeg zich af tot welke afschuwelijke misdaden Daniel Metroix in staat was. Snelle Eddie had haar de ogen geopend. Ze zou alles doen wat in haar macht lag om te voorkomen dat zoiets nogmaals zou gebeuren. Als een van haar cliënten ook maar één millimeter van de voorwaarden afweek, zou ze hem onmiddellijk in hechtenis laten nemen.

Daniel bekeek haar met een ijzige blik. 'Dus zolang ik voorwaardelijk vrij ben, hebt u mij helemaal in uw macht.'

'Juist,' zei Carolyn. 'Waardeloos, hè? Ik heb liever een hond. Zorg dat je de komende drie jaar braaf bent, dan ben je van me af.'

3

Een knappe jongeman met lang blond haar knielde die maandagavond op één knie naast Carolyns lessenaar voordat het college over Criminaliteit, Wetten en Procedures begon.

'Een vriend van me geeft zaterdagavond een feest,' zei David Reynolds met een flirtende glimlach. 'Heb je zin om mee te gaan? Als er niks aan is, gaan we lekker naar mijn huis.'

Carolyn keek over haar schouder om zich ervan te verzekeren dat er niemand meeluisterde. Ze koos altijd een plaats op de voorste rij, want ze vond dat ze meer leerde wanneer ze oogcontact had met de docent. Ze hield niet van aantekeningen maken. Ze had meer profijt van alleen maar luisteren. David zat altijd naast haar. De meeste studenten kozen plaatsen achterin, waar ze gemakkelijk opdrachten konden afwerken of de antwoorden op vragen opzoeken via hun computer. Ze vroeg: 'Hoe oud ben je?'

'Eenendertig,' antwoordde David. Hij streek een lok haar uit zijn gezicht. 'Maar wat maakt dat uit? Leeftijd is alleen maar een getal.'

'We hebben het hier vorige week ook al over gehad,' zei Carolyn tegen hem. 'Je ziet er maar een paar jaar ouder uit dan mijn zoon. Als jij eenendertig bent, ben ik twaalf.'

'Je weet niet wat je mist,' fluisterde hij toen de docente de zaal binnenkwam. 'Met mij kun je een hoop pret maken.'

David was in het tweede semester van UCLA Law overgestapt naar het Ventura College of Law, een hogeschool die er specifiek op was gericht studenten voor te bereiden op het toelatingsexamen voor de advocatuur. Aangezien UCLA een veel duurdere universiteit was, nam ze aan dat hij deze stap uit financiële noodzaak had gedaan. Of hij was daarginds vaker naar feestjes dan colleges gegaan. Op het Ventura College of Law zaten veel jonge, mooie, intelligente vrouwen. Carolyn gaf toe dat ze zijn avances vleiend vond. Ze had echt niet gedacht dat haar verhouding met Brad een permanent karakter zou hebben. Hij was de eerste man met wie ze na haar echtscheiding naar bed was gegaan. Een blos trok over haar gezicht. De seks was fantastisch geweest.

De docente, Arline Shoeffel, was de president van de rechtbank van Ventura County. Ze was zesenveertig, een lange, magere, roodharige vrouw met een bleke, sproetige huid. Ze had erg kort haar en droeg een grote bril met een schildpadmontuur. Haar manier van kleden maakte duidelijk dat ze een vrouw was die zich van de mode niets aantrok en alleen maar haar lichaam wenste te bedekken. Vandaag droeg ze een gebloemde jurk die volgens Carolyn zeker twintig jaar oud moest zijn.

'Goedenavond,' zei Shoeffel. Ze leunde tegen het podium voor in de zaal. 'U kunt in de pauze uw essays op mijn bureau neerleggen. Vanavond gaan we het hebben over de verschillen tussen strafrecht en burgerrecht. Meneer Reynolds,' zei ze, 'kan een misdaad gecreëerd of gedefinieerd worden door de rechtbank?'

'Ja hoor,' zei David met een lach, terwijl hij opzij keek naar Carolyn.

'Fout,' zei de docente met een streng gezicht. Ze liet haar ogen door de zaal gaan tot ze bleven rusten op Carolyn. 'Juffrouw Sullivan?'

'Misdaden kunnen niet door de rechtbank gecreëerd of gedefinieerd worden. Dat moet worden gedaan via de wetgeving. Daarna is het de taak van de rechtbank in iedere zaak afzonderlijk te beslissen of de beklaagde een misdaad heeft begaan.' Carolyn dacht even na en ging toen door: 'De interpretatie van de wetten van strafrecht berust in de Verenigde Staten bij het rechtssysteem van iedere afzonderlijke staat.'

'Uitstekend,' zei Shoeffel. Ze draaide zich om en schreef een nieuwe taakopdracht voor de studenten op het schoolbord alvorens verder te gaan met haar college.

Toen het college om negen uur was afgelopen, bleef Carolyn zitten om op haar laptop haar essay af te maken. Ze had er tijdens de pauze ook aan gewerkt en had nog maar een of twee alinea's voor de boeg. Aangezien ze het werkstuk niet kon printen, sloeg ze het op een diskette op en zette daar met een zwarte vilstift haar naam op. Ze deed de computer in haar rugzak en legde de diskette op de tafel van rechter Shoeffel, in de hoop dat die zou denken dat ze hem over het hoofd had gezien toen ze de essays van de andere studenten had opgepakt.

Toen ze op het parkeerterrein naar haar auto liep, zag ze Arline Shoeffel bij een zilverkleurige Acura staan en met een ongeruste blik op haar horloge kijken. Het was opgehouden met regenen voordat ze het gerechtsgebouw had verlaten, maar het was een kille, vochtige avond. Ze liep zigzaggend tussen de auto's door naar de docente.

'Ik weet nooit hoe ik u moet aanspreken. Met edelachtbare of professor,' zei Carolyn timide. 'Dit is geen veilige plek voor een vrouw alleen. Wacht u op iemand?'

'Mijn auto wil niet starten,' antwoordde Arline Shoeffel. Ze droeg een beige regenjas en tikte met haar paraplu op het asfalt. 'Ik heb een halfuur geleden de wegenwacht gebeld, maar ze zijn er nog steeds niet.'

'Zou het de accu kunnen zijn, mevrouw Shoeffel? Zal ik proberen hem te starten met mijn startkabel?'

'Zeg maar gewoon Arline,' antwoordde de rechter. 'En dank je voor je aanbod, maar ik denk dat ze nu toch wel gauw zullen komen.'

'Ik heb hier een keer een uur staan wachten,' zei Carolyn tegen haar. 'Zal ik even een kijkje nemen? Vorig jaar is hier een meisje verkracht, bijna precies op deze plek.'

'Ja, dat is waar ook,' zei de rechter. 'Maggie McDonald. Ik herinner me dat ze op het parkeerterrein is overmeesterd. Ik wist alleen niet dat het dit deel van het parkeerterrein was.' Ze keek om zich heen. 'Ze moeten hier wat meer lantaarnpalen neerzetten. Het is hier veel te donker. Dat hadden ze vorig jaar al moeten doen. Ik zal de raad van bestuur er morgen over bellen.'

'Laat me even proberen of ik de motor aan de praat kan krijgen,' zei Carolyn. Ze liet haar rugzak van haar schouders glijden en stak haar hand uit naar het portier van de Acura.

'Nou, graag,' zei rechter Shoeffel. Ze gaf haar de sleuteltjes. 'Ik was van plan in de auto te wachten met de portieren op slot, maar ik was bang dat de chauffeur van de sleepwagen me niet zou zien. Ik vrees dat ik geen goed voorbeeld geef voor een vrouw in mijn positie.'

Carolyn stak de sleutel in het contact en draaide hem om. Ze hoorde alleen een klikje. Ze probeerde het nogmaals. Ditmaal sputterde de motor en zweeg toen weer. Ze drukte een paar maal het gaspedaal in, wachtte even en deed een nieuwe poging. Nu sloeg de motor aan.

De rechter keek door het raampje naar binnen. 'Nu is het even oppassen dat de motor niet weer afslaat,' zei Carolyn tegen haar. 'Volgens mij hebt u een nieuwe startmotor nodig. Of misschien ligt het aan de oliepomp. Ik zou nog vijf minuten wachten voordat u de wegenwacht afbelt, en ik rijd wel even achter u aan tot aan uw huis.'

'Ik wil echt niet zoveel beslag leggen op je kostbare tijd.'

Carolyn glimlachte haar toe. 'Ik heb mijn essay op een diskette gezet en die op uw bureau gelegd. Ik was nagebleven om het af te maken. Ik ben een alleenstaande moeder. Ik heb het met mijn kinderen en mijn werk al zo druk dat het vermoedelijk meer fantasie dan realiteit is dat ik hoop advocaat te worden.'

'Genoeg,' zei Arline met opgeheven hand. 'Stel dat je me niet te hulp was geschoten en dat iemand me had aangerand. Heb je gehoord dat er het afgelopen weekeinde een klein meisje is verkracht?'

'Ja,' zei Carolyn. Ze bukte zich om haar rugzak uit de auto te pakken. 'Volgens de politie is de dader een van mijn cliënten.'

'Lieve hemel,' zei Arline met een geshockeerde uitdrukking op haar gezicht. 'Geen wonder dat je geen tijd hebt gehad om je opdracht af te maken. Maar gelukkig heeft de politie hem gearresteerd, dus kun je je nu ontspannen.'

'Gearresteerd? Wanneer?' vroeg Carolyn opgewonden. 'Weet u het zeker?'

'Ik heb het vlak voor het college van vanavond op de radio gehoord. Zijn naam is Edward Downly. Is dat de naam van je cliënt?'

'Ja.' Carolyn was blij dat ze naar bed kon gaan in de wetenschap dat Snelle Eddie niet door de stad zwierf, op zoek naar een nieuw slachtoffer. Ze vroeg zich af waarom Brad of iemand anders van kantoor haar niet had gebeld. Misschien vergiste de rechter zich en hadden ze alleen Downly's naam bekendgemaakt. Ze haalde haar mobiele telefoon tevoorschijn, luisterde naar de binnengekomen berichten en hoorde de stem van Brad. 'Heb ik je niet gezegd dat ze hem snel te pakken zouden krijgen?' zei hij. 'De politie heeft hem opgepakt in het restaurant op de hoek van Clairmont en Owens dat jij had opgegeven als een van zijn favoriete plekken.'

'Godzijdank,' zei Carolyn tegen de rechter terwijl ze het mobieltje weer in haar tas liet glijden. 'Het is moeilijk te accepteren wanneer een van de mensen voor wie je verantwoordelijk bent, zoiets afgrijselijks doet.'

Arline legde haar hand op Carolyns schouder. 'Hoe is het met het meisje?'

'Volgens de artsen zal ze volledig herstellen,' antwoordde ze. De twee vrouwen voelden zich meteen op een intiemer niveau solidair. 'Lichamelijk in ieder geval. Ze waren aanvankelijk bang dat ze hersenletsel had opgelopen, omdat hij haar heeft gewurgd. Ze zal zich echter nooit meer veilig voelen. Ik had die rotzak verdomme te pakken, maar heb me niet gerealiseerd dat hij tot zoiets in staat was.' Ze veegde met haar wijsvinger een traan weg uit haar linkerooghoek. 'Neem me niet kwalijk, Arline. Het was niet mijn bedoeling je hiermee op te zadelen. Jij hebt honderd keer zoveel verantwoordelijkheden als ik.'

'Konden we maar een manier vinden om te voorkomen dat mensen zulke afgrijselijke misdaden begaan,' zei Arline. Ze stapte in haar auto. 'Er komt een dag dat er op iedere straathoek behalve een lantaarnpaal een surveillancecamera staat.'

Carolyn zat met haar gedachten nog bij Eddie Downly, maar zei in antwoord op de opmerking van de rechter: 'Denk je echt dat het zover zal komen? Ik weet dat in een aantal Europese steden proeven zijn gedaan, met aanzienlijk succes.'

'Ik zou geen andere methode weten,' antwoordde Arline. 'De doodstraf is niet erg effectief, in ieder geval niet als afschrikmiddel. Wie een gewelddaad pleegt, denkt zelden na over de gevolgen. Maar zodra mensen weten dat alles wat ze doen, in de gaten wordt gehouden, daalt het misdaadpeil aanzienlijk.'

Het was over tienen en Carolyn moest nodig naar huis. Haar dochter sliep om deze tijd meestal al, maar ze kon nog wat tijd doorbrengen met haar zoon. 'Waar woon je?'

'In Skyline Estates,' antwoordde Arline. 'Je rijdt dus achter me aan? Tot het hek is voldoende. Daarvandaan red ik me wel.'

'Goed. Dan ga ik nu naar mijn auto,' zei Carolyn. 'Ik heb een witte Infiniti.'

'Mag ik je een etentje aanbieden?' vroeg Arline. 'Misschien op een avond na college? Tussen de middag heb ik meestal besprekingen.'

'Dat hoeft echt niet, hoor,' antwoordde Carolyn terwijl ze wegliep.

'Wacht, Carolyn,' riep Arline door het raampje. 'Je doet het in mijn klas erg goed. En ik zeg dit niet vanwege vanavond. Je zult een uitstekende advocate worden.'

'Bedankt,' zei ze en ze stak groetend haar hand op terwijl ze op een drafje naar haar auto liep. Het was prettig dat deze dag, die zo rampzalig was begonnen, toch nog positief eindigde. Ze kon nauwelijks wachten met de aanbeveling tot een gevangenisstraf voor Snelle Eddie. In gedachten zette ze alle aanklachten op een rijtje. En wat ze via de wet niet kon bereiken, zou geregeld worden door de gevangenen. Zelfs geharde misdadigers tolereerden geen kinderverkrachters, en hun straf zou veel passender zijn dan die waartoe de rechtbank Snelle Eddie zou veroordelen. Hij zou van geluk mogen spreken als hij het overleefde.

'Oefen maar vast in gebukt staan, Eddie,' zei Carolyn. Ze drukte op het knopje van het alarmsysteem en stapte in haar Infiniti. Snelle Eddie was negentien, een tengere jongeman met een gave huid en ietwat vrouwelijke gelaatstrekken. Men zou voor hem in de rij staan. De gevangenen zouden geen genoeg van hem krijgen. Maar eerst zouden ze hem in elkaar slaan en wreed verkrachten.

Het twee verdiepingen hoge huis stond in de wijk North Hollywood van Los Angeles. De man parkeerde zijn zwarte Jeep Cherokee langs de stoeprand en trok zorgvuldig de handrem aan zodat de wagen niet van de heuvel zou rollen. De twee inzittenden stapten uit en liepen over het stenen pad naar de voorkant van het huis. De langste van de twee, een donkerharige man van midden veertig met een keurig geknipte baard en snor, stootte zijn hoofd tegen een boomtak. 'Wat een oerwoud is het hier,' zei Boyd Chandler geïrriteerd en hij brak de dikke tak af alsof het een twijg was. Hij was gekleed in een blauw poloshirt en een donkere lange broek. 'Je zou denken dat de baas op zijn minst de bomen zou laten snoeien.'

'De baas is de helft van de tijd lazarus,' zei Pete Cordova. Hij was een kleine man met een olijfkleurige huid en grijzend haar, gekleed in een spijkerbroek en een zwart sweatshirt. 'Hij ziet die stomme bomen waarschijnlijk niet eens.'

'Ook als hij te diep in het glaasje kijkt,' ging Boyd ertegenin, 'is hij nog altijd de plaatsvervangend hoofdcommissaris van het LAPD.'

Ze liepen het trapje naar de voordeur op. Pete belde aan, terwijl Boyd een pakje kauwgom uit zijn zak haalde, een staafje in zijn mond stak en zei: 'Ik snak naar een sigaret.'

'Help me eens even herinneren,' zei Pete. 'Hoe lang is het nu geleden dat je gestopt bent met roken?'

'Drie jaar.'

'En je mist het nog steeds?'

'Ja,' zei Boyd, 'sommige verlangens verdwijnen nooit. Als je voelt wat ik bedoel.'

Pete lachte.

De deur werd geopend door een mooie Latijns-Amerikaanse huishoudster. Ze sloeg haar ogen neer toen ze de mannen met een gebaar uitnodigde binnen te komen. 'U mag doorlopen naar de studeerkamer,' zei ze. 'Wilt u soms koffie, water of frisdrank?'

'Breng ons maar een paar biertjes, schatje.' Boyds blik gleed over haar lichaam en bleef rusten op haar grote borsten. Ze droeg een witte katoenen jurk en haar tepels waren door de dunne stof heen te zien.

'Het spijt me,' legde de vrouw uit. 'De huisarts van commissaris Harrison heeft me opdracht gegeven alle alcoholische dranken uit het huis te verwijderen.'

De twee mannen keken elkaar aan. 'Dat is niet best,' fluisterde Boyd. 'Als hij nuchter is, zitten we nog veel meer in de penarie.' Hij hield zijn ogen op de heupen van de vrouw gericht tot ze achter een deur verdween. 'Denk je dat de baas met haar naar bed gaat? Prachtig lijf, moet ik zeggen.'

'Welnee,' zei Pete. 'Ze is een dame. Ze moet vast niks hebben van een verlepte zuiplap als Harrison.'

Ze gingen de gedempt verlichte studeerkamer binnen. Een achtenvijftigjarige man zat onderuitgezakt in een bruine, leren fauteuil met zijn benen languit voor zich gestrekt. Hij keek naar de mannen met waterige lichtbruine ogen achter dikke brillenglazen. Hij droeg een pyjama met daaroverheen een badstoffen badjas. Met bont gevoerde pantoffels aan zijn voeten. Op de vloer naast hem lag een stapel kranten en het bijzettafeltje stond vol potjes met pillen.

'Ga zitten,' zei Charles Harrison en hij wees met zijn ogen naar de bank. Hij bekeek de mannen met een ijzige blik, en toen hij sprak, deed hij dat op zachte toon en met afgemeten woorden. 'Ik dacht dat jullie de zaak hadden geregeld. Metroix had nooit het daglicht mogen zien.'

Boyd schraapte zijn keel en slikte daarbij bijna zijn kauwgom in. Hij haalde het uit zijn mond en legde het in een asbak. 'We hadden de meeste leden van de paroolcommissie in onze zak, baas,' zei hij tegen hem. 'Het probleem is dat ze dit jaar drie nieuwe mensen hebben aangesteld.'

'Hebben jullie met hen gesproken?'

'We hebben het geprobeerd,' antwoordde Pete. Hij vond de man die tegenover hen zat eerder meelijwekkend dan angstaanjagend. Hij herinnerde zich Charles Monroe Harrison in de kracht van zijn leven – knap om te zien, goed geschoold, welbespraakt, een flonkerende ster binnen het politiekorps. Tot zijn wereld was ingestort. Zijn zeventienjarige zoon was vermoord. Zijn vrouw, Madeline, had jaren in het ziekenhuis gelegen wegens een eigenaardige aandoening. Chronisch vermoeidheidssyndroom of zoiets. Tegenwoordig, dacht Pete, verzonnen ze overal een mooie naam voor. Harrisons vrouw had gewoon aan een zenuwinzinking geleden. Harrison was blijven werken en steeds hoger opgeklommen, maar had zijn verdriet met alcohol proberen te verdringen. En zo te zien, dacht Pete nu, zou de drank zijn dood worden.

'We hebben gedaan wat we konden, baas,' zei hij. 'We hebben hen verwend en gepaaid, hun uitgelegd hoe gevaarlijk Metroix is, omdat zijn psychologische profiel uitwijst dat hij waarschijnlijk weer iemand zal vermoorden als hij wordt vrijgelaten. We hebben hun zelfs de foto van Tim in zijn footballkleding laten zien.' Hij stopte met praten toen hij zag dat de borst van de commissaris geëmotioneerd op en neer ging. 'Alles ging goed, tot we bij een vrouw kwamen die ook nieuw is in de commissie. Die wilde om te beginnen onze geloofsbrieven zien. Toen we haar vertelden dat we niet meer officieel in dienst zijn van de politie, sloeg ze de deur voor ons gezicht dicht.'

'Ja,' viel Boyd hem bij. Zijn rechterschouder schokte van nerveuze energie. 'Ik heb haar later opgebeld en overgehaald toch met ons te praten. Ditmaal hebben we haar een beetje onder druk gezet. En toen heeft haar man ons het huis uitgejaagd met een jachtgeweer.'

Charles Harrisons ogen vlamden van woede. 'Stommelingen. Heb ik niet gezegd dat dergelijke tactieken ons alleen maar zouden tegenwerken? Wat hebben jullie gedaan? Gezegd dat jullie haar benen zouden breken?'

'Niet precies,' zei Boyd. Hij maakte een wuivend gebaar met zijn hand. 'Ze heeft een zoon in de hoogste klas van de middelbare school. Die heb ik een keertje geschaduwd en toen zag ik hem hasj roken met een paar van zijn vrienden. Ik had zijn schooldossier al bekeken. Het knaapje heeft een beurs gekregen voor een van die luxe universiteiten aan de Oostkust. Harvard, geloof ik.'

'Princeton,' zei Pete, met een afgunstige blik op zijn gezicht. Hij stelde zich voor hoe het zou zijn als hij zijn leven kon overdoen. De dag waarop hij zijn politiepenning had gekregen, was een van de mooiste dagen van zijn leven geweest. Nog meer mensen in zijn familie waren bij de politie gegaan en hadden snel carrière gemaakt. Een agent van Latijns-Amerikaanse afkomst genoot veel maatschappelijk aanzien. Pete had na de middelbare school niet doorgeleerd. Tien jaar bij de politie had niet veel te betekenen, tenzij je een baan kreeg als veiligheidsagent, en zijn situatie was slechter dan die van de meesten. Pete en Boyd hadden een strafblad.

'Ik heb alleen maar tegen de moeder van dat jong gezegd dat men zich op die universiteit vermoedelijk aan strenge regels houdt wat drugsgebruik betreft,' legde Boyd uit. 'En dat haar lieve zoontje die beurs weleens zou kunnen kwijtraken.'

'Metroix had al langer in de gevangenis gezeten dan de meeste mensen die waren veroordeeld wegens een soortgelijke misdaad,' voegde Pete eraan toe. Hij ging onrustig verzitten op de bank. 'Bovendien was hij goeie maatjes geworden met de gevangenisdirecteur. Die heeft in zijn rapport gezet dat Metroix een voorbeeldige gevangene was.'

Het gezicht van de oudere man kreeg een nog hardere trek. 'Dat stuk schorem heeft mijn zoon vermoord en jullie hebben het lef me in mijn eigen huis te vertellen dat hij een voorbeeldige gevangene was?

43

Stelletje klootzakken!' schreeuwde hij. Er droop wat slijm uit zijn mondhoek. 'Ik walg van jullie. Jullie waren niets waard toen jullie nog een penning droegen en jullie zijn nog steeds niets waard.'

Pete kuchte en wierp een blik op Boyd alsof hij hem vroeg wat ze nu moesten doen. Op een avond waren ze in gevecht geraakt met een onder invloed van drugs verkerende inbreker. Boyd had de man zo toegetakeld dat die blijvend herenletsel had opgelopen. Pete had met zijn rapport over het incident geknoeid om zijn partner in bescherming te nemen, maar had niet geweten dat er verscheidene getuigen van het incident waren, onder wie een verslaggever van de plaatselijke krant. Gedurende het grootste deel van de mishandeling was de gevangene geboeid geweest. Beide agenten waren berecht en veroordeeld tot drie maanden gevangenisstraf. Op de dag dat ze uit de gevangenis waren gekomen, had commissaris Harrison in zijn auto op hen zitten wachten met een koffer met twintigduizend dollar in contant geld. Op de een of andere manier was de baas er ieder jaar in geslaagd nog eens twintigduizend op te hoesten om ervoor te zorgen dat Daniel Metroix in de gevangenis bleef.

De twee voormalige agenten waren door de jaren heen steeds verder van het rechte pad geraakt en betrokken geraakt bij de georganiseerde misdaad en drugshandel. Pete en Boyd stalen en dealden zelf niet, maar dienden als extra spierkracht en hadden nog steeds wat contacten binnen het politieapparaat. Wat Harrison hun betaalde was in verhouding een schijntje. Ze bleven alleen maar voor hem werken omdat ze hem respecteerden.

'Laat maar zitten,' zei Harrison. Zijn stem zakte weg. Met een trillende hand pakte hij een flesje van het bijzettafeltje en schudde wat tabletten in zijn handpalm. Hij stopte ze in zijn mond en slikte ze door met water. 'Mijn lever is naar z'n grootje,' zei hij. 'Alcoholisten staan niet boven aan de transplantatielijst. Ik wil mijn graf niet in met de wetenschap dat die kerel op vrije voeten is. Begrijpen jullie wat ik zeg? Ik heb tweehonderdduizend dollar op een spaarrekening.'

'Die gebruikt u dan maar mooi voor uw medische verzorging,' zei Pete en hij kwam overeind. 'Het probleem is namelijk, baas, dat Boyd en ik niet om geld moorden.'

Hij liep naar de man toe om hem de hand te drukken, want dit zou weleens de laatste keer kunnen zijn dat ze hem zagen. Harrison was geen slecht mens. Hij was een man die niet lang meer te leven had en die nooit over zijn verdriet heen was gekomen. Pete deed een paar stappen naar voren, maar stopte toen, opeens bang dat hij naar een toekomstig beeld van zichzelf keek. Wat zou hij doen als iemand een van zijn kinderen vermoordde? Hij draaide zich met een ruk om en liep achter zijn partner aan naar de deur.

'Tweehonderdduizend dollar is veel geld,' zei Harrison, nu weer met krachtige stem. 'Denk maar niet dat ik jullie niet in de gaten heb gehouden. Ik heb bewijzen voor iedere overtreding die jullie hebben begaan en informatie over elk van de misdadigers met wie jullie omgaan sinds jullie uit het politiekorps van Ventura zijn gezet. Ik hoef maar een paar mensen te bellen en jullie zitten de rest van jullie leven in de gevangenis. En als jullie mij nu in de steek laten en door die deur verdwijnen, leven jullie misschien niet eens lang genoeg om de gevangenis te halen.'

Pete Cordova was al heel lang bang geweest dat het hierop zou uitdraaien. Hij had een fantastische vrouw en twee dochters op wie hij dol was. De mensen van de onderwereld met wie ze te maken hadden, mochten niet ontmaskerd worden, en Harrison had niets te verliezen maar veel te winnen. 'Kom mee, Boyd,' zei hij terwijl hij hem aan zijn mouw trok. 'We hebben hier geen rationeel mens meer tegenover ons. U zoekt het verder maar uit, baas.'

'Jullie komen nog wel terug,' zei Harrison tegen hen. Hij boog zich naar voren, zijn gezicht vertrokken van pijn. 'En als jullie niet terugkomen, zal iemand anders mijn aanbod wel aannemen.'

Toen de twee mannen weer buiten stonden, zei Boyd: 'Ik wilde Metroix al afmaken op de avond dat hij Tim had vermoord. Greenly was een lafaard. Het zou iedereen een hoop ellende hebben gescheeld, als hij naar me had geluisterd.'

Pete Cordova zei niets en liep voor Chandler uit naar de auto. Voor hem was de tijd gekomen veranderingen in zijn leven aan te brengen. Dat was hij zijn gezin verschuldigd. Een van de mensen van wie hij zo snel mogelijk afstand moest nemen, was Boyd Chandler. Hij betwijfelde of Harrison zijn dreigementen zou uitvoeren en de autoriteiten verslag zou doen van hun illegale activiteiten, maar Boyd zou weleens achter zijn rug om het aanbod van de baas kunnen aannemen. Tweehonderdduizend dollar was veel geld en Boyd was verslaafd aan gokken.

4

Carolyn woonde in een bescheiden huis niet ver van het Ventura College of Law. Tot ze rechten was gaan studeren, had ze ieder weekend onder de Californische zon in haar tuin gewerkt. Het pad naar de voordeur was omzoomd door bloeiende rozenstruiken en de perken rondom het huis waren gevuld met uitbundig bloeiende vaste planten. Nadat Carolyn die avond om halfelf haar witte Infiniti op de oprit had geparkeerd, liep ze snel naar binnen in de hoop dat haar zoon nog wakker was. Omdat John op maandag en woensdag, wanneer ze college had, het eten klaarmaakte en Rebecca met haar huiswerk hielp, had Carolyn hem de garage gegeven om daar een kamer voor zichzelf in te richten. De drie slaapkamers van het huis lagen allemaal aan dezelfde kant en als vijftienjarige had John behoefte aan privacy.

Rebecca was een luidruchtige, populaire twaalfjarige. Ze zette haar stereo altijd keihard, had eeuwig vriendinnen op bezoek en ruimde haar kamer alleen op wanneer haar moeder dreigde haar huisarrest te geven. In tegenstelling tot de meeste jongens van zijn leeftijd, was John bijzonder netjes. Hij zat altijd te lezen en te studeren en had een hekel aan iedere vorm van lawaai. Hij was verbluffend knap om te zien: een meter tachtig lang, met dik, donker haar en heldergroene ogen. Voorlopig speelde de andere sekse slechts een onbeduidende rol in zijn leven. Hij ging weleens met een meisje naar een schoolfeest of naar de bioscoop, en daarna belde zo'n meisje hem op, of kwam langs, maar John had het te druk voor de eisen van een vast vriendinnetje.

Carolyns zoon wilde natuurkunde gaan studeren aan het MIT. Het was voor Carolyn niet gemakkelijk aan alle wensen van haar kinderen te voldoen. Op haar ex hoefde ze niet te rekenen. Frank was een pathologische leugenaar die haar keer op keer had bedrogen. Toen hij aan de drugs was geraakt, was Carolyn van hem gescheiden.

John was in de keuken bezig de vaat in de vaatwasser te zetten. Hij was gekleed in een spijkerbroek en een wit hemd. Zijn harde, gespierde lichaam was gebruind.

Carolyn liep naar hem toe en gaf hem een zoen op zijn wang. 'Je ziet er goed uit, jochie,' zei ze tegen hem. Ze wist dat hij dagelijks aan krachttraining deed in zijn nieuwe kamer in de garage. Dankzij het gewichtheffen, had John zijn moeder verteld, kon hij beter in slaap komen. Net als zijzelf had haar zoon er moeite mee zijn woelige gedachten stop te zetten. Na jaren van slapeloze nachten had Carolyn uiteindelijk haar toevlucht genomen tot slaaptabletten. Ze hoopte dat haar zoon niet in haar voetstappen zou treden.

'Ik maak dit wel even af,' zei zijn moeder. 'Jij moet nodig naar bed. Hoe vaak moet ik je nog zeggen dat je de vaat kunt laten staan? Je doet al meer dan genoeg.'

'Naar bed?' zei John met een verlangende uitdrukking op zijn gezicht. 'Ik zit nog wel een paar uur aan mijn huiswerk.' Hij droogde zijn handen af aan een keukenhanddoek. 'Paul Leighton heeft bij ons in de straat een huis gekocht. Ik heb hem daar vandaag gezien. Ik was bijna naar hem toe gegaan om me aan hem voor te stellen, maar bedacht nog net dat het niet netjes zou zijn om hem lastig te vallen nog voordat hij goed en wel is verhuisd.'

Carolyn deed de koelkast open, pakte een kan limonade, schonk voor zichzelf een glas in en ging op een van de stoelen aan de eikenhouten tafel zitten. 'Word ik geacht deze man te kennen? De naam komt me niet bekend voor.'

'Hij is professor en geeft natuurkunde op Caltech,' legde John uit. 'Meneer Chang heeft me alle boeken laten zien die hij heeft geschreven. Volgens hem zal Leighton een tweede Richard Feynman worden, de natuurkundige die ik momenteel bestudeer.'

'Indrukwekkend,' zei Carolyn. Ze steunde met haar hoofd in haar handpalm en schopte haar schoenen uit. 'Hij is dus zowel schrijver als natuurkundige?'

De jongen schudde gefrustreerd zijn hoofd. Zijn moeder was hem een raadsel. Vroeger kon ze een wiskundesom waaraan hij dagen had gewerkt, binnen een uur oplossen. Sinds ze was gaan studeren, was ze een beetje van de wereld. Hij wist dat ze moe was. Hij zag het aan haar gezicht. 'Leighton schrijft geen romans, mam, zoals pappa probeerde te doen. Hij schrijft studieboeken. En dat niet alleen,' ging haar zoon door, 'hij heeft aan het MIT zijn graad gehaald.'

'Nu ben ik pas echt onder de indruk,' zei Carolyn met een glimlach. 'Er zijn trouwens behalve het MIT nog wel meer scholen, hoor. Waarom is Caltech niet goed genoeg? Zelfs Long Beach State is een goede school. Een Californische universiteit zou veel minder kosten met zich meebrengen.'

'Daar gaat het niet om,' legde John uit. 'Het MIT is gewoon de beste. Misschien kan professor Leighton me een aanbevelingsbrief geven. Nu ik het afgelopen jaar die zomercursus heb gedaan, kan ik op mijn zeventiende eindexamen doen. Dat is al over twee jaar. Ik moet alleen nog een goed cijfer halen voor mijn SAT-examen.'

'Klinkt goed,' zei zijn moeder. 'Zodra ik een avond kan vrijmaken, zullen we de professor en zijn vrouw te eten vragen.'

Haar zoon keek schaapachtig. 'Hij heeft geen vrouw. Hij is gescheiden. Zijn dochter is net zo oud als Becky, dus zal ze bij haar op school komen. Ik heb het er al met Becky over gehad. Ze heeft me beloofd dat ze Leightons dochter aan haar vriendinnen zal voorstellen.'

'Je zus vindt het niet leuk om Becky genoemd te worden,' zei Carolyn. 'Ze vindt het te kinderachtig klinken nu ze op de middelbare school zit.'

'Ze kan de pot op,' gooide John eruit. 'Ik doe hier al het werk. Ik kan haar noemen zoals ik wil.'

'Ik heb vandaag net zo'n soort gesprek gehad met Brad,' zei Carolyn. Ze dronk de rest van haar limonade op en liep met het glas naar de gootsteen. 'Noem haar nou maar gewoon Rebecca, goed? Ik heb al genoeg problemen zonder dat ik gekibbel om een naam moet aanhoren.'

'Waarom was je boos op Brad? Wat heeft hij gedaan?'

'Hij noemde me schatje.'

'En wat dan nog?'

'Het is niet passend wanneer iemand zijn ondergeschikte op een dergelijke manier aanspreekt. Hij noemde me ook lieveling.'

'Ik ben blij dat je niet meer met hem omgaat,' zei de jongen. 'Ik vind hem een eikel. Ik werd misselijk van het idee dat hij met mijn moeder zou gaan hokken.'

Carolyn mepte hem op zijn schouder. 'Met je moeder zou gaan hokken? Dergelijke praatjes wens ik niet te horen. Ik was eenzaam. Brad en ik kennen elkaar al heel lang. We zijn een paar keer uit eten geweest en naar de bioscoop gegaan.'

'Ja, ja,' zei John meesmuilend. 'Je hoeft bij mij niet met zulke lulkoek aan te komen. Ik heb je heus wel om twee uur 's nachts stilletjes thuis horen komen.'

'Let alsjeblieft op je taalgebruik,' vermaande Carolyn hem. 'Wat Brad en ik wel of niet hebben gedaan, gaat jou niets aan. Bovendien is het nu voorbij.'

'Professor Leighton is geen lelijke, oude kerel,' zei John opgewonden. 'Hij is maar een paar jaar ouder dan jij. Intelligente mannen zijn meestal geen filmsterren, maar hij is knapper om te zien dan pappa.'

'Over je vader gesproken,' zei Carolyn. 'Is hij de laatste tijd nog geweest of heeft hij gebeld?'

'Nee,' zei de jongen en hij wendde zijn ogen af. 'En ook als hij dat wel zou doen, zou ik hem niet willen spreken. Hij geeft niets om ons. We hebben zijn telefoonnummer niet eens. De laatste keer zei hij dat hij vanuit een telefooncel belde. Ik weet zeker dat hij loog. Ik hoorde op de achtergrond een meisje lachen. Hij liegt nu overal over.'

Carolyn dacht terug aan de gevoelige, romantische jongeman op wie ze verliefd was geworden. Aan alle keren dat ze waren gaan picknicken en op het strand de liefde hadden bedreven. Hij had haar liefdesbrieven geschreven en bloemen voor haar meegebracht. Samen in zijn bed hadden ze hele nachten gepraat, tot de zon opkwam. Het was ongelooflijk wat een verwoestende invloed alcohol en drugs hadden op het uiterlijk van de mens. Haar ex was nog geen veertig, maar zag eruit als een oude man. Hun huwelijk was tien jaar geleden al scheuren gaan vertonen.

Vanwege de baby had slechts één van hen kunnen blijven studeren. Carolyn had John in een crèche gedaan en was als secretaresse gaan werken om Franks studie te betalen. Hij had Engelse les gegeven terwijl hij zijn eerste roman had geschreven. Toen hij er niet in slaagde het boek gepubliceerd te krijgen, had hij met vrouwen versieren zijn ego opgekrikt. Op een gegeven moment vond hij zelfs geen bevrediging meer in zijn seksuele escapades. Hij had de drugsdealers gewoon naar hun huis laten komen, terwijl haar kinderen daar waren. Tijdens de echtscheidingsprocedure had Carolyn geprobeerd de waarheid voor John en Rebecca verborgen te houden. De psycholoog bij wie ze tot voor kort in behandeling waren, had erop gestaan dat ze de kinderen vertelde waarom ze van hun vader was gescheiden. Wanneer iemand aan harddrugs begon, was er voor niets anders ruimte. Frank hield van niemand meer. Hij hield alleen nog maar van de drugs.

'Volgens mijn natuurkundeleraar is professor Leighton een geinige vent,' zei John om de stilte te verbreken. 'Misschien klikt het wel tussen jullie.'

'O, ik snap het,' zei Carolyn met een glimlach. 'Ik mag wel met de professor gaan hokken als jij daardoor een aanbevelingsbrief voor het MIT krijgt. Zit je daarom zo te zeuren?'

John grinnikte. 'Zo ongeveer,' antwoordde hij. 'Ik zou in ieder geval iets van hem kunnen leren. Ik zou niet weten wat ik van Brad had moeten leren. Ik geef toe dat ik hem eerst erg cool vond, vanwege de raceauto's en zo, maar volgens mij zou hij in mijn wiskundeklas niet eens kunnen meekomen. Ik *weet* dat hij mijn natuurkundeopgaven nooit zou kunnen oplossen.'

'Ik heb het veel te druk om aan mannen te kunnen denken,' zei Carolyn. Ze pakte een vaatdoek en veegde het aanrecht af. 'Slaapt Rebecca al?'

'Ja,' zei hij. 'Ik heb haar weer met haar huiswerk moeten helpen. Ze is hartstikke lui, mam. Ze had het gemakkelijk zelf kunnen doen. Ik heb al genoeg te doen.'

Carolyn had deze klacht al vaker gehoord. Ze nam zich voor morgenochtend met Rebecca te praten. 'Heeft ze haar kamer opgeruimd?'

'Je weet best dat Rebecca nooit haar kamer opruimt. Dat laat ze door haar vriendinnen doen. Ze is zo verwend als wat. Je zou eens moeten zien hoe ze zich gedraagt wanneer je er niet bent. Ze schenkt nog niet eens voor zichzelf een glas melk in. Ze behandelt mij als haar slaaf.'

Carolyn leunde tegen de deuropening. 'Wie heeft de garage helemaal voor zichzelf gekregen? En ik dacht dat je wilde dat ik met die natuurkundeleraar ging hokken. Voor wat hoort wat, jochie. Voor niets gaat de zon op.'

Een lange brunette met donkere ogen en een prettig, rond gezicht keek op van haar bureau toen Carolyn op dinsdagochtend gehaast binnenkwam. De werkplekken werden van elkaar gescheiden door lage tussenwanden. Aangezien Carolyn langer bij de dienst zat dan haar collega, had zij de plek bij het raam. Veronica Campbells bureau stond aan de andere kant van de wand, maar aangezien ze dicht bij de muur zat, konden de twee vrouwen elkaar zien en met elkaar praten. Veronica was een babbelkous, wat een van de redenen was waarom ze moeite had haar werk op tijd af te krijgen.

'Ik ben deze baan spuugzat,' zei ze met een frons. 'Preston heeft me vanochtend twee nieuwe zaken gegeven.' Ze tilde een stapeltje dossiermappen van haar bureau en liet ze weer vallen. 'Deze rapporten krijg ik nooit op tijd af, al zou ik hier iedere avond tot middernacht blijven. Ik heb een man en drie kinderen. Ik geloof dat Drew er een vriendin op nahoudt en mijn jongste van twee dacht gisteravond dat ik de babysitter was. Geen wonder dat er hier zoveel fouten worden gemaakt. We zijn geen robotten.'

'Ik weet er alles van,' zei Carolyn. Ze liep naar haar bureau en zette haar handtas en aktetas op de vloer naast haar stoel. De twee reclasseringsambtenaren die de werkruimte met Carolyn en Veronica deelden, waren er bijna nooit. Blair Ridgemore, die Carolyns hokje deelde, was een van de weinige mensen in Californië die nog steeds verslaafd was aan nicotine. Wanneer Ridgemore niet bezig was slachtoffers of beklaagden te ondervragen, dicteerde hij rapporten op een van de betonnen banken in de tuin van het gebouw, waar hij kon roken. Sandra Wagner, die haar bureau tegenover dat van Veronica had, was al zes maanden met zwangerschapsverlof.

'Wanneer denk je klaar te zijn met je studie?' babbelde Veronica door. 'Dan kun je deze tredmolen achter je laten en rijk en beroemd worden. Het zal leuk zijn je in talkshows te zien praten over allerlei vunzige types die je gaat verdedigen.'

'Dank je,' antwoordde Carolyn. Met een zucht pakte ze Daniel Metroix' dossier. 'Zelfs vunzige types hebben recht op een advocaat, Veronica. Niet dat ik van plan ben kinderverkrachters en moordenaars te gaan verdedigen. Tenzij ik ervan overtuigd ben dat ze onschuldig zijn.'

'Ja, ja,' antwoordde Veronica. 'Dat zeggen ze allemaal. Je zou ook echtscheidingsadvocaat kunnen worden. Dan kun je al die kerels die hun vrouw bedriegen, lekker te pakken nemen. Als ik Drew ooit op een slippertje betrap, zal ik er misschien zelf eentje nodig hebben.'

'Ik verdedig liever misdadigers. Gezinsproblemen zijn het ergste. Niet alleen bijzonder frustrerend, maar de helft van de tijd kunnen de cliënten je niet eens betalen. Strafrecht ligt meer in mijn straatje. Wie weet? Misschien word ik openbaar aanklager.'

'Heb je vanavond college?'

'Nee, vanavond niet,' antwoordde Carolyn. Hopelijk zou ze haar leesachterstand wat kunnen inhalen wanneer de kinderen naar bed waren. Gelukkig had rechter Shoeffel, ofwel Arline, zoals Carolyn haar mocht noemen, hun deze week geen nieuwe taak gegeven.

'Ik snap niet hoe je het voor elkaar krijgt,' ging Veronica door. 'Mijn kinderen zouden het huis nog in de fik laten vliegen als ik ze ook maar een uur alleen liet. Jude is bijna vijftien, maar als babysitter heb je niks aan haar. Micky was niet gepland.'

'Je bedoelt je jongste?'

'Ja,' zei de vrouw. 'Ik zal tot aan mijn pensioen kinderen moeten grootbrengen. Ik moet niet dénken aan een rechtenstudie. En jij hebt niet eens een man om je te helpen.'

'Het is niet eenvoudig,' gaf Carolyn toe, met een blik uit het raam.

'Wat de kinderen betreft, bof ik dat John zoveel verantwoordelijk-heidsgevoel heeft. Rebecca is een stuk lastiger. Ik hoop dat ik mijn studie af zal hebben voordat ze serieus belangstelling krijgt voor jongens.'

Carolyn ging in een van de kamertjes zitten om een rapport te dicteren over de zaak-Sandoval. In gedachten bleef ze echter bezig met Daniel Metroix. Aangezien ze tegen het eind van de dag naar hem toe moest, besloot ze in de computerarchieven naar meer informatie over de zaak te zoeken. Ze rilde inwendig om zijn opmerking dat hij haar kende. Hij had gisteravond op haar antwoordapparaat een bericht achtergelaten met het nummer van zijn kamer in het Seagull. Ze had geen zin straks een verkrachter van zich af te moeten houden. Of stel je voor dat hij een vuurwapen had en op haar begon te schieten. En dan had je ook nog die praatjes over natuurkunde en dat hij in de gevangenis zijn eigen laboratorium had gehad.

Hé, dacht ze, terwijl ze haar headset opzette en het nummer van Chino draaide. Die laatste misvatting kon ze in ieder geval opgehelderd krijgen.

'Met Lackner,' hoorde ze de zware stem van de gevangenisdirecteur. 'Ik hoor van mijn secretaresse dat u een vraag hebt over een voormalige gevangene genaamd Daniel Metroix.'

'Dat klopt,' antwoordde ze, en ze herhaalde wat Daniel haar had verteld.

'Metroix is een fatsoenlijke vent. We hebben geen enkel gedragsprobleem van hem ondervonden in de tijd dat hij hier zat.'

'Werd hij niet behandeld voor schizofrenie?' vroeg Carolyn, terwijl ze in het dossier bladerde en de betreffende formulieren eruit haalde. 'Mensen met schizofrenie lijden over het algemeen aan een veelvoud van gedragsproblemen. Wie heeft de diagnose gesteld?'

'Hij beweerde dat hij stemmen hoorde,' zei de directeur. 'Onze psychiater heeft hem onderzocht en besloten dat hij baat zou hebben bij medicijnen. Daarna hoorde Metroix iets over een nieuw geneesmiddel. Het gebruik daarvan werd echter door de gevangeniscommissie niet goedgekeurd. Toen heeft Metroix het voor zijn eigen rekening gekocht. Als ik het me goed herinner, had een van zijn familieleden hem wat geld nagelaten.'

'Hebt u dat geverifieerd?'

'Ik kan niet álles wat hier gebeurt, controleren,' antwoordde Lackner verdedigend. 'Dat moet u maar aan dokter Edleson vragen.'

'Even iets anders. Hebt u Daniel Metroix de beschikking gegeven over een laboratorium?'

'O dat,' zei de directeur met een nerveuze lach. 'Gevangenen hebben de neiging te overdrijven. Het was een oude voorraadkamer. Daniel was goed in dingen repareren. U weet wel, elektrische apparatuur en andere spullen die we hier in de gevangenis gebruiken. Omdat hij zich altijd voorbeeldig gedroeg, mocht hij van mij in die kamer een soort werkplaats inrichten. Ook andere gevangenen die nooit problemen veroorzaakten, mochten er werken.'

Voordat Carolyn een einde aan het gesprek maakte, keek ze nog even in het rapport dat Lackner over Metroix had geschreven. Wanneer je de directeur aan je kant had, gingen er binnen de gevangenis onmiddellijk veel deuren open. De meeste mensen die waren veroordeeld tot een gevangenisstraf van twaalf jaar tot levenslang, werden na ongeveer acht jaar voorwaardelijk vrijgelaten. Alle gevangenen kregen aftrek van straf voor goed gedrag, tenzij ze probeerden te ontsnappen of een gevangenisbewaarder of medegevangenen te vermoorden. Soms hoefden ze daardoor slechts de helft van de straftijd uit te zitten. Daniel Metroix had drieëntwintig jaar in de gevangenis gezeten, een straftijd die equivalent was aan veertig jaar. Ze kende meervoudige moordenaars die sneller waren vrijgelaten.

'Waarom heeft men deze man de voorwaardelijke invrijheidstelling herhaalde malen ontzegd?' vroeg ze. 'U had hem vijftien jaar geleden al voorgedragen voor vrijlating. U zei dat hij een voorbeeldige gevangene was.'

'Dat moet u maar aan de paroolcommissie vragen,' zei Lackner. 'En nu heb ik een gesprek op de andere lijn.'

Carolyn verbrak de verbinding en zocht het nummer op van William Fletcher, Daniels advocaat. Nadat ze uitvoerig haar naam en functie had doorgegeven, werd ze door de assistent van de advocaat doorverbonden met zijn telefoon thuis. Fletcher bleek gespecialiseerd te zijn in erfrecht, maar was al gedeeltelijk met pensioen.

'Ik mag geen informatie vrijgeven zonder schriftelijke toestemming van meneer Metroix.'

'Vooruit,' drong Carolyn aan. 'U hoeft me geen cijfers of details te geven. Ik wil alleen maar ja of nee horen. Heeft Daniel Metroix een erfenis ontvangen van zijn grootmoeder?'

'U bent een intelligente vrouw, mevrouw Sullivan. Het feit dat ik zijn advocaat ben, moet u al iets zeggen. Bel me niet meer tot u een schriftelijke verklaring van mijn cliënt hebt.'

Bij wijze van uitzondering ging Carolyn in de cafetaria eten. Daarna zat ze het grootste deel van de middag voor haar computer en las ze iedere document dat ze kon vinden over de arrestatie, de berechting en het vonnis van Daniel Metroix. Ze begreep niet waarom de pro-Deoadvocaat die hem had vertegenwoordigd, hem niet had laten pleiten dat hij onschuldig was om redenen van ontoerekeningsvatbaarheid. Het feit dat Metroix aan schizofrenie leed en drie maanden in een psychiatrische inrichting had gezeten, was tijdens de rechtszaak helemaal niet ter sprake gekomen, noch waren rapporten van zijn psychiater doorgestuurd naar de directie van Chino. Ze kon de pro-Deoadvocaat niet vragen hoe dat kwam, omdat de man vijftien jaar geleden was omgekomen bij een auto-ongeluk.

Nadat ze het transcript van het proces helemaal had doorgelezen, slaagde ze erin uit de archieven van de computer het arrestatierapport op te roepen. Tussen Metroix' persoonlijke bezittingen had een afsprakenkaartje van een plaatselijke psychiater gezeten, en een kleine, witte envelop met vier tabletten, die door het forensisch laboratorium waren geïdentificeerd als een geneesmiddel met de naam Levodopa.

Ze had nog nooit van dat geneesmiddel gehoord, maar dat verbaasde haar niets, aangezien ze erg weinig verstand had van psychotrope medicijnen. Ze probeerde allereerst Walter Gershon op te sporen, de psychiater van wie het afsprakenkaartje was, maar kon zijn telefoonnummer niet vinden. In de veronderstelling dat de arts met pensioen was gegaan, of was gestorven, net als de pro-Deoadvocaat, tikte ze de naam Levodopa in het zoekvenster van het internet in en klikte op Zoeken.

In een online naslagwerk, de *Physicians Desk Reference*, stond dat Levodopa hoofdzakelijk werd gebruikt voor de behandeling van de ziekte van Parkinson. Waarom zou men iemand met schizofrenie een geneesmiddel geven dat gebruikt werd voor de ziekte van Parkinson? Het dopamineniveau in de hersenen werd door het geneesmiddel aanzienlijk verhoogd.

Carolyn besloot een psychiater te bellen die regelmatig dienstdeed als getuige-deskundige. Nadat ze tegen de secretaresse van dr. Albert Weiss had gezegd dat ze voor dit gesprek een uur aan honorarium in rekening kon brengen, verbond de vrouw haar door naar zijn mobiele telefoon.

'Ik heb een vraag voor u,' zei Carolyn. Ze gaf hem de naam van het geneesmiddel en een korte uiteenzetting van de omstandigheden.

'Geen enkele psychiater,' zei dr. Weiss, 'geen enkele arts zelfs, zou Levodopa voorschrijven aan iemand van wie men weet dat hij aan schizofrenie lijdt. Weet u zeker dat dit de naam van het geneesmiddel is?'

'Misschien is het verkeerd gespeld,' zei ze. 'Bestond er meer dan twintig jaar geleden een geneesmiddel met een soortgelijke naam, dat mogelijk voor deze aandoening is voorgeschreven?'

'Voor zover ik weet, bestaat er niets wat erop lijkt,' zei Weiss, 'en ik was al bevoegd als psychiater toen u nog op de lagere school zat.'

'Wat voor effect zou het medicijn hebben?'

'O, niets bijzonders,' zei de psychiater sarcastisch. 'De patiënt zou hoogstwaarschijnlijk psychotisch worden zodra het spul in zijn bloedsomloop is opgenomen. U belt me trouwens midden in een partij golf en het is mijn beurt. Heb ik antwoord gegeven op uw vraag?'

'Ja. Hartelijk dank,' zei Carolyn. 'Succes met het golfen.'

Toen Carolyn naar de koffiekamer liep om een blikje frisdrank te halen, kwam ze Brad Preston tegen, babbelend en lachend met Amy McFarland.

'Ik heb een aantal ernstige tegenstrijdigheden gevonden in de zaak-Metroix.' Carolyn trok het lipje van haar blikje 7-up en nam een slok. 'Zodra ik alle feiten heb nagetrokken, moeten we praten.'

Brad glimlachte naar Amy McFarland. 'Ga nu maar alleen eens per maand naar hem toe,' zei hij tegen Carolyn. 'Ik heb je vanochtend vier nieuwe zaken gegeven. De zaak-Metroix is ouwe koek. Je hebt geen tijd om je druk maken over tegenstrijdigheden.'

Carolyn keek hem aan met een moordende blik. Zijn nieuwe vriendinnetje leek helemaal niet om te komen in het werk. Ze wendde zich tot Amy en glimlachte liefjes. 'Heb je Brads verloofde al ontmoet, Amy?' vroeg ze. 'Je zou de ring eens moeten zien die hij haar vorige week heeft gegeven. Minstens drie karaat. En ze gaan voor hun huwelijksreis naar Parijs. Vind je dat niet romantisch?'

Carolyn zag het gezicht van de vrouw woedend vertrekken. Ze gaf Brad een woedende mep met haar tas en stormde weg.

'Net wat ik dacht. Je hebt haar al in bed gekregen,' zei Carolyn.

'Je bent gek,' zei Preston, 'en je bent een kreng.' Er was koffie op zijn overhemd gespat.

'Hou je piemeltje buiten het kantoor,' zei Carolyn tegen hem met een tevreden uitdrukking op haar gezicht.

'Jij had anders geen bezwaar.'

'Jij was toen niet mijn meerdere.'

Terug achter haar bureau las Carolyn het transcript van Metroix' proces nogmaals om zich ervan te overtuigen dat ze niets over het hoofd had gezien. Er klopte iets niet. Eerst had Brad tegen haar gezegd dat dit een erg gevoelige zaak was en haar gewaarschuwd geen fouten te maken. En nu had hij in de koffiekamer gezegd dat de zaak oude koek was en dat ze ermee kon volstaan eens per maand een ontmoeting met Metroix te regelen.

Carolyn was nu vastbesloten zoveel mogelijk uit te zoeken over de dood van Tim Harrison. Als student in de rechten was ze geïntrigeerd door een groot aantal elementen van deze zaak.

De bevestiging van haar vermoeden dat Brad het met een andere vrouw had aangelegd, deed pijn, vooral omdat Amy McFarland pas vijfentwintig was, en bloedmooi. Het was haar nu duidelijk dat hij niet alleen vanwege zijn promotie een einde had gemaakt aan hun verhouding. Zou hij al iets met Amy hebben gehad voordat die hier was komen werken? Had hij haar soms geholpen de baan te krijgen? Het salaris van een reclasseringsambtenaar was niet geweldig, maar zoals voor de meeste overheidsbanen, liep het storm op de vacatures, omdat de arbeidsvoorwaarden zo gunstig waren en je met de regelmaat van de klok op een salarisverhoging kon rekenen. De nieuwelingen hadden allemaal op zijn minst een universitaire graad, en veel van hen hadden zelfs hun doctoraal.

Carolyn staarde uit het raam en deed haar best niet te gaan huilen. Hoe ouder een vrouw werd, hoe moeilijker het te verteren was wanneer een man je liet zitten. Haar gedachten sprongen over op David Reynolds. Moest ze op zijn avances ingaan en dan op de een of andere manier proberen ervoor te zorgen dat Brad haar met hem zou zien? Ze vluchtte naar een van de verhoorkamers en belde haar broer. 'Wat ben je aan het doen?'

'Ik zit een bakje cornflakes te eten,' zei Neil. 'Jij?'

'Ik zit erover te denken zelfmoord te plegen,' antwoordde ze. 'Brad heeft me in de steek gelaten voor een jong blondje. En ik moet nog met haar werken ook. Ik voel me zo stom.'

'Ik heb toch gezegd dat die Brad een eikel is?' zei Neil kalm. Hij wist dat ze melodramatisch deed. 'Is ze een gewoon jong blondje of een blonde seksbom? Als ze niet al te lelijk is en een sexy lijf heeft, krijg je vijftig dollar van me als je me haar telefoonnummer geeft. Zeg maar dat ik een beroemd artiest ben en dat ik haar wil schilderen. Dat ik haar schoonheid voor eeuwig op het doek zal vastleggen.'

'Ellendeling,' zei Carolyn. Ze trapte tegen een stoel, die omviel. 'Ik snap niet waarom ik je eigenlijk bel. Je doet nooit je best me te troosten wanneer ik ergens mee zit. Je zit me alleen maar te beledigen.'

'Dat is juist het punt,' zei Neil lachend. 'Nu ben je kwaad op mij in plaats van op Brad.'

Carolyn liep de verhoorkamer weer uit en besloot het kantoor even te laten voor wat het was en naar de opslagkamer voor bewijsmateriaal te gaan. Tijdens Daniels rechtszaak was met geen woord gerept over de psychiater of de pillen. Zou iemand dat bewijsmateriaal hebben achtergehouden, omdat men wist dat het een reden kon zijn te pleiten voor verminderde toerekeningsvatbaarheid of krankzinnigheid?

'Is deze datum juist?' vroeg Jessie Richards, de agent die over het magazijn ging. Hij keek haar aan door het raampje in de deur.

'Ja, de datum klopt.' Ze gaf hem de computeruitdraai waarop alle voorwerpen stonden die Daniel in zijn bezit had gehad op het tijdstip van zijn arrestatie. Ze hoopte tegen beter weten in dat de spullen ergens in een doos stoffig lagen te worden. Volgens de regels moesten de eigendommen van een gevangene doorgestuurd worden naar de gevangenis waar hij zijn straf uitzat, zodat hij ze bij vrijlating kon terugkrijgen. Het doorsturen had nooit haast; daarom werd het vaak vergeten.

'Ik zat nog op de kleuterschool toen deze man de gevangenis in is gegaan,' zei Richards. Hij kopieerde het dossiernummer van de uitdraai die ze hem had gegeven. 'Ik wist niet dat er toen al computers waren.'

'Er waren toen ook al auto's, Jessie,' zei Carolyn. De jonge agent was een surfer en had zijn tienerjaren waarschijnlijk doorgebracht in een wolk marihuana. Het was een beetje ironisch dat er in de lagere regionen van het politiekorps veel mensen waren met een dergelijke achtergrond. Jaren geleden was dat wel anders geweest. Wie bij de politie wilde, moest zich eerst onderwerpen aan een leugentest. Als er ook maar íéts over drugsgebruik tevoorschijn kwam, kon je meteen weer naar huis gaan.

'Volgens onze documentatie is dit spul een paar dagen na zijn arrestatie verdwenen,' zei Richards.

Carolyn begreep er niets van. 'Dat bestaat niet,' zei ze. 'De medicijnen zijn naar het lab gestuurd om geanalyseerd te worden. Ik heb het rapport ervan in het archief gevonden. Er staat niet bij dat de spullen zijn weggeraakt.' Bijna iedere computer had een eigen toegangscode en veel van de dossiers waren gecodeerd. De beveiligingsmaatregelen inzake bewijsmateriaal waren nu erg strikt, maar drieëntwintig jaar geleden was de situatie heel anders geweest. 'Bel het lab en vraag of ze hebben vergeten de spullen terug te sturen.'

'Dat meent u niet,' zei Richards en hij draaide zich op zijn stoel naar haar toe. 'De man had alleen maar wat pillen bij zich die hij netjes op recept had gekregen, plus wat kleingeld en een visitekaartje. Er wordt ieder jaar een groot kampvuur gemaakt waarin kilo's marihuana worden verbrand. Echt, mevrouw Sullivan, het is het telefoontje niet waard. Niet alleen zal niemand van het lab me kunnen vertellen waar die pillen zijn gebleven, maar ze zullen niet eens de tijd nemen met me te praten.'

Carolyn vond het hoe langer hoe verdachter. Toen ze terugliep naar haar kantoor vroeg ze zich af of degene die Metroix' eigendommen had gestolen, had geweten dat het lijstje van de voorwerpen die hij op het moment van zijn inhechtenisneming in bezit had gehad, al in het computersysteem was opgenomen. De misdaad was gepleegd in een periode dat het hele dossiersysteem werd gereviseerd. Zelfs als degene die Metroix' spullen achterover had gedrukt, de computer erop had nagekeken, was het mogelijk dat de informatie niet naar boven was gekomen vanwege de verwarring die was ontstaan bij het invoeren van zo'n enorme hoeveelheid gegevens.

Daniel Metroix was maar vier jaar ouder dan Carolyn. Het was ironisch dat ze in hetzelfde flatgebouw hadden gewoond. Ze herinnerde zich de naam van het gebouw alleen maar omdat haar ouders haar erover hadden verteld. Haar vader was een aantal jaren werkloos geweest, waardoor het gezin naar een gesubsidieerde flat aan de westzijde van Ventura had moeten verhuizen. Niet lang nadat ze daar waren komen te wonen, was alles weer beter gegaan omdat hij een baan had gekregen als wiskundeleraar op een middelbare school. Later was haar moeder weer gaan studeren en had ze haar graad gehaald in scheikunde. Tot vijf jaar geleden had Marie Sullivan lesgegeven op een middelbare school in Ventura. Nu woonde ze in een luxueus bejaardencentrum in Camarillo.

Neil was de jongste van het gezin. Vanwege zijn artistieke talent en zorgeloze karakter, was hij haar moeders lieveling. Carolyn had in academisch opzicht de beste vooruitzichten gehad, tot ze tijdens haar tweede jaar op Stanford zwanger was geworden. Zij en Metroix hadden dus iets gemeen, dacht ze. Onvoorziene obstakels hadden hen ervan weerhouden zich volledig te ontplooien. Volgens zijn rapportkaarten hadden verscheidene docenten Metroix aanbevolen voor een beurs en één van hen had gezegd dat hij in wiskunde en de rest van de exacte vakken bijna een genie was.

Carolyn had er nooit moeite mee de maximumstraf aan te bevelen voor iemand die gewelddaden pleegde. Ze was niet alleen een van de meest gerespecteerde reclasseringsambtenaren van hun county, maar stond bekend om haar aanbevelingen voor de zwaarste straffen. In het geval van Daniel Metroix was er echter iets heel erg fout gegaan. Achterhouden van of knoeien met bewijsmateriaal was een misdaad.

Objectief gezien, dacht Carolyn toen ze weer achter haar bureau zat, was duidelijk dat het mes aan twee kanten sneed. Sommige misdadigers die slechts korte tijd achter de tralies hadden gezeten, waren een grote bedreiging voor de maatschappij. In het geval van Daniel Metroix leek er niet alleen maar sprake te zijn van slordig en ongeïnteresseerd werk van zijn verdediger.

Er was met de zaak geknoeid.

5

Op weg naar haar afspraak met Daniel Metroix in het Seagull Motel die dinsdagavond viste Carolyn haar mobiele telefoon uit haar handtas en belde naar huis. 'Waar heb je gezeten?' vroeg ze toen haar zoon opnam. 'Hier,' zei John. 'Ik heb je teruggebeld. Heb je mijn bericht niet ontvangen?'

'Nee,' antwoordde zijn moeder. 'Ik was zeker al weg toen je belde. Ik ben vroeg vertrokken. Wat is er aan de hand? Heb je de gehaktballen ontdooid, zoals ik je vanochtend heb gevraagd?'

'Rebecca lust geen gehaktballen,' antwoordde John. 'Daarom liggen ze al twee maanden in de diepvries. Wanneer kom je thuis?'

'Uiterlijk om zeven uur,' zei ze. 'Als jullie honger hebben, gaan jullie maar vast eten. Wacht dan maar niet op mij.'

'En wat zouden we moeten eten?' vroeg John, met ergernis in zijn stem. 'Je moet af en toe echt boodschappen doen, mam. We hebben niets in huis, geen broodjes om mee naar school te nemen en ook niets voor vanavond.'

'Ik ga onderweg naar huis wel even naar de supermarkt,' antwoordde Carolyn. 'Waar is Rebecca?'

'In de badkamer,' zei John. 'Ze is bezig haar haar paars te verven.'

'Wat?! Laat haar onmiddellijk aan de telefoon komen!' schreeuwde Carolyn.

'Het was maar een grapje,' zei haar zoon, hoewel zijn stem somber klonk. 'Maar wat kan het je eigenlijk schelen? Je bent nooit thuis. Ik zit al twee dagen te worstelen met een wiskundetaak. We moeten een andere regeling zien te vinden, mam, anders gaan mijn cijfers achteruit. Ik kan echt niet alles in mijn eentje doen, eten koken, de was doen en ook nog Rebecca met haar huiswerk helpen.'

'Ik snap het,' zei Carolyn. 'We zullen er dit weekend over praten. Ik belde alleen om te zeggen dat ik wat laat thuis zal zijn. Wacht met eten. Ik bel je over vijf minuten terug.' Ze wilde al ophangen toen ze besefte dat ze nogal ongevoelig overkwam. 'Ik vind het geweldig dat je zoveel doet, John. Ik beloof je dat ik een manier zal vinden om je taken wat lichter te maken.'

'Sorry dat ik zo klaag. Ik ben gewoon een beetje moe.'

'Ik hou van je,' zei Carolyn. 'Je hoeft je niet te verontschuldigen, lieverd. Je hebt gelijk. Misschien neem ik het volgende semester een pauze. Ik ben zelf ook moe.'

Ze drukte op de sneltoets die haar met Neils nummer verbond. Hij nam op toen de telefoon vier keer was overgegaan. 'Ik ben blij dat je thuis bent,' zei ze. 'Ik heb je nodig.'

'God is altijd thuis wanneer je hem nodig hebt,' grapte haar broer.

'Wat is er nu weer?'

'Heb je het druk?'

'Ik heb volgende week een tentoonstelling,' zei hij. 'En in de slaapkamer snakt een prachtig naaktmodel naar mijn attenties. Zelfs jij zou verliefd worden op dit meisje. Ze heeft het gezicht en het lichaam van een engel.'

'Ik heb geen belangstelling voor meisjes,' zei Carolyn. 'Stuur je naakte engel naar huis en ga met mijn kinderen ergens een hapje eten. Ik moet een huisbezoek afleggen bij een cliënt. John zegt dat er niets te eten in huis is. Je staat bij me in het krijt vanwege zondag. Ik had op verzoek van mamma nog wel een taart voor je gebakken.'

'Toch niet die met banaan en vanillewafels en slagroom? Dat is mijn lievelingstaart!'

'Die ja,' zei ze. 'Het is dat we hem hebben opgegeten, anders was ik nu naar je toe gekomen om hem in je gezicht te smijten. Je weet heel goed dat ik geen tijd heb om taarten te bakken. Ik heb amper tijd om naar de wc te gaan.'

'Ik zal John en Rebecca over een kwartier afhalen.'

'Bedankt,' zei Carolyn. 'Bel hen even om het te zeggen, dan kunnen ze zich aankleden. En omdat je me vanavond uit de brand helpt, zal ik nog een bananentaart voor je bakken.'

'Weet je, ik ben bang dat de tentoonstelling een flop zal worden.'

Daar gaan we weer, dacht ze. Ze had zich al afgevraagd wanneer de inzinking zou komen. 'Welnee, het zal een groot succes worden.'

'Je begrijpt het niet,' zei Neil, op gedempte toon zodat het meisje in de slaapkamer het niet zou horen. 'De economie is erg slecht op het moment. Er wordt niet in kunst geïnvesteerd. Dat ik vorig jaar veel schilderijen heb verkocht, wil nog niet zeggen dat het dit jaar net zo zal gaan. Ik heb erover zitten denken het huis te verkopen.'

Neil maakte altijd een zelfverzekerde indruk, maar emotioneel was hij erg kwetsbaar. Het zou wel aan zijn artistieke temperament liggen, dacht Carolyn. Hij werd vlak voor de opening van een tentoonstelling

altijd zenuwachtig. 'Rustig nou maar,' zei ze. 'Je hebt een maand geleden toch nog een schilderij verkocht voor dertigduizend dollar?'

'Jawel,' zei hij, 'maar dat was een uitzondering. De vent die het
heeft gekocht, is zo dom dat hij zelfs een blanco doek zou hebben genomen. Hij heeft gewoon veel geld. Volgens mij is het een gangster die
probeert chic te doen. Als hij erachter komt dat ik nog nooit een doek
voor zoveel geld heb verkocht, komt hij vast terug om me in mootjes
te hakken.'

Pfff, dacht Carolyn, nu sprak ze met een twaalfjarige Neil. Wanneer
haar broer van streek was, begon hij te overdrijven. 'Heeft de *L.A.
Times* niet een artikel aan je gewijd?'

'Ja, maar...'

'Luister,' zei ze. 'Je bent een begaafd schilder. Zolang je geen gekke
dingen doet, heb je voldoende geld om minstens vijf jaar van te leven.
En dan bedoel ik wanneer je geen enkel schilderij zou verkopen. Je
hebt die dure flat in Camarillo hypotheekvrij voor mamma gekocht,
zodat we er altijd een hypotheek op kunnen nemen. Je hebt mij vaker
geld geleend dan ik wens toe te geven. Ik hou van je, Neil. Iedereen
houdt van je. Je tentoonstelling zal een groot succes worden en je zult
massa's geld verdienen. Maar zelfs als dat niet zo mocht zijn, maakt
het niet uit.'

'Ik weet niet wat ik zonder jou zou moeten,' zei Neil en hij slaakte
een diepe zucht. 'Jij bent de lijm die me bij elkaar houdt.'

'Dat is omgekeerd precies hetzelfde,' zei ze. 'Je zit veel te veel in dat
hok achter het huis dat je als atelier gebruikt. Bel John en Rebecca. Ga
ergens eten waar het gezellig is. De kinderen zullen je wel oppeppen.'

Ze keek op het klokje van het dashboard en zag dat het al over halfzes was. Ze gooide de telefoon in haar tas en drukte op het gaspedaal.

Carolyn reed om een paar minuten voor zes het parkeerterrein van het
Seagull Motel op. Ze was normaal gesproken erg precies, kwam altijd
op tijd. Wanneer ze te laat was, werd ze nerveus. Ze zocht tussen de
sleutels aan haar sleutelbos naar die van het handschoenenkastje,
maakte het open en pakte haar pistool en schouderholster eruit. Ze
nam de 9mm Ruger uit de holster, tastte in het handschoenenkastje tot
ze het magazijn had gevonden en schoof dat snel in het pistool. Ze
had een hekel aan vuurwapens. Hoewel reclasseringsambtenaren ge-
lijkstonden aan politieagenten en het recht hadden een vuurwapen te
dragen, waren die van Ventura tot een jaar geleden nooit gewapend
geweest. Nadat een veldagent was gedood toen hij onaangekondigd

een bezoek had gebracht aan een cliënt die midden in een belangrijke drugstransactie had gezeten, had men het beleid van de dienst echter veranderd. Ook het feit dat ze nu de supervisie hadden over steeds meer voorwaardelijk vrijgelaten misdadigers, speelde hierin een rol, omdat dit meer gevaar met zich meebracht.

Ze deed het binnenlicht van de Infiniti aan om te controleren of de veiligheidspal erop zat en of de loop niet verstopt zat. Ze had het handschoenenkastje al vijf maanden niet eens geopend, laat staan de Ruger bij zich gedragen. Omdat ze haar jasje per ongeluk op kantoor had laten hangen, en ze zich een beetje belachelijk zou voelen met de schouderholster, deed ze haar handtas open, legde het pistool erin en gooide de holster op de passagiersstoel van de auto. Ze had zelfs een kogelvrij vest in de kofferbak, maar kon zich niet herinneren of ze dat ooit uit de doos had gehaald.

Carolyn wist eerlijk gezegd niet of ze beter af was met of zonder het pistool. Ze had zoveel misdrijven onderzocht waarbij vuurwapens betrokken waren. De wetgeving inzake de registratie van vuurwapens stelde eigenlijk niets voor. Het overgrote deel van de wapens die bij misdaden werden gebruikt, waren gestolen van brave burgers die ze legaal hadden gekocht. De mensen dachten dat het bezitten van een vuurwapen bescherming bood. Negen van de tien keer gebruikte de dader het pistool van het slachtoffer bij het plegen van de misdaad, of een lid van het gezin kreeg het in handen en schoot zichzelf of een familielid ermee dood.

Ook Carolyn was niet aan dit soort tragedies ontsnapt. Haar oom had een pistool dat hij in een pandjeshuis had gekocht om zijn gezin te beschermen, tegen zijn slaap gezet en de trekker overgehaald. Zijn veertienjarige dochter en Carolyn waren degenen die hem hadden gevonden. Dat soort herinneringen bleven je je hele leven bij.

Ze stapte uit de auto en drukte op het knopje van het alarmsysteem. Het parkeerterrein was vrijwel verlaten. Ze zag alleen een zwarte vrachtwagen die dicht bij het kantoor geparkeerd stond. De locatie was gunstig, dacht ze, maar het motel was erg verwaarloosd. Met zo weinig gasten zou het vermoedelijk over niet al te lange tijd failliet gaan. Toen ze het parkeerterrein overstak, kreeg ze een heel vreemd gevoel. Een paar keer keek ze om, ervan overtuigd dat ze achter zich voetstappen hoorde.

Daniel had gezegd dat hij in kamer 221 zat. In de meeste van de kamers op de bovenverdiepingen brandde geen licht, maar ze zag heel duidelijk een man die op een stoel zat voor een open raam.

Ze liep met twee treden tegelijk de trappen op. Toen ze bij de kamer aankwam, zag ze dat de sleutel aan de buitenkant in het slot stak. Ze ging aan de zijkant van de deur staan en klopte aan. Ze hield haar andere hand op het pistool in haar open tas. Daniel deed de deur open. 'Waarom zit de sleutel aan de buitenkant in de deur?' Hij kamde met zijn vingers door zijn haar. 'Ik was aan het werk,' zei hij. Hij wees naar een stapel paperassen op de tafel naast de lamp. 'Ik laat de sleutel in de deur zodat ik mezelf niet kan buitensluiten. Soms is er niemand op de receptie. Er valt hier toch niets te stelen. Ik bedoel, ik heb natuurlijk mijn werk, maar ik zie een dief er niet vandoor gaan met een stapel paperassen waar hij toch geen wijs uit kan.'

Carolyn vroeg zich af of hij zich ooit zou aanpassen aan de buitenwereld. Hij droeg hetzelfde overhemd als gisteren. Het ene pand hing uit zijn spijkerbroek, zijn haar stond recht overeind en hij droeg maar één sok en geen schoenen.

'Ik ben blij met dit raam,' zei Daniel. Hij liep naar het raam en legde zijn handen tegen het glas. 'In de gevangenis had ik geen raam. Wanneer mijn ogen moe worden, kan ik ze rust geven door naar de oceaan te kijken. Is die niet prachtig?'

Terwijl hij haar zijn rug toekeerde, keek Carolyn snel in de kast en de badkamer of ze ergens wapens, drugs of alcohol zag. Jakkes, dacht ze, wanneer hij straks een eigen flat heeft, moet ik nog een keer op huisbezoek gaan. 'Heb je al een flat gevonden?'

'Nog niet,' zei hij. 'Ik heb geen auto. Ik heb geld genoeg om er een te kopen, maar ik heb geen rijbewijs. Ik heb de bus genomen en geprobeerd naar wat flats te kijken, maar raakte verdwaald. Niemand wist waar de bushalte was. Ik heb een taxi moeten nemen om terug te komen.'

Carolyn liep naar de overvolle tafel en pakte een vel papier op. Aan de ene zijde ervan stond een ingewikkelde tekening, terwijl de andere zijde volgekrabbeld was met berekeningen. 'Wat is dit?'

'O,' zei Daniel verlegen, 'hier werk ik al achttien jaar aan. Het is een exoskelet.'

'Je geeft geen antwoord op mijn vraag.' Ze kende het woord, maar bracht het niet in verband met iets wat iemand kon bouwen. Eddie Downly was een verkrachter, maar dat had ze niet ingezien. Hoe langer Metroix praatte, hoe beter ze zou kunnen beoordelen welk gevaar hij vormde voor zijn omgeving. 'Een exoskelet. Help me eens even herinneren. Wat is dat ook alweer?'

'Sommige dieren hebben een exoskelet,' legde hij uit. 'Een krab bijvoorbeeld. U weet wel, een uitwendige skelet. Ik heb geprobeerd er een te bouwen voor de dochter van een gevangenbewaarder die gedeeltelijk verlamd is.'

Drie delen zelfmisleiding, een deel wetenschap, dacht Carolyn. Het klonk bijna als een van de maffe scheikundeprojecten waar haar moeder thuis mee bezig was geweest. Hem verder uit zijn tent lokkend, vroeg ze: 'Is dit een van de projecten waar je in je laboratorium in de gevangenis mee bezig was?'

'Het is niet erg goed gelukt,' zei Daniel, reagerend op haar belangstelling. 'Een menselijk exoskelet is een bijzonder ingewikkeld iets. Het probleem zit hem in de ontwikkeling van het juiste materiaal voor de bekleding. Daarnaast moet je een krachtbron zien te vinden die licht van gewicht en draagbaar is. Ik geloof dat men van regeringswege met hetzelfde probleem bezig is. Ze willen de prestaties van soldaten verbeteren. Hun project heet MPV: Menselijke Prestatie Verbetering.'

Carolyn hief haar hand op. 'Moment,' zei ze. 'Heb ik het goed begrepen? Wil jij me vertellen dat je achttien jaar geleden iets hebt uitgevonden wat de regering nu verder aan het ontwikkelen is ten behoeve van de nationale veiligheid?'

'Ja, maar ik heb geen exoskelet uitgevonden,' zei Daniel. 'De enige die een octrooi heeft op een exoskelet, is God. Het enige dat de homo sapiens doet, is proberen iets uit de natuur te kopiëren en aan te passen aan bepaalde behoeften.'

'God, zeg je?' zei Carolyn, verbaasd dat hij na drieëntwintig jaar achter de tralies nog steeds gelovig was. Hoewel religieuze ideatie geen onbekend verschijnsel was bij schizofrenen.

'Ja,' zei Daniel met een glimlach. 'En we zullen waarschijnlijk nooit slagen. Al had ik het mooiste laboratorium van de hele wereld, de knapste koppen, de beste apparatuur. Denkt u nu werkelijk dat ik een mier, een hond, een paard zou kunnen creëren, laat staan een menselijk wezen dat kan nadenken en redeneren? God is de ultieme uitvinder.' Hij zweeg en wreef diep in gedachten zijn voorhoofd.

'Heb je nog meer dingen uitgevonden toen je in de gevangenis zat?'

'Ja,' zei Daniel die eenzelfde gesprek met zijn advocaat had gevoerd. 'Van alles. De eerste uitvinding die door de gevangenis in gebruik werd genomen, was een beveiligingssysteem met meerdere beeldschermen dat ook filmbeelden vastlegde. Ze waren daar erg tevreden over omdat ze dankzij dat systeem met minder bewakers konden volstaan.'

Dit was tenminste apparatuur die Carolyn kende. Ook bedrijven maakten gebruik van videobewaking. 'Bestond de videorecorder al toen jij deze apparatuur hebt ontwikkeld?'

'Een eerste prototype van de videorecorder is indertijd ontwikkeld door een man genaamd Charles Ginsburg, die werkte voor een maatschappij met de naam Ampex. Het was een gigantisch ding, bijna zo groot als een piano. Later hebben ze het verkocht aan Sony. De eerste commerciële videorecorder is in 1971 op de markt gebracht. Met de apparatuur die ik voor de gevangenis heb gemaakt, was ik vóór mijn arrestatie al bezig, omdat sommige van de televisiecomponenten verband hielden met een communicatiesysteem dat ik aan het ontwerpen was. Het is ongeveer vijftien jaar geleden in gebruik genomen.'

Het tijdstip kwam overeen met de data in de eerste brief van de gevangenisdirecteur waarin die hem had voorgedragen voor vrijlating. 'Heb je weleens een uitvinding verkocht?'

'Ik heb nooit iets verkocht,' antwoordde hij. 'Eerlijk gezegd heb ik er zelfs nooit aan gedacht of ik geld zou kunnen verdienen met de dingen die ik uitvind. Voor mij is het werk. Dit is wat ik doe, ziet u. Wanneer ik een probleem zie, ga ik proberen het op te lossen. Bovendien,' voegde hij er achteloos aan toe, 'heb ik de rechten afgestaan op alles wat ik zou uitvinden zolang ik in Chino zat. Dat was de voorwaarde om een laboratorium te krijgen.'

Carolyn probeerde na te denken als een advocaat. Ze wist niets over octrooiwetten. Ze zou moeten uitzoeken wie wettelijk het recht had op zijn uitvindingen. Ze had inmiddels wel door dat hij geen nummerplaten had zitten maken. Haar vermoeidheid was helemaal verdwenen en ze voelde zich alert en geïnteresseerd.

'Repareerde je ook elektrische apparatuur?'

'Bent u mal?' antwoordde Daniel. 'De directeur wilde niet dat ik ergens anders aan werkte dan aan het exoskelet, ook al had ik tegen hem gezegd dat ik er niet de juiste spullen voor had.'

Ze besloot dat ze hem lang genoeg hierover had laten praten en vroeg nu: 'Kun je je herinneren wat er is gebeurd in de nacht dat je bent gearresteerd?'

'Ja, maar niet erg goed,' antwoordde Daniel met een diepe zucht. 'Ik had toen problemen. Ik weet nog dat mijn moeder zich zorgen maakte en mijn dokter belde.'

'Was dat dokter Walter Gershon?' vroeg Carolyn.

'Ja,' zei hij. 'Ik heb hem in de gevangenis een hele massa brieven geschreven, maar daar heeft hij nooit op geantwoord.'

'Ook ik heb naar hem gezocht. Hij staat niet in het telefoonboek. Misschien is hij met pensioen, of verhuisd. Of dood. Kun je je herinneren dat je een medicijn slikte met de naam Levodopa?'

'Nee, waarom vraagt u dat?'

'Toen je in hechtenis bent genomen, had je dat geneesmiddel bij je. Ik heb navraag gedaan bij een psychiater en die vertelde me dat het een medicijn is dat je iemand met jouw aandoening juist niet mag geven.'

Daniels blik dwaalde naar de grond terwijl hij probeerde het zich te herinneren. 'Ik nam mijn medicijnen altijd mee in een envelop wanneer ik naar school ging of ergens anders naartoe moest. Zaten de pillen in een papieren zakje?'

'Ja,' antwoordde Carolyn. 'Hoelang slikte je ze al?'

'Een week ongeveer,' zei hij. 'Dokter Gershon had me net een nieuw medicijn voorgeschreven. Ik kan me de naam niet meer herinneren. Ik weet nog dat ik van streek raakte toen ik het bij de apotheek ging halen.'

'Waarom raakte je van streek?'

'Omdat het een andere naam had dan wat de dokter had voorgeschreven,' zei Daniel. Hij tekende met zijn vinger rondjes op de tafel. 'Ik kreeg bijna ruzie met de apotheker, omdat ik dacht dat hij me per abuis het recept van iemand anders had gegeven. Hij deed er heel laconiek over en zei dat het een generische vorm was van hetzelfde geneesmiddel. Dat het daarom een andere naam had.'

'Welke uitwerking had het medicijn op jou?'

'Alles ging opeens mis,' zei Daniel. Er blonken tranen in zijn ogen. 'Het was op school juist zo goed gegaan totdat ik het nieuwe medicijn begon te slikken. Daarna kreeg ik weer problemen. Toen ik de dokter belde, zei hij dat ik de dosis moest verdubbelen, maar toen ik dat deed, werd het juist nog erger.'

Dit was een belangrijk punt, dacht Carolyn. Niet dat de psychiater of de apotheker een ernstige fout had gemaakt, maar dat iemand die iets met de misdaad te maken moest hebben, deze informatie verborgen had gehouden voor de rechtbank. 'Weet je naam van de apotheek nog?'

'O'Malley's,' zei hij. 'Maar die bestaat niet meer. Ik ben er vandaag met de bus langsgekomen. Er is nu een winkelcentrum. Het was een familiebedrijf, maar zoals zoveel familiezaken is de apotheek blijkbaar opgeslokt door een grote winkelketen.'

'Ik weet het,' zei Carolyn, bedroefd om de veranderingen in hun

wereld. Je zag tegenwoordig bijna nergens meer familiezaken. 'Waarom had de dokter eigenlijk besloten je een ander medicijn gegeven?'
'Omdat ik voor mijn eindexamens zat,' zei hij. Hij knipperde heftig terwijl hij met zijn vinger rondjes bleef tekenen op de tafel. 'Stress kan een aanval veroorzaken. Neemt u me niet kwalijk. Erover praten is moeilijk voor me.'

Carolyn ging stug door. Ze had een glimp opgevangen van zijn ziekte. Nu wilde ze feiten. 'Heb je tijdens zo'n aanval ooit een gewelddaad gepleegd?'

'Nooit,' antwoordde Daniel. 'Ik heb naakt over straat gelopen en andere bizarre dingen gedaan. Ik ben niet gewelddadig van aard. Toen ik pas in de gevangenis zat en andere gevangenen me te lijf gingen, heb ik niet teruggevochten.'

'Laten we ons concentreren op de avond van de misdaad. Kun je je de drie jongens herinneren?'

'Ik weet van de rechtszaal hoe ze eruitzagen,' zei Daniel. Hij kneep zijn handen heel strak ineen. 'Het was donker toen ze me aanvielen. Ik kon hun gezichten niet goed onderscheiden. Ik had in de bibliotheek zitten studeren.'

'De misdaad is gepleegd in een steeg achter Rudy's biljartzaal,' zei Carolyn. 'Wat deed jij in die steeg?'

'Het was de kortste weg naar huis. Ik wilde zo snel mogelijk naar huis, zodat mijn moeder niet kwaad zou worden. Ze behandelde me alsof ik – '

'Blijf bij je verhaal, Daniel,' zei ze. 'Je moet me vertellen wat er is gebeurd.'

'Ik herinner me dat ik drie grote jongens zag staan bij de achterdeur van de biljartzaal. Ik liet aldoor boeken vallen. De riem van mijn tas was gebroken, en ik probeerde ze allemaal onder mijn arm te dragen. Ik had studieboeken bij me, maar ook boeken uit de bibliotheek. Iedere keer dat ik probeerde een boek op te rapen, gaf een van de jongens het een schop. Ik werd erg kwaad. Het was donker en ik kon de helft van de boeken niet terugvinden. Ik wist dat ze duur waren en ik wilde niet dat mijn moeder ervoor zou moeten betalen.'

'Ga door,' zei Carolyn, die zich afvroeg hoe kwaad hij die nacht was geworden. Ze kon zich voorstellen dat ook de jury zich dat had afgevraagd. Misschien was dit de reden waarom de pro-Deoadvocaat hem tijdens de rechtszaak niet had laten getuigen. 'Wat kun je je nog meer herinneren?'

'Ik struikelde en viel languit op straat,' zei hij en hij begon weer met zijn ogen te knipperen. 'Ik herinner me dat ze me uitlachten en uitscholden. Toen ik probeerde overeind te komen, begonnen ze me te slaan. Een zwarte jongen draaide me op mijn rug en trok mijn kaken van elkaar. De rest is allemaal wazig. Het laatste dat ik me herinner, is dat een van hen in mijn mond urineerde.'

Carolyn liet haar hoofd tussen haar handen zakken. Als dit allemaal waar was, was het te gek voor woorden. Had hij drieëntwintig jaar in de gevangenis gezeten, terwijl de drie klootzakken die hem in elkaar geslagen en vernederd hadden, vrijuit waren gegaan? Ze verbeterde zichzelf, want Tim Harrison, de zoon van de commissaris, had immers het leven verloren.

'Heb je Tim Harrison voor een auto geduwd?'

'Nee,' zei Daniel. Hij stond op en begon te ijsberen terwijl hij de gebeurtenissen van die avond nogmaals beleefde. 'Ik weet bijna zeker dat ik, nadat ze waren begonnen me af te tuigen, niet meer overeind ben gekomen tot vlak voordat die jongen werd overreden. Tegen die tijd had ik mezelf ervan overtuigd dat het een waanvoorstelling was. Waarom zou ik vechten tegen mensen die niet bestonden?'

'Waar was je toen Tim werd aangereden?'

'Toen ze met elkaar begonnen te vechten,' zei hij, terwijl hij zijn armen rond zijn bovenlichaam sloeg, 'ben ik naar een hoek gekropen en heb ik me achter een vuilnisbak verstopt. Ik was er erg slecht aan toe. Ik zat achter die vuilnisbak toen de politie me arresteerde. Een van de jongens zwoer dat ik hen met een mes had bedreigd, maar de politie heeft helemaal geen mes gevonden. Mijn moeder zou me nooit met een mes de straat op hebben laten gaan, zelfs niet met een botermes.' Hij glimlachte vluchtig. 'Met het soort problemen dat ik had, wist ik wel beter dan met messen rond te lopen.'

'Waren de jongens met elkaar aan het vechten voordat Tim door de auto werd geraakt, of daarna?'

'Ervoor,' zei Daniel. 'Een van de jongens was kwaad. Ik kan het mis hebben, maar ik geloof dat het Harrison was. Hij had het over zijn vader. Hij zei dat zijn vrienden me niet hadden moeten aftuigen, dat ze allemaal uit het footballteam gezet zouden worden en dat zijn vader hem verrot zou slaan.'

Carolyn gebruikte meestal de voornaam wanneer ze het over een slachtoffer had. Ouders en geliefden noemden elkaar niet bij hun achternaam. 'Heb je gezien dat Tim door de auto werd geraakt?'

Hij hield op met ijsberen en draaide zich naar haar toe. 'Ik weet het niet zeker,' zei hij. Hij zoog de lucht diep in zijn longen. 'Wanneer je denkt dat iets niet echt is, probeer je er zo weinig mogelijk aandacht aan te schenken.'

'Vertel me precies wat je hebt gehoord,' zei Carolyn. Ze hield haar pen gereed boven haar notitieblok.

'Precies is moeilijk,' zei Daniel tegen haar. 'We hebben het over iets dat drieëntwintig jaar geleden is gebeurd, en over hersenen die niet in orde waren. Ik kan u alleen maar vertellen wat ik *denk* dat ik heb gehoord. Weet u zeker dat u het wilt weten? Toen ik het uitlegde aan mijn advocaat, zei hij dat wat ik ook had gezien of gehoord, niet van belang was. Daarom heeft hij me ook niet laten getuigen.'

'Ik weet dat je niet hebt getuigd,' zei Carolyn. 'Ik ben je advocaat niet, Daniel. En Tims dood was geen waanvoorstelling.'

'Dat wéét ik,' beet hij haar toe. 'Ik hoorde een automotor, gierende banden en een hoop geschreeuw. Het volgende dat ik me herinner, is dat ik in hechtenis werd genomen.' Hij zakte weer neer op de stoel, zijn gezicht vertrokken van bitterheid. 'Wat maakt het uit of ik schuldig of onschuldig ben? Ik heb mijn tijd al uitgezeten.'

Carolyn wist dat de meeste mensen er moeite mee hadden de complexiteit van het rechtssysteem te doorzien. 'Je vonnis luidde twaalf jaar tot levenslang. Zolang als je ademhaalt, kunnen ze je opnieuw naar de gevangenis sturen.'

Ze schrok hevig toen de telefoon schril begon te rinkelen. Toen Daniel naar het nachtkastje liep om op te nemen, wist Carolyn instinctief dat er iets mis was. Ze liet haar blik snel door de kamer gaan. Ze zag draden die langs het plafond liepen. Onlangs waren twee FBI-agenten omgekomen toen ze een kamer binnengingen waar een boobytrap was geplaatst. 'Neem niet op.'

'Waarom niet?'

'Aan wie heb je dit telefoonnummer gegeven?'

'Alleen aan u,' zei hij en hij nam de hoorn van de haak. 'Het zal wel verkeerd verbonden zijn.'

Carolyn griste de hoorn uit zijn hand en liet hem naast het nachtkastje op de grond vallen. Naast de normale telefoonkabel zag ze een dik, zwart snoer, dat veel leek op dat tegen het plafond. Heel even vroeg ze zich af of het soms een snoer voor een modem was. Hoe het ook zat, ze was niet van plan te wachten tot dat duidelijk werd.

'We moeten hier weg!' zei ze. Ze greep hem bij zijn overhemd en probeerde hem mee te trekken. 'Snel! Dit kan een val zijn. Dat telefoontje was bedoeld om uit te zoeken of je hier bent.'

'Mijn papieren,' zei Daniel en hij stak zijn hand ernaar uit.

'Schiet op, we hebben geen tijd,' schreeuwde Carolyn die al half de deur uit was.

Ze waren een paar meter over de galerij gelopen toen ze de explosie hoorden. Een enorme vuurbal barstte uit het raam naar buiten. Carolyn en Metroix werden tegen de grond gesmeten. De betonnen galerij bewoog als bij een aardbeving. 'Ben je gewond?' riep Carolyn, hoestend vanwege de rook.

'Ik geloof het niet,' zei Daniel, terwijl hij omkeek naar de kamer.

'We moeten beneden zien te komen voordat het gebouw instort. Hier,' zei ze. Ze scheurde met haar tanden een stuk van haar katoenen bloes en gaf het aan hem. 'Hou dit voor je mond en neus. Sta niet op. Blijf zo dicht mogelijk bij de grond.'

Terwijl glasscherven door de lucht vlogen en zuilen rook opstegen, kropen Carolyn en Daniel zo snel mogelijk in de richting van het trappenhuis. De rook werd zo dik dat ze niets konden zien. Carolyn haalde haar handen en knieën open aan het ruwe beton. Ze hoorde Daniel achter zich hoesten en hijgen. Er volgde een tweede explosie. Carolyn was als de dood dat de betonnen galerij van de tweede verdieping op hen zou neerkomen.

Ze hoorde in de verte sirenes, maar ze konden niet op redding wachten. Eindelijk vond ze de trap. Door haar rechterhand uit te steken en de grond vóór zich af te tasten, voelde ze de bovenste tree van de trap. Ze reikte achter zich en greep zijn hand. 'Draai je om,' riep ze. 'We moeten achterwaarts de trap af.'

'Ik... krijg... geen... lucht,' zei Daniel. Hij draaide zich om op zijn rug.

Carolyn ging schrijlings op hem zitten, tilde zijn arm op en liet die weer vallen om erachter te komen of hij nog bij bewustzijn was. Met beide handen deed ze zijn mond open en zoog toen zoveel lucht naar binnen als haar longen konden bevatten, terwijl ze wanhopig vocht tegen de aandrang te gaan hoesten. Als ze bezweken aan rookinhalatie, zouden ze hier allebei sterven. Ze kneep zijn neus dicht, drukte haar mond op de zijne en blies haar adem in zijn longen. Toen hij niet reageerde, keek ze om naar de trap. Ze zag de gezichten van John en Rebecca voor zich. Haar kinderen hadden haar nodig. Wat had ze eraan als ze hier allebei stierven?

Ze moest een beslissing nemen.

Ze haalde nogmaals diep adem en blies die in Daniels mond. Ze werd duizelig van het gebrek aan zuurstof, en tranen stroomden uit haar ogen. Zodra ze hem hoorde hoesten, greep ze zijn linkerbeen en

71

begon ze de trap af te dalen terwijl ze hem met zich meetrok. Even later begon Daniel op eigen kracht te bewegen. Ze waren net onder aan de trap toen de brandweerauto's kwamen aanrijden. Carolyn liet zich languit op het grasveld naast het parkeerterrein vallen.

Ze hoorde mannenstemmen die bevelen gaven en voelde dat ze op haar rug werd gedraaid. Ze deed haar ogen open toen een verpleger een zuurstofmasker op haar gezicht drukte.

'Brancard!' riep de man. 'Ik heb hier nog een slachtoffer.'

Carolyn duwde het zuurstofmasker weg van haar gezicht. 'Er was een man bij me,' fluisterde ze met een keel zo droog dat ze amper kon spreken.

'Met uw vriend komt het wel in orde,' zei de verpleger terwijl hij de verpakking van een infusienaald scheurde. 'Ik ga een infuus in uw arm aanbrengen. Probeert u zich te ontspannen en normaal adem te halen.'

Carolyn deed haar ogen dicht. Even later zakte haar hoofd opzij. Alle geluiden verdwenen terwijl ze op een zee van duisternis deinde.

6

John stak zijn arm door de spijlen van het ziekenhuisbed en streelde zachtjes de hand van zijn moeder. 'Alles is in orde, mam,' zei hij, met een bezorgde trek op zijn gezicht. 'Je bent op de eerstehulpafdeling van het Good Samaritan Hospital. De dokter zegt dat je over een paar uur naar huis mag.'

Carolyn probeerde te gaan zitten, maar viel terug tegen het kussen. Haar knieën en ellebogen deden pijn en ze zag een infuuszakje aan een standaard naast het bed hangen. Ze kreeg zuurstof toegediend en haar keel voelde aan alsof ze zuur had gedronken. 'Kun je me wat water geven?' vroeg ze met een nauwelijks hoorbare stem.

John pakte een bekertje met geschaafd ijs van de tafel, schepte er met een lepel wat uit en liet het in de mond van zijn moeder glijden. 'De verpleegkundige heeft gezegd dat je alleen maar geschaafd ijs mag,' legde hij uit. 'Ze hebben je een lichte verdoving gegeven toen ze je knieën en ellebogen hebben gehecht. Ze hebben liever niet dat je water dringt. De zuster zei dat je dan zou kunnen gaan overgeven.'

Carolyns hand vloog naar haar keel. 'Waar is het kruisje van mijn moeder?' vroeg ze, bang dat ze het bij de explosie was kwijtgeraakt.

'Dat heb ik,' zei haar zoon. 'Ze hebben me ook je manchetknopen en horloge gegeven. Hier, neem nog wat ijs.'

Het ijs nam het brandende gevoel in haar keel iets weg. Carolyn begreep dat ze haar morfine moesten hebben gegeven. Haar spieren voelden aan als spaghetti en ze had moeite scherp te zien. 'Is Neil hier ook?'

'Nee,' antwoordde John. 'Ik heb hem gebeld, maar je weet dat hij 's nachts de telefoon afzet als hij aan het schilderen is. Professor Leighton heeft me gebracht.'

Het duurde een paar ogenblikken voor ze zich herinnerde waar ze die naam van kende. De geluiden en geuren van de explosie verdrongen alles in haar geest. Ze keek vol liefde naar haar zoon, dankbaar dat ze nog leefde. 'De man die bij ons in de straat is komen wonen?'

'Toen ze van het ziekenhuis belden,' zei John, 'wist ik niet wat ik moest doen. Ik heb eerst geprobeerd pappa te bereiken, maar zijn telefoon is weer eens afgesloten. Toen wilde ik een taxi nemen, maar ik had niet genoeg geld. Rebecca had het telefoonnummer van professor Leighton, omdat ze vandaag tussen de middag samen met zijn dochter heeft gegeten. Het is een erg aardige man, mam.'

'Waar is je zusje nu? Je hebt haar toch niet alleen gelaten?'

'Nee,' zei hij. 'Professor Leighton heeft een inwonende huishoudster. Rebecca mocht bij hen overnachten. Maak je geen zorgen. Probeer te rusten, anders laat de dokter je niet naar huis gaan.'

'Hoe is het met Daniel Metroix?'

'Die halvegare kerel, bedoel je?' vroeg John. Hij trok een gezicht. 'Professor Leighton begrijpt niet waarom je naar zijn motelkamer bent gegaan. Je mag blij zijn dat hij je niet heeft vermoord.'

Een volslagen vreemde was opeens bij haar leven betrokken geraakt. 'Wat ik voor mijn werk doe, is vertrouwelijk,' zei Carolyn. 'Omdat ik meestal niet belast word met de supervisie over vrijgelaten gevangenen, weet je niet hoe dit deel van mijn werk in elkaar zit. Reclasseringsambtenaren moeten regelmatig bij hun cliënten op huisbezoek. We moeten bekijken hoe ze wonen. Deze man zat in een motel tot hij een flat zou hebben gevonden.'

'Misschien moet je dan een andere baan zoeken,' zei John. 'Wij hebben je nodig, mam. Wat moet er van Rebecca en mij worden als jou iets zou overkomen?'

'Er zal me niets overkomen,' zei ze en ze kneep in zijn hand. 'Ik ben vanavond toevallig een beetje gewond geraakt. Meneer Metroix probeerde me geen kwaad te doen. Het was waarschijnlijk een ongeluk. Maar je moet me beloven dat je van nu af aan geen dingen over mijn werk meer doorvertelt aan andere mensen. Afgesproken?'

Het gezicht van de jongen betrok. 'Dat vind ik wel een beetje onredelijk,' zei hij. 'Wat moest ik anders? Iemand van het ziekenhuis belde en zei dat een volwassene moest komen om je te halen. Heb je enig idee hoe gênant het voor me was dat ik om hulp moest aankloppen bij een man die ik nog nooit had ontmoet? Professor Leighton heeft me in de auto het hemd van het lijf gevraagd. Waar is je vader? Waar zijn je grootouders? Waarom neemt je oom de telefoon niet op?'

'Je hebt toch niet mijn moeder gebeld?' vroeg Carolyn. Ze wilde niet dat haar moeder zich zorgen zou maken.

'Nee,' antwoordde hij. 'Ik weet dat ze 's avonds niet meer rijdt.'

'Je had Veronica Campbell kunnen bellen,' zei ze. Ze vond het vervelend dat hij zoveel opgekropte boosheid in zich meedroeg. 'Haar nummer staat op het prikbord naast de telefoon. Evenals het nummer van Brad. Jane Baily zou je ook hebben geholpen. Zij heeft jaren op jou en je zusje gepast.'

'Mevrouw Baily is verhuisd,' zei de jongen. 'Professor Leighton heeft haar huis gekocht. Het heeft een halfjaar te koop gestaan. Weet je dat niet meer, mam?'

Carolyn schaamde zich. Alweer had haar zoon gelijk.

'Die Veronica heb ik maar één keer ontmoet,' ging hij door, op dezelfde boze zoon. 'Ik wilde dan wel niet dat je met Brad ging trouwen, maar het was ergens best fijn om een man in huis te hebben. Sinds hij je baas is geworden, klaag je alleen maar over hem. Voorheen kwam hij nog weleens bij ons of we gingen naar zijn huis om te barbecuen en we mochten bij hem in het zwembad. Hij is een beetje een opschepper, maar hij leek in ieder geval om ons te geven. Nu komt er nooit meer iemand bij ons.'

Carolyn zuchtte, te zwak en vermoeid om nog langer te praten. 'Ik moet slapen,' zei ze. 'Zeg maar tegen meneer Leighton dat hij naar huis kan gaan. Wij nemen wel een taxi.'

'Hij is professor, mam,' zei John. 'Waarom zouden we geld verkwisten aan een taxi?'

'Bedank de *professor* van me en zeg maar dat hij hier echt niet langer hoeft te blijven. Je kunt eigenlijk wel met hem meegaan.'

Tranen sprongen in Johns ogen. 'Ben je boos op me?'

'Helemaal niet,' zei Carolyn. 'We praten morgen verder, wanneer je uit school komt.'

John liep naar de deur, draaide zich om en kwam terug naar het bed. Hij boog zich naar zijn moeder en gaf haar een zoen op haar wang. Carolyn legde haar hand tegen de zijkant van zijn gezicht. 'Ik eis veel van je,' zei ze. 'Het spijt me. Soms heb ik geen keus. Wat je me vanavond hebt verteld, is goed tot me doorgedrongen. Ga nu maar naar huis met die aardige man die bij ons in de straat is komen wonen. Morgen is er weer een nieuwe dag.'

Carolyn hoorde in haar slaap een mannenstem haar naam zeggen. Ze zag rechercheur Hank Sawyer en een jongere agent in uniform bij haar bed staan. Ze keek op de klok aan de muur en zag dat het kwart over twee 's nachts was. Waarom had het ziekenhuis haar niet naar huis gestuurd? Terwijl ze in haar ogen wreef, bedacht ze dat er vermoedelijk een verpleegkundige bij haar was komen kijken en had gedacht, toen ze haar had zien slapen, dat ze nog te versuft was om naar huis te gaan.

'We moeten je een paar vragen stellen,' zei Hank. 'Dit is Trevor White. De dokter zegt dat je aan dat incident in het motel alleen maar een paar vervelende snijwonden hebt overgehouden. Je hebt erg geboft.'

Carolyn keek op naar de twee mannen. Ze kende Hank al jaren en had vaak met hem gewerkt. Hij was een rechercheur met de rang van brigadier, en hij werkte op de afdeling Misdaden tegen Personen. Hij was vijfenveertig jaar, bijna een meter tachtig lang en zo'n tien kilo te zwaar. Het meeste van het teveel aan gewicht zat rond zijn middel. Hij had bruin haar dat dun begon te worden en een rossige gelaatskleur.

De brigadier was een gewiekste en bijzonder gewaardeerde rechercheur. In een zaak die Carolyn een aantal jaren geleden had behandeld, was hij degene geweest die de moordenaar had opgespoord en aangehouden. Hij had daarbij een kogel in zijn buik gekregen, een van de gevoeligste plekken van het lichaam voor kogelwonden. Carolyn had de zaak verder afgewerkt en tot haar grote verbazing was Hank binnen drie weken alweer aan het werk geweest.

Agent White zag eruit als midden twintig en had de stijve houding van een soldaat. Waarschijnlijk een groentje, dacht ze. Wanneer een agent zijn best deed gezaghebbend over te komen, probeerde hij meestal een gebrek aan ervaring te camoufleren.

'Vertel eens wat er is gebeurd,' zei ze. Ze drukte op een knop om het hoofdeinde van het bed wat hoger te zetten. 'Was het een bom?'

'Laten we het een explosieve stof noemen,' zei Hank. 'Zolang de jongens van de afdeling explosieven nog met het onderzoek bezig zijn, kunnen we het niet met zekerheid zeggen.'

'Hoeveel mensen zijn er gewond geraakt?'

'Jij en een man genaamd Daniel Metroix. Volgens onze gegevens is Metroix onlangs voorwaardelijk vrijgelaten uit Chino. Hij zegt dat jij zijn reclasseringsambtenaar bent. Is dat zo?'

'Ja,' zei Carolyn. 'Waar is hij nu?'

'De gevangene wordt op dit moment opnieuw in hechtenis genomen,' zei agent White. Zijn hand rustte op de kolf van zijn pistool. Hij was een paar centimeter kleiner dan zijn meerdere, had gemillimeterd haar en kleine grijze ogen.

Hank keek hem met een strenge blik aan. 'Ga een kop koffie voor me halen,' zei hij, de jonge agent onmiddellijk afstraffend. 'En als je toch gaat, haal dan ook een Mars voor me.' Hij stak zijn hand in zijn zak en gooide de agent een handjevol munten toe. White was niet snel genoeg en moest zich bukken om de gevallen munten op te rapen.

Toen de agent de kamer had verlaten, draaide de rechercheur zich weer naar Carolyn. 'Dat jonge grut,' zei hij met een frons. 'Ik ben zo onderhand te oud om ze op te leiden. Wat was zijn fout?'

'Dat hij vrijwillig informatie heeft gegeven,' zei Carolyn, die zich echt niet druk maakte over de personeelsproblemen binnen het politiekorps, na wat ze had gehoord. 'Waarom heb je Metroix in hechtenis laten nemen, Hank? Hij had niets te maken met wat er is gebeurd. Ik moest zijn woonomstandigheden bekijken en had met hem afgesproken in zijn motelkamer.'

'Hoe zijn jullie erin geslaagd weg te komen voordat de boel in de lucht vloog?'

'Vlak voordat ik wilde vertrekken, ging de telefoon,' zei ze. Ze staarde naar het plafond terwijl ze probeerde zich de juiste volgorde te herinneren van de gebeurtenissen die aan de explosie waren voorafgegaan. 'Toen ik snoertjes langs het plafond zag, wist ik dat er iets mis was. Ik zag dezelfde snoeren uit de achterkant van de telefoon komen. Ik heb tegen hem gezegd dat we zo snel mogelijk weg moesten zien te komen. We waren bijna bij de trap toen Metroix geen adem meer kon krijgen. Ik heb hem beademd en toen kwam hij weer bij.' Ze stak haar hand uit en pakte een kannetje water van het nachtkastje. Hij nam het van haar over, schonk wat water in een beker, gaf die aan haar en wachtte tot ze hem had leeggedronken. 'Mijn keel, weet je,' zei ze hees.

'Dat krijg je met rookinhalatie,' zei Hank tegen haar. 'Ik heb vroeger bij de brandweer gewerkt. Ik weet er alles van.'

'Om welke reden wordt Metroix in hechtenis genomen?'

'Voorlopig alleen wegens paroolbreuk,' zei hij. 'Misschien zal het OM hem morgenmiddag aanklagen wegens poging tot moord, afhankelijk van het bewijsmateriaal dat we kunnen overleggen. We hopen dat jij ons kunt helpen de aanklacht body te geven.'

'Metroix heeft zijn parool niet gebroken, Hank,' zei Carolyn. Ze zette het plastic bekertje op het nachtkastje. 'Hij heeft bij de explosie bijna het leven verloren.'

De rechercheur trok aan zijn revers, duwde zijn jasje recht. 'Weet jij wat een zelfmoordmoordenaar is, Carolyn?'

'Natuurlijk,' zei ze. 'Maar Daniel Metroix is dat niet.' Ze zweeg om na te denken en hoorde het gekreun van de patiënt in het bed naast haar, achter het gordijn. 'Waarom waren er niet meer gewonden? Wat is er gebeurd met de rest van de mensen in het motel? Ik was bang dat het hele gebouw zou instorten.'

'Dat zal ik je vertellen,' zei Hank. 'We hebben te maken met een vreemde zaak. Het motel was niet in bedrijf. Daarom is er niemand anders gewond geraakt. Het gebouw zou aanstaande maandag met de grond gelijkgemaakt worden. Er worden al een maand geen kamers meer verhuurd.'

'Op welke manier zou het met de grond gelijkgemaakt worden?'

'Door middel van een implosie,' zei Hank. 'Rond het motel staan borden van het sloopbedrijf, Barrow and Kline. Ze hebben er ook een bewaker neergezet die regelmatig rondjes om het gebouw moest lopen. We hebben daarstraks met hem gepraat. Hij zegt dat het motel leeg was. Heb je de borden niet gezien?'

'Nee,' zei Carolyn. 'Ik was laat. Er stond een auto bij het kantoor, een pick-up. Ik dacht dat er zo weinig mensen in het motel logeerden, omdat het er zo verwaarloosd uitzag. Toen de telefoon ging, heb ik Metroix gevraagd of hij iemand het nummer had gegeven. Hij zei van niet. Toen ik de snoeren zag, herinnerde ik me het incident met de twee FBI-agenten en sloeg de angst me om het hart. Het leek me van het begin af aan geen zuivere koffie. Ik had op de parkeerplaats het gevoel dat iemand naar me keek of me schaduwde.'

'Heb je iemand gezien?'

'Nee,' zei Carolyn. 'Maar als er een bewaker was, waarom wist die dan niet dat Metroix daar een kamer had? Zodra ik het parkeerterrein opreed, zag ik hem op de tweede verdieping achter het raam zitten. Hij had het licht aan en de gordijnen open. Die bewaker zit te liegen.'

'Het kan van alles zijn,' zei Hank. Hij wierp een blik over zijn schouder toen White de kamer weer binnenkwam en hem zijn koffie en de Mars gaf. 'Misschien was hij net even gaan eten. Om hoe laat ben je bij het motel aangekomen?'

'Om zes uur ongeveer,' zei Carolyn tegen hem. Ze wierp een meelevende blik op de jonge agent die door de rechercheur opzettelijk was vernederd. 'Ik weet dat nog omdat ik op mijn horloge keek. Ik was laat, zoals ik daarnet al zei. Ik had om halfzes met Metroix afgesproken. Ik was bang dat hij zou denken dat ik niet zou komen, en dat hij weg zou gaan.'

'De bewaker werkte van twaalf tot acht,' zei Hank. Hij liet de Mars in zijn zak glijden en nam een slok koffie. 'Hij heeft om ongeveer zes uur pauze genomen. Dat verklaart waarom je hem niet hebt gezien. Hoe lang is het geleden dat Metroix die hotelkamer heeft gekraakt?'

'Dat weet ik niet,' zei ze. Ze streek een lok haar achter haar oor. 'Hij is twee weken geleden voorwaardelijk vrijgelaten uit Chino.

Maandag zei hij tijdens ons eerste gesprek dat hij net in de stad was aangekomen. Volgens mij had hij die motelkamer niet gekraakt, Hank. Hij heeft zeventigduizend dollar geërfd van zijn grootmoeder. Er is iets anders aan de hand.'

'O ja?' zei hij. 'Ik ben een en al oor.'

Carolyn wendde haar gezicht af en kneep haar handen tot vuisten. Ze moest nu bijzonder voorzichtig te werk gaan. Hoewel ze er zeker van was dat Hank een eerlijke agent was, wist hij uiteraard wie het slachtoffer was in de zaak waarvoor Metroix was veroordeeld. Alles wat met het motel te maken had, kon een zorgvuldig opgezet plan zijn om ervoor te zorgen dat de man die de zoon van Charles Harrison had vermoord, voor altijd zou verdwijnen. Als dat het geval was, was het veel erger dan ze had gevreesd, en was er veel te veel voorbereiding aan te pas gekomen. 'Waarom zou Metroix zijn reclasseringsambtenaar bij zich laten komen als hij illegaal in die kamer verbleef? Ik had hem regelrecht terug kunnen sturen naar de gevangenis om de rest van zijn levenslang uit te zitten.'

Misschien had Daniel de tekenen wel gezien, maar onjuist geïnterpreteerd. Afgezien van het feit dat hij schizofreen was, leefde deze man in een geheel andere dimensie dan de meeste mensen. Het was duidelijk dat iemand hem de kamer had verhuurd, en gezien de omstandigheden was het logisch te concluderen dat de receptionist in het complot zat.

'Het kan best zijn dat degenen die hier achter zitten, de borden maandag hebben verwijderd, toen Metroix hier een kamer nam,' redeneerde Carolyn. 'En wat de bewaker betreft, je weet toch wat voor soort figuren dat zijn, Hank? Hij kan best dronken of stoned zijn geweest.'

Daniel Metroix beweerde dat hij haar van vroeger kende. Hij had er teleurgesteld uitgezien toen Carolyn had gezegd dat ze zich hem niet herinnerde. Had ze iets met deze man gemeen? Nu was het natuurlijk zo dat ze op allerlei plekken navraag had gedaan. Het kon in bepaalde kringen bekend zijn geworden dat ze een onderzoek instelde naar de omstandigheden rond de dood van Tim Harrison. Zou Charles Harrison besloten hebben haar als een werktuig te gebruiken om ervoor te zorgen dat áls Metroix bij de explosie niet om het leven kwam, een jury hem ter dood zou veroordelen voor de moord op haar? Dat was wel érg hard, dacht ze. Buiten je boekje gaan om ervoor te zorgen dat de man die verantwoordelijk was voor de dood van je zoon niet op vrije voeten zou blijven, was tot daaraan toe, vooral als Harrison ervan overtuigd was dat de twee jongens die het overleefd hadden, de waarheid hadden verteld. Proberen Daniel Metroix om het leven te brengen, zou een waanzinnige poging tot wraak zijn, maar nog altijd niet zo waanzinnig als het idee dat Metroix een reclasseringsambtenaar met zich mee de dood in had willen nemen. Een ander feit dat in aanmerking genomen moest worden, was dat het soort mensen dat bommen liet ontploffen, zich er niets van aantrok of er onschuldigen werden gedood of gewond.

Carolyn hoorde Hank met White praten en draaide zich om naar de twee politiemannen. Ze vertrok haar gezicht van pijn als excuus voor haar langdurige zwijgen. 'Waarom hebben ze de stroom niet afgesloten als ze van plan waren het gebouw volgende week op te blazen?'

'Waarschijnlijk opdat de mensen van de sloopmaatschappij konden zien wat ze deden,' zei Hank. Hij kneep het schuimplastic bekertje fijn in zijn hand. 'Het gas is een paar dagen geleden wel afgesloten. Jouw vriend had niet eens warm water. Als hij voor die kamer betaalde, waarom heeft hij zich dan niet beklaagd?'

Dat was een goed punt. Aan de andere kant kende Hank Daniel Metroix niet. Een schizofreen kon wekenlang vergeten onder de douche te gaan. Ze herinnerde zich nu dat hij dezelfde kleren aan had gehad als bij hun eerste gesprek. 'Wat is er volgens jou gebeurd?'

'Ik ben er nog niet helemaal uit,' zei de rechercheur. Hij gooide de brokstukken van het bekertje in de prullenbak. 'Het lijkt mij dat Metroix een manier heeft gevonden om de explosieven die dichtbij de kamer lagen waar je met hem zat, te laten ontploffen. We hebben zijn gevangenisdossier bekeken. In Chino stond hij bekend als "de Ingenieur". Snoeren lagen er al. Iemand met Metroix' ervaring kon daar met gemak gebruik van maken.'

'Jouw theorie raakt kant noch wal,' zei Carolyn fel. 'Metroix heeft vlak voor de explosie een telefoontje gekregen. Hij zwoer dat hij aan niemand had verteld dat hij in het motel woonde. Als hij die explosieven zelf heeft laten ontploffen, wie heeft hem dan gebeld?'

'Iedereen kan een telefoon laten rinkelen,' zei Hank met een zelfvoldane glimlach. 'Het motel had een geautomatiseerde telefooncentrale. Metroix hoefde er alleen maar voor te zorgen dat hij op een bepaald tijdstip werd gebeld. Hij kan hebben samengewerkt met een andere ex-gevangene, of zelfs met iemand die nog in Chino zit. Metroix is een psychopaat. Psychopaten doen dingen die in de ogen van andere mensen niet logisch zijn.'

'Je bent bevooroordeeld omdat hij een geesteszieke heeft,' zei Carolyn. Ze ergerde zich aan de bekrompenheid van de rechercheur.

'Misschien vertelden zijn stemmen hem dat jij de duivel was en dat hij je moest doden.'

Carolyn zag op de gang een jonge dokter staan praten met een verpleegkundige en besloot dat het tijd was om een einde te maken aan het gesprek. Iedereen die verbonden was aan het politiekorps van Ventura moest worden beschouwd als een mogelijke handlanger van Charles Harrison. Door Daniels kant te kiezen had ze echter misschien iets veel belangrijkers dan haar baan op het spel gezet. Ze wilde zo snel mogelijk naar huis om bij haar kinderen te zijn.

'Ik voel me niet goed,' zei ze. Ze legde haar hand op haar buik. 'Ik had graag dat jullie nu weggingen zodat ik de dokter bij me kan laten komen.'

'Geen probleem,' zei Hank. 'Ben je morgen op je werk, voor het geval we nog meer vragen hebben?'

'Dat weet ik nu nog niet,' zei Carolyn. 'Maar ze weten op kantoor in ieder geval waar ik te bereiken ben.'

De rechercheur kwam dicht bij haar bed staan. 'Je speelt een gevaarlijk spel, Carolyn,' zei hij. Ze kon aan de blik in zijn ogen zien dat hij wist dat ze om andere redenen dan haar verwondingen een einde maakte aan het gesprek. 'Daniel Metroix is een gewelddadige misdadiger. Hij had het op jou voorzien. Het telefoontje was waarschijnlijk een truc, een seintje voor hemzelf dat hij de kamer moest verlaten. Toen je de snoeren tegen het plafond zag, heeft hij een aantal minuten verloren. Het was allemaal tot op de seconde gepland. Het was de bedoeling dat jij bij de explosie om het leven zou komen.'

'Stel dat hij inderdaad heeft geprobeerd me te vermoorden,' zei Carolyn. 'Wat was zijn motief dan?'

Agent White besloot het er nogmaals op te wagen iets te zeggen. 'Misschien heeft hij een hekel aan reclasseringsambtenaren.'

De rechercheur schudde zijn hoofd. 'Moet dat een grap voorstellen, stuk onbenul?'

'Nee, brigadier,' zei White. Hij trok wit weg. 'Ik dacht...'

'Iemand die pas drie maanden bij de politie zit,' zei Hank, 'mag niet denken, niet spreken en niet eens pissen zonder dat ik daarvoor toestemming geef. Je mag alleen maar luisteren, kijken en leren. Is dat duidelijk? Zo niet, dan kun je vanaf volgende week een andere baan gaan zoeken.' Hij wendde zich weer tot Carolyn. 'Wist niemand dat je vanavond naar dat motel zou gaan?'

'Voor zover ik weet niet,' zei ze en ze dacht aan de gesprekken die ze eerder op de avond had gevoerd met John en met haar broer.

81

Hank Sawyer wees naar de deur. White liep langzaam in die richting. De rechercheur bleef nog even achter. 'Je bent een intelligente vrouw. Waarom verdedig je een moordenaar?'

Carolyn bleef zwijgen tot de rechercheur was vertrokken. Sawyer was een bijzonder scherpzinnige man. Ze had er zelf óók iets van moeten leren toen hij dat groentje zo streng aanpakte. Geef nooit vrijwillig informatie tenzij je er zelf beter van kan worden.

Was Hanks wijsheid de moeite van het overwegen waard? Ze had zich streng opgesteld tegenover Daniel, ook al had ze alleen haar werk gedaan. Maar hij viel niet in dezelfde categorie als andere gevangenen die voorwaardelijk werden vrijgelaten. Zou hij voldoende tijd hebben gehad om iets zo ingewikkelds als een nauwkeurig getimede explosie te organiseren? Zou haar strenge gedrag hem zo tegen de haren in hebben gestreken dat hij het plan had opgevat haar te vermoorden? Zijn slimme uitvindingen even daargelaten, was Daniel Metroix een man die wegens moord gevangen had gezeten. Was hij daarnaast ook een sluwe psychopaat?

Een nieuwe angstaanjagende gedachte kwam in haar op. Wie weet was alles wat Daniel haar had verteld een leugen of een zinsbegoocheling. De tekeningen en berekeningen die ze in zijn kamer had gezien, leken indrukwekkend, maar konden bij nader inzien ook volslagen betekenisloos zijn.

Carolyn zwaaide haar benen over de rand van het ziekenhuisbed, rukte het infuus uit haar arm, vond aan het voeteneinde van het bed een plastic zak met haar kleren, kleedde zich aan en liep de kamer uit om een telefoon te zoeken en een taxi te bellen. Toen ze besefte dat haar handtas in de hotelkamer was achtergebleven, sloeg ze haar handen voor haar gezicht en begon ze te huilen.

7

Op woensdagochtend bukte Rebecca zich over haar moeder en schudde haar aan haar schouder. 'Sorry dat ik je wakker maak, mam,' zei het meisje. Haar donkere, krullende haar was in het midden gescheiden en werd met haarspeldjes naar achteren gehouden. 'John zegt dat we niets in huis hebben voor onze lunch op school. Kun je ons wat geld geven?'

Carolyn ging rechtop zitten en keek met rode, branderige ogen naar haar dochter. Ze was uiteindelijk meegelift met een van de verpleegkundigen en vlak voor de dageraad uitgeput in bed gestapt. Verdorie, dacht ze. Ze betwijfelde of ze haar tas ooit terug zou zien. Gelukkig had ze niet veel contant geld bij zich gehad. De laatste tijd mocht ze al blij zijn als ze twintig dollar in haar tas had voor noodgevallen. En met haar creditcard zat ze bijna aan haar limiet. Haar salaris was net genoeg voor de hypotheek en het huishouden. De kosten van haar studie hadden haar reserves volkomen uitgeput. Nu moest ze een nieuw rijbewijs, bankpas en creditcard aanvragen. Wat een ellende.

Ze stapte uit bed, trok haar badjas aan, liep wankelend naar de kast en doorzocht al haar tassen. Ze vond een verkreukeld briefje van vijf dollar, een paar van één dollar en een handvol munten. 'Dit is bij elkaar ongeveer acht dollar,' zei ze tegen haar dochter en ze legde het geld in haar hand. 'Neem de helft en geef John de rest.'

Rebecca staarde naar het verband rond de ellebogen van haar moeder. Carolyn had ook haar knieën en schenen opengehaald tijdens hun vertwijfelde ontsnapping langs de betonnen trap, maar haar benen werden verborgen gehouden door haar badjas.

'Wat is er gebeurd?' vroeg Rebecca. 'John zei dat je een ongeluk had gehad, maar hij wilde er verder niets over vertellen. Hij zei dat je dan boos op hem zou worden.'

Carolyn sloeg haar armen om het meisje heen en snoof de frisse geur van haar haar op. In ieder geval had haar zoon ditmaal zijn mond gehouden. Het had geen enkele zin zijn zusje angst aan te jagen door haar te vertellen dat haar moeder bijna was vermoord.

'Ik ben gestruikeld en van een trap gevallen,' zei ze, terwijl ze naar

John keek die bij de deur stond. 'Het is niets bijzonders, lieverd. Ga nu maar gauw naar school, anders kom je nog te laat.'

Het was alsof Rebecca niet goed weg durfde gaan. 'Ben je vanmiddag thuis wanneer we uit school komen?'

'Ik beloof het,' zei Carolyn, die gisteravond al had besloten dat ze vandaag een vrije dag had verdiend. Ze kon ook zonder naar kantoor te gaan aan haar zaken werken en ze had voor vandaag met niemand afspraken. Het getuigde misschien van weinig goede smaak dat ze Amy McFarland iets had voorgelogen, maar van de vier nieuwe zaken die Brad haar zou toewijzen, had ze nog niets gezien.

Ze was blij dat ze haar aktetas in de auto had laten liggen. Als ze hem had meegenomen naar de motelkamer, was ze al haar werk nu kwijt geweest. Het enige probleem was hoe ze haar auto terug moest krijgen. Ze nam aan dat hij nog op het parkeerterrein van het Seagull Motel stond, tenzij de politie hem had laten wegslepen.

John stond nog steeds bij de deur van haar kamer. 'Paul Leighton heeft me geholpen je auto terug te brengen,' zei hij. Hij gooide de sleuteltjes op het bed. 'Ik dacht dat je hem wel nodig zou hebben.'

'Dank je,' zei Carolyn. Ze hield de voorpanden van haar badjas over elkaar geslagen. 'Maar hoe is hij erin geslaagd twee auto's hierheen te krijgen?'

'Paul vond dat ik de Infiniti wel naar huis kon rijden,' antwoordde hij. 'Ik wist dat de reservesleuteltjes in je la lagen. Autorijden kan ik al en het was niet erg ver. Ik hoop alleen dat je nu niet weer tegen me tekeer zult gaan.'

'Ik dacht dat ik hem professor moest noemen,' antwoordde zijn moeder. 'En ik was gisteren niet boos op je.'

'Mooi,' zei John. Hij deed het geld dat zijn zusje hem had gegeven, in zijn broekzak. 'We moeten nodig weg. Ik heb je zolang mogelijk laten slapen, maar je ziet er belabberd uit. Probeer er vandaag je gemak van te nemen, goed? Ik maak vanavond het eten wel klaar.'

Rebecca omhelsde haar moeder en liep met haar broer de kamer uit. Carolyn kroop weer in bed en pakte de telefoon van het nachtkastje.

'Directeur Lackner, alstublieft,' zei ze, toen een vrouw opnam. 'Ik ben de reclasseringsambtenaar van Daniel Metroix.'

'Een ogenblik, alstublieft, dan verbind ik u door.'

Carolyn kreeg eerst de helft van het kantoorpersoneel van de directeur aan de lijn, voordat ze eindelijk zijn directe assistent te spreken kreeg, een man genaamd Raphael Scribner. 'Waar kan ik u mee van dienst zijn?' vroeg hij beleefd.

'Dat bespreek ik liever met de directeur,' antwoordde ze. 'Zeg maar dat het dringend is. Ik heb gisteren met hem gesproken.'

Even later hoorde ze de zware stem van de directeur. 'Stephen Lackner.'

Carolyn gaf hem een gedetailleerd verslag van wat er de vorige avond was gebeurd en voegde er een deel van de dingen aan toe die ze had ontdekt over de misdaad waarvoor Metroix was veroordeeld. 'Ik heb nog een paar vragen voor u over dat laboratorium. U zei dat Daniel goed was in dingen repareren. Wat voor dingen repareerde hij zoal?'

'Dat heb ik u al verteld, mevrouw Sullivan,' antwoordde hij op een wat geërgerde toon. 'Daniel repareerde gereedschap dat we hier in de gevangenis gebruiken.'

Gisteren waren het apparaten, vandaag was het gereedschap. 'Metroix heeft me verteld dat hij tijdens zijn gevangenschap een aantal uitvindingen heeft gedaan,' zei Carolyn. 'Het eerste dat hij tijdens zijn verblijf in uw gevangenis heeft uitgevonden, is volgens zijn zeggen een beveiligingssysteem met meerdere beeldschermen en de mogelijkheid filmbeelden te bewaren. Dat is niet precies hetzelfde als het repareren van elektrische apparatuur of gereedschap.' Ze hoorde de directeur zwaar ademen. 'Hij zei verder dat hij een looppak heeft uitgevonden voor de gedeeltelijk verlamde dochter van een van de gevangenbewaarders. Hij noemt het een exoskelet en zei dat zowel het leger van de Verenigde Staten als researchlaboratoria in de hele wereld dag en nacht bezig zijn het te perfectioneren.'

'Wat een onzin,' zei de directeur nadrukkelijk. 'Metroix is geestelijk niet in orde. Ik ben blij dat u niet ernstig gewond bent geraakt, maar verder kan ik u niet helpen.'

'Metroix heeft dat laboratorium pas gekregen nadat hij erin had toegestemd alle rechten op zijn uitvindingen af te staan,' ging ze door. 'Klopt dat?'

'Er waren geen uitvindingen,' zei Lackner. 'Alles wat we hebben gedaan, was volkomen legaal. Metroix noemde het een laboratorium, maar het was alleen maar een werkplaats, die een onderdeel vormde van een gemeenschappelijk project. Een deel van de dingen die ze daar maakten, werd in de gevangenis gebruikt, een deel werd verkocht aan iemand van buiten.'

Carolyn was bezig weer een laagje van Daniels gecompliceerde levensverhaal af te pellen. Misschien had de directeur uit naam van Daniel brieven geschreven aan het reclasseringscomité, maar alleen om die te omzeilen en de leden in bedekte termen ervan te overtuigen het verzoek om voorwaardelijke invrijheidstelling af te wijzen. Ook wanneer iemand zich achter de tralies goed gedroeg, kon hij een bedreiging vormen voor de maatschappij, vooral als de gevangenisdirecteur in overdreven termen de gevaren beschreef die zijn ziekte met zich meebracht. De volgende paar vragen waren van groot belang, maar Carolyn had het idee dat de directeur ze niet naar waarheid zou beantwoorden.

'Eén moment. Ik wil er zeker van zijn dat ik het goed heb begrepen.' Ze wist dat hij zich zat te ergeren. Ze hoorde bovendien aan zijn stem dat hij nerveus was. Ze besloot het gesprek een lichte wending te geven, in de hoop daarmee meer informatie los te krijgen. 'Volgens de wet bezit de gevangenis of het overheidsorgaan dat gaat over het instituut waar een veroordeelde zijn tijd uitzit, de rechten op alle goederen die de veroordeelde tijdens zijn straftijd produceert. Is dat juist, directeur Lackner?'

'Dat is juist,' zei hij, met een zucht van verlichting. 'Goedendag, mevrouw Sullivan.'

'Ik ben nog niet klaar,' zei Carolyn snel. Ze wist dat dit het moment was waarop ze moest scoren. 'Metroix heeft een advocaat die van mening is dat de kwestie van de eigendomsrechten op zijn werk iets is dat nader onderzocht moet worden.'

Even bleef het stil op de lijn. Toen zei de directeur: 'Ik heb het erg druk. Ik heb het beheer over een hele gevangenis, weet u.'

Voordat Carolyn nog iets kon zeggen, besefte ze dat hij had opgehangen. Zo, dacht ze, misschien was Charles Harrison niet de enige die zich van Daniel Metroix wilde ontdoen. Ze was er zeker van dat Lackner tegen haar had gelogen. Om hoeveel uitvindingen zou het gaan? Drieëntwintig jaar was een lange tijd. Nu ze Daniel iets beter had leren kennen, had ze het vermoeden dat hij zich de helft van wat hij allemaal had gedaan, niet eens herinnerde. Als Lackner een uitvinding die nu algemeen goed was geworden, op zijn eigen naam had gezet – het exoskelet even daargelaten – kon er een kapitaal op het spel staan.

Carolyn zag dat het over tienen was en draaide het nummer van Brad Preston.

'Wat is er gisteravond gebeurd?' blafte hij. 'Je staat op de voorpagina van de krant. Hank Sawyer heeft me al twee keer gebeld. Hij wil weten wat we met Metroix gaan doen.'

Carolyn schudde de kussens op en ging weer liggen. 'Ik ga geen verzoek indienen om zijn voorwaardelijke invrijheidstelling te laten in-trekken,' zei ze. 'Als het OM een aanklacht wil indienen, moeten ze dat zelf weten. Totdat ik deze zaak nader heb onderzocht, blijf ik erbij dat Metroix een onschuldig slachtoffer is. Er zit hier veel meer aan vast dan je denkt, Brad. Het is zelfs niet ondenkbaar dat de directeur van Chino iemand heeft gehuurd om Metroix te vermoorden.'

'Wat heb jij toch met die vent?' Brad schreeuwde zo dat Carolyn de hoorn een stukje van haar oor moest houden. 'Een psychopaat heeft geprobeerd een motel op te blazen toen jij daar zat, en nu wil jij me vertellen dat deze man de voorwaarden van zijn voorwaarde-lijke invrijheidstelling niet heeft geschonden? En alsof dat nog niet ge-noeg is, kom je ook nog met beschuldigingen tegen een gevangenis-directeur? Ik begin me af te vragen wie van jullie twee gekker is, jij of Metroix.'

'Ik heb een barstende koppijn, Brad,' zei ze. Ze sloot haar ogen. 'Zou je om te beginnen niet zo willen schreeuwen?'

'Ik begrijp dat je vandaag niet naar kantoor komt. Vertel me wat er aan de hand is.'

Carolyn vertelde hem wat ze tot nu toe te weten was gekomen over de zaak-Metroix en voegde er wat details aan toe over haar gesprek met directeur Lackner. 'Het meest voor de hand liggende scenario is dat Charles Harrison iemand heeft gehuurd om Daniel te vermoorden toen hij uit de gevangenis was gekomen.'

'Als jij er zo zeker van bent dat niet Metroix schuld heeft aan de dood van zijn zoon, waarom denkt Harrison dan van wel? Harrison is niet achterlijk.'

Carolyn liep met de draadloze telefoon naar de keuken om koffie te zetten. Het gevoel dat ze een kater had, moest veroorzaakt worden door de nawerking van de morfine, gecombineerd met stress. Het prettige, zweverige gevoel van gisteravond was verdwenen. Bij iedere stap die ze deed, had ze het gevoel dat haar knieën zouden openbar-sten. Het personeel van een eerstehulpafdeling beschouwde iedereen die niet in levensgevaar verkeerde, als lichtgewond. Carolyn zou niet doodgaan aan haar verwondingen, maar ze deden wel verrekte veel pijn.

'Je weet hoe het gaat in dergelijke situaties,' zei ze. 'Tim was enig kind. Harrison lijdt aan tunnelvisie, Brad. Hij heeft al zijn verdriet en haat op Metroix gefixeerd, omdat Liam Armstrong en Nolan Hous-ton zwoeren dat die de dader was. Vergeet niet dat ik een blauwe maandag verkering heb gehad met Armstrong. Ik ken hem als een bullebak en een lafaard. Nolan Houston zat ook bij mij op school, maar van hem herinner ik me niet veel, behalve dat hij zwart was en erg knap om te zien. Nadat ik Armstrong op de achterbank van zijn auto met geweld van me af heb moeten houden, ben ik ver uit de buurt gebleven van het hele footballteam.'

'Waarom ben jij ervan overtuigd dat niet Metroix die explosieven heeft laten ontploffen? Lackner heeft zelf gezegd dat hij een laboratorium had. Misschien heeft Hank wél gelijk. Metroix had in ieder geval voldoende kennis van zaken.'

'Als ik Metroix niet die kamer uit had gesleept,' zei Carolyn nadrukkelijk, 'zou hij nu dood zijn geweest. Ik moest hem echt meesleuren. Hij wilde de ontwerpen voor zijn uitvindingen niet achterlaten.'

'Nu is hij opeens een uitvinder.'

'Ik heb iets van zijn werk gezien,' ging ze door. 'Directeur Lackner probeerde me wijs te maken dat hij apparaten of gereedschap maakte in het kader van een of ander gemeenschappelijk project, maar ik geloof daar niets van.'

'Je vergeet alweer dat Metroix schizofreen is.'

'En wat dan nog?' riep Carolyn uit, en ze zette de koffiepot met zo'n klap op het aanrecht, dat het glas uit elkaar spatte. 'Hij was waarschijnlijk juist vanwege zijn ziekte een doelwit voor Armstrong, Houston en Tim Harrison. Dat waren niets anders dan gemene treiterkoppen. Weet je wat Metroix me heeft verteld?'

'Nee,' zei Brad, 'maar ik weet dat ik dat nu te horen zal krijgen.'

'Ze hebben hem eerst gepest, toen mishandeld en tot slot in zijn mond geürineerd. Lekkere jongens, hè?'

'Waarom is tijdens de rechtszaak over al deze dingen niets gezegd?' vroeg hij. 'Maar wat die jongens ook hebben gedaan, het is twintig jaar geleden. Op dit moment, terwijl wij hierover zitten te praten, worden overal in de stad mensen door misdadigers vermoord en verminkt. Over díé rotzakken moeten we ons druk maken, in plaats van over iemand die zijn tijd al heeft uitgezeten. Laten we er even van uitgaan dat Metroix inderdaad ten onrechte is veroordeeld. Daar kan niemand nu nog iets aan veranderen.'

Carolyn pakte stoffer en blik uit de werkkast om het glas van de vloer te vegen. 'We hebben het nu niet meer over een oude zaak,' zei ze tegen hem, tegen het aanrecht geleund. 'Gisterenavond heeft iemand geprobeerd Metroix om het leven te brengen. Als die persoon, of personen, niet is gehuurd door Charles Harrison, is Lackner de meest aannemelijke verdachte. Het OM kan voor een huurmoord de doodstraf eisen.'

'Er is pas sprake van een moord wanneer er iemand dood is.'

'En dat zal beslist gebeuren als je mij van het kastje naar de muur blijft sturen.'

'Meen je het serieus, van Lackner?'

'Heel serieus,' antwoordde Carolyn. 'Hoe kunnen we aan de documenten over de afstand van octrooirechten komen, die Metroix heeft ondertekend?'

'We hebben geen wettelijke bevoegdheden in Chino,' antwoordde Brad. 'De hoofdofficier van justitie zou een gerechtelijk bevel moeten ondertekenen. Zelfs als jouw mannetje iets waardevols heeft uitgevonden, wat volgens mij bijzonder onwaarschijnlijk is, zul je alleen documenten vinden ten gunste van de gevangenis of de staat.'

'Waarom kunnen we niet naar octrooirechten zoeken die op naam staan van Stephen Lackner?'

'Ga je gang,' zei hij. 'Ik durf er honderd dollar onder te verwedden dat je niets zult vinden. Denk even na. Lackner moet een bepaalde mate van intelligentie bezitten, anders zou hij nooit zijn aangesteld als directeur van een grote gevangenis. Om een groot aantal misdadigers in bedwang te houden, moet je inzicht hebben in hoe het brein van criminelen werkt.'

Carolyn keek door het keukenraam naar buiten. Ze moest dit weekeinde het gras maaien. Ze kon John niet vragen het te doen. De arme jongen deed al meer dan genoeg. Ze wou dat het december was in plaats van april, dan hoefde ze zich geen zorgen te maken over het gras. 'Je bedoelt dat hij de octrooirechten onder een andere naam heeft geregistreerd?'

'Precies,' zei Brad. 'Jij bent degene die voor advocaat studeert. Dit is iets dat zelfs ík doorheb. Lackner kan een familielid, een vriend, de vrouw van een gevangenbewaarder hebben gebruikt, of gewoon een klein bedrijfje hebben opgezet en de uitvinding hebben verkocht aan een grote firma. Je zult die man nooit te pakken krijgen, altijd aangenomen natuurlijk dat Metroix inderdaad iets waardevols heeft uitgevonden. En stel dat het waar is, waarom wil Lackner hem nu opeens vermoorden? Naar wat ik van jou hoor, heeft hij tot nu toe ongestraft jaren zijn gang kunnen gaan.'

'Heel eenvoudig,' zei Carolyn. Ze bukte zich en veegde een deel van de scherven op een hoopje. Toen ze besefte dat ze op blote voeten liep, stapte ze voorzichtig achteruit, liep naar de zitkamer en plofte neer op de bank. 'Zodra Metroix zijn vrijheid had gekregen, wist de directeur dat het slechts een kwestie van tijd zou zijn voordat hij zijn werk aan andere mensen zou laten zien. En wie een van zijn uitvindingen zou zien, zou willen weten wat hij nog meer had gedaan. Ik zal je een voorbeeld geven: Zou jij niet graag de octrooirechten op de videorecorder willen bezitten?'

'Ik heb nog nooit zoiets belachelijks gehoord. Geloof jij nu werkelijk dat Metroix de videorecorder heeft uitgevonden?'

'Nee,' zei ze. Ze bekeek haar voetzolen en trok er een splintertje glas uit. Om te voorkomen dat er bloed op de vloerbedekking zou komen, legde ze haar benen op de salontafel. 'Maar het kan zijn dat hij de uitvinder is van de eerste televisie met meerdere beeldschermen en opnamecapaciteiten. Dat moet flink wat waard zijn.'

'Als jij het zegt,' zei Brad. 'Maar laten we Lackner en Metroix' uitvindingen even vergeten en ons buigen over het huidige probleem. Als ik om een gerechtelijk bevel vraag om Metroix' voorwaardelijke invrijheidstelling te laten intrekken, zou jij dus weigeren dat te tekenen?'

'Ja,' zei ze. 'En zeg maar tegen Hank dat hij me hier thuis kan bellen als hij vragen heeft.'

'Hij denkt dat het OM Metroix misschien zal aanklagen wegens moord.'

'Ze zullen pas iets doen als ze alles kunnen bewijzen,' zei Carolyn. 'Het motel was al in gereedheid gebracht om opgeblazen te worden. Ze zullen allereerst moeten bewijzen dat het gebouw niet uit zichzelf is ontploft. Het kan best zijn dat het allemaal de schuld is van de sloopmaatschappij.' Ze drukte een hechtpleister op het verband rond haar rechterknie wat aan. 'Onze illustere officier van justitie, Sean Exley, wil dit jaar herkozen worden, voor het geval je dat was vergeten. Exley zal geen van zijn assistenten een aanklacht wegens moord laten indienen in een zaak waarin zoveel gaten zitten. Afgezien van Daniel Metroix, de man die ze willen beschuldigen, ben ik hun enige slachtoffer. Op dit moment moeten ze mij beschouwen als een getuige voor de verdediging. Geloof me, Exley wil al zijn zaken winnen. Wat ik zojuist heb beschreven, is een zaak waarvan officieren van justitie hopen dat ze er nooit mee geconfronteerd zullen worden.'

'Jij weet iets,' zei hij toen hij besefte dat ze een paar goede argumenten had.

'Ik weet een heleboel,' zei Carolyn ad rem, bruisend van zelfvertrouwen.

'Ik wou dat je nooit rechten was gaan studeren,' zei Brad. 'Voorheen was je een goede reclasseringsambtenaar. Wanneer ik nu met je praat, is het alsof ik een jurist tegenover me heb. En daar hebben we er al meer dan genoeg van.'

Carolyn glimlachte. Ergens had Brad gelijk. Ze bekeek haar zaken inderdaad met andere ogen sinds ze aan haar studie was begonnen.

'Helaas voor jou is het te laat,' zei ze, en ze hing op.

8

Daniel Metroix zat weggedoken in een hoek van zijn cel in het huis van bewaring van Ventura. Het was woensdag. Hij had de hele nacht niet geslapen. Hij herinnerde zich de explosie, het ziekenhuis, de politie, maar was er niet zeker van of het allemaal echt was gebeurd. Hij had grote behoefte aan zijn injectie. De stemmen gingen in zijn hoofd tekeer als een duivels koor.

In een visioen zag hij zijn moeder, Ruth Metroix, een zwaarlijvige vrouw met donker, kroezend haar en benen als boomstammen. Ze had haar smoezelige roze satijnen kamerjas aan.

'Lieve jongen nou toch,' zei de verschijning. 'Wat heb je nu weer gedaan?'

'Ik heb niets gedaan!' schreeuwde Daniel. Hij keek naar de tralies van zijn cel, verteerd door woede en verwarring. Herinneringen kwamen op hem af. Hij kneep zijn ogen stijf dicht en tolde achterwaarts terug in de tijd. Hij was in zijn oude slaapkamer in het flatgebouw Carlton West.

De telefoon rinkelde in de keuken. Daniel hoorde de stem van zijn moeder. Ze sprak met zijn psychiater.

'Het spijt me dat ik u stoor, dokter Gershon,' zei Ruth Metroix. 'Er is iets helemaal mis met Daniel. Hij is al twee dagen zijn kamer niet uitgekomen. Ik heb geprobeerd er binnen te komen, maar hij heeft de deur geblokkeerd. Hij heeft al die tijd niets gegeten en is ook niet naar school geweest.' Ze zweeg en luisterde. 'Of hij zijn medicijnen inneemt? Geen idee. Een ogenblik, alstublieft, dan zal ik vragen of hij aan de telefoon wil komen. Toe nou, lieverd,' riep ze, 'kom even praten met dokter Gershon. Ik heb hem aan de lijn.'

Toen Daniel geen antwoord gaf, hoorde hij haar zware voetstappen op de houten vloer. 'Als je niet naar buiten komt, zal er voor mij niets anders op zitten dan de politie te bellen en de deur te laten openbreken. En dan zullen ze zeggen dat je weer opgenomen moet worden.'

Hij duwde de zware ladekast opzij waarmee hij de deur had geblokkeerd en deed de deur open. 'Waarom doet u me dit aan?'

vroeg hij. 'Ik zit te leren. Volgende week beginnen de eindexamens.'
Ruth slikte. 'Maar je bent helemaal niet naar school geweest.'
Zijn handen beefden zichtbaar, hij had zich al bijna een week niet geschoren en de kamer stonk naar zweet.

'Kom even mee naar de keuken om met dokter Gershon te praten,' smeekte ze. Ze graaide naar zijn hand. 'Daarna zal ik je met rust laten. Eerlijk.'

Met grote tegenzin deed Daniel wat zijn moeder van hem verlangde, maar hij zag haar zijn kamer binnenglippen zodra ze hem met de psychiater hoorde praten.

'Blijf uit mijn kamer!' schreeuwde hij. Hij stoof de gang door en duwde haar opzij.

Ruth wees naar de foto's die tegen de plinten stonden. Allemaal foto's van familieleden: ooms, tantes, neven en nichten. Kiekjes van Daniel zelf als kleuter op zijn driewieler op de stoep voor het flatgebouw. 'Wat ben je aan het doen? Wat heeft dit te betekenen? Waarom heb je al die foto's uit het album gehaald?'

Hij keek haar woedend aan, maar zei niets.

'Mag ik weten wat dokter Gershon heeft gezegd?'

'Dat ik een grotere dosis van mijn medicijnen moeten nemen,' antwoordde Daniel. 'Zou u me nu met rust willen laten zodat ik voor mijn examens kan leren?'

'Hoef je niet bij hem te komen?'

'Hij is de komende twee weken met vakantie,' mompelde hij. 'Ik heb een afspraak gemaakt voor daarna.'

Toen Ruth de opengeslagen bijbel op de grond zag, stokte haar adem. Ze was weliswaar een godvruchtig christen, maar dr. Gershon had haar opgedragen alle religieuze symbolen en boeken uit haar huis te verwijderen, zelfs het kruisbeeld dat zo lang als Daniel zich kon herinneren boven zijn bed had gehangen.

Daniel herinnerde zich nog heel goed wannéér de nachtmerrie was begonnen, maar hij had nooit begrepen waaróm. Tijdens een dansavond op school had hij zich gedwongen gevoeld Gracie Hildago te dopen in de fontein voor de school. Zonder te beseffen wat hij deed, had hij haar hoofd te lang onder water gehouden. Het arme meisje was bijna verdronken. De drie daaropvolgende maanden had hij doorgebracht in het Camarillo State Mental Hospital, een wettelijk gesanctioneerde martelkamer.

Ruth bukte zich om de bijbel op te pakken en mee te nemen, maar Daniel trok hem uit haar handen en gooide de deur in haar gezicht dicht. Om ervoor te zorgen dat ze niet zou proberen opnieuw binnen te komen, schoof hij de ladekast er weer voor.

'*Achterlijk jong,*' zei de stem in zijn hoofd, '*jij komt nooit op dat podium om je diploma in ontvangst te nemen. In juni ben jij allang dood en begraven.*'

'Nee,' zei Daniel. Hij bedekte zijn oren met zijn handen. 'Ik weiger te luisteren. Je bestaat alleen in mijn verbeelding.'

Hij ging op zijn knieën zitten en kroop door de kamer terwijl hij naar de foto's keek. Hij moest zich blijven herinneren wie hij was, hij moest zien dat hij de werkelijkheid niet uit het oog verloor. Dr. Gershon had gezegd dat hij meer medicijnen moest gaan slikken. Enkele dagen geleden had hijzelf de dagelijkse dosis al verhoogd, maar de symptomen waren alleen maar erger geworden. Morgen zou hij drie pillen innemen in plaats van twee.

Hij had naslagwerken nodig uit de bibliotheek. Hij had een prototype ontworpen van een waterzuiveringssysteem dat volgens zijn natuurkundeleraar uitmuntend was. Hij had meer informatie nodig, maar hij moest van zijn moeder iedere dag uit school regelrecht naar huis komen. Hij was al zeventien, maar vanwege zijn ziekte behandelde ze hem alsof hij een kind was.

Hij herinnerde zich dat Ruth had gezegd dat ze morgen laat thuis zou komen. Zijn grootmoeder was ziek en zijn moeder moest met haar naar de dokter. Daniel besloot dat hij dan naar de bibliotheek zou gaan om de boeken te halen die hij nodig had. Hij vond het prettig om in de bibliotheek te leren. Omgeven door boeken voelde hij zich veilig.

'*Als je naar buiten gaat, krijgen ze je te pakken,*' zei een van de stemmen. '*Ze staan al op je te wachten. Je bent een stomme kaffer.*'

Tranen stroomden over zijn wangen. Waarom lieten de stemmen hem niet met rust? Waarom scholden ze hem altijd uit? Zouden de dokters geen manier kunnen vinden om ze te laten ophouden? Als hij er vanaf zou kunnen komen door zijn arm af te hakken, ging hij vandaag nog een bijl kopen.

Hij had geen behoefte aan rijkdom. Hij had de hoop al opgegeven dat hij ooit zou kunnen trouwen en een gezin stichten. Zelfs als hij de gelegenheid zou krijgen met een meisje naar bed te gaan, zou seks onmogelijk zijn vanwege zijn medicijnen. Het enige dat hij wilde, was een min of meer normaal leven leiden, iedere ochtend opstaan en aan het werk gaan. Productief zijn.

Daniel beukte met zijn vuisten op de vloer. 'Is dat nu echt te veel gevraagd, God?' jankte hij. 'Moet ik lijden? Is er geen uitweg? Waarom word ik gestraft?'

'Wat weet jij nu over God, eikel? Als je tot morgen wacht, kun je hem persoonlijk ontmoeten. Het is met je gedaan, walgelijke klootzak die je bent. Je komt weer in een gecapitonneerde cel. En is dat niet net zoiets als doodgaan?'

Gejaagd bladerde Daniel in zijn bijbel, met trillende vingers. Hij prevelde stukjes tekst terwijl zijn ogen van de ene naar de andere alinea sprongen. Het deel van het Nieuwe Testament dat met rood was gemarkeerd, zinderde voor zijn ogen en versmolt toen tot een rivier van bloed. Zijn bloed. Duivelsbloed. Bezoedeld bloed.

Hij liep naar de kast, haalde iets van de bovenste plank en legde het midden in de kamer op de grond. Het lange jachtmes begon op de vloer langzaam in de rondte te draaien. Als hij zijn adem inhield, kon hij het tegen hem horen praten, sissend als een slang. *'Pak me op, slappeling. Je wilt toch een oplossing voor je problemen? Ik ben de oplossing. Snij je polsen door. Dan is het allemaal voorbij.'*

Daniel drukte zijn duimen hard tegen zijn oogleden, probeerde een einde te maken aan de hallucinaties.

'Je weet dat je er maar op één manier van af kunt komen. Je hoeft alleen maar het mes op te pakken. Misschien kun je beter je keel doorsnijden. Op die manier ga je sneller dood.'

'H-help me, God,' stamelde hij, zijn handpalmen tegen elkaar gedrukt in gebed. Het was alsof hij de hel was ingesleurd. Zijn meubels veranderden in abstracte bruine kloddens. De muren kwamen op hem af, sloten hem op in een krappe doos. Hij verslikte zich in zijn eigen speeksel. Zonder na te denken zette hij het mes op zijn keel, op zijn slagader.

Een plotselinge windvlaag door het open raam leidde hem af. Hij zag de pagina's van de bijbel fladderen. Even snel als de bries was opgekomen, ging die weer liggen. Hij staarde naar de geopende bijbel. God stuurde hem een boodschap.

Daniel begon te lezen, beginnend bij Prediker 4:10: 'Want, indien zij vallen, dan richt de een de ander weer op; maar wee de éne, die valt zonder dat een metgezel hem opricht! Kan iemand er één overweldigen, twee zullen tegenover hem kunnen standhouden; en een drievoudig snoer wordt niet spoedig verbroken.'

Daniels ogen vlogen open toen hij hoorde dat de gevangenbewaarder de sleutel omdraaide in het slot. De bijbeltekst klopte precies. Die drie rotjongens hadden hem in de steeg opgewacht.

'Opstaan,' zei de grote man. 'Je gaat naar een andere cel.'

Daniel stond op, duwde het verleden van zich af. Waarom zat hij in de gevangenis? Hij was al zijn werk kwijtgeraakt. Was er nog een reden om te leven? Hij was weer in het donkere gat gevallen. Toen hij zich niet verroerde, kwam de bewaker de cel in en greep hem vast. 'Opschieten, Metroix,' zei hij. 'Ben je doof?'

Nadat ze drie koppen oploskoffie en twee kommen cornflakes op had, trok Carolyn een spijkerbroek en een T-shirt aan om naar de bank te gaan. Ze wilde eerst zien dat ze wat geld en een nieuwe chipknip kreeg, en dan zou ze naar de gevangenis gaan. Nu de twee overheids-instanties het niet met elkaar eens konden worden hoe de zaak aan-gepakt moest worden, zouden de paperassen betreffende Daniels vrij-lating waarschijnlijk niet vóór morgen gereed zijn. Ze kon zich goed voorstellen hoe hij zich voelde. Slechts twee weken nadat hij voor-waardelijk in vrijheid was gesteld, zat hij alweer achter de tralies. Bo-vendien was hij het werk kwijtgeraakt waar hij al die jaren mee bezig was geweest. Hij zat waarschijnlijk meer in over het verlies van zijn uitvindingen dan over het feit dat hij in de gevangenis zat.

Ze pakte een oude bruine handtas en haar autosleutels en verliet het huis via de voordeur. Toen ze haar auto op de oprit zag, bleef ze ab-rupt staan. Zowel de voorruit als de achterruit van de Infiniti was ver-brijzeld en de zijkanten van de auto ingeslagen. Een ogenblik vroeg ze zich af of de auto bij de explosie was beschadigd door vallend puin. Nee, dat kon niet, want dan had John de wagen gisteravond niet naar huis kunnen rijden. Het leek haar bovendien niet dat haar zoon ver-zuimd zou hebben haar zoiets verontrustends als dit te vertellen.

Toen ze dichter bij de auto kwam, zag ze dat onder een van de rui-tenwissers een stukje grijs karton zat. Oppassend zich niet te snijden aan de glasscherven, trok ze het er met haar vingertoppen onder van-daan, hopend dat degene die het had beschreven, er vingerafdrukken of ander bewijsmateriaal op had achtergelaten waarmee hij geïdenti-ficeerd kon worden. De woorden waren met een zwarte vilstift ge-schreven, in grote blokletters:

METROIX IS EEN MOORDENAAR. MOORDENAARS
HEBBEN GEEN TOEKOMST. HELP HEM EN
JE ZULT SAMEN MET HEM STERVEN.

Carolyns adem stokte in haar keel. Het was kwart voor twaalf, de zon stond hoog aan de hemel en het was ongeveer vijfentwintig graden, maar ze kreeg het gevoel dat er een donkere wolk boven haar hoofd was komen te hangen. Ze staarde naar de onheilspellende woorden. Niet alleen zijzelf verkeerde nu in levensgevaar, maar ook haar kinderen.

De meeste mensen bij haar in de straat werkten en hun kinderen waren overdag op school. Waarom had ze niets gehoord? De misdaad moest na acht uur vanochtend zijn gepleegd, nadat John en Rebecca naar school waren gegaan. De ruiten konden zijn ingeslagen toen ze onder de douche had gestaan, want haar slaapkamer was aan de achterkant van het huis.

Ze liep met het stukje karton het huis in, legde het op de keukentafel en schoof het toen in een plastic boterhamzakje. Ze liet haar hoofd tussen haar handen zakken en dacht na. Ze moest de misdaad aangeven bij de politie. Als ze dat niet deed, zou de verzekering de schade niet vergoeden. Het probleem was dat ze niet wist of ze Hank Sawyer kon vertrouwen, evenals de rest van het politiekorps van Ventura, waarvan Charles Harrison ooit de korpschef was geweest. Maar ze kon nu eenmaal niet om de kwestie van de jurisdictie heen.

Nadat ze melding had gedaan bij de politie, belde ze haar broer. 'Neil,' zei ze toen een slaperige stem antwoord gaf, 'ik moet je auto lenen.'

'Hoe laat is het?'

'Het is net twaalf uur geweest,' antwoordde ze. 'John heeft gisteravond geprobeerd je te bereiken. Je had je telefoon al afgezet. Ik ben betrokken geweest bij een explosie. Vanochtend heeft iemand pal voor mijn huis de ruiten van mijn auto ingeslagen. En ik ben met de dood bedreigd.'

Ze hoorde hem tegen iemand fluisteren. Zeker het naaktmodel met het gezicht en het lichaam van een engel. 'Ik kan de auto van Melody lenen. Ik kom meteen naar je toe,' zei hij tegen haar. 'Je kunt mijn busje niet gebruiken. Ik heb alle schilderijen voor de tentoonstelling erin staan. Ik heb de galerie beloofd dat ik ze vanmiddag kom brengen.'

'Wat heb ik daar nou aan?' stootte Carolyn uit, op van de zenuwen. 'Ik heb een auto nodig. Ik neem niet aan dat jouw naaktmodel of wie die Melody ook is, me een hele week haar auto kan afstaan. De politie zal mijn Infiniti meenemen om op bewijsmateriaal te onderzoeken en daarna moet hij opgelapt worden.'

'Kun je geen dienstauto krijgen?'

'Die krengen zijn levensgevaarlijk, Neil,' antwoordde ze. 'De laatste keer dat ik er gebruik van heb gemaakt, begaven de remmen het midden op de snelweg. Weet je niet meer dat ik toen bijna door de voorruit ben gegaan? Ik heb twee dagen in het ziekenhuis gelegen.'

'Melody blijft vanmiddag hier,' zei haar broer. 'We verzinnen wel iets wanneer ik bij je ben. Doe even rustig. Je overvalt me met van alles tegelijk en ik ben nog niet eens goed wakker. Zorg dat de koffie klaarstaat.'

'Ik heb de koffiepot gebroken.'

'Is er iets wat je níét hebt gebroken?' vroeg hij kreunend. 'Laat maar zitten. Ik ben over tien minuten bij je.'

Carolyn zag twee surveillancewagens stoppen voor haar huis. Ze zag ook de Ford Crown Victoria van Hank Sawyer. Ze liep naar buiten om met hem te praten.

Terwijl de mannen van de technische recherche foto's maakten en een agent een rapport begon op te maken, liepen Hank en Carolyn naar een stil hoekje van de tuin zodat ze onder vier ogen konden praten. Ze leunde met haar rug tegen een grote treurwilg.

'Ik hoop dat je Metroix' voorwaardelijke invrijheidstelling nu zult laten intrekken,' zei hij met een knikje in de richting van de Infiniti. 'Heb ik je gisteravond niet gezegd dat je helemaal verkeerd bezig bent?'

Carolyns emoties waren van shock overgeslagen naar woede. Ze keek de rechercheur aan met half toegeknepen ogen. 'Misschien heb jíj die boodschap op dat stuk karton geschreven en een van je mannen met een moker op mijn auto afgestuurd.'

Hank lachte sarcastisch. 'Hoor eens,' zei hij toen, weer serieus, 'ik ben het weliswaar niet met je eens wat Metroix aangaat, maar ik zal nooit iemand bedreigen en ik zal er zeker nooit een agent op uitsturen om iemands privé-bezit te vernielen. Ik weet dat je veel hebt moeten doorstaan, maar nu ga je toch echt te ver.'

'Denk even na,' zei Carolyn, terwijl ze met haar vingers door haar haar kamde. 'Niet Metroix heeft mijn autoruiten ingeslagen en me met de dood bedreigd. Metroix zit in de gevangenis.'

'En ik heb je gisteravond al gezegd,' antwoordde hij, 'dat hij best een partner kan hebben. We zullen nagaan of er iemand tegelijk met hem is vrijgelaten. Misdadigers besluiten vaak samen op te trekken wanneer ze uit de gevangenis komen.'

Politiemensen en reclasseringsambtenaren werkten in dezelfde arena, maar bezaten deskundigheid op heel verschillende terreinen. 'Hoe lang geleden is het dat jij voor het laatst in een gevangenis bent geweest?' vroeg Carolyn. 'Ik denk dat er uit Chino minstens een stuk of vijftig gevangenen op dezelfde dag zijn vrijgelaten als Metroix. Iedereen doet zijn best om misdadigers achter de tralies te krijgen, maar niemand denkt er ooit over na waar we ze allemaal moeten laten. De helft van de gevangenissen hier in Californië zit zo vol dat de directie ervan het recht heeft mensen vrij te laten voordat ze hun straftijd erop hebben zitten. De hele zaak is een farce aan het worden, een draaideur.'

'Metroix is niet snel vrijgelaten,' bracht Henk haar in herinnering. Hij scheurde de papieren wikkel van een tandenstoker en stak die tussen zijn tanden. 'Hij heeft zo lang vastgezeten dat hij een mooie gevangenisbende achter zich kan hebben gekregen.'

Carolyn sloeg haar armen over elkaar en trapte op een slak om lucht te geven aan haar frustraties. Vanuit haar ooghoek zag ze een man op de stoep staan. Eerst dacht ze dat het Neil was, al had ze niet verwacht dat haar broer er zo snel zou zijn. Bij Neil was tien minuten meestal een uur.

Carolyn staarde naar de man. Ze schatte zijn lengte op een meter tachtig, en voor zover ze kon zien was hij slank en fit. Hij was niet gespierd, zoals Brad, maar zat lekker in zijn kleren. Hij droeg een wit overhemd los over een grijze broek, en zijn met grijs doorschoten donkere haar was achter zijn oren gestreken. Het krult van nature, dacht ze, toen ze een paar krulletjes op zijn voorhoofd en in zijn nek zag. Hij had een lichte huid die een interessant contrast vormde met het donkere haar. Toen hij dichterbij kwam, zag ze dat zijn ogen een bleke kleur blauw hadden. Hij moest dat nieuwe maatje van haar zoon zijn, de weledelgeleerde professor Leighton. Er lag een brede glimlach op zijn gezicht, maar hij kneep zijn ogen toe tegen het felle zonlicht. Volgens haar bracht hij niet veel tijd door in de buitenlucht.

Wat deed hij midden op de dag thuis? vroeg ze zich af. John had haar verteld dat hij lesgaf op Caltech. Niet alleen dat. Waarom, dacht ze, zou hij hier in Ventura een huis gekocht hebben? Caltech was in Pasadena, bijna twee uur rijden hiervandaan.

Carolyn deed een stap naar voren zodat ze heel dicht bij de rechercheur kwam te staan. 'Metroix heeft zo lang in de gevangenis gezeten omdat iemand ervoor heeft gezorgd dat hij er niet uit zou komen. Ik ben niet achterlijk, Hank. Jij weet net zo goed als ik wat er gaande is. Misschien heeft Charles Harrison, toen hij hoorde dat ik weigerde Metroix' voorwaardelijke invrijheidstelling in te trekken, een paar onderwereldfiguren gehuurd om mijn auto te vernielen, om me bang te maken.'

'Bewijzen, Carolyn,' zei de rechercheur. 'Je kunt niet met dergelijke beschuldigingen komen zonder bewijzen. Harrison geniet in deze stad nog altijd veel aanzien.'

'Ik had mijn twijfels over Metroix,' zei Carolyn. Ze besloot hem niets over haar telefoongesprek met de gevangenisdirecteur te vertellen tot ze meer te weten zou zijn gekomen. 'Gezien de manier waarop de zaken zich ontwikkelen, ben ik er bijna zeker van dat hij ten onrechte in de gevangenis heeft gezeten. Dek jij Harrison, net als alle andere smerissen hier? Ik zou denken van wel, naar je gedrag te oordelen. Je mag een boodschap doorgeven aan Harrison. De volgende keer dat iemand zich in de buurt van mijn huis waagt, zullen niet de ruiten van mijn auto maar de hersens van die kerel op de stoep terechtkomen.'

Toen Carolyn achter zich een stem hoorde, draaide ze zich met een ruk om.

'U moet Carolyn Sullivan zijn,' zei de man die ze daarnet had gezien. Hij stak zijn hand uit. 'Ik ben Paul Leighton. Uw zoon – '

Carolyn onderbrak hem omdat ze niet wilde dat de rechercheur het idee zou krijgen dat John hier iets mee te maken had. 'Aangenaam kennis te maken,' zei ze met een geforceerd glimlachje. 'Wil je ons verontschuldigen, Hank?'

De rechercheur schudde verbaasd van nee. 'Deze meneer heeft misschien gezien wie je auto heeft vernield. Nu probeer je me ervan te weerhouden een gesprek te voeren met een mogelijke getuige.'

'Het spijt me,' zei Leighton beleefd. 'Ik heb niets gezien wat de moeite van het vertellen waard is. Ik neem aan dat u van de politie bent?' vervolgde hij met een blik over zijn schouder naar de andere twee mannen. 'En ik neem aan dat u een rechercheur bent aangezien u geen uniform draagt? Ik moet zeggen dat ik erg weinig over de politie weet. Sorry.'

'Rechercheur Hank Sawyer,' zei hij, terwijl hij de hand van de man hard vastgreep en stevig schudde. 'Zoals u ziet, meneer Leighton, zijn we bezig een misdaad te onderzoeken. Alle informatie die u ons kunt verstrekken, is welkom.'

'Ik heb rond tien uur een hoop lawaai gehoord,' vertelde Leighton. 'Ik dacht dat het de vuilniswagen was. Eerlijk gezegd had ik er geen erg in welke dag het vandaag is.' Hij masseerde zijn hand, alsof Henk hem pijn had gedaan. 'Wanneer ik aan het werk ben, heb ik de neiging de buitenwereld volledig buiten te sluiten.'

'O ja?' zei Hank, Leighton opnemend. 'Wat voor werk doet u?'

'Nou,' antwoordde Leighton, duidelijk geen praatgrage man, 'op het moment leg ik de laatste hand aan een boek.'

'Geen politieroman, neem ik aan,' grinnikte Hank.

'Nee, nee,' zei Leighton lachend. 'Ik heb een verlofjaar. Ik doceer natuurkunde aan de universiteit.'

Het woord natuurkunde was genoeg om de rechercheur te laten afdruipen naar de andere agenten. Carolyn pakte de professor luchtig bij zijn elleboog en leidde hem naar de voorkant van haar huis. Natuurkundigen en uitvinders, mensen met wie ze normaal gesproken nooit te maken had, kruisten opeens haar pad. Ze vroeg zich af of Leighton het meeste van zijn werk nog met de hand schreef en hij daarom een gezicht had getrokken toen Hank hem een van zijn beruchte handdrukken had gegeven.

'Het was erg aardig van u dat u zich gisteravond om John en Rebecca hebt bekommerd,' zei ze, terwijl ze in een van de witte rieten stoelen op haar veranda ging zitten en Leighton met een gebaar uitnodigde haar voorbeeld te volgen. 'Zodra ik de zaken weer een beetje in de hand heb, zouden we het leuk vinden als u en uw dochter een keer bij ons kwamen eten.'

'Och,' zei hij terwijl hij in de stoel naast haar ging zitten, 'ik was blij dat ik kon helpen. Hebt u enig idee wie uw auto zo heeft toegetakeld? Heeft het iets te maken met het incident in het motel of is het willekeurig vandalisme?'

Ze haalde haar schouders op. 'Daar valt nog niets over te zeggen.'

'Ik wist niet dat er problemen waren in deze buurt,' zei hij en hij veegde even langs zijn neus. 'Ik heb een huis in Pasadena. Ik dacht dat ik met mijn boek misschien sneller zou opschieten als ik tijdelijk wat afstand nam van de universiteit. Ziet u,' ging hij door met zijn blik op de grond gericht, 'wanneer je zo lang binnen een academische gemeenschap zit als ik, hebben de mensen de neiging zich te veel met je privé-leven te bemoeien.'

Haar zoon had gelijk, dacht Carolyn. Voor zover ze erover kon oordelen, was Leighton een interessante en fatsoenlijke man. Dat ze hem nu juist op een dag als vandaag moest ontmoeten. Ze zag eruit als een schooier. Zonder make-up, met haar haar nog in natte slierten na haar douche, terwijl ze was gekleed in een saai grijs T-shirt en een van Johns wijde Levi's met scheuren in de knieën. Ze had de spijkerbroek uit de wasmand gehaald in de hoop dat de druk op haar wonden door de scheuren tot een minimum beperkt zou blijven.

Ze moest eerlijk zeggen dat de professor een elegante uitstraling had. Misschien voelde ze zich tot hem aangetrokken omdat hij het tegenovergestelde was van Brad Preston.

'Mijn broer is op weg hiernaartoe. Ik zal een auto moeten huren,' zei ze terwijl ze toekeek hoe de politie de Infiniti op een sleepwagen zette om hem naar het forensisch laboratorium te brengen. 'Dit is normaal gesproken een rustige buurt. Na gisteravond zult u wel denken dat ik problemen naar me toe trek.'

'Ik heb begrepen dat u reclasseringsambtenaar bent,' zei Leighton. Hij sloeg een vlieg voor zijn gezicht weg. 'Dat wil zeggen dat u dagelijks met misdadigers te maken hebt.'

'Zo ongeveer,' antwoordde Carolyn. 'Maar ik heb die nog nooit op mijn oprit gehad. Ik hoop dat dit de eerste en laatste keer is geweest.'

Paul Leighton zat er rustig bij en keek voor zich uit. Hij bezat blijkbaar nóg een goede trek – hij werd niet nerveus van stiltes.

'John was erg blij met uw gezelschap,' zei Carolyn uiteindelijk. 'Hij zal u wel verteld hebben dat hij graag naar het MIT wil.'

'Ik heb een tweede auto die ik niet gebruik,' zei de professor. 'Ik bewaar die voor wanneer mijn dochter haar rijbewijs krijgt. U mag hem rustig lenen tot u een andere regeling hebt kunnen treffen. Hij staat alleen maar stoffig te worden in mijn garage. Als iemand anders erin rijdt, hoef ik niet steeds een ritje te maken om te voorkomen dat de accu leeg raakt.'

Wat aardig van hem, dacht ze. 'Zo'n aanbod kan ik echt niet aannemen,' antwoordde ze. 'U hebt al genoeg gedaan. Maar nogmaals bedankt.'

'Nee, echt,' zei Leighton met een lichte stemverheffing. 'Lucy nam het me erg kwalijk dat ze vanwege mij naar een andere school moest. Rebecca heeft haar meteen opgenomen in haar vriendenkring. Lucy wil graag dat ze af en toe komt logeren zodat ze meer tijd samen kunnen doorbrengen.' Hij zweeg en wreef met zijn handen over zijn dijen. 'Het valt niet mee om in je eentje een kind groot te brengen. Naar wat ik van uw zoon heb begrepen, zitten we in hetzelfde schuitje.'

Carolyn voelde zich op haar gemak, alsof Leighton een oude vriend was. 'Als u het heel zeker weet,' zei ze, 'zal ik misschien overwegen uw aanbod aan te nemen. Mijn tas is bij de explosie vernietigd, dus moet ik mijn identiteitspapieren opnieuw opvragen. Ik denk dat ik de auto niet langer dan een dag nodig zal hebben. Ik ben goed verzekerd, voor het geval er iets mocht gebeuren.'

'Kom even mee,' zei hij terwijl hij opstond. 'U kunt de auto meteen wel meenemen.'

'Mijn broer en ik kunnen misschien nog iets anders regelen,' zei Carolyn. Ze haalde een velletje papier en een pen uit haar tas. 'Schrijf uw telefoonnummer even voor me op. Ik zal u bellen als ik uw auto nodig heb. Weet u zeker dat het niet lastig is?'

'Helemaal niet,' zei Leighton met een brede glimlach. 'Waar zijn buren anders voor?'

9

Veertig minuten later dan afgesproken reed Neil in een donkerrode Porsche met brullende motor Carolyns oprit op.

De politie was al vertrokken en Carolyn zat op de veranda op hem te wachten. Haar broer was bijna een meter negentig lang en leek precies op hun vader met zijn grote, sprekende, donkere ogen, zijn smalle gezicht met de scherpe gelaatstrekken, zijn slordige zwarte haar en jongensachtige manier van doen die voor vrouwen aanleiding was hem ofwel te bemoederen ofwel meteen met hem in bed te duiken. Neil was zo mager dat hij de indruk wekte al maanden geen fatsoenlijke maaltijd te hebben gehad. Carolyn wou dat zíj zo'n stofwisseling had. Hij kon eten wat hij wilde zonder ooit een gram aan te komen.

Ze keek hem nijdig aan. 'Kon je niet wat sneller komen?'

'Ik had nog iets te doen,' antwoordde Neil met een ondeugende grijns. 'Iets waarvoor ik gisteravond geen tijd had.'

'Melody zeker,' zei ze, schommelend in de witte rieten stoel. 'Toen je nog klein was, zei mamma altijd dat je de dagen en nachten door elkaar haalde. Je huilde de hele nacht en sliep de hele dag. Je bent nog niets veranderd. Het enige verschil is dat je nu de hele nacht schildert en de hele dag met een meisje in bed ligt. Ik wou dat ik zo'n leven kon hebben. Het mijne is een puinhoop.'

'Laten we naar binnen gaan,' zei hij. 'Wat zei je over een explosie?' Hij keek om naar de oprit. 'Waar is je auto? Ik dacht dat je panne had.'

'De politie heeft hem meegenomen,' antwoordde Carolyn. 'Dat heb ik je daarstraks verteld. Of heb je helemaal niet geluisterd?'

'Niet echt, nee,' gaf Neil toe. Hij hield de deur van het huis voor haar open. 'Ik ben pas om zeven uur vanochtend naar bed gegaan. Toen je zei dat ik met John en Rebecca ergens iets moest gaan eten, heb ik meteen alles laten vallen. Melody en ik hadden met wat mensen afgesproken uit eten te gaan. In plaats daarvan heeft ze een pizza besteld en in haar eentje televisie gekeken. Dat moest ik natuurlijk goedmaken. Daarom heeft het zolang geduurd – '

'Spaar me de details,' zei Carolyn, die meteen beelden voor zich zag van Neil en Brad die samen hun seksuele escapades bespraken. Een vrouw die het gezicht en het lichaam van een engel had, en ook nog eens een Porsche bezat? Het was niet eerlijk verdeeld.

Eenmaal binnen sloeg Neil zijn arm om haar heen en kneep even in haar schouder. Toen geeuwde hij. 'Alles komt best in orde. Heb je koffie?'

Ze vertelde hem nogmaals dat de koffiepot was gebroken en maakte een kopje oploskoffie voor hem klaar. Hij nam een paar slokjes en goot de rest in de gootsteen. 'Kom, dan gaan we ergens ontbijten,' zei hij.

'Daar heb ik geen tijd voor,' zei Carolyn en ze vertelde hem wat er de afgelopen vierentwintig uur was gebeurd. 'Ik moet een auto huren, Neil. Mijn handtas lag in de motelkamer. Ik heb geen geld, geen creditcards, zelfs geen rijbewijs. Jij kunt met jouw creditcard een auto voor me huren, maar als je mij opgeeft als tweede chauffeur moet ik een geldig rijbewijs laten zien.'

'Waar moet je naartoe?' vroeg hij. 'Ik breng je wel. Ik moet alleen om drie uur terug zijn om de schilderijen naar de galerie in Los Angeles te brengen. Daarom wilde ik niet met het busje komen. Ik wil geen onnodig risico lopen van achteren aangereden te worden.'

Carolyn dacht aan Daniel en hoe wanhopig graag hij de ontwerpen van zijn uitvindingen had willen redden. Ze had de smoor in dat de politie hem had gearresteerd zonder eerst met haar overlegd te hebben of hij de voorwaarden van zijn voorwaardelijke invrijheidstelling had geschonden. 'Een van mijn buren heeft gezegd dat ik zijn tweede auto mag lenen. Ik denk dat ik dat aanbod maar moet aannemen. Het kan wel even duren voordat ik klaar ben in de gevangenis en het is al over enen.'

Er lag een nieuwsgierige uitdrukking op Neils gezicht. 'Heeft iemand geprobeerd je iets te doen? Ik kan niks aan je zien, moet ik zeggen.'

'Ik had je niet weer moeten storen. Ik weet dat je het druk hebt. Alles komt best in orde, zoals je zelf al zei.'

'Moment,' zei hij en hij hief een hand op met de palm naar voren. 'Ik weet dat ik de laatste tijd nogal met mezelf bezig ben geweest, maar als iemand je lastigvalt, hoef je me alleen maar te vertellen waar ik hem kan vinden. Dan zal ik dat probleem wel even oplossen. Van mijn zusje moeten ze afblijven!'

Hij trok Carolyn in zijn armen en omhelsde haar stevig. Ze prikte met een vinger in zijn buik. 'Ik kan je ribben tellen, Neil. Eet je wel?'

'Als een paard,' zei hij. 'Maak je om mij nou maar niet druk. Vertel me wie je lastigvalt. Melody kan de schilderijen wel voor me naar L.A. brengen. Laten we even gaan afrekenen met die ellendeling.'

Carolyn ging op haar tenen staan en drukte een kus op zijn voorhoofd. Ze waren altijd voor elkaar opgekomen. Ze streelde een van zijn handen, waarbij ze de vingers spreidde. Hij had bijna onbehoorlijk grote vingers. Ze zag spatjes verf op de nagels en rook de geur van terpentine. Jaren geleden had ze een boek gekocht over de schilderijen en beelden van Michelangelo en zich erover verwonderd hoe goed de schilder in staat was geweest de rauwe kracht van arbeidershanden tot uitdrukking te brengen. Ze had toen tegen haar broer gezegd dat hij Michelangelo-handen had. Haar moeder had echter gedacht dat ze Neils schilderkunst bedoelde; dat was een van de redenen waarom ze tegen iedereen was gaan zeggen dat hij een moderne Michelangelo was.

'Jij gaat met deze handen niemand te lijf,' zei Carolyn terwijl ze zijn hand weer losliet. 'Ik heb een pistool. Als ze terugkomen, schiet ik ze neer.'

Haar broer grijnsde plagerig toen hij naar de deur liep. 'Ik heb een heel leuke avond gehad met je kinderen, maar ik heb nog een taart van je te goed.'

Carolyn lachte. 'Moet ik die per se zelf bakken? Ik kan er drie voor je kopen, als je wilt.'

'Nee, nee,' zei Neil met een knipoog, 'belofte maakt schuld.'

Om kwart over twee die woensdagmiddag zette Carolyn de tien jaar oude, blauwe BMW van Paul Leighton op het parkeerterrein van de reclasseringsdienst. Toen ze naar het deel liep waar de gevangenis was gevestigd, tastte ze naar het dienstpasje dat ze in de zak van haar spijkerbroek had gestoken. Gelukkig had het in haar aktetas gezeten en niet in haar handtas. Bij de bank had ze binnen een kwartier een nieuwe chipknip gekregen. Er zou echter meer tijd overheen gaan voor ze een nieuw rijbewijs en een nieuwe MasterCard zou krijgen.

'Ik kom voor Daniel Metroix,' zei ze tegen het raam en ze drukte haar pasje tegen de ruit zodat de gevangenbewaarder het kon zien.

'Hij ligt in de kliniek, Sullivan,' zei Chris McDougal, een zwarte beambte van achter in de twintig. 'Je zult een andere keer moeten terugkomen.'

'Waarom ligt hij in de kliniek?' vroeg ze. 'Vanwege de verwondingen die hij gisteravond heeft opgelopen?'

'Moment,' zei de bewaker. Hij klikte een dossier aan op zijn computer. 'Er staat dat hij is binnengebracht vanuit de Good Samaritan. Volgens het dossier is er lichamelijk niets met hem aan de hand, maar is hij vanochtend gek geworden of zoiets.'

'Nee!' riep Carolyn uit, in de veronderstelling dat Daniel zijn zelfbeheersing had verloren toen hij weer achter de tralies was gezet. Ze vroeg zich ook af of het tijd was voor zijn maandelijkse injectie. Onder dergelijke omstandigheden was zelfs een psychotische inzinking heel goed mogelijk. Ze probeerde zich te herinneren wat hij haar had verteld over het nieuwe geneesmiddel dat hij gebruikte. Het enige dat ze zich kon herinneren, was dat hij het moest inspuiten. Een medicijn dat rechtstreeks in het bloed werd gespoten, kon ernstige problemen veroorzaken als de patiënt ineens ophield het te gebruiken. 'Ik moet hem spreken,' zei ze. 'Hij is mijn cliënt. Ik heb er recht op met hem te praten, ook als hij in de kliniek ligt.'

'Luister,' zei McDougal, 'toen die gozer gek werd, waren er vijf mensen nodig om hem in bedwang te houden.'

'Ik wil je meerdere spreken,' zei ze. 'En nadat je hem hebt gebeld, wil ik Metroix' arrestatieformulier zien.'

Ze zag achter het glas nog meer gevangenbewaarders rondlopen. McDougal liep weg en kwam even later terug met een metalen dossier. Hij gooide het met een klap in de lade en bracht zijn mond dicht bij de microfoon. 'Brigadier Cavendish komt zo.'

'Ik zal hier op hem wachten,' zei Carolyn. Ze deed het dossier open en bekeek de inhoud. Ze nam plaats op een van de bezoekersstoelen die in een lange rij tegen de muur aan elkaar geklonken waren, deed haar aktetas open en haalde er een blanco ontslagformulier uit.

Zoals ze al had gedacht, had de officier van justitie verzuimd verder op de zaak in te gaan door een aanklacht in te dienen. Wanneer de politie een verdachte arresteerde op basis van aannemelijke gronden, moest ze daarop een officiële aanklacht laten volgen en moest de gevangene binnen vierentwintig uur ten overstaan van een rechter in staat van beschuldiging worden gesteld. Ze was net klaar met het invullen van het formulier toen ze opkeek en een gigantische man met een vierkante kaak op haar zag neerkijken. 'Sullivan?'

'Dat ben ik,' zei ze en ze stond op. 'Hier is het ontslagformulier voor Daniel Metroix. Ik had graag dat dit zo snel mogelijk wordt behandeld.'

Brigadier Cavendish keek verbaasd. 'Gaat u dan niet zijn voorwaardelijk intrekken?'

'Nee,' zei Carolyn. Ze drukte haar aktetas en het metalen dossier tegen haar borst. Cavendish was zeker twee meter lang en moest minstens honderdvijftig kilo wegen, en niet in vet maar spieren. Hij deed haar denken aan een Neanderthaler. Ze kreeg sterk het gevoel dat hij iemand was die het leuk vond om mensen te intimideren, in het bijzonder vrouwelijke ambtenaren die klein van stuk waren, zoals zij. 'Ik heb begrepen dat er vanochtend problemen zijn geweest,' zei ze. 'Metroix is schizofreen. Hij gebruikt medicijnen.'

'Hoor eens,' zei Cavendish, 'de helft van de kerels hier heeft een of ander psychisch probleem. Die van u is een van onze bewakers te lijf gegaan. Als we willen, kunnen we zó een klacht tegen hem indienen.'

Carolyn rechtte haar schouders. 'Dat zou niet verstandig zijn, brigadier.'

'O nee?' zei de brigadier terwijl hij één mondhoek optrok. 'Waarom niet?'

'Omdat hij op onwettige wijze in hechtenis is genomen,' zei ze, hopend dat ze hem met bluffen zover kon krijgen Daniel vrij te laten. 'Ik was gisteravond bij hem toen het gebouw in de lucht vloog. Hij is mijn cliënt en niemand kan zijn voorwaardelijke invrijheidstelling intrekken behalve ik of een van mijn meerderen. Ik heb rechercheur Sawyer en agent White er al van op de hoogte gebracht dat ik daartoe niet bereid ben. Bovendien heeft iedere gevangene recht op een behoorlijke medische behandeling. Metroix had vanochtend of gisteravond een injectie moeten krijgen.'

'Heeft een arts opdracht gegeven hem die injectie te geven toen hij vanuit het ziekenhuis hiernaartoe is gebracht?' vroeg Cavendish, een stuk minder zelfverzekerd. 'Zonder schriftelijke opdracht mogen we niemand injecties geven.'

'Ik moet naar de wc,' zei Carolyn en ze liep snel weg in de richting van de toiletten.

Ze ging een van de toilethokjes binnen, deed het deksel van de wc-bril naar beneden, ging zitten en sloeg het metalen dossier open. Ze zocht de ontslagpapieren van het ziekenhuis en zag dat het vakje waarin de verdere instructies hadden moeten worden genoteerd, leeg was, hoogstwaarschijnlijk omdat Hank Sawyer Daniel in hechtenis had laten nemen voordat de arts van de eerstehulpafdeling de gelegenheid had gekregen alle formulieren in te vullen.

Carolyn schreef in het vakje dat Metroix die ochtend om zes uur een injectie had moeten krijgen. Ze kon zich de naam van het medicijn waarover Metroix haar had verteld niet herinneren, maar ze wist nog wel dat ze de letters DAP had opgeschreven. Voordat ze de toiletruimte verliet, zag ze zichzelf in de spiegel.

'Niet alleen zie je eruit als een zwerver,' zei ze tegen zichzelf, 'maar je bent ook nog eens op weg een misdadiger te worden.' Sinds Daniel Metroix in haar leven was gekomen, stond haar wereld op zijn kop. Nu had ze een officieel document vervalst. Ze hoopte dat de man inderdaad een onschuldig slachtoffer was. Zo niet, dan had ze nog minder hersens dan Cavendish.

'Sorry,' zei ze tegen de brigadier met een zogenaamd gegeneerde blik. 'Een mens kan weleens opeens hoge nood hebben...' Hij stak zijn hand uit naar het dossier, maar ze deed snel een stap achteruit. Tot ze zeker wist of Daniel vrijgelaten zou worden, wilde ze haar bedrog niet openbaar maken. Als het niet ging zoals ze wilde, zou ze voor een nieuwe noodstop naar de wc moeten.

'Hij gebruikt antipsychotische medicijnen,' zei Carolyn. 'Het is heel goed mogelijk dat hij op een rare manier reageert wanneer hij die medicijnen niet op tijd krijgt. U mag dit afhandelen zoals u goeddunkt, brigadier. Ik ben er echter zeker van dat u er niks aan zult hebben hem aan te klagen, aangezien u zelf hebt verzuimd de bevelen van de arts op te volgen. Sterker nog, de staat zou kunnen worden aangeklaagd en – '

Brigadier Cavendish slaakte een zucht. 'Hou maar op,' zei hij. 'Ik zal hem vrijlaten, maar op één voorwaarde.'

'Goed,' zei ze. 'Ik luister.'

'U moet voor hem garant staan,' zei hij. 'Kunt u dat aan? U bent niet erg groot en de gevangene heeft vanochtend een hoop stennis gemaakt.'

En jij bent niet erg intelligent, klojo, had Carolyn het liefst tegen hem gezegd. 'Afgesproken.'

'Geef ons nog een halfuur; daarna is hij uw probleem.'

Toen Cavendish zich omdraaide en naar de beveiligde deur liep, vroeg Carolyn zich af hoe een begrafenisondernemer een man van dergelijke afmetingen in een doodskist zou kunnen krijgen. Zijn spieren waren zo overdreven ontwikkeld dat het volgens haar niet mogelijk was zijn armen plat tegen zijn lichaam te leggen.

Ze keek op haar horloge. Over nog geen uur zouden John en Rebecca thuiskomen uit school, en hun moeder verkeerde in zo'n morbide stemming dat ze aan begrafenisondernemers zat te denken. Een groter probleem was wat ze met Daniel aan moest. Hij had zich tegen vijf gevangenbewaarders verzet en als hij vanwege de gebeurtenissen van gisteravond psychotisch was geworden, was hij misschien inderdaad zo gevaarlijk als iedereen beweerde. Ze dacht aan haar pistool en besefte opeens dat ze ook dat was kwijtgeraakt bij de explosie in het motel.

Ze pakte haar privé-mobieltje, belde naar haar huis en liet een bericht achter op haar antwoordapparaat. Het mobieltje dat ze van haar werk had gekregen, had in haar handtas gezeten. Ze voelde zich ellendig, omdat ze Rebecca had beloofd dat ze er zou zijn wanneer die thuiskwam uit school. John had gezegd dat hij vandaag voor het eten zou zorgen. Als ze niet snel een plan wist te verzinnen, zouden ze een extra bord op tafel moeten zetten.

10

Tegen vieren die woensdagmiddag zat Daniel Metroix op de passagiersstoel van professor Leightons BMW. Zijn kleren stonken naar rook en hingen als vodden om zijn lijf en zijn kaken waren bedekt met stoppels. Sinds ze de gevangenis hadden verlaten, had hij geen woord gezegd. Ze zag dat zijn rechterarm steeds bewoog met kleine, spastische schokjes.

'Hoe heet dat geneesmiddel ook alweer dat je gebruikt?' vroeg ze met een zijdelingse blik op hem.

'DAP, kortweg fenothiazine,' antwoordde Daniel. 'Ik had mijn maandelijkse injectie een paar dagen geleden moeten krijgen. In de gevangenis kreeg ik die altijd in de kliniek. Ik kon zelf de dagen nooit onthouden. Mijn medicijnen lagen samen met de rest van mijn spullen in de motelkamer. Hebt u ze?'

'Nee,' zei ze, en ze vroeg zich af hoe ze aan een dergelijk geneesmiddel kon komen. Psychotrope medicijnen kon niet iedereen zomaar kopen en de injecties die hij kreeg, kregen waarschijnlijk niet veel mensen. Als ze het zich goed herinnerde, had hij gezegd dat het geneesmiddel pas onlangs door de FDA was goedgekeurd.

'Waarom hebben ze me opnieuw gearresteerd?'

Carolyn kneep hard in het stuur. De manier waarop hij uit zijn ogen keek, was beangstigend. Hij was waarschijnlijk doodmoe en in de war, nog afgezien van het feit dat hij zijn injectie niet had gekregen. Ze wilde hem absoluut niet bij haar kinderen in de buurt hebben.

'Het was een vergissing,' zei ze. 'En ik heb het toch geregeld? Je bent nu toch niet meer in de gevangenis?'

'Wat is er van mijn werk geworden?'

'Dat weet ik niet precies,' antwoordde ze, hoewel ze wist dat al zijn werk verloren was gegaan. Misschien was het moedeloosheid die ze op zijn gezicht zag. Net nu zijn leven eindelijk een positieve wending had gekregen, moest hij weer helemaal opnieuw beginnen. 'Laten we het meest urgente probleem eerst aanpakken. We moeten een manier zien te vinden om een nieuw recept voor je te krijgen.'

'Mijn werk is belangrijk,' zei Daniel. Hij begon zich op te winden.

'Ik zal misschien niet eens een fractie kunnen regenereren van wat er in die kamer lag. Die paperassen vertegenwoordigden jaren van mijn leven. Ik wou dat u me gisteravond had laten sterven. Afgezien van mijn werk heb ik niets.'

'Ik begrijp het,' zei Carolyn. Ze sprak op een zachte, troostende toon. 'We moeten een psychiater zien te vinden. Alleen een psychiater kan een dergelijk geneesmiddel voorschrijven. Ik ken maar één persoon die we kunnen bellen,' zei ze, denkend aan dr. Weiss. 'Hij ontvangt geen patiënten meer. Bovendien weet ik zeker dat een nieuwe arts je zou willen onderzoeken voordat hij je iets voorschrijft, misschien zelfs voordat hij je naar een ziekenhuis zou verwijzen.'

Carolyn kreeg het gevoel dat ze tegen zichzelf praatte. Daniel had zijn hoofd afgewend en leek niet naar haar te luisteren. Ze had veel zin om hem bij de plaatselijke psychiatrische kliniek af te zetten zodat ze naar huis kon gaan om uit te rusten. Niet alleen liep zijn leven gevaar, maar ze leek door de omstandigheden gedwongen te zijn bij hem te blijven. Voor haar eigen veiligheid moest ze hem in de gaten houden. Bovendien had ze meer informatie nodig.

'Wat is er in de gevangenis gebeurd?'

'Dat kan ik me niet herinneren.' Zijn stem klonk gedempt en hij staarde nog steeds uit het raam.

'Kijk naar me,' zei ze. 'Heb je iemand mishandeld?'

'Ik geloof van niet,' zei Daniel en hij kneep zijn handen stijf ineen om het trillen tegen te gaan. 'Ik wil mijn spuit.'

'Dat begrijp ik,' zei Carolyn, die zich opeens herinnerde dat ze een kopie van het recept had gemaakt om in zijn dossier te doen. 'Je had je recept bij je toen je bij me kwam voor het vraaggesprek. Waar is het nu?'

Hij verviel in een diep stilzwijgen en begon toen opeens razendsnel te praten. 'Ik heb het achtergelaten bij de apotheek dicht bij het motel zodat ik het niet zou kwijtraken.'

'Weet je nog hoe die apotheek heet?'

'Rite Aid,' zei hij, en hij kreeg een jachtige blik in zijn ogen. 'Kunt u me daar naartoe brengen?'

'We gaan al,' antwoordde ze, terwijl ze keerde en naar Freeway 101 reed. 'Je moet rustig blijven en me vertrouwen. Zodra we je medicijnen hebben, zal ik zien of ik een andere motelkamer voor je kan huren. Je moet precies doen wat ik zeg. We willen geen herhaling van gisteravond.'

'Ik heb geld,' zei hij. 'Ik moest van mijn advocaat, meneer Fletcher, een bankrekening openen. De bank zit in dezelfde straat als de apotheek.'

'Je zult een identiteitsbewijs moeten overleggen,' zei Carolyn. 'Bovendien eisen de meeste hotels een creditcard. Dat kan moeilijkheden opleveren. Mijn handtas is met de volledige inhoud vernietigd.'

Daniel stak zijn hand in zijn zak en haalde er een nieuwe, zwartleren portefeuille uit. 'Ik heb alles,' zei hij. Hij deed de portefeuille open en liet haar een identiteitsbewijs zien en een aantal creditcards en bankpasjes.

Ze hoefde het verhaal over het geld dat hij had geërfd duidelijk niet te verifiëren. 'Had je die gisteravond in je zak?'

'Ja,' zei hij. 'Zoals ik al zei, heeft meneer Fletcher overal voor gezorgd. Ik heb de creditcards nooit ergens voor gebruikt, alleen voor het motel.'

'Heb je aan je advocaat verteld waar je een kamer had?'

'Natuurlijk,' zei hij en hij keek haar aan alsof hij niet begreep waarom ze hem zo'n domme vraag stelde.

Carolyn botste bijna tegen de auto vóór haar. 'Ik dacht dat je had gezegd dat je aan niemand anders dan mij het telefoonnummer van het motel had gegeven.'

'Dat heb ik ook niet gedaan,' antwoordde hij.

'Maar je hebt net gezegd van wel.'

'Nee,' zei Daniel. 'Ik zei dat ik hem had verteld waar ik een kamer had. Dat wil niet zeggen dat ik hem het telefoonnummer heb gegeven.'

Carolyn voelde haar nekharen overeind komen. Nu ze wist dat hij zijn advocaat had verteld in welk motel hij zat, kon ze haar veronderstelling dat behalve zijzelf niemand wist dat hij een kamer had gehuurd in het Seagull Motel wel vergeten. 'Is alles wat je me hebt verteld de waarheid?'

'Ja,' zei hij. 'Ik lieg niet.'

'Ik heb de directeur van Chino gesproken. Hij zei dat jouw laboratorium alleen maar een werkplaats was. Hij zei dat jij en een paar andere gedetineerden apparaten repareerden en gereedschap maakten. Is dat zo?'

'Nee,' zei Daniel. Het schokken van zijn rechterarm werd erger. 'Heeft directeur Lackner dat echt gezegd?'

'Hij zei dat je al die dingen over je uitvindingen maar verzonnen hebt en dat je nooit echt iets hebt uitgevonden. Ik probeer je te helpen. Ik moet de waarheid weten.'

'Ik dacht dat de directeur me graag mocht,' zei Daniel met een verslagen gezicht. 'Ik heb alles gedaan wat hij zei.'

'Moest je van hem een document ondertekenen waarmee je afstand deed van je uitvindingen?'

'Ja,' antwoordde hij. 'Niemand gelooft me ooit. Ze geloofden me niet toen ik zei dat die jongens me hadden aangevallen. Ze geloofden me vanochtend in de gevangenis ook niet.'

'Wat is er in de gevangenis gebeurd?'

'Ik ben uitgegleden en gevallen. Een van de andere gevangenen ging een bewaker te lijf en toen begon iedereen te vechten. Zoals altijd kreeg ik de schuld.'

Carolyn sloeg abrupt linksaf toen ze het uithangbord van Rite Aid zag. 'We zijn er,' zei ze opgelucht. 'Laten we gauw naar binnen gaan om je medicijnen te halen.'

'Ik heb papier nodig, grote vellen papier.'

Ze stapten uit en liepen de winkel in. 'Je gaat niet naar school,' zei Carolyn, die haar geduld begon te verliezen. 'Haal die medicijnen nou, dan kan ik tenminste naar huis.'

'Mijn werk,' zei Daniel beteuterd. 'Ik wil proberen mijn werk te reproduceren. Ik ben dingen kwijtgeraakt waaraan ik heb gewerkt sinds ik een tiener was.'

'Wees nou maar blij dat je niet in de gevangenis zit,' zei Carolyn tegen hem. 'Ik bel je morgenochtend. Je moet me beloven dat je in het motel zult blijven. Dit is een serieuze zaak, begrijp je dat?'

'Probeert iemand nog steeds me te vermoorden?' vroeg Daniel terwijl ze door de drugstore naar de apotheekafdeling liepen. 'Probeert u me daarom te helpen?'

'Het is mogelijk,' antwoordde ze. 'Er is nog een ander probleem. Ik verkeer in gevaar en mijn gezin ook. Als je iets weet en je me dat nog niet hebt verteld, kun je er beter nu mee voor de dag komen.'

'Ik heb boeken nodig,' zei Daniel. 'Alles wat u kunt vinden over thermodynamica. Ik was thermale elektrongenerators aan het bestuderen. Ik heb ook informatie nodig over waterstofbrandstofcellen.'

Carolyn keek naar beneden en zag dat de veters van zijn schoenen los waren. 'Strik je veters,' zei ze tegen hem. Hij had schone kleren, deodorant, een tandenborstel en scheergerei nodig. Ze had het niet leuk gevonden dat Brad haar een ex-gevangene als cliënt had toegewezen, maar dat was niets bij hoe ze zich nu voelde. 'Ik ben je dienstmeisje niet. Pak wat je nodig hebt terwijl ze je medicijnen klaarmaken. En dan gaan we meteen weg, begrepen?'

Het schoot Carolyn opeens te binnen dat ze erbij moest zijn wanneer hij zichzelf de injectie gaf. Haar kinderen waren alleen thuis. Ze had zo onderhand zelf een psychiater nodig.

Tegen halftien die woensdagavond voelde Carolyn zich alsof ze zou flauwvallen van vermoeidheid. Ze had meer dan een uur lang Rebecca met haar huiswerk geholpen en toen de afwas gedaan zodat haar zoon zijn eigen huiswerk kon gaan doen. Nu had ze haar dochter eindelijk ingestopt. Toen ze terugliep door de gang kwam ze John tegen.

'Paul heeft gebeld toen je bij Rebecca was,' zei hij, achter zijn moeder aanlopend naar haar slaapkamer. 'Ik wilde je roepen, maar hij zei dat ik je niet moest storen. Waarom heb je me niet verteld dat iemand de ruiten van de Infiniti heeft ingeslagen? Paul zei dat hij je zijn tweede auto heeft geleend, de blauwe BMW die ik bij hem in de garage heb zien staan. Hij belde om te vragen of je er problemen mee hebt gehad.'

Om de kinderen niet aan het schrikken te maken had Carolyn de auto van de professor aan de overkant van de straat geparkeerd. Ze wilde haar zoon bovendien niet vertellen dat er veel meer was beschadigd dan alleen de ruiten van de Infiniti. Toen de professor zijn BMW op straat had zien staan, had hij blijkbaar gedacht dat er sprake was van een of ander mechanisch probleem.

Ze ging in de blauwfluwelen stoel tegenover haar bed zitten, liet haar armen over de zijkanten hangen en strekte haar benen. 'Ik wilde je geen angst aanjagen,' zei ze. 'Ik had je over de auto moeten vertellen. Na gisteravond vond ik dat we wat tijd nodig hadden om ons te bezinnen.'

Johns gezicht vertrok van woede. 'Sommigen van mijn vrienden hebben het artikel in de krant over de explosie gelezen. Waarom heb je me niet verteld dat die kerel in de gevangenis heeft gezeten omdat hij een jongen heeft vermoord?' Hij stak een beschuldigende vinger in haar richting. 'Vanwege hem zit er weer iemand achter jou aan.'

'Niemand heeft me iets gedaan,' antwoordde Carolyn, te moe om ertegenin te gaan. 'Denk even na, lieverd. Ik was in mijn eentje thuis toen ze de auto hebben toegetakeld. Als ze me iets hadden willen doen, hadden ze het gemakkelijk toen kunnen doen.'

'Nee!' zei John. Hij deed de deur van zijn moeders kamer dicht zodat zijn zusje hen niet zou horen. 'Wie die lui ook zijn, dit is bedoeld als een waarschuwing. Je bent vanavond weer naar die kerel gegaan, nietwaar? Daarom was je laat. Jezus, mam, waarom doe je dit? Het is bijna alsof jij het kind bent en ik de ouder, alsof je opeens hebt besloten je in te laten met een verkeerd soort mensen. Ben je verliefd op die griezel of zo? Praat tegen me. Ik begrijp het niet.' Hij zweeg even, maar barstte meteen weer los. 'Heb je enig idee hoe ik me voel? Dit zal onze dood nog worden.'

'Ga niet zo tegen me tekeer,' zei Carolyn. 'Ik ben moreel verplicht deze man te helpen als ik het vermoeden heb dat hij een slachtoffer is van gerechtelijke dwaling. Sterker nog. Het gaat hier niet om een kleine fout die iemand heeft gemaakt. Daniel Metroix heeft het grootste deel van zijn leven als volwassene moeten opgeven. En ik weet heel wat meer over het leven dan jij, *zoon*.' Ze zweeg, liet het laatste woord in de lucht hangen.

Wanneer zijn moeder hem aansprak met termen als *zoon*, wist John dat het tijd was zijn mond te houden en te luisteren. Het was haar manier om hem eraan te herinneren wat zijn plaats was in de pikorde.

'Alles wat er de afgelopen twee dagen is gebeurd, bevestigt alleen maar mijn vermoedens dat Daniel Metroix in een val is gelokt. Dit hoeft niet per se te maken te hebben met de dood van Tim Harrison. Het is mogelijk dat het te maken heeft met zijn uitvindingen.'

John begreep niet wat zijn moeder bedoelde met uitvindingen. Hij wist alleen dat dit niet het moment was om vragen te stellen. 'Goed,' zei hij en hij sloeg met zijn handen op zijn dijen. 'Wat wil je dat wij doen?'

'Jullie moeten heel voorzichtig zijn,' zei Carolyn, terwijl ze ging verzitten in de fauteuil. 'Van nu af aan mag Rebecca niet meer alleen over straat. Ik zal haar naar school brengen, of ze moet met jou meelopen en je moet haar na school naar huis brengen.' Ze wist dat ze alweer veel van hem verlangde. Het leven was niet gemakkelijk. 'Voor je eigen veiligheid moet je zelf proberen steeds bij een groep te blijven wanneer je niet thuis bent. Ik zal morgen voor jou en Rebecca elk een mobiele telefoon kopen. Dan kunnen jullie mij of de politie bellen als jullie iets zien wat ook maar een beetje verdacht is.' Ze zweeg even om haar woorden goed tot hem te laten doordringen. 'Ik ga niet naar college tot dit probleem is opgelost. Dan zullen jullie niet zo vaak alleen thuis zijn, zoals nu. En jij zult meer tijd hebben om je te concentreren op je studie.'

'Waarom zou je vanwege die kerel je studie eraan gegeven?' zei John. 'Je hebt zo hard gewerkt.'

'Ik zei niet dat ik het hele semester eraan geef,' zei Carolyn. 'Ik zal hooguit een paar lessen missen. Die haal ik wel in. Bovendien geef ik noch mijn studie noch iets anders op voor *die kerel*, zoals jij hem steeds noemt.'

Ze bukte zich en trok een van de verbandpleisters van haar rechter-knie. De hechtingen zouden vanzelf verdwijnen, had de dokter gezegd. Jammer dat problemen niet net zo gemakkelijk verdwenen. 'Toen ik reclasseringsambtenaar werd,' zei ze, 'heb ik een eed afgelegd dat ik me aan de wet zou houden en de maatschappij zou beschermen. Daniel Metroix heeft net zoveel recht op mijn tijd en aandacht als professor Leighton en iedere andere ingezetene van de staat Californië. Het klinkt misschien erg simplistisch, John, maar soms gebeuren er nare dingen met goede mensen. Vergeet nooit dat je net zo goed zelf ooit een van die ongelukkigen kunt zijn.'

De wijsheid van zijn moeders woorden raakte doel. John knielde op de vloer voor haar neer en trok voorzichtig de verbandpleisters van haar andere knie.

'Bovendien kan ik nu niet meer terug,' fluisterde ze, in de wetenschap dat degene die probeerde Daniel te vermoorden, waarschijnlijk al te weten was gekomen dat ze ervoor had gezorgd dat hij uit de gevangenis was vrijgelaten. 'Ik ben er te zeer bij betrokken.'

'Trek die broek even uit,' zei John terwijl hij haar met respect en tederheid in de ogen keek. 'Ik zal wat boorwater en nieuwe gaasjes en pleisters halen. De wonden zijn niet erg diep, maar je kunt ze beter bedekt laten om infectie te voorkomen.' Hij rolde haar mouwen op, trok de pleisters weg en bekeek de wonden aan haar ellebogen. 'Deze hoefde niet eens gehecht te worden,' zei hij, terwijl hij haar onderarm vasthield en de wond bekeek. 'Ik ga de verbanddoos uit de keuken halen. En daarna ga je regelrecht naar bed.'

Voordat hij kon opstaan, sloeg Carolyn haar armen om zijn nek en gaf ze hem een zoen. Zijn woorden waren echo's van de hare. Gek is dat, dacht ze, denkend aan alle wonden, verkoudheden, virussen en griepjes die hij door de jaren heen had gehad. Zodra kinderen volwassen werden, beschouwden ze veel van de wijsheid die ze hadden verkregen alsof die op magische wijze was verschenen en dachten ze er zelden aan dat ze die van hun ouders hadden meegekregen.

'Weet je zeker dat je geen arts wilt worden?' vroeg Carolyn terwijl ze haar handen over zijn gespierde schouders naar beneden liet glijden. 'Je zou een prima arts zijn.'

'Wie weet,' zei John met een glimlach, en toen liep hij snel de kamer uit.

Carolyn bracht op donderdagochtend zowel Rebecca als John naar school en reed toen door naar haar werk. De avond tevoren had ze een lijst gemaakt van alle mensen met wie ze contact moest opnemen inzake Daniel en de gebeurtenissen rond de dood van Tim Harrison. De situatie met de gevangenisdirecteur moest misschien wachten tot ze specifiekere informatie had verkregen over de uitvindingen. Ze kon niet nagaan of iemand het octrooi voor de uitvindingen bezat of er een aanvraag voor had gedaan voordat ze precies wist wat de uitvindingen inhielden.

Brad had waarschijnlijk gelijk. Als directeur Lackner corrupt was, zou hij zo slim zijn geweest de octrooien niet op zijn eigen naam te registreren.

Misdaadonderzoekers hadden veel profijt van de moderne technologie, maar diezelfde technologie had degenen die met iemand contact moesten opnemen, voor veel obstakels geplaatst. Het irritante telemarketing had ervoor gezorgd dat bijna niemand nog in het telefoonboek stond, zelfs niet in een kleine stad als Ventura. Eigenlijk kon je niet meer spreken van kleine steden. De hele wereld was elektronisch verbonden. Als reclasseringsambtenaar had Carolyn het recht ieder geheim nummer op te vragen, maar ze kon niemand ervan weerhouden gebruik te maken van nummerweergave en alleen op te nemen wanneer men wist wie er belde. Reclasseringsambtenaren verdeden tegenwoordig heel wat uren aan een aspect van hun werk dat vroeger doodsimpel was geweest: hun cliënten opbellen om na te gaan waar ze zaten. Nu gingen er soms maanden overheen voordat ze konden vaststellen of een cliënt ertussenuit was geknepen of zich alleen schuilhield achter een muur van veiligheidsmaatregelen, op zijn werk of op het adres waar hij woonde. Een mate van bewijsmateriaal was noodzakelijk om bepaalde rechtsdocumenten te kunnen indienen en alhoewel onaangekondigde bezoeken in theorie heel aardig waren, was het in de praktijk vaak zo dat een dergelijk bezoek aan een cliënt alleen maar tijdverspilling was voor de toch al overbelaste ambtenaar, of dat het zelfs grote gevaren met zich meebracht.

Op de gang kwam Carolyn Veronica tegen. 'Wat zie je eruit!' riep de vrouw uit. 'Ik dacht dat je beroemd zou worden door het verdedigen van criminelen, niet dat je opgeblazen zou worden.' Toen Carolyn haar nijdig aankeek, voegde ze er snel aan toe: 'Ik maak maar een grapje, hoor. Kan er geen glimlachje af? Maar even serieus, hoe is het ermee? Iedereen hier heeft het over jou en Metroix.'

Veronica pakte Carolyns hand en trok haar mee naar een van de spreekkamers. 'Zeg, je scharrelt toch niet met die vent? In de krant stond dat je in zijn motelkamer was. Ik bedoel maar.'

'Doe me een lol, zeg,' zei Carolyn, die veel te veel aan haar hoofd had om naar Veronica's geklets te kunnen luisteren. 'Hoe kun je zoiets zelfs maar denken? Ik had gewoon nog niet alle informatie van hem gekregen die ik nodig had. Metroix staat onder toezicht. Volgens de regels moeten we bij zulke mensen gaan kijken hoe ze wonen. Op dit moment woont hij in een motel.'

De vrouw legde haar hand op haar borst. 'Kijk mij er niet op aan. Ik sta aan jouw kant. Ik vertel je alleen maar dat er wordt geroddeld. Tussen haakjes, Preston is naar je op zoek en hij kijkt niet blij.'

In de koffiehoek schonk Carolyn een kop koffie voor zichzelf in en liep ermee naar haar bureau. Ze belde allereerst de archiefafdeling om te vragen of ze haar de telefoonnummers en adressen konden geven van Liam Armstrong en Nolan Houston. Zodra ze had opgehangen, kwam Brad haar werkhok binnen, met een nijdig, rood aangelopen gezicht.

'Je had je op z'n minst vanochtend bij me kunnen melden,' viel hij tegen haar uit. 'Je kon gisteren niet op je werk komen, maar voelde je wel goed genoeg om Metroix uit de gevangenis te halen. Hank Sawyer sprong daarnet uit zijn vel. Hij staat erop dat ik je dwing me te vertellen waar je hem hebt ondergebracht.'

Carolyn bleef aantekeningen maken op een blocnote zonder zelfs maar haar hoofd op te heffen. Even later gooide ze haar pen neer, kwaad dat ze het zowel tegen haar eigen baas als tegen de politie moest opnemen om te doen wat ze als haar taak beschouwde. Brad had haar oordeel nog nooit in twijfel getrokken, net zomin als de officieren van justitie en de rechters. De enigen die zich ooit over haar hadden beklaagd, waren advocaten van de verdediging. Dacht Brad nu werkelijk dat ze een man zou beschermen als die een bedreiging vormde voor de gemeenschap, of als die, om nog preciezer te zijn, eropuit was haar of haar gezin iets aan te doen? 'Hank Sawyer heeft er geen enkel recht op te weten waar Daniel Metroix is. Er is geen aanklacht tegen Metroix ingediend. Ik ben de reclasseringsambtenaar die door jou is aangewezen om het toezicht op deze man uit te voeren. De enige die hij volgens de wet op de hoogte moet houden van zijn verblijfplaats, ben ik.'

'Ik vergeet soms hoe koppig je bent,' zei Brad. Hij rukte een stoel bij het andere bureau vandaan en ging er achterstevoren op zitten. 'Luister, waarom zouden we hierover moeilijk gaan doen? We worden geacht samen te werken met de politie. Hank heeft er recht op een getuige van een misdaad te verhoren. Wat er in dat motel is gebeurd, was geen klein incident. En dat niet alleen. Hij zegt dat iemand gisteren je auto in puin heeft geslagen en een dreigbrief voor je heeft achtergelaten. Waarom heb je me dat niet verteld?'

Carolyn staarde uit het raam en voelde haar woede wegzakken terwijl ze diep nadacht. De zaak leek net een puzzel die in stukjes lag. Het element tijd was een van de grootste problemen. Ze moest een manier zien te vinden om de gebeurtenissen uit het verleden te reconstrueren en op de juiste manier in verband te brengen met de misdaden van nu. Ze moest er daarbij rekening mee houden dat dit weleens een puzzel kon zijn die nooit in elkaar gelegd kon worden.

Carolyn herinnerde zich hoe ze als tiener een keer om vier uur 's nachts wakker was geworden. Ze was naar de keuken gegaan om een glas melk te drinken en had haar vader aan de keukentafel zien zitten met stapels papieren voor zich die allemaal bedekt waren met ingewikkelde berekeningen. Hij was altijd zo volkomen geconcentreerd op waar hij mee bezig was, dat Carolyn en Neil er regelmatig iets onder verwedden wie erin zou slagen zijn aandacht te trekken. Ze rammelden met potten en pannen, zetten de radio keihard aan, gingen zelfs pal voor hem staan en schreeuwden dat er een inbreker in huis was. Carolyn was dan ook volslagen verbijsterd geweest toen haar vader die nacht was opgehouden met werken en met haar had gepraat. Hij had uitgelegd dat hij probeerde de Riemann-hypothese op te lossen, de wensdroom van iedere wiskundige. Nadat hij was overleden had haar moeder haar en Neil verteld dat hun vaders obsessie met dit onopgeloste probleem de reden was waarom hij zoveel jaar werkloos was geweest. Naarmate ze ouder werd, was Carolyn steeds meer op haar vader gaan lijken. Ze begreep nu hoe moeilijk het voor hem moest zijn geweest zijn obsessie los te laten en een baan als leraar te nemen zodat hij zijn gezin kon onderhouden.

Met moeite terugkerend naar het heden vroeg Carolyn: 'Wist Hank of het forensisch laboratorium vingerafdrukken of ander bewijsmateriaal heeft gevonden op het briefje dat op mijn auto was achtergelaten?'

'Als je er zo van overtuigd bent dat Charles Harrison hier achter zit, waarom denk je dan dat er belastend bewijsmateriaal gevonden zou zijn?' Brad stond op en duwde de stoel van zich af. 'Je zou me op z'n minst kunnen aankijken wanneer ik tegen je praat.'

'Ik weiger te reageren wanneer je tegen me schreeuwt,' zei Carolyn kalm. Ze draaide haar stoel om en keek hem aan. 'Ik ben niet alleen intelligenter dan jij, Brad, ik ga ook veel professioneler te werk.'

'Ik heb géén verhouding met Amy McFarland.'

'Ja, ja,' zei ze. 'Probeer met poker nooit te bluffen. Is ze goed in bed?'

'Niet sinds jij haar hebt verteld dat ik verloofd ben.'

Carolyn keek hem strak aan. 'Dan zul je een ring voor haar moeten kopen.'

Het duurde even tot Brad doorhad dat ze hem plaagde. Ze namen elkaar al jaren op de hak, om hun onaangename werk wat draaglijker te maken. Wie hen toevallig bezig hoorde, zou denken dat ze elkaar niet konden uitstaan. Niets was minder waar.

'Je klinkt gelukkig weer een beetje als je oude ik,' zei hij. 'Ik heb niets met Amy McFarland, oké? Ze wil trouwen en kinderen krijgen. Ik ben geen man voor vieze luiers.'

'Ik was al bang dat ze niets zouden vinden op die dreigbrief,' zei Carolyn, terugkerend naar hun probleem. 'Het was geschreven op karton. Het soort karton dat ze bij de stomerij in overhemden leggen, weet je wel?' Ze draaide een lok haar om haar vinger. 'In ieder geval weten we nu iets over deze personen.'

'Wat dan?'

'Dat ze niet arm zijn,' zei ze. 'Arme mensen laten hun overhemden niet buiten de deur wassen en strijken. Misschien heeft Charles Harrison het briefje zelf geschreven.'

'En hij is met een breekijzer naar jouw oprit getogen?' wierp Brad tegen. 'Dat is belachelijk, Carolyn. Ik heb geïnformeerd. Harrison loopt op zijn laatste benen. Hij is door de drank geveld. Van zijn lever is niets meer over en hij wacht op een donor.'

Carolyn grijnsde geniepig. 'Dan heeft hij gangsters van goeden huize gehuurd.'

Brad lachte. 'Gisteren had je het op een gevangenisdirecteur voorzien. Nu staat Harrison blijkbaar weer boven aan je lijstje.'

'Ik heb nog geen gelegenheid gehad uit te zoeken hoe het zit met de octrooien,' legde ze uit. 'Lackner moet wel erg snel zijn geweest als hij mijn auto zo kort na mijn telefoongesprek met hem in elkaar heeft geslagen.' Ze staarde naar het midden van zijn borst. 'Dat is de afgrijselijkste stropdas die ik ooit heb gezien, Brad. Zijn dat naakte vrouwen zonder hoofd?'

'Je bent aan een bril toe,' zei hij lachend. 'Het zijn bowlingkegels.'

Ondanks dat ze met zoveel problemen kampte, wist Carolyn Sullivan haar gevoel voor humor te behouden, en dat was een van de redenen waarom hij meestal toegaf aan haar eisen. Ze kibbelden wel voortdurend, maar hij gaf niet alleen veel om haar, hij had ook respect voor haar.

'We moeten met de politie samenwerken,' zei hij, weer serieus. 'Je moet redelijk blijven, Carolyn.'

'Ik wil ook best met ze samenwerken,' zei ze, zonder terrein prijs te geven. 'Maar alleen nu nog niet.'

'Wat wil je dat ik doe?' vroeg Brad. 'Kun je het je veroorloven geschorst te worden zonder behoud van salaris? Misschien moet je even aan je kinderen denken voordat je antwoord geeft. Vergeet niet dat ik rapport uitbreng aan Robert Wilson. Hij weet dat je met Downly de mist in bent gegaan.'

'Mijn kinderen en ik redden ons best,' zei Carolyn. 'Ik ga een gesprek aanvragen met rechter Shoeffel.'

Brad verhief zijn stem weer. 'Ga je hiermee naar Arline Shoeffel? Jij durft wel, zeg. Ik zou het niet wagen een zo zwakke zaak aan een rechter voor te leggen, laat staan aan de president van de rechtbank in eigen persoon.' Hij zweeg toen hij zich iets herinnerde. 'O, dat is waar ook, jij kent Shoeffel van je studie. Ze is een van je docenten.'

'Snap je niet met welk probleem ik zit, Brad?' vroeg Carolyn. 'Ik weet niet wie ik bij de politie kan vertrouwen. Ik had zelf ook het liefst dat Hank er niet bij betrokken is, maar dat kan ik niet zeker weten. De enige manier om duidelijkheid te krijgen, is door me rechtstreeks te wenden tot de hoogste rechtspersoon.'

'Hank zat nog maar net bij de politie toen Metroix de gevangenis in ging,' zei Brad, die vond dat ze vrij paranoïde bezig was. 'En sommigen van de agenten die er nu zitten, waren nog niet eens geboren.'

'Dat kan me niet schelen,' zei ze. 'Ik zal niet toelaten dat deze man vermoord wordt.'

'Denk je echt dat het zover zou kunnen komen?'

'Absoluut,' zei Carolyn. Ze betastte de pijnlijke plek op haar rechterelleboog. De andere verwondingen die ze in de nacht van de explosie had opgelopen, waren al redelijk genezen. Daniel had geboft, omdat hij een spijkerbroek en een overhemd met lange mouwen aan had gehad. 'Zei je niet dat Harrison met één been in het graf staat? Wat voor soort straf kun je een man die op sterven ligt nog boven het hoofd houden? Hij is misschien vastbesloten Metroix met zich mee de dood in te nemen. Dat zal ik niet toestaan.'

'Jemig,' zei Brad terwijl hij een boer liet, 'ik zal nog een maagzweer van jou krijgen. Als je voor advocaat wilt spelen, kun je zowel bij de politie als het OM honderden zaken vinden die niet naar behoren zijn afgehandeld, maar dat is niet jouw taak. Hoe staat het trouwens met Sandoval?'

'Ik heb Lois Mason al ondervraagd,' antwoordde Carolyn, al had ze geen idee waar ze de papieren daarover had gelaten. 'Ik hoef pas over twee weken rapport uit te brengen.'

'En Eddie Downly?' vroeg Brad. 'Ook nu hij is aangeklaagd wegens de verkrachting moet je zijn voorwaardelijke invrijheidstelling nog officieel intrekken. En zodra hij schuldig is bevonden, zul jij natuurlijk worden aangesteld om het vooronderzoek inzake het vonnis te doen.'

Dat was tenminste iets waarover ze het met elkaar eens waren. 'Hoe is het met het meisje?'

'Ze ligt nog steeds in het Methodist Hospital,' zei Brad. 'Het lab heeft huidweefsel en bloed onder haar nagels gevonden. Een bloederige vingerafdruk in haar hals lijkt van Downly te zijn, maar hij zal veroordeeld worden wegens het DNA. Tijdens een confrontatie hebben drie getuigen uit de betreffende wijk hem aangewezen. Hij had haar al vijf of zes dagen gestalkt. Het is in ieder geval een geluk dat die klootzak haar niet heeft vermoord.'

'Weet je al welke officier van justitie de zaak zal behandelen? Ik wil graag weten hoeveel aanklachten er worden ingediend.' Carolyn knarsetandde. 'Ik zou met plezier een bezoekje brengen aan Downly. Ik zou hem nog het liefste zelf doodschieten.'

'Hij verdient het door een vleesmolen gehaald te worden,' zei Brad. Hij rekte zijn lange lijf. 'Tegen beter weten in,' ging hij door, 'zal ik me niet met de zaak-Metroix bemoeien. Je krijgt één dag. Maar als Hank of iemand anders van de politie me weer belt, laat ik hem doorverbinden met jou. Als je per se in je eentje wilt werken, zul je het ook in je eentje moeten zien te rooien.'

Carolyn schraapte haar keel. 'Ik had mijn pistool bij me in de motelkamer,' zei ze. 'Ik heb een nieuw nodig, samen met een schouderholster. Mijn eigen holster lag in mijn auto en die heeft de politie meegenomen om op bewijsmateriaal te onderzoeken. En ik heb ook een mobieltje nodig. Op het moment gebruik ik dat van mezelf voor mijn werk.'

'Ik zal de papieren meteen in orde maken,' zei Brad. 'Je kunt ze afhalen bij Rachel. Ik raad je aan er meteen mee naar de voorraadkamer te gaan. Probeer alsjeblieft niemand te vermoorden. En laat die vent, die we met ons allen behoren te beschermen, alsjeblieft niet met je pistool gaan spelen. Ik wil je graag beëdigd zien worden als advocaat. Ik heb geen zin je kinderen te moeten helpen een doodskist voor je uit te zoeken.'

11

Om kwart over elf die ochtend bladerde Carolyn het dossier over Snelle Eddie door. Hoewel zij was aangesteld om de supervisie over hem te houden, had een andere ambtenaar het onderzoek ter voorbereiding op de vonnisbepaling uitgevoerd. De onverschilligheid die uit het verslag sprak, was schrikbarend. De verklaring van het slachtoffer bestond uit slechts een paar zinnen. Carolyn zette haar headset op en draaide een nummer.

Nadat ze het gesprek had beëindigd, haalde ze een paar schoenen met hoge hakken uit haar dossierkast, trok ze aan, liet haar platte schoenen onder haar bureau staan en liep met vastberaden stappen naar de toiletruimte.

Ze ging voor de spiegel staan en rommelde in haar make-uptasje tot ze een felrode lippenstift had gevonden. Nadat ze een paar laagjes mascara had aangebracht, bekeek ze zichzelf in de spiegel. Er ontbrak nog iets. Ah, dacht ze, en ze pakte een zwarte eyeliner.

Toen ze klaar was met haar gezicht rolde ze haar rok in de taille op tot de zoom een paar centimeter boven haar knieën zat. Ze deed het make-uptasje terug in haar handtas en maakte de bovenste knoopjes van haar bloes los om haar decolleté zichtbaar te maken. Gelukkig had ze geen behoefte aan push-upbeha's, die volgens veel vrouwen de beste uitvinding van de twintigste eeuw waren. Wat haar borsten betrof, was moeder natuur bijzonder gul geweest.

Ze nam de lift naar de eerste etage, verliet het gebouw via de achterdeur en sloeg de hoek om naar de mannengevangenis.

'Om drie uur is het pas bezoekuur,' zei agent Herschel Wells, een lange man met kort bruin haar en een olijfkleurige huid.

Carolyn vulde een formulier in om Eddie Downly te spreken te krijgen en legde het samen met een ander document in het metalen bakje. 'Ik ben de reclasseringsambtenaar van Edward Downly en ik moet hem spreken.'

'Dat meent u niet,' zei Wells en hij liet zijn tong over zijn lippen glijden terwijl hij naar haar boezem staarde. 'U bent toch niet van plan om zó naar binnen te gaan? Dan is het huis te klein.'

'Laat de gevangene nou maar halen,' zei Carolyn kribbig. 'Ik heb geen tijd om hier m'n hele dag te verdoen. Ik laat Downly's hechtenis verlengen omdat hij de voorwaarden van zijn voorwaardelijke invrijheidstelling heeft geschonden. Ik heb je het betreffende document gegeven.'

'Het is bijna etenstijd,' zei Wells. 'Als ik hem nu ga halen, loopt hij het middagmaal mis.'

Carolyn kneep haar ogen iets toe. 'Downly heeft een achtjarig meisje verkracht. Hij verdient het niet eens te leven, laat staan te eten. Laat hem naar een verhoorkamer brengen.'

Wells riep via de computer het dossier over de gedetineerde op en keek toen weer naar Carolyn. 'U vraagt om moeilijkheden. Kunt u de informatie die u van Downly nodig hebt, niet door het glas heen verkrijgen?'

Daarmee bedoelde hij de normale bezoekerskamer van de gevangenis waar kogelvrij glas de gevangenen scheidde van degenen die bij hen op bezoek kwamen. Gesprekken werden gevoerd via een telefoon. Reclasseringsambtenaren, politiemensen en advocaten gaven echter soms de voorkeur aan wat ze een persoonlijk gesprek noemden. Om veiligheidsredenen moesten de gedetineerde en zijn bezoeker door een gevangenbewaarder in een kamer worden opgesloten. Veel van Carolyns collega's weigerden in zo nauw contact te komen met een gewelddadige gedetineerde, omdat ze wisten dat ze aangevallen konden worden of als gegijzelde konden worden gebruikt bij een ontsnappingspoging. Maar hoe ernstiger de misdaad was, hoe meer belang Carolyn hechtte aan een persoonlijk gesprek. Haar doel was het vertrouwen van de dader te winnen, in de hoop dat hij informatie zou verstrekken die ze dan kon gebruiken om een zo lang mogelijke gevangenisstraf te rechtvaardigen. Ze gebruikte geen bandrecorder, zoals de meesten van haar collega's, en ze maakte ook geen aantekeningen. Gevangenen lieten zelden iets los wanneer ze wisten dat hun woorden werden vastgelegd.

Het samenstellen van een accuraat overzicht van het criminele verleden van een gedetineerde was van doorslaggevend belang. Carolyn had beklaagden behandeld met een strafblad van tien pagina's lang, die waren voorgeleid alsof de overtreding in kwestie hun eerste vergrijp was. Het strafrecht bepaalde dat tenzij een eerder gepleegde misdaad had geresulteerd in een veroordeling, het vergrijp niet mocht worden meegerekend bij de bepaling van het vonnis. Vanwege de stortvloed van zaken waaronder de rechtbanken in het hele land gebukt gingen, werd er niet altijd gewag gemaakt van eerdere vonnissen. Een ander probleem waren de schikkingen. Iemand die was gearresteerd wegens een aanval met een dodelijk wapen kon uiteindelijk berecht worden wegens diefstal; verkrachtingen konden worden voorgedaan als inbraken, en een dodelijke aanrijding kon worden afgedaan als een onbeduidende verkeersovertreding. Maar als de overtreder zelf details verstrekte over de misdaad, mocht die informatie tijdens de rechtszaak gebruikt worden met of zonder formele vonnissen. Carolyn deed alles wat menselijkerwijs gesproken mogelijk was om de rechtbank een gedetailleerde en bruikbare criminele achtergrond te verstrekken.

Ze vond het prachtig de blik op het gezicht van een misdadiger te zien wanneer de rechter hem een langdurige gevangenisstraf oplegde terwijl hij erop had gerekend niet meer dan een paar maanden te hoeven zitten. Wat de beklaagden echter het ergste vonden, was dat ze het zichzelf hadden aangedaan door zich te veel bloot te geven tegenover de sexy reclasseringsambtenaar.

Carolyn had hiermee slechts één beangstigende ervaring gehad, toen ze nog maar kort bij de reclasseringsdienst werkte. De oude gevangenis in Oxnard, een zusterstad van Ventura, was een oud, vervallen gebouw geweest. Omdat er maar twee verhoorkamers waren, maakte men soms gebruik van een grote open ruimte waar ooit douches waren geweest. De gedetineerde over wie Carolyn een rapport moest schrijven ter voorbereiding op de bepaling van het vonnis, was een Latijns-Amerikaanse man die terechtstond voor vijf inbraken. Als ze toen net zo was gekleed als nu, had die man haar vast en zeker verkracht. Hij had haar nagezeten door de kamer, haar bloes van haar lijf gescheurd en haar hoofd tegen de betonnen vloer geslagen. Carolyn had om hulp geroepen maar niemand had haar gehoord. Er was net een ploegenwisseling geweest en de bewaker die haar in de kamer had opgesloten, had vergeten dat aan zijn collega's door te geven.

De nieuwe gevangenis was een wonder van moderne technologie. Wanneer ze op de knop drukte, kwam er binnen een paar minuten een bewaker.

'Laat de gevangene halen,' zei Carolyn nogmaals tegen agent Wells. 'Ik kan heus wel voor mezelf zorgen.'

Nadat ze via de elektronisch beveiligde deur naar binnen was gegaan, legde Carolyn haar tas en haar nieuwe pistool in een kastje. Een gevangenbewaarder met een kalend hoofd en een dikke pens kwam tevoorschijn om haar voor te gaan door de gangen.

'Ga je weer eens optreden, Sullivan?' zei Alex Barker, die haar al jaren kende. 'Weet je hoe de gedetineerden je tegenwoordig noemen?' Dat interesseerde haar niet erg, maar ze mocht Barker graag en vroeg hem wel eens om gunsten. 'De boze heks uit het noorden?'

'Veel erger,' zei de bewaker boven het oorverdovende gefluit en gejoel van de mannen in de cellen uit. 'En ik bedoel natuurlijk niet deze eikels,' ging hij door. 'De mannen in dit cellenblok zitten alleen nog maar in voorarrest. Nee, degenen die al zijn gevonnist, noemen je de Engel des Doods.'

'Klinkt goed,' zei Carolyn met een glimlach.

'Het gerucht gaat dat iedere keer dat een mooie meid een bezoekje brengt aan het huis van bewaring, er een gedetineerde verdwijnt. Ze zijn te stom om te snappen dat die dan naar een échte gevangenis is afgevoerd.'

Barker opende de deur van een kleine raamloze kamer. 'Is dit hem?'

Carolyn knikte toen ze een tengere jongeman zag die onderuitgezakt op een stoel zat. Als reclasseringsambtenaar had ze iets vóór op de politie. Ze hoefde de gedetineerde niet op zijn zwijgrecht te wijzen. Het was haar taak vast te stellen of hij de voorwaarden van zijn voorwaardelijke invrijheidstelling had geschonden. Om dat te kunnen doen, moest ze diep ingaan op het misdrijf in kwestie.

'Hallo, Eddie,' zei ze toen Barker de deur dicht en op slot had gedaan. 'Lang geleden. Sorry dat ik net tijdens etenstijd kom.'

'Het eten hier is niet om te vreten,' zei Eddie met een nors gezicht. Hij hield zijn hoofd wat schuin en kneep zijn ogen halfdicht terwijl hij naar haar opkeek. 'Bent u niet mijn reclasseringsambtenaar? U ziet er heel anders uit.'

Carolyn ging aan de tafel zitten. Ze moest te weten komen of Eddie een pedofiel was of niet. Niet alle mannen die een kind verkrachtten, behoorden tot die categorie. Velen waren gewoon seksmisdadigers. Ze raakten seksueel opgewonden wanneer ze hun slachtoffer overmeesterden en leeftijd was niet altijd een factor. Ze had verkrachters gekend die net zo goed oude vrouwen als tieners en kinderen onder hun slachtoffers hadden gehad.

Eddie keek naar haar boezem en wendde toen schichtig zijn blik af. Een verkrachter zou opgewonden raken van de verleidelijke manier waarop ze was gekleed. Als Eddie een pedofiel was, waren er misschien nog meer slachtoffers. Hij had Luisa Cortez gewurgd en voor dood achtergelaten. De politie zou alle meldingen over vermiste kinderen moeten nalopen.

En Carolyn moest nu een andere rol spelen.

Ze steunde met haar hoofd op haar hand. 'Sorry,' zei ze met een geeuw. 'Ik ben bekaf. Ik ben vannacht bij mijn vriend blijven slapen en had geen andere kleren bij me. We zijn naar een concert van de Rolling Stones geweest in het Staples Center. Ik heb zowat de hele nacht niet geslapen.'

'Houdt u van de Stones?' vroeg Eddie, iets meer ontspannen. 'Die ouwe luilakken?'

'Mijn vriend is een grote fan,' antwoordde Carolyn. 'Maar ik zit hier niet om over mezelf te praten. Wat is er aan de hand, Eddie? De politie heeft je opgepakt wegens verkrachting. Ik dacht dat je zo onderhand al getrouwd was. De laatste keer dat ik je heb gesproken, zag alles er zo positief uit.'

'Ik heb het niet gedaan,' protesteerde hij. Er trok een blos over zijn gezicht. 'Zie ik eruit als iemand die een kind moet verkrachten? De meisjes lopen juist achter míj aan. De politie heeft míj opgesloten en laat de klootzak die het heeft gedaan vrij rondlopen.' Hij streek met de rug van zijn hand langs zijn mond. 'Hebt u met ze gepraat? Met de politie, bedoel ik? Wat voor soort bewijsmateriaal hebben ze? Is het meisje dood? Ik mocht gisteravond geen tv kijken.'

'Luisa Cortez heeft het overleefd,' zei Carolyn. Ze beet op de binnenkant van haar wang om zichzelf ervan te weerhouden over de tafel te springen en hem de ogen uit te krabben. Ze dacht aan het telefoongesprek en wachtte het gunstigste moment af. 'Waar was je op het tijdstip van de misdaad?'

'Ik was samen met vrienden van me,' zei Eddie. Hij hoestte. 'De politie heeft al met hen gepraat. Ik heb een waterdicht alibi.'

Carolyn deed de dossiermap open. 'Bedoel je Teddy Mayfield en Sam Howard?'

'Ja,' zei hij opgewonden. 'Ik heb geprobeerd ze te bellen. Ze hebben het toch gezegd? De politie zei dat ze met hen zouden gaan praten.'

'Ze zitten allebei in het huis van bewaring in San Francisco. Ze zijn op de dag vóór de verkrachting gearresteerd omdat ze een aanrijding hadden veroorzaakt en waren doorgereden.' Carolyn zag hem ineenkrimpen. 'Mayfield en Howard werden al gezocht wegens bezit van drugs voor de verkoop. Zo te zien heb je de verkeerde mensen gekozen om je te dekken, Eddie. Ik neem aan dat je bij hen drugs kocht?'

Eddie keek haar met een duistere blik aan. 'U liegt. U bent hierheen gekomen om me ergens in te luizen, om te proberen iets belastends van me los te krijgen.' Hij bewoog zijn rechterhand op en neer. 'Daarom zit u hier met uw tieten half uit uw bloes.'

'Ik dacht dat jij een slimme jongen was,' zei Carolyn. Ze deed het dossier weer open en pakte de foto's van de plaats delict eruit die Hank Sawyer haar had gestuurd. 'Drugsdealers zijn niet erg betrouwbaar.' Ze draaide de foto's om zodat hij ze kon bekijken.

Luisa Cortez zat onder het bloed en het vuil. Blauwe plekken omcirkelden haar smalle hals. Ze was naakt, haar benen waren gespreid en haar magere armpjes lagen slap langs haar lichaam. Tussen haar benen waren zwartblauwe plekken en korsten opgedroogd bloed te zien. Een stukje bij haar vandaan lagen een gescheurde gebloemde jurk, een wit onderbroekje en twee sokken met ingeweven poesjes. Ze hadden de gymschoenen van het meisje niet gevonden, wat voor de politie aanleiding was ervan uit te gaan dat ze elders was verkracht en daarna uit een rijdende auto gegooid. Een van de eerste dingen waarnaar Luisa had gevraagd toen ze in het ziekenhuis weer bij bewustzijn was gekomen, waren haar nieuwe schoenen met de uitsparingen in de vorm van hartjes. Carolyn vermoedde dat Eddie de schoenen als aandenken had bewaard.

Zijn mond zakte open terwijl hij naar de foto's staarde. Ze zag zijn hand beven toen hij probeerde ze opzij te duwen. Dit was het deel dat pedofielen zich niet wensten te herinneren – de afgrijselijke realiteit van hun daden. Ze wisten zichzelf er op de een of andere manier van te overtuigen dat ze hielden van de kinderen die ze verkrachtten. Ze had ooit een man meegemaakt die doodleuk naar de ouderavond van zijn zevenjarige slachtoffer was gegaan.

Carolyn liet haar vuist hard neerkomen en plette Eddies hand op de tafel.

'Hé,' riep Eddie uit. 'Dat doet zeer!'

'O ja?' vroeg Carolyn met opeengeklemde kaken. 'Kijk naar de foto's, Eddie. Heb je genoten van wat je met Luisa Cortez hebt gedaan? Je houdt van kleine meisjes, hè? Ik heb vandaag Maria Valdez gesproken.' Ze zag aan zijn gezicht hoe hij schrok. 'Maria's zus, Rosita, heeft gelogen toen ze je bij de politie aangaf. Ze heeft dat gedaan om haar zevenjarige zusje te beschermen, om haar het trauma van een rechtszaak te besparen. Je hebt Maria verkracht, niet Rosita. Bij een echte vrouw kun je hem niet omhoog krijgen.'

Eddies gezicht baadde in het zweet. 'U bent niet goed wijs. Ik weet niet waar u het over hebt. Rosita en ik gingen met elkaar.'

'Ik zal je gratis wat rechtskundig advies geven,' zei Carolyn. 'Beken schuld aan ontvoering, verkrachting en poging tot moord. De officier van justitie heeft meer dan genoeg bewijsmateriaal om je te laten veroordelen. Kun je je herinneren dat je bent geboekt als seksmisdadiger en dat je naar het laboratorium moest om een DNA- monster af te staan? Je hebt de schoenen van Luisa misschien als souvenir gehouden, maar wij hebben iets van jou dat je je vrijheid zal kosten. Jouw DNA komt overeen met het bewijsmateriaal dat op het lichaam van Luisa is gevonden. En dat is nog niet alles. Ze kan je identificeren. Je had net zo goed je telefoonnummer en adres kunnen achterlaten.'

Eddie trok zijn hand weg. Tranen biggelden over zijn wangen. Hij wilde iets zeggen, bedacht zich, en schoof zijn stoel met een ruk naar achteren, tot aan de muur.

'Als onderdeel van de schikking,' ging Carolyn door, 'moet je eisen dat je in beschermde gevangenschap wordt geplaatst. Anders zullen de andere gedetineerden je vermoorden. Dat die kerels in de gevangenis zitten, wil nog niet zeggen dat ze geen zussen, dochters en nichtjes hebben.' Ze haalde diep adem en ging door. 'Als er andere slachtoffers zijn, misschien in andere staten dan Californië, kun je langer uit de gevangenis blijven als je medewerking verleent en met de waarheid voor de dag komt. Je weet hoe het systeem werkt. Je moet in iedere stad apart worden berecht, al naar gelang de afzonderlijke jurisdictiegebieden. Pas wanneer iedereen met je klaar is, sturen ze je naar de gevangenis. Wanneer je daar eenmaal terechtkomt, is het met je gedaan.'

Carolyn stond op en liep achterwaarts naar de deur, bang dat hij zou proberen haar iets te doen. Eddie staarde echter voor zich uit, verzonken in gedachten over wat ze hem had verteld. Ze drukte op de knop en was opgelucht toen ze de sleutel in het slot hoorde draaien. Zodra Alex Barker de deur had geopend, draaide ze zich om en stapte naar buiten.

Carolyn wilde net het toilet op de eerste verdieping binnenglippen, toen Brad Preston haar zag. De meeste mensen in het gebouw waren gaan lunchen en de gang naar de openbare toiletruimte lag half verscholen onder de trap.

Hij liep op haar af, pakte haar bij haar arm, trok haar mee het herentoilet in en leunde tegen de deur zodat er niemand kon binnenkomen. 'Wie is ditmaal je slachtoffer?'

'Laat me los,' zei Carolyn, zich uit zijn greep wringend. 'Ik moest toch Downly's voorwaardelijke invrijheidstelling officieel laten intrekken? Nou, hij is een pedofiel. Het slachtoffer in een andere zaak was van ongeveer dezelfde leeftijd als Luisa Cortez.' Ze vertelde hem over haar telefoongesprek met Maria Valdez en haar oudere zusje Rosita, en zei toen: 'Zeg tegen Hank dat ze naar nog meer slachtoffers moeten zoeken. Alle meisjes onder de twaalf die als vermist zijn opgegeven komen in aanmerking. Denk erom dat ze dit landelijk verspreiden. Omdat ik Eddie het afgelopen jaar niet in de gaten heb gehouden, weten we niet waar hij heeft gezeten.'

'Je ziet er geweldig uit,' zei Brad en met een glimlach nam hij haar in zijn armen. 'Ik was vergeten wat een prachtig lijf je hebt.' Hij legde zijn handen op haar borsten en kuste haar op de lippen.

Carolyn keek naar zijn knappe gezicht, zijn prachtige ogen, zijn onweerstaanbare glimlach. Zonder erbij na te denken opende ze haar handen. Eddies dossier en haar tas vielen op de grond. Ze had zichzelf ervan overtuigd dat ze over hem heen was. Dat had ze blijkbaar mis gehad. Niemand had haar ooit zo opgewonden als Brad. Ze nam zijn gezicht in haar handen. 'We zouden allebei onze baan kunnen verliezen.'

'Je maakt je veel te veel zorgen,' zei Brad. Hij wisselde met haar van plaats zodat zij nu met haar rug tegen de deur stond. Hij bracht haar handen boven haar hoofd, kuste haar mond, haar nek, en liet zijn tong likkend afzakken naar de spleet tussen haar borsten. Ze deed haar ogen dicht en kreunde.

Hoe lang geleden was het?

Ze hoorde een geluid en keek naar de wc-hokjes. Stel dat daar iemand was? Ze hield haar adem in en luisterde, met bonkend hart van de opwinding. Brad had met opzet het herentoilet gekozen. Waar ze mee bezig waren leek daardoor nog verdorvener. Ze voelde haar voeten wegglijden. De vloer was glad en ze had moeite op haar hoge hakken haar evenwicht te bewaren. Ze schopte de schoenen uit, knoopte zijn overhemd los en liet haar handen over zijn gebronsde huid glijden, zijn strakke spieren bewonderend. 'Je bent zo mooi,' fluisterde ze. 'Mannen horen niet zo mooi te zijn.'

Brad lachte. 'Ik weet niet of dat een compliment of een belediging is.'

'Ik ook niet,' zei Carolyn. Ze deed een stap bij hem vandaan.

'Gaan we niet vrijen?'

'Nee,' zei ze, vechtend tegen het verlangen.

'Mijn huis is hier maar een paar kilometer vandaan,' zei Brad, zijn oogleden zwaar van wellust. 'We hoeven er alleen maar voor te zorgen discreet te zijn, ons ervan te verzekeren dat op kantoor niemand erachter komt dat we weer iets met elkaar hebben. Kom straks bij me.'

'Je hebt lippenstift op je gezicht.' Carolyn stak haar hand uit en veegde het weg met haar vinger. 'Wat we zojuist hebben gedaan, was verre van discreet.'

'Zeg dat wel,' zei hij grinnikend. 'Misschien vond je het daarom zo fijn.'

'Ik wil geen relatie waarbij ik alles stiekem moet doen,' antwoordde Carolyn. 'We zouden nergens samen naartoe kunnen gaan. Je bent een fantastische minnaar, maar ik wil meer. Ik moet aan John en Rebecca denken. Ze hebben een man in hun leven nodig, iemand die ze als vaderfiguur kunnen beschouwen.'

'Hoe zit het tegenwoordig met Frank?'

'Hetzelfde,' zei Carolyn. Ze liet hem de deur bewaken terwijl ze naar de wastafel liep om de zware make-up af te nemen en haar kleding in orde te brengen.

'Hij wordt geacht alimentatie te betalen voor je kinderen,' zei Brad. 'Heb je geen klacht tegen hem ingediend? Ze gooien hem zó in de gevangenis.'

'We weten niet waar hij zit,' legde Carolyn uit. 'Hij verandert zijn telefoonnummer steeds. Ik heb me drie maanden geleden officieel beklaagd dat hij geen alimentatie betaalt, maar ze kunnen hem niet vinden.'

'Dan werkt hij blijkbaar niet, anders hadden ze hem wel achterhaald via zijn social-securitynummer.' Iemand rammelde aan de deurknop. Brad leunde met zijn rechterschouder tegen de deur. 'Ik ben de loodgieter,' riep hij. 'U moet naar het toilet boven gaan. Ik zit hier tot mijn nek in de stront.'

Carolyn drukte haar hand op haar mond om haar lachen in te houden. Zodra ze hoorde dat de man wegliep, zei ze: 'Heeft iemand je al eens verteld dat je niet goed wijs bent?'

'Zo vaak,' zei Brad. Hij trok zijn wenkbrauwen op. 'Wat ben je nog meer van Downly te weten gekomen?'

'Niet veel,' zei Carolyn, meteen weer serieus. 'Het is mogelijk dat hij schuld zal bekennen en ons de kosten van een rechtszaak besparen. Het belangrijkste is uit te zoeken of er nog meer slachtoffers zijn. Met Luisa Cortez is hij slordig geweest. Serieverkrachters en seriemoordenaars beginnen meestal pas fouten te maken bij hun derde of vierde misdaad. Als er nog meer slachtoffers zijn, zijn die waarschijnlijk dood. Ik moet steeds denken aan de ouders, die niet weten of hun kind nog leeft of dood is.'

'In ieder geval hebben we hem te pakken,' zei Brad. 'Hoe zit het met zijn vriendin? Zei je niet dat hij zich verloofd had?'

'Hij zou haar gebruikt hebben áls ze bestond. De mannen die hem een alibi hadden moeten verstrekken, zijn drugsdealers. Ze zaten in San Francisco in de gevangenis op de dag dat hij Cortez heeft verkracht. Hij heeft alleen maar gezegd dat hij verloofd was om te voorkomen dat ik erachter zou komen dat hij een pedofiel is. Snelle Eddie heeft geen belangstelling voor volwassen vrouwen.'

'De viespeuk,' zei Brad hoofdschuddend.

'We kunnen dit niet nog een keer doen,' zei Carolyn met haar blik op de vloer.

'Waarom niet?' protesteerde hij. 'Oké, ik geef toe dat we hier op kantoor beter geen geintjes kunnen uithalen, maar dat wil niet zeggen dat we geen relatie kunnen hebben.'

'Ik moet mijn leven opnieuw inrichten, Brad,' zei Carolyn. 'Nog voor je promotie had gekregen, wist ik dat onze relatie geen stand zou houden. Jij wilt niet andermans kinderen grootbrengen, je wilt niet iedere avond terugkeren naar hetzelfde huis en je wilt geen huishoudelijke problemen aan je hoofd.'

Brad keek verslagen. 'Ik geef erg veel om je.'

Carolyn kuste hem op zijn voorhoofd. 'Ik geef ook veel om jou.' Ze deed de deur op een kier open om te zien of er iemand op de gang was en glipte toen weg, voordat hij haar kon tegenhouden.

12

Carolyn wist Raul Morales, de assistent van Arline Shoeffel, zover te krijgen haar gedurende de middagpauze toegang te verlenen tot de president van de rechtbank. In tegenstelling tot veel van de andere rechters nam Shoeffel nooit deel aan de drie-martinilunches waarvoor ze door hielenlikkende advocaten werden uitgenodigd in de chicste restaurants van Ventura. Ze had haar positie verkregen dankzij haar onberispelijke ethiek, haar schrandere inzicht in het wetstelsel en haar vermogen supervisie uit te voeren over hooggeplaatste personen. Een van de belangrijkste plichten van de president van een rechtbank was zoveel mogelijk zaken afgewerkt te krijgen. Gezien het aantal zaken dat in Ventura County werd behandeld, was haar baan te vergelijken met het tegenhouden van een op hol geslagen trein.

Carolyn vond dat ze erg geboft had dat ze enige tijd samen met Arline had kunnen doorbrengen op de avond dat haar auto niet had willen starten. De mensen die in het gerechtsgebouw werkten, zagen haar zelden, tenzij ze haar toevallig in haar zilverkleurige Lexus de ondergrondse parkeergarage zagen binnenrijden of verlaten. Slechts een paar details over haar privé-leven waren bekend. De rechter was nooit getrouwd geweest, nam nooit deel aan sociale evenementen en bracht iedere dag haar eigen lunch mee naar haar werk in een bruin papieren zakje. In veel opzichten was ze een geest. Alleen de rechters die rechtstreeks onder haar stonden, hadden regelmatig contact met haar.

Carolyn had om halftwee met Arline afgesproken en reed voor die tijd naar een winkel aan de overkant van de straat om mobiele telefoons te kopen voor Rebecca en John. Ze was blij verrast toen ze hoorde dat de mobieltjes gratis waren, maar haar enthousiasme bekoelde toen ze begreep dat ze een contract voor zes maanden moest tekenen met de telefoonmaatschappij. Ze wachtte ongeduldig tot de verkoper de telefoons had geactiveerd, verliet toen snel de winkel en gooide de telefoons in de kofferbak van professor Leightons BMW. Ze reed bijna door rood in haar haast terug te keren naar het gerechtsgebouw, bang dat ze te laat zou zijn en Arline haar niet meer zou willen ontvangen.

'Ben ik nog op tijd?' vroeg Carolyn hijgend toen ze het kantoor van de assistent van de rechter binnenstormde.

Raul Morales, van oorsprong een New Yorker, keek traag op van het computerscherm. Hij was een knappe, stugge man van begin dertig die waarschijnlijk meer over de wet wist dan de meeste advocaten. Zijn blauwgestreepte overhemd was gesteven, hij droeg een zwart vest en een zwarte broek, en je kon je spiegelen in zijn schoenen.

'Amper,' zei Morales met een hooghartige blik op Carolyns verfomfaaide uiterlijk. 'Bent u aan het joggen geweest? Als ik u was, haalde ik een kam door mijn haar.' Hij hield haar een papieren zakdoekje voor terwijl ze snel een borstel uit haar tas haalde en door haar warrige krullen haalde. 'U transpireert, zie ik. Ik heb gehoord dat het vandaag warm is. Het zal de Santa-Anawind wel weer zijn. Vorige week moest ik een jas aan, vanochtend leek het wel zomer.'

'U bent niet meer in New York. Hier in Californië hebben we iedere week een ander seizoen.' Carolyn bette haar voorhoofd en bovenlip en luisterde mee toen hij de rechter belde via de intercom.

'Ik heb u slechts vijf minuten beloofd,' zei hij met een gebaar naar de deur. 'Ze heeft over een kwartier een andere afspraak en ze heeft tijd nodig om haar lunch te eten. Ik raad u aan snel te praten.'

Arline Shoeffel hief haar hoofd pas op toen Carolyn pal voor haar bureau stond. 'Ga zitten,' zei ze terwijl ze haar bril afnam. 'Ik maakte me zorgen toen je gisteren niet op college was. Ik had het nieuws over de explosie gehoord. Hoe is het met je?'

Carolyn gaf geen antwoord. En ze bleef staan. 'Ik zit met een gevoelige zaak,' zei ze tegen de rechter. 'Ik ben alleen bij je gekomen omdat ik bang ben dat iemand zijn leven zal verliezen.' Snel beschreef ze de recente ontwikkelingen in de zaak-Metroix.

'Het klinkt inderdaad alsof het verstandig is hier nader op in te gaan,' zei de rechter, haar woorden zorgvuldig articulerend. 'Zet alle gegevens in een dossier en stuur me dat toe. We zullen volgende week na de les ergens een hapje gaan eten. Dan kunnen we Metroix bespreken.'

'Dit kan niet wachten,' zei Carolyn. Ze deed een stap naar voren en zette haar handen op de rand van het bureau. 'Ik kom niet terug naar de klas tot degene die hierachter zit, is gepakt. Ik durf mijn kinderen niet alleen thuis te laten. Deze mensen weten waar ik woon. Ze zijn bij mijn huis geweest.'

'Ik begrijp wat je bedoelt,' zei de rechter bedachtzaam. 'Zou meneer Metroix niet beter af zijn in beschermde hechtenis?'

'Nee,' antwoordde ze. 'Hij is in het huis van bewaring al bij een twist betrokken geraakt. Als ik hem mag geloven, had hij er niets mee te maken. Ik denk niet alleen dat hij ten onrechte is veroordeeld, maar de ironie wil dat Metroix een getalenteerde uitvinder schijnt te zijn. Sommige van zijn uitvindingen kunnen waardevol zijn, zo waardevol dat een hooggeplaatste figuur binnen het gevangeniswezen er mogelijk persoonlijk profijt van trekt.'

'Wat is de reden dat je gelooft dat meneer Metroix een uitvinder is?' vroeg Arline. 'Ik dacht dat je zei dat hij psychisch gestoord is.'

Niet weer, dacht Carolyn. Hetzelfde probleem was van toepassing op mensen met hersenverlamming of de ziekte van Lou Gehrig. Wie niet beter wist, dacht vaak dat ze zwakzinnig waren. 'Zegt de naam John Forbes Nash je iets?'

'Vaag,' zei de rechter en ze leunde achterover in haar stoel. 'Wat heeft deze man te maken met meneer Metroix?'

'Nash was schizofreen,' antwoordde Carolyn. 'En hij heeft een Nobelprijs gewonnen.' Ze liet haar woorden bezinken en ging toen door: 'Metroix werkt aan iets dat van belang kan zijn voor de nationale veiligheid. Het is niet aan mij erover te oordelen. Daarvoor is een belangrijk researchlaboratorium vereist. Maar mijn vader was wiskundeleraar en mijn moeder had een doctoraat in de scheikunde. Ik weet genoeg om je te kunnen zeggen dat wat ik gezien heb, indrukwekkend was.'

'Complex,' zei Arline terwijl haar blik opsteeg naar het plafond. 'Wat je me hebt verteld, lijkt niet alleen onder de aandacht van de rechtbank gebracht te moeten worden, maar een aantal interessante legale aspecten te hebben.' Ze reikte achter zich en pakte het wetboek van strafrecht van de staat Californië van haar ladekast. Raul stak zijn hoofd om de hoek van de deur.

'Rechter Alcott komt over vijftien minuten.'

'Dat is goed,' zei ze.

'Maar u hebt tijd nodig voor uw lunch.'

'Je bent mijn moeder niet, Raul,' zei Arline tegen hem met een blik over de rand van haar bril. 'Stoor me niet weer. Wanneer Alcott komt, kan hij wel even wachten.'

'Heb je liever dat ik wegga?' vroeg Carolyn toen ze zag dat Raul een giftige blik op haar wierp, alsof het háár schuld was dat zijn baas tegen hem was uitgevallen.

'Nee,' antwoordde de rechter. 'De wet is over het algemeen rechtlijnig, zelfs saai. Het toewijzen van zaken en voeren van de supervisie over andere rechters is niet zo uitdagend als je misschien denkt. Over

gevangenissen,' ging ze door, 'volgens artikel 2812 mag een gevangenis geen artikelen verkopen die door gedetineerden zijn vervaardigd,
tenzij er op de artikelen een wettelijke sanctie rust.' Ze bladerde naar
een andere pagina. 'Artikel 2717.1 bepaalt dat de directeur van een
gevangenis een zogeheten joint venture kan aangaan met een organi-
satie of eenheid buiten de gevangenis.'

'Directeur Lackner zei inderdaad iets over een joint venture,' viel
Carolyn haar in de rede. 'Maar Metroix zei dat de directeur hem niet
alleen had verplicht de rechten op zijn uitvindingen schriftelijk af te
staan, maar bovendien had gewild dat hij alleen maar aan het exoskelet werkte.'

'Als de gevangenisdirecteur op enigerlei wijze persoonlijk profijt
trekt,' zei Arline, 'of zelfs alleen maar de intentie had de uitvindingen
van meneer Metroix te verkopen, overtreedt hij artikel 2708.' Ze keek
op en glimlachte. 'Het is mogelijk dat je een rat bij de staart hebt.
Deze man zou aangeklaagd kunnen worden als meneer Metroix je de
waarheid heeft verteld.'

'Wat moet ik doen?' vroeg Carolyn opgewonden.

Arline las nog een artikel. 'Denk jij dat het videomonitorsysteem
dat meneer Metroix naar eigen zeggen heeft uitgevonden, van buitengewoon belang is gebleken voor de bevordering van de veiligheid en
beveiliging van de gevangenis?'

'Absoluut.'

'Bekijk artikel 2935 even wanneer je terug bent op kantoor,' zei ze.
'Meneer Metroix had een jaar aftrek van gevangenisstraf moeten krijgen. Ik zal de rest van de gegevens doornemen zodra ik ze heb ontvangen. Maar bel me niet. Ik bel jou zodra ik heb vastgesteld hoe we
dit het beste kunnen aanpakken.'

'Bedankt, Arline,' gooide Carolyn eruit, met het gevoel alsof ze haar
eerste zaak als advocaat had gepleit. 'Dit betekent heel veel voor me.'

'Goedendag, Carolyn,' zei de rechter koeltjes.

Snelle Eddie lag ineengedoken op het onderste bed in zijn cel. Hij was
wee van de honger. Hij was altijd kieskeurig geweest met eten. De
troep die ze hem in het huis van bewaring voorzetten, maakte hem
misselijk en hij had nu al vierentwintig uur geen hap gegeten.

Sommige van de dingen die Sullivan hem had verteld, waren ronduit gelogen. Toen hij het meisje had verkracht, had hij een condoom
gebruikt. Hij was niet zo stom dat hij dergelijk bewijsmateriaal zou
achterlaten.

Zo klein als ze was, had Luisa zich fel verzet. Ze had hem gekrabd, maar de wondjes waren zo oppervlakkig dat ze nauwelijks zichtbaar waren. Haar kleine nageltjes waren flinterdun geweest. Sullivan had geprobeerd hem te intimideren. Het enige dat ze hadden om hem op de misdaad te pakken, was het meisje. Het gebeurde vaak dat kinderen van die leeftijd in de getuigenbank instortten. Wanneer de advocaat van de verdediging hen het vuur na aan de schenen legde, raakten ze helemaal van de kook.

Hij was niet van plan geweest haar te wurgen. Hij had een plastic zak over haar hoofd willen doen tot ze stikte. Hij vond het niet prettig om seksuele dingen te doen zolang zijn slachtoffer tegenspartelde. Toen hij het meisje op het open terrein dicht bij haar huis uit de auto had gegooid, was hij er zeker van geweest dat ze dood was.

Luisa Cortez was bijzonder geweest. Eddie had aan haar familie gedacht en haar achtergelaten op een plek waar ze haar zeker zouden vinden. Als hij had geweten dat ze het zou overleven en hem zou kunnen identificeren, had hij haar op een afgelegen plek begraven. Haar lichaam was slap en koud geweest. Hij had een washandje gebruikt om ervoor te zorgen dat er geen haren of ander bewijsmateriaal waren met behulp waarvan ze hem zouden kunnen opsporen. Toen hij zijn oor op haar borst had gelegd, had hij abusievelijk gedacht dat het geluid dat hij hoorde, zijn eigen hartslag was in plaats van de hare.

Luisa zou evengoed een rotleven hebben gehad.

Een rilling van genot trok door hem heen. Ze had er zo lief uitgezien met haar zijdeachtige zwarte haar en haar mooie jurkje, zachtjes zingend terwijl ze over de stoep huppelde.

Hij hoorde een zware stem zijn naam zeggen en toen draaide de elektronisch beveiligde deur van zijn cel open. 'Edward James Downly,' zei een lange gevangenbewaarder. 'In de benen. Je borg heeft je borgsom gestort.'

Eddie schoot overeind op het bed. Droomde hij? De rechter had bepaald dat hij zonder borg vastgehouden moest worden. En niet alleen dat, Sullivan liet hem natuurlijk ook vasthouden wegens schending van de voorwaarden van zijn voorwaardelijke invrijheidstelling.

'Komt er nog wat van?' vroeg de bewaker. Hij liet zijn kauwgom klappen.

Eddie sprong overeind en gniffelde in zichzelf toen de bewaker hem meenam door een doolhof van gangen naar de afdeling Administratie van de gevangenis. Hij wachtte achter een op de vloer geschilderde streep tot een gevangenbewaarder in een op een kooi lijkende kamer, zijn naam riep.

Snelle Eddie liep naar het loket.

'We hebben een spijkerbroek, een bruin shirt, een jockey-shorts, twee sokken en een paar sportschoenen van het merk Nike.' De gevangenbewaarder in de kamer stapelde alles netjes op. 'Verder hebben we een herenportefeuille met drieënzestig dollar en 50 cent, een zonnebril en een mobiele telefoon van het merk Nokia.' Hij stopte en gaf Eddie een formulier. 'Onderaan tekenen, dan kun je gaan.'

Toen Eddie zijn naam op het document had gezet, wees de gevangenbewaarder naar een kamer waar hij zich kon omkleden. Als het een droom was, vond hij het een verdomd fijne droom. Vijf minuten later stapte hij de Californische zon in. Hij zette zijn zonnebril op, pakte zijn mobiele telefoon en drukte op het knopje om hem aan te zetten. De batterij was niet eens leeg. Hij bofte vandaag wel heel erg. Zo erg had misschien nog nooit iemand geboft. Het was dat hij niet van gokken hield, anders ging hij regelrecht naar de paardenrennen.

Daniel werd laat wakker en liep daardoor het gratis ontbijtbuffet in de Comfort Inn mis. Hij ging onder de douche, trok het Lakers-T-shirt en de joggingbroek aan die hij de avond ervoor bij Rite Aid had gekocht, en besteedde de hele ochtend aan pogingen zijn laatste werk aan het exoskelet te dupliceren.

Het regenereren van zijn berekeningen betreffende de elektronische componenten kon jaren in beslag nemen en dan zou hij ze nog moeten testen om te zien of ze functioneel waren. Hij had het instrument dat het exoskelet meer mobiliteit gaf bijna geperfectioneerd. Verder had hij een compacte omzetter en aandrijver gereed. Voor zover hij wist had echter nog niemand het perfecte bekledingsmateriaal voor het pak ontwikkeld. De meeste exoskeletten die hij had gezien in technische en militaire tijdschriften waren niets anders dan onhandige, robotachtige, draagbare hardware. Hij was niet geïnteresseerd in het verbeteren van de prestaties van soldaten. Daniel wilde verlamde en kreupele mensen de mogelijkheid bieden weer mobiel te worden.

Hij legde zijn pen neer en hield zich voor dat hij niet mocht toestaan dat het verlies van zijn werk hem zou vernietigen. Hij had tegen zijn ziekte gevochten en zijn gevangenisstraf uitgezeten. Maar ja, misschien verdiende hij alles wat er met hem gebeurde en zouden deze kwellingen tot in het oneindige doorgaan.

Toen zijn maag begon te knorren, zag hij dat het halftwee was. Carolyn had gezegd dat ze hem die ochtend zou bellen. Ze had gezegd dat hij in de kamer moest blijven en zijn eten moest bestellen bij de room service. De dingen op de menukaart lokten hem niet. Hij besloot naar Saul's Bagels tegenover het Seagull Motel te gaan. Hij had daar een paar keer gegeten en dat was hem goed bevallen. Bovendien kon hij wel wat frisse lucht gebruiken. Wat had je eraan uit de gevangenis vrijgelaten te worden als je de hele dag in een motelkamer moest blijven?

Hij vergat niet zijn sleutel mee te nemen en het kaartje met NIET STOREN aan de deur te hangen, zoals Carolyn hem had opgedragen, en nam de lift naar de lobby. Aangezien hij er niet zeker van was waar hij was, vroeg hij bij de receptie de weg. Saul's Bagels was ongeveer twintig straten verderop. Als hij hardliep, zou hij het misschien niet zo eng vinden.

Terwijl hij jogde, zocht hij afleiding door te proberen te besluiten wat hij zou kiezen. Het water liep hem in de mond toen hij dacht aan een warm broodje vlees met van die heerlijke koolsla erbij. En hij zou nog wat bagels en donuts kopen voor straks op zijn kamer. Af en toe had hij opeens behoefte aan iets zoets. Het eten in de gevangenis was afgrijselijk geweest en altijd koud.

Alles bij elkaar genomen was een behoorlijke maaltijd een van de dingen waarvan Daniel nog het meeste genoot, vooral omdat zijn grootmoeder ervoor had gezorgd dat hij genoeg geld had om te eten wat hij wilde.

Hij zag in de verte het grote neonbord van Saul's Bagels. Het was een van die zaakjes waar ze in het begin waarschijnlijk alleen maar bagels hadden verkocht en daarna, toen er een vaste klantenkring was opgebouwd, donuts, belegde broodjes en andere dingen aan het menu hadden toegevoegd.

Tijdens het joggen moest Daniel goed oppassen, want hij was er niet aan gewend te moeten uitkijken voor auto's. In Chino had hij tijdens het luchten 's middags altijd rondjes gerend op de binnenplaats. Het enige waar hij op had moeten letten, waren de andere gevangenen en het merendeel daarvan bleef bij hem uit de buurt.

Een gevangenis was een eigenaardige plek, een wereld binnen een wereld. Tijdens zijn eerste jaar hadden de andere gevangenen hem keer op keer mishandeld. Hij had dingen moeten doorstaan, zo verschrikkelijk dat hij er niet eens over kon praten. Maar nog voordat directeur Lackner hem onder zijn hoede had genomen, waren de meesten van de gedetineerden hem gaan mijden. Tegen die tijd waren geruchten de ronde gaan doen dat hij een psychische afwijking had. Zelfs de meest geharde gevangenen wilden geen problemen met een gek.

Daniel stopte maar bleef zijn benen bewegen terwijl hij wachtte tot het voetgangerslicht op groen zou springen. Een paar auto's reden langs. Toen stopte een zwarte SUV dicht bij de stoeprand en ving hij een glimp op van het gezicht van een man die uit het raampje leunde.

Het pistool zag hij niet.

De explosie denderde in zijn oren. Daniel voelde een snijdende pijn in zijn maagstreek, een paar centimeter onder zijn hart.

Beelden vlogen door zijn hoofd. Hij zag een mooi klein meisje dat glimlachend naar hem opkeek en haar armpjes naar hem uitstrekte omdat ze wilde dat hij haar zou optillen. Haar gezichtje was zo lief en teer dat hij bijna moest huilen toen hij ernaar keek.

Hij herinnerde zich het jaar dat zijn vader hem met Kerstmis zijn eerste horloge had gegeven. Hij was er meteen mee naar zijn kamer gegaan om het uit elkaar te halen. Toen zag hij het nieuwe televisietoestel in stukken op de vloer van de woonkamer. Ruths vlekkerige gezicht dat fronsend naar hem keek terwijl ze hem er met een riem van langs gaf.

'Waarom doe je dat toch?' schreeuwde zijn moeder tegen hem. 'Waarom haal je alles uit elkaar? Je vader heeft een heel jaar gespaard om deze nieuwe tv te kunnen kopen.' De riem sneed in zijn benen. 'Ik blijf je slaan tot je antwoord geeft. Vorige week heb je geprobeerd de wasmachine van mevrouw Clairmont uit elkaar te halen. De mensen zullen nog denken dat je niet goed bij je hoofd bent.'

'Alstublieft, moeder, sla me niet meer,' had Daniel gesnikt. 'Ik wil gewoon zien hoe de dingen werken.'

Naarmate de pijn van de kogelwond erger werd, zakten de herinneringen uit het verre verleden weg.

Bestuurders remden abrupt toen ze midden op de weg een man zagen staan bij wie bloed uit zijn middenrif gutste. Iemand begon te claxonneren. Een vrouw stapte uit haar auto en zwaaide met haar armen terwijl ze riep dat iemand een ziekenauto moest bellen.

Daniels lichaam sloeg dubbel door een heftige spierkramp. Hij besefte niet dat er op hem was geschoten tot hij naar beneden keek en het bloed rond zijn vingers naar buiten zag stromen. Toen herinnerde hij zich de haat op het gezicht van de man die met gestrekte arm uit het raampje van de auto had geleund.

Hij strompelde nog een paar meter naar voren en zakte toen op het asfalt neer. Een plas bloed spreidde zich uit onder zijn roerloze lichaam. Hij knipperde een paar keer met zijn ogen en probeerde bij bewustzijn te blijven.

De vrouw die om hulp had geroepen, knielde naast hem neer, rolde iets op dat eruitzag als een badlaken en drukte dat tegen de kogelwond. Ze was vrij dik en leek op Daniels moeder. 'Hou vol,' zei ze, buiten adem van de inspanning. 'Iemand heeft op je geschoten. Het komt best in orde. Probeer rustig te blijven tot de ziekenbroeders er zijn.'

'Gaat... u... me weer slaan?'

'Nee,' zei de vrouw, die tranen in haar ogen kreeg. 'Zeg maar niets. Ik ga voor je bidden. God zal zijn engelen sturen om je te helpen.'

Daniel voelde zich opeens gerust. De vrouw was zijn moeder niet. Ruth was dood en lag, samen met de rest van zijn familie, begraven op het kerkhof met de naam Koningin der Engelen. Hij had de bus genomen naar Los Angeles en staan staren naar de plek die zijn grootmoeder voor hém had gekocht. Het leven scheen nooit een plek voor hem te hebben gehad. Dood zou hij tenminste een permanent thuis hebben, zei hij in zichzelf.

13

Na haar bespreking met Arline Shoeffel pakte Carolyn een dossier en liep naar een kamer om haar verslag over de zaak-Sandoval te dicteren.

Lois Mason, het zevenenzestigjarige slachtoffer, was hersteld van de kogelwond in haar schouder, maar emotioneel en geestelijk zou ze nooit meer de oude worden. Tijdens het vraaggesprek had de vrouw met haar handen netjes gevouwen op haar schoot gezeten en de meeste van Carolyns vragen beantwoord met alleen maar ja of nee, alsof ze in de getuigenbank zat.

Bij onderzoeken ter voorbereiding op het vonnissen was het zo dat als een slachtoffer niet in staat was informatie te verstrekken, de reclasseringsambtenaar zich wendde tot het naaste familielid. De dochter van de vrouw had gehuild toen Carolyn haar had opgebeld.

'Mijn moeder was nooit ergens bang voor. Nu komt ze het huis niet meer uit, eet ze niet en krijgen we haar niet eens zover met ons te praten. We zullen misschien gedwongen zijn haar in een tehuis te laten opnemen.'

De enige troost die Carolyn kon bieden, was dat Carlos Sandoval levenslang zou krijgen. Een gewelddaad tegen een oudere vrouw was nog erger dan moord. Carolyn kon het echter niet opbrengen de dochter van mevrouw Mason te vertellen dat levenslang niet betekende dat de gevangene nooit op vrije voeten zou komen. Levenslang zonder de mogelijkheid van voorwaardelijke invrijheidstelling betekende precies dat, maar strafrechtelijk stond er op Sandovals misdaad niet zo'n straf.

Onafhankelijk van de straf die haar aanvaller zou krijgen, wist Lois Mason dat er nog meer mannen als Sandoval waren. Hoe tragisch het ook mocht klinken, de dood zou misschien een bevrijding zijn.

Nadat ze haar rapport had gedicteerd, keek Carolyn op haar horloge. Het was kwart voor drie en ze had nog geen contact opgenomen met Daniel. Dat niet alleen, ze was van plan geweest vroeg te vertrekken om John en Rebecca van school te halen. Zodra ze de mobieltjes hadden, zou ze zich iets rustiger voelen. Ze zou echter de school moeten bellen of de kinderen toestemming konden krijgen de telefoons tijdens de les aan te laten staan voor het geval ze hen dringend moest bereiken. Ze moest ook een auto huren. Ze kon niet eeuwig in Leightons BMW blijven rijden. Ze was de man al zoveel verschuldigd. Hem voor een etentje bij haar thuis uitnodigen was niet genoeg – ze zou iets anders moeten verzinnen als tegenprestatie voor zijn goedheid.

Via het internet vond Carolyn contactinformatie voor Liam Armstrong en Nolan Houston. Armstrong was makelaar in Los Angeles, Houston eigenaar van een reeks golfwinkels met de naam Hole in One.

Ze zocht het artikel over Nolan Houston op dat een aantal jaren geleden in de plaatselijke krant had gestaan. De voormalige footballspeler was overgeschakeld op golf en had deelgenomen aan de P.G.A. Tour. Aangezien Carolyn geen belangstelling had voor golf was zijn succes aan haar voorbijgegaan. Nolan Houston had zich vijf jaar geleden teruggetrokken uit de sport en van zijn reputatie gebruikgemaakt om een keten van eenentwintig winkels op te zetten.

Carolyn was bezig meer over Liam Armstrong op te zoeken toen haar telefoon ging.

'Je cliënt is neergeschoten,' zei Hank tegen haar. 'Ik ben op de plaats delict. Het is rond kwart over twee gebeurd.'

Carolyns adrenaline begon te stromen. 'Metroix?'

'Wie anders?'

Ze schoof haar stoel naar achteren en greep de telefoon met beide handen vast. 'Is hij erg zwaar gewond?'

'Dat weet ik nog niet,' zei Hank op luide toon, boven het achtergrondlawaai uit. 'Zo te zien had de dader op zijn hart gericht, maar hij heeft hem in de maag geraakt. Ditmaal heb ik echt medelijden met Metroix. Ik heb dit ooit aan den lijve ondervonden. Een kogel begint in je binnenste rond te dansen en dan wacht je niets dan ellende.'

'Waar is het gebeurd?'

'Op Anchors Way, niet ver van het Seagull Motel. Afgaande op wat de getuigen zeggen, zat de dader misschien in een voorbijrijdende auto. Ik stuur Trevor White naar het ziekenhuis. Aangezien White bij me was toen we Metroix arresteerden, zal hij liever jouw gezicht zien dan dat van een van ons.'

Waarom had ze er niet aan gedacht hem te bellen? Daniel was blijkbaar rusteloos geworden. Carolyn voelde zich duizelig worden en moest zich vastgrijpen aan haar bureau. 'Ik had tegen hem gezegd dat hij de motelkamer niet mocht verlaten.'

'Welke motelkamer?' vroeg Hank. 'Zat hij weer illegaal in het Seagull? Godsamme, waarom heb je hem niet ergens anders ondergebracht?'

'Dat héb ik gedaan,' zei Carolyn verdedigend. 'Ik heb hem vanuit de gevangenis naar de Comfort Inn gebracht. Waarom zou hij zijn teruggegaan naar het Seagull? Hij rijdt geen auto en het is er kilometers vandaan.'

'Dat moet je mij niet vragen.'

'Hebben ze hem naar het Good Samaritan gebracht?' vroeg Carolyn. Ze vond het verschrikkelijk dat Metroix opnieuw te grazen was genomen.

'Nee,' zei Hank. 'De ambulance heeft hem naar het Methodist gebracht. In het Good Samaritan zitten ze wegens ziekte met een tekort aan chirurgen en verwijzen ze iedereen die geopereerd moet worden naar het Methodist.'

Carolyn greep haar waterfles van het bureau en nam een lange teug, want haar keel was opeens kurkdroog. 'Wie heeft dit gedaan, Hank?'

'Het enige dat we weten, is dat de auto een donkere SUV was, hoogstwaarschijnlijk zwart, maar het kan ook donkergroen zijn geweest. Onze beste getuige zegt dat ze niet veel van auto's weet. Ze kan de ene SUV niet van de andere onderscheiden. Ze meent dat er een 3 in het kenteken zat en de eerste letter kan een G of een O zijn.'

'Was Metroix bij bewustzijn?'

'Korte tijd,' zei de rechercheur. 'Mevrouw Olson heeft hem geen vragen gesteld en dat kunnen we haar niet kwalijk nemen. Haar kleren zaten onder het bloed en ze zei dat Metroix aldoor vroeg of ze hem zou slaan. Ze zullen de kogel eruit moeten halen en de wond hechten. Alles hangt af van wat voor soort ammunitie de dader heeft gebruikt en hoeveel schade die heeft aangericht. Het zal nog even duren voordat hij wordt geopereerd. Het is mogelijk dat hij bijkomt en je een beschrijving kan geven van de verdachte en het voertuig.' Hij zweeg even en ging toen door: 'Je hoeft geen moeite meer te doen me ervan te overtuigen dat iemand Metroix dood wil hebben, Carolyn. Ik sta nu helemaal achter je. Al was Charles Harrison het hoofd van de CIA geweest – als hij hier achter zit, zal hij er net zo goed voor boeten als iedere andere crimineel.'

'Ik bel je nog wel,' zei Carolyn tegen hem terwijl ze haar handtas pakte. 'Ik ga meteen naar het ziekenhuis.'

'Ga eerst je kinderen halen,' beval Hank haar. 'Ik heb tegen White gezegd dat hij de wacht moet houden bij Metroix. Ik begin een erg onaangenaam gevoel te krijgen over deze zaak. Harrison is ziek. En daarmee bedoel ik niet alleen de problemen met zijn lever. Huurmoordenaars zijn immoreel. Het kan hen niets schelen wie er doodgaat. Het enige waar die schoften om geven, is de betaaldag.'

Carolyn haastte zich naar Jefferson Junior High om Rebecca af te halen en sjeesde vervolgens naar de Ventura High om John op te pikken. Toen ze allebei in de auto zaten, vertelde ze hun wat er was gebeurd.

'Denk je dat hij dood zal gaan?' vroeg Rebecca vanaf de achterbank.

'Ik hoop van niet, lieverd,' zei haar moeder. 'Ik weet dat jij en John huiswerk hebben, maar ik wil jullie niet alleen thuislaten. Dat wil zeggen dat jullie met mij mee moeten naar het ziekenhuis. Jullie kunnen in de wachtkamer aan je huiswerk beginnen. Het zal niet al te lang duren.'

John keek zijn moeder scherp aan. 'Ik loop erg achter met mijn schoolwerk, mam. We hebben morgen een proefwerk differentiaal- en integraalrekening. Neem Rebecca maar mee. Ik kan in een ziekenhuis niet studeren. Daar is veel te veel lawaai.'

Carolyns hart bonkte. Zowel zijzelf als haar kinderen leefden onder veel te veel stress. Maar dit was geen normale situatie. Hank Sawyer was geen man die snel alarm sloeg. Hij zou haar niet hebben gewaarschuwd als hij zelf niet dacht dat zijn bezorgdheid gegrond was. 'Je zult moeten doen wat ik zeg, John,' zei ze tegen hem, alle kaarten nu maar op tafel leggend. 'Ik heb liever dat je een onvoldoende krijgt voor een proefwerk dan dat je in het mortuarium terechtkomt.'

'Is het mortuarium niet waar ze dode mensen naartoe brengen?' vroeg Rebecca.

'Hou jij je mond nou eens even.' John rekte zijn nek om naar zijn zusje te kijken. 'Mamma en ik proberen een gesprek te voeren.' Hij haalde diep adem en zei toen weer tegen Carolyn: 'Het spijt me echt dat die man is neergeschoten, maar bekijk dit even logisch. Wie hier ook achter zit, zijn probleem is nu opgelost. Waarom zouden ze ons dan nog iets willen doen? Ze waren alleen maar kwaad op je omdat je hen in de weg zat. Er zal me niets overkomen. Breng mij dus maar naar huis.'

Carolyn schudde haar hoofd, geshockeerd dat hij zo tegen haar inging. 'Ik ben degene die in dit gezin de besluiten neemt,' zei ze tegen hem. Ze reed naar de stoep en stopte. 'En ik ben niet van plan jullie alleen thuis te laten.'

John gooide zich tegen de rugleuning van de stoel. 'Waarom is alles voor ons altijd zo moeilijk? Waarom kunnen we niet net zo zijn als andere gezinnen? Ik doe mijn uiterste best om iets van mijn leven te maken. Je zou je zorgen moeten maken om mij in plaats van om een volslagen vreemde die net uit de gevangenis is gekomen.' Hij deed het portier open en liep weg.

'Blijf zitten,' zei Carolyn tegen haar dochter. 'Ik stap uit en doe de auto op slot. Ik zal ervoor zorgen dat je me steeds kunt zien. Goed?' Het meisje knikte en trok haar rugtas op haar schoot.

'Hoe waag je het zomaar weg te lopen!' schreeuwde Carolyn toen ze haar zoon had ingehaald. 'Denk je soms dat het leven voor mij gemakkelijk is? Ik kan mijn werk amper aan en zit daarnaast ook nog met de druk van mijn studie. Je vader heeft me al jaren geen rooie cent gegeven. Jij wilt naar het MIT. Geen van de andere scholen is goed genoeg voor jou. Ik moet ook voor Rebecca's studie sparen.'

'Ik dacht dat Neil onze studie zou betalen,' zei John tegen haar. 'Hij heeft vorig jaar een spaarrekening voor ons geopend. Ik kan me nog heel goed herinneren dat we de handtekeningenkaartjes hebben getekend.'

'Toen verkochten de schilderijen van je oom erg goed,' legde Carolyn uit. 'Sindsdien is de economie gekelderd. Wanneer het slecht gaat in de business, koopt niemand kunstwerken. Neil heeft inderdaad een studiefonds opgezet voor jou en Rebecca, maar hij heeft er slechts een klein bedrag op gezet. Het duurt jaren voordat we daar een beetje geld van zien. Misschien gaat Neil nog eens trouwen en zelf een gezin stichten. Wat ik je probeer duidelijk te maken, is dat we niet afhankelijk mogen zijn van andere mensen.'

John had naar de grond staan staren. Nu hief hij zijn blik langzaam op naar zijn moeder. Lange tijd bleven ze zwijgen, beiden zwaar ademend van de emoties. 'Als je me nou eens afzet bij Turner? Dat is hier vlakbij en zijn moeder werkt niet. Bovendien heeft hij twee broers met de afmetingen van bulldozers.'

'Dat is aanvaardbaar,' zei Carolyn. 'Maar je moet me nog wel je excuses aanbieden.'

Hij kwam naar haar toe en sloeg zijn arm om haar schouders. 'Het spijt me,' zei hij zachtjes. Hij deed weer een stap terug. 'Laten we niet nog meer tijd verspillen. Als je wilt dat ik een beurs krijg, kan ik me geen vrije dagen veroorloven.'

Carolyn was er zeker van dat John erin zou slagen een beurs te krijgen. Hij had niet alleen de hersens, maar ook de wilskracht. Dat wilde echter nog niet zeggen dat hij zich oneerbiedig mocht gedragen. Al werd hij de rijkste man ter wereld, al bereikte hij meer dan wie ook, als hij niet leerde anderen te respecteren, zou iedereen hem uiteindelijk verachten. 'Kun je bij Turner blijven slapen?' 'Tuurlijk,' zei John. 'Hij heeft een extra bed. Zijn moeder heeft gezegd dat ik altijd kan komen logeren, wanneer ik maar wil.' 'Goed,' zei Carolyn kortaf. 'Ik accepteer je excuus. Maar we moeten een poosje wat afstand tussen ons scheppen.' Zonder op hem te wachten, draaide ze zich om en liep ze met felle stappen terug naar de auto.

Tegen de tijd dat ze in het Methodist Hospital aankwamen, werd Daniel Metroix voorbereid op zijn operatie. Met Rebecca naast zich sprak Carolyn met een knappe, zwarte verpleegster die Ann Brookings heette en die een groen operatietenue droeg.

'De kogel heeft geen belangrijke organen beschadigd,' zei de verpleegkundige. 'De chirurg die de operatie gaat doen, dokter Silver, verwacht geen bijzondere problemen. Meneer Metroix lijkt een vrij goede lichamelijke conditie te hebben en dat is bijzonder gunstig.'

Carolyn wierp een blik op Trevor White die tegen de muur geleund stond. Ze stonden alle vier achter een rode lijn en de woorden VERBODEN TOEGANG op de vloer. Carolyn boog zich naar voren en fluisterde: 'Let erop dat die agent zijn post niet verlaat. Niet alleen voor de veiligheid van de patiënt. Waarschuw uw collega's dat ze agent White of het politiebureau onmiddellijk op de hoogte moeten brengen als ze iets zien wat ook maar enigszins verdacht is.'

Brookings was begonnen haar mondmasker voor te doen teneinde de operatiekamer te kunnen binnengaan, maar kwam nu iets dichter bij Carolyn staan. 'Denkt u echt dat we ons zoveel zorgen moeten maken, mevrouw Sullivan?'

'Ja,' antwoordde Carolyn en ze hief haar hand op, zodat de verpleegkundige kon zien hoe strak ze haar dochters hand vasthield. 'Hoelang zal de operatie duren?'

'Op zijn minst twee uur,' zei ze. 'En daarna zal hij nog eens twee uur in de verkoeverkamer moeten blijven, zo niet langer. Als ik u was, ging ik met mijn dochter naar huis.'

'Zo dadelijk komt er een rechercheur, Hank Sawyer,' zei Carolyn. 'Als Metroix iets zegt waarvan u denkt dat het iets te maken kan hebben met de misdaad, schrijft u het dan alstublieft op en geef het door aan de politie. We moeten weten of hij de man heeft gezien die op hem heeft geschoten.'

'De patiënt krijgt de komende dagen vrij zware verdovende middelen,' zei Brookings. 'Hij zal morgen met tussenpozen wakker zijn. Maar dan zal hij liggen schreeuwen of onzin uitkramen vanwege de narcose.' Ze zweeg even en glimlachte. 'Het is niet mijn gewoonte dit zo ronduit te zeggen, maar ik wil u vertellen hoe het over het algemeen gaat. U komt op me over als een erg aardige vrouw.' Voordat ze de dubbele deur naar de operatiezalen openduwde, voegde ze eraan toe: 'Uw cliënt heeft degene die op hem heeft geschoten waarschijnlijk gezien, tenzij de dader een masker droeg. Maskers zijn tegenwoordig echter niet meer in de mode.'

Ze hadden het over een gewelddaad. 'In de mode...'

'Ik ben op straat opgegroeid,' zei de verpleegkundige. Ze zette haar hand in haar zij. 'Kunt u zich de autokapingen nog herinneren? Hoe lang geleden is het dat u een autokaping hebt behandeld? Het is mogelijk dat er is geschoten vanuit een rijdende auto, zoals die knappe agent daar zei. Maar eerlijk gezegd denk ik dat niet. Schieten vanuit rijdende auto's is ook niet meer in de mode.'

'Wat geeft u het idee dat hij de dader heeft gezien?'

Ann Brookings glimlachte haar warm toe. 'Frontale wond.'

Terug in de BMW draaide Rebecca zich naar haar moeder. 'In ieder geval hoef ik me niet druk te maken over mijn huiswerk,' zei ze. 'Het meeste heb ik in de auto gemaakt. Toen jij en John aan het ruziën waren.'

'We waren niet aan het ruziën,' zei Carolyn, terwijl ze de sleutel in het contact stak. 'We hadden een meningsverschil.'

'Hmmff,' zei Rebecca. Ze deed haar veiligheidsgordel om. 'Het zag er anders uit alsof jullie stonden te ruziën. Waar gaan we nu naartoe, naar het mortuarium of zo? En zit er echt een bende misdadigers achter ons aan of heb je gewoon een zenuwinzinking?'

Haar moeder haalde een paar maal diep adem voordat ze antwoord gaf. 'Ik zal net doen alsof ik dat niet heb gehoord.' Ze startte de motor, maar in plaats van de auto in z'n achteruit te zetten, reed ze naar voren tegen de betonnen parkeerrand. Toen ze uitstapte, had ze het gevoel dat haar kinderen opeens in monsters waren veranderd. In de chromen bumper van Paul Leightons BMW zat een deuk. Ze zou voor de reparatie moeten betalen. Ze kon daarvoor niet haar verzekering gebruiken omdat ze duizend dollar eigen risico had. Ze keek op naar een grote boom en verwachtte min of meer dat die op haar zou neerstorten.

'Wil je weten waar we naartoe gaan?' zei ze toen ze weer was ingestapt. 'We gaan allereerst een auto huren.'

'Eten zou ook wel prettig zijn,' zei Rebecca tegen haar. 'Als je me te eten geeft, ben ik minder chagrijnig.'

'Touché,' zei haar moeder en ze klopte even op haar hand. Ze zag een Carl's Junior op de hoek en stuurde de auto naar het bestelluik. Nadat ze hun hamburgers, patat en milkshakes hadden ontvangen, reed ze naar een parkeerplek. Rebecca zei: 'Ik dacht dat een touché iets was dat vrouwen gebruiken voor hun intieme verzorging.'

Carolyns agitatie verdween toen ze in lachen uitbarstte. Juist wanneer je je kinderen het liefst op een straathoek zou willen lozen, werd je eraan herinnerd hoe saai het leven zonder hen zou zijn. 'Heb je het over een douche, een vaginale douche?'

'Ja,' zei het meisje en ze nam een hap van haar hamburger. 'Het heet Messenger of zoiets. In alle tijdschriften staan er advertenties van. De moeder van Allison heeft er dozen vol van in haar badkamer. Een ervan heet Baby Powder Fresh. Aangezien je het pas gaat gebruiken wanneer je volwassen bent, snap ik niet waarom je intieme delen moeten ruiken naar babypoeder.'

Haar moeder probeerde antwoord te geven, maar kon niet ophouden met lachen.

'Het is niet grappig, mam,' zei Rebecca. 'Snuffelt je man als een hond aan je achterste wanneer je getrouwd bent? Dat is walgelijk. Ik ga nooit trouwen.'

'Het woord dat ik gebruikte, begint met een t,' antwoordde Carolyn. 'Touché is een Franse woord, lieverd. Het komt uit de schermsport. Wanneer iemand een punt scoort tegen zijn tegenstander heet dat een touché. Ik geloof dat de firma die het product maakt dat de moeder van je vriendin gebruikt, Massengill heet, niet Messenger. We zullen eens rustig over die dingen praten wanneer ik tijd heb.'

Carolyn stuurde de BMW het parkeerterrein af. Meisjes van Rebecca's leeftijd leken zo vroegwijs vergeleken bij die uit haar eigen tijd. Ze had gedacht dat haar dochter alles al wist over de bloemetjes en de bijtjes. Zoals gewoonlijk had ze het mis. Het meisje was veel naïever dan ze had gedacht. Maar alles bij elkaar genomen was Rebecca's onschuld een geruststelling.

Bij Hertz hadden ze er een uur voor nodig om de noodzakelijke paperassen in te vullen om een auto te huren, waarbij Carolyn gebruik moest maken van haar functie als reclasseringsambtenaar om het verhuurbedrijf zover te krijgen haar een auto te laten meenemen zonder dat ze een creditcard kon laten zien. Ze eisten een waarborgsom van duizend dollar, dus schreef ze een cheque en hoopte ze maar dat er voldoende geld op haar lopende rekening stond om die te dekken.

'Heb jij het telefoonnummer van professor Leighton?' vroeg ze aan Rebecca toen ze op het parkeerterrein van Hertz de rijen auto's langsliepen op zoek naar die van hen. 'Ik heb het opgeschreven, maar thuis laten liggen.'

'Waarom wil je zijn nummer?'

'Omdat ik niet weet wat ik met zijn auto moet doen,' antwoordde Carolyn. 'Ik moet hem terugbrengen voordat er nog meer ongelukken gebeuren.'

Haar dochter stak haar hand in haar rugtas, haalde er een adresboekje met een gebloemde kaft uit en opende het op de pagina waar ze het telefoonnummer van Lucy Leighton had genoteerd. 'Ik mag Lucy graag,' zei ze toen ze het open boekje aan haar moeder gaf. 'Ze is aardig en ze heeft allemaal van die mooie dingen. Ze heeft zelfs een eigen tv en dvd-speler op haar kamer. Misschien wil ze nu niet eens meer met me praten, nu je de auto van haar vader in de soep hebt gereden.'

'Ik heb de auto niet in de soep gereden,' zei Carolyn tegen haar. 'Ik heb alleen een deuk in de bumper gemaakt.' Eindelijk zag ze de bruine Toyota Camry op plek 22 en gebaarde ze tegen haar dochter dat ze moest instappen. Voordat ze vertrokken, belde ze echter eerst Paul Leighton om uit te leggen wat er was gebeurd.

'Maak je geen zorgen,' zei hij. 'Ik geloof dat die deuk er al in zat. Wat betreft het ophalen van de auto, ik kan nu wel komen. Heb je al gegeten? Zullen we soms samen een hapje gaan eten?'

'God, nee,' antwoordde Carolyn. 'Ik heb je al genoeg ellende bezorgd.'

'Doe niet zo mal,' zei hij met een zachte lach. 'Ik weet zeker dat Lucy vaker bij jullie zal zitten dan hier. Geloof me, ze kan lastig zijn. Ze is precies haar moeder.'

'Ik vind het goed dat je zelf de auto komt halen,' zei ze, 'maar alleen als je belooft dat ik je mag uitnodigen voor een etentje. Rebecca en ik hebben vanavond al gegeten. Zullen we iets afspreken voor zaterdag? Tenzij je andere plannen hebt, natuurlijk, of er van mijn kant iets misgaat. En nog iets,' ging ze door, 'ik weet dat je jokt over die deuk. Ik heb de auto bekeken voordat ik ermee ben gaan rijden. Ik zal zorgen dat het volgende week wordt gerepareerd.'

'Het heeft geen haast,' zei Paul, die begreep dat het geen zin had tegen haar in te gaan. 'Maak je geen zorgen over hoe we de auto terugkrijgen. Ik neem mijn huishoudster, Isobel, wel mee. Over de deuk hebben we het morgenavond tijdens het eten nog wel. Hoe laat zal ik je afhalen?'

Het viel Carolyn op dat Rebecca op een vreemde manier naar haar keek. 'Doe maar om een uur of zeven.'

'Klinkt goed,' zei hij. 'Laat de sleutels van de BMW maar achter bij de balie van Hertz. Zeg maar dat we de auto binnen een uur komen afhalen.'

Carolyn klapte haar mobieltje dicht en liet het in haar tas glijden. 'Waarom kijk je zo eigenaardig?' vroeg ze aan Rebecca. 'We zijn die arme man zo tot last geweest. Het minste wat ik kan doen, is hem mee uit eten nemen.'

'Moet je nou zo'n douche gaan kopen?'

'Nee,' zei Carolyn. Ze leunde naar haar toe en kuste haar wang. 'Maar we moeten hier binnenkort wel over praten.' Ze draaide het contactsleuteltje om, reed voorzichtig het parkeerterrein af en stopte voor het kantoor om de sleutels van de BMW af te geven.

'Kunnen we nu naar huis?' smeekte Rebecca. 'Ik ben moe.'

'Ik moet even naar de winkel, liefje,' zei Carolyn. 'Ik heb gisteren de koffiepot laten vallen.'

Een van de haarspeldjes van het meisje was verdwenen en haar haar hing over haar rechteroog. 'Waarom moet je per se vanavond een koffiepot kopen? Kun je dat stomme ding niet morgen gaan halen?'

'Omdat ik wakker wil blijven,' legde Carolyn uit. Ze nam aan dat degene die op Daniel had geschoten hoogstwaarschijnlijk dezelfde persoon was die de dreigbrief had achtergelaten en haar auto beschadigd.

'Waarom wil je wakker blijven?' vroeg Rebecca. 'Ik wil juist naar bed.'

Carolyn had haar pistool, maar ze moest alert blijven om zichzelf en haar dochter te beschermen. 'Ik loop achter met mijn studie,' loog ze. Ze stopte voor de supermarkt. 'Het is voor mij heel belangrijk om te slagen en als advocaat beëdigd te worden.'

Een bewegend doelwit was moeilijker te vinden. Carolyn had geprobeerd niet langer dan een halfuur op één plek te blijven. Van auto veranderen was ook een prioriteit geweest. Ze had overwogen bij Neil te gaan logeren of naar haar moeder in Camarillo te gaan, maar de adressen van reclasseringsambtenaren stonden niet in de computersystemen van de kentekenregistratie, dus moest een insider haar adres hebben verraden of had iemand haar geschaduwd. Het laatste wat ze wilde, was deze mensen naar het adres van haar moeder leiden.

Carolyn wist dat de aanslag op Daniel Metroix twee dingen kon betekenen: dat de situatie nu op haar einde liep, of juist nog erger werd. Wat ze het meeste vreesde, was dat in de wereld van beroepsmoordenaars dit alles tot nu toe alleen maar voorspel was geweest.

14

'Ik heb slecht nieuws,' zei Brad Preston, en zijn woede knetterde door de telefoonlijn. 'De gevangenis heeft Eddie Downly per ongeluk vrijgelaten!'

Carolyn stond in de rij voor de kassa van de supermarkt. Ze liet de doos met de koffiepot vallen. Het glas versplinterde in de doos toen die de vloer raakte. Ze greep Rebecca's hand en holde de winkel uit.

'Je hebt hem gebroken, mam,' zei het meisje. 'Je moet ervoor betalen. We kunnen niet – '

'Ik kom morgen wel terug,' zei haar moeder toen ze in de Camry stapten en de portieren op slot deed. 'Je moet nu even stil zijn, lieverd. Dit is een bijzonder belangrijk telefoontje.'

Brad ging door: 'Goed, vandaag is er een man gearresteerd die Edward James Downy heet. De computer gaf hem hetzelfde nummer als Snelle Eddie. De dienstdoende agent moet de naam verkeerd hebben ingetikt. Beide voornamen waren hetzelfde en de gevangene heeft dezelfde geboortedatum als Downly. De sheriff zegt dat het een of andere computerstoring moet zijn geweest, omdat hun systeem zodanig is geprogrammeerd dat het nummer van een gevangene die al in hechtenis zit, niet nogmaals gebruikt kan worden.'

'Dezelfde geboortedatum!' zei Carolyn terwijl ze haar hoofd schudde. 'Dat is een veel te groot toeval. Er is iets afgrijselijks gaande, Brad. Ik heb Downly zelf gezien. Ik ben jou tegengekomen nadat ik in de gevangenis was geweest. Kun jij je herinneren hoe laat dat was?'

'Een uur of twaalf,' zei Brad. 'Tegen die andere vent is een halfuur later proces-verbaal opgemaakt. De agent die jij achter de balie zag, was toen gaan lunchen. Bovendien doet hij de processen-verbaal niet.'

Carolyn werd helemaal duizelig. 'We hebben het hier over een grote samenzwering binnen het gevangeniswezen en de rechterlijke macht.'

Brad sprak op kalmere toon nu Carolyn op de rand van hysterie leek te balanceren. 'Laten we niet overdrijven tot we alle feiten kennen. Vorig jaar is dit tweemaal gebeurd. Toeval wijst niet altijd op een samenzwering. Degenen met wie ik medelijden heb, zijn de familieleden van het meisje.'

Omdat haar dochter bij haar was, deed Carolyn haar uiterste best haar emoties in de hand te houden, terwijl ze het liefst de voorruit aan diggelen had geslagen. 'Heb je Hank op de hoogte gebracht?'

'Dat heeft de gevangenis gedaan.'

Er was een afgrijselijk misdrijf gepleegd terwijl zij het had kunnen voorkomen als ze haar werk grondiger had gedaan. Nu was een gewelddadige verkrachter weer op vrije voeten. Een man die volgens haar onschuldig was nadat hij drieëntwintig jaar in de gevangenis had gezeten, was neergeschoten en die misdaad kon wel eens gearrangeerd zijn door de op één na hoogste politieman in Los Angeles, plaatsvervangend commissaris Charles Harrison. Wie kon ze vertrouwen?

'Luister,' zei ze. 'Bel Hank. Als je hem niet kunt vinden, bel je de hoofdinspecteur of wie dan ook op het bureau. Ze hebben vast al bekendgemaakt dat Downly per ongeluk is vrijgelaten. Zeg dat ze al het bewijs dat ze hebben inzake de verkrachting, openbaar moeten maken. Als Snelle Eddie gelooft dat hij een kans heeft aan een veroordeling te ontkomen als het meisje er niet is om te getuigen, zal hij proberen haar te vermoorden.'

'Denk je niet dat ze dat bij de politie ook wel weten?'

'Metroix en Downly zijn niet de enige zaken waar de politie mee bezig is,' ging Carolyn ertegenin. 'Kleine stad, klein politiekorps. Ze moeten ook de overvallen, inbraken, mishandelde vrouwen, schietpartijen, verkeersongelukken en wat er op dit moment verder allemaal gebeurt, behandelen.'

'Je hebt gelijk,' zei Brad. 'Probeer kalm te blijven. De politie heeft al extra mankracht ingezet. Ze zullen die schoft wel te pakken krijgen. Ze hebben hem immers al vaker gepakt.'

'Wie is Edward James Downy?'

'Een gozer met te veel bekeuringen,' zei Brad. 'Hij heeft een borg in de arm genomen om zijn borgsom te storten. Snelle Eddie is om kwart over een vrijgelaten. De gevangenis ontdekte de fout pas toen Downy een paar uur geleden herrie begon te schoppen. Toen kwamen ze erachter dat ze de verkeerde man hadden vrijgelaten.'

Carolyn liet haar hoofd op het stuur zakken en zei: 'Ik kan hier verder niet over praten. Ik heb Rebecca bij me. Ik moet naar huis.'

'Ik heb de politie verzocht je huis in de gaten te houden. Hoe is het met Metroix? Is de operatie al beëindigd?'

'Dat weet ik niet,' zei ze. 'Bel me straks nog maar even.' Voordat ze het gesprek beëindigde, zei ze nog: 'Snelle Eddie heeft een neef in

Compton. Hij zal misschien proberen zich daar schuil te houden tot hij genoeg geld heeft om de stad te kunnen verlaten.'

'Staat het adres van die neef in het dossier?'

'Ja,' zei ze. 'Als me verder nog iets te binnen schiet, geef ik het wel door aan de politie.'

'Hou jezelf nu maar voor dat je alleen je werk doet, schat,' zei Brad. 'En je had gelijk. Jij had in mijn plaats promotie moeten krijgen.'

Carolyn zag dat Rebecca in slaap was gevallen met haar hoofd tegen de zijruit. 'Dank je,' fluisterde ze met haar hand rond de telefoon zodat Rebecca niet wakker zou worden.

'Laat die studie toch zitten. We hebben je hier bij ons nodig in plaats van dat je misdadigers gaat verdedigen. Ik mis je, Carolyn.'

Tranen stroomden over haar wangen. 'Ik jou ook.'

Ze waren nog maar een paar straten van de supermarkt verwijderd toen Carolyn in haar achteruitkijkspiegeltje koplampen zag en op haar snelheidsmeter keek om te zien of ze soms te hard ging. Het was niet de politie, zag ze toen, want de auto had geen zwaailicht. Wie het ook was, hij volgde haar.

Ze groef in haar geheugen naar dingen die ze mogelijk over het hoofd had gezien in Downly's dossier. Ze kende hem beter dan wie ook. Ze had hem drie jaar lang eens per maand gesproken. Op dit moment was het in haar hoofd echter één grote brij.

De auto achter haar zwenkte opeens naar links, schoot naar voren en kwam naast haar rijden. Aangezien ze op een tweebaansweg reed, dacht ze dat de bestuurder haar wilde inhalen. Het was een zwarte auto, een nieuw model Corvette met donkergetinte ruiten.

Carolyn minderde vaart, maar de auto bleef met haar oprijden in plaats van haar in te halen. Er zat maar heel weinig ruimte tussen de Corvette en de Camry. Ze stak haar hand uit en kneep in de arm van haar dochter. 'Haal mijn pistool uit mijn tas!' riep ze. 'Snel!'

Het meisje vroeg slaperig: 'Wat gebeurt er? Waar zijn we?'

'Doe wat ik zeg,' riep haar moeder en ze gaf plankgas. 'Doe mijn tas open en geef me het pistool. Het zal niet afgaan. De veiligheidspal zit erop.'

Rebecca greep haar moeders tas, maar ze reden nu met een snelheid van meer dan 120 kilometer per uur en de handtas gleed van de stoel op de vloer.

'Hou je hoofd naar beneden,' riep haar moeder boven het geronk van de motor uit. 'Nadat je me het pistool hebt gegeven, bel je op mijn mobieltje het alarmnummer. Zeg dat we in oostelijke richting rijden op California Street. We zijn Elkwood al gepasseerd. Iemand probeert ons van de weg te drukken. Ze zijn mogelijk gewapend. Zodra je de politie aan de lijn hebt, zal ik je opnieuw vertellen waar we zijn.'

'Ik wil niet doodgaan,' riep Rebecca uit terwijl ze de Ruger uit de handtas haalde en aan haar moeder gaf.

Carolyns ogen flitsten van de auto naast haar naar de rechterzijde van de weg. De Corvette reed aan de verkeerde kant van de weg, op de rijbaan van de tegenliggers. Ze probeerde helder te denken. Ze kon niet rechtsaf slaan omdat ze bijna bij een groot park waren met een klein bos van hoge bomen. Als ze met deze snelheid tegen een boom reden, zouden Rebecca en zij het niet overleven.

Carolyn zakte onderuit op haar stoel en greep het stuur stevig vast terwijl de snelheidsmeter langzaam opklom naar 140. Ze zag het licht reflecterende witte bordje van een zijstraat. Voordat ze het besluit kon nemen af te slaan, was ze er al voorbij. Met deze snelheid flitsten de zijstraten veel te snel voorbij.

'Het lukt me niet het nummer in te tikken,' schreeuwde Rebecca, die voorovergebogen zat. 'Je moet wat langzamer rijden.'

'Ga rechtop zitten!' antwoordde Carolyn hijgend terwijl ze door de Corvette naar de berm werd gedrukt. Ze kon niet wachten. Ze moest de hoofdweg verlaten en op het beste hopen. 'Zet je met je handen en voeten schrap tegen het dashboard.'

Vanuit haar ooghoek zag Carolyn dat het raampje aan de rechterkant van de Corvette openging. Ze kon haar ogen niet lang genoeg van de weg halen om naar de inzittenden van de wagen te kijken, maar ze meende de loop van een pistool te zien.

Ze haalde haar voet van het gaspedaal en draaide het stuur scherp naar rechts toen de volgende straatnaam binnen haar gezichtsveld kwam.

De Camry slipte en de achterkant botste tegen de voorzijde van de Corvette, die een schuiver maakte en toen om zijn as begon te draaien. Rebecca gilde.

Ze reden door een straat met huizen en geparkeerde auto's. Carolyn zag een open terrein tussen de huizen. Ze reed over de stoep, over het gras en tussen de huizen door en stond toen op haar rem.

'Stap uit!' riep Carolyn tegen haar dochter. 'Hol zo hard mogelijk weg!'

Ze vlogen gelijktijdig de auto uit. Carolyn holde naar Rebecca toe, greep haar hand en trok haar mee door de steeg achter de huizen. Ze hoorde in de verte de motor van de Corvette. Degene die hen achtervolgde, moest een bekwame bestuurder zijn, anders zou de auto over de kop zijn geslagen of van de weg geraakt.

Uit de manier waarop de Camry zich had gedragen, wist Carolyn dat hij schade had opgelopen aan de achterzijde. Wat een geluk, dacht ze, dat de auto was blijven rijden, anders zouden zij en haar dochter nu vast en zeker al dood zijn.

Toen Carolyn een open garagedeur zag, schoot ze daar naar binnen en kroop ze onder een pick-up. Ze trok aan de rand van Rebecca's bloes tot het gehele lichaam van het meisje onzichtbaar was. Het was donker in de garage en ze wist niet of er iemand in het huis was.

'Ik heb mijn enkel verstuikt, mam.'

Carolyn tastte opzij en legde haar hand op de mond van haar dochter. 'Niet praten,' fluisterde ze. 'Blijf heel stil liggen tot ik zeg dat het veilig is.'

Ze hoorde politiesirenes in een straat dichtbij. Ze hield haar adem in en luisterde naar het geluid van de motor van de Corvette. Haar angst groeide weer toen het geluid van de sirenes verzwakte. In haar haast om weg te komen, had ze haar pistool, tas en mobiele telefoon in de auto laten liggen. De politie wist niet waar ze waren, omdat Rebecca geen gelegenheid had gehad het telefoontje af te ronden. Misschien had iemand de politie gebeld over de veel te hard rijdende auto's, dacht Carolyn, of reageerde de politie op een andere melding.

Ze haalde haar hand weg van haar dochters mond. 'Gaat het een beetje, liever?' vroeg ze. Ze streelde het zweterige voorhoofd van het meisje. 'Het spijt me dat ik je dit moest aandoen. Ik mocht geen risico nemen. Ik wilde niet dat je geluid zou maken.'

'Mijn enkel doet erg pijn,' zei Rebecca zo zachtjes als ze kon. 'Zijn de mannen in de auto nu weg?'

'Ik weet het niet,' zei Carolyn. Ze stootte haar hoofd tegen de onderzijde van de pick-up. 'Misschien zijn ze te voet naar ons op zoek. Je moet dapper zijn. Probeer zo weinig mogelijk te praten. We zitten ook nog met de mensen die hier wonen. Die denken misschien dat we inbrekers zijn.'

'En dan gaan ze zeker op ons schieten?' zei Rebecca. Ze liet haar hoofd op de betonnen vloer zakken. 'Ik krijg bijna geen adem en mijn handen en gezicht zitten vol met een of ander vieze, glibberige smurrie.'

'Dat is niet zo erg,' zei haar moeder. 'Er lekt waarschijnlijk wat olie uit de auto.'

Carolyn was niet van plan de schuilplaats te verlaten, bang dat de mensen van de Corvette de wijk te voet aan het uitkammen waren. Ze moest ervan uitgaan dat het dezelfde mensen waren die vanmiddag op Daniel hadden geschoten. Ze hadden gewoon een andere auto genomen. Ze had niet naar het kenteken gekeken en verweet zichzelf nu dat ze niet slimmer was geweest. De auto was waarschijnlijk toch gestolen, net als de SUV die vanmiddag voor de schietpartij was gebruikt. Ze hadden te maken met beroeps, zoals Hank had gezegd. Toch zou de politie, wanneer de auto's eenmaal gevonden waren, veel meer om mee te werken hebben dan nu. Via de forensische wetenschap waren al ontelbare misdaden opgelost. Zelfs de meest bedreven criminelen lieten een vorm van bewijs achter.

Rebecca was in slaap gevallen en haar moeder ging dicht naast haar liggen om haar warm te houden. Ze had geen idee hoeveel tijd er was verstreken. Ze had haar horloge om, maar onder de auto was het pikkedonker. De volgende keer, besloot ze, zou ze een horloge kopen met een verlichte wijzerplaat. Ze zwoer ook dat als ze dit overleefde, ze in het vervolg haar pistool in de schouderholster zou dragen. Preston had haar gewaarschuwd, maar ze was te koppig geweest om te luisteren.

Ze hoorde een geluid in de steeg en verstijfde. Even later hoorde ze iets wat klonk als een huilende baby; ze ontspande zich toen ze begreep dat het alleen maar twee vechtende katten waren.

Hoe hadden de achtervolgers haar herkend in de gehuurde Camry? Ze moesten haar geschaduwd hebben. Wanneer waren ze daarmee begonnen? Toen ze het gerechtsgebouw had verlaten, of zouden ze haar gevolgd zijn vanaf het ziekenhuis?

Carolyn had geprobeerd de voorzichtigheid tot het uiterste in acht te nemen. Ze was niet naar huis gegaan, omdat ze er zeker van was dat zij wisten waar ze woonde. Ze had gedacht dat de daders niets zouden doen en eerst zouden afwachten of hun slachtoffer dood was. De woordenwisseling met John had haar oponthoud bezorgd, evenals de omweg naar het huis van zijn vriend. Tegen die tijd kon de moordenaar naar het ziekenhuis hebben gebeld en hebben gehoord dat Daniel waarschijnlijk in leven zou blijven. Waren ze gekomen om de klus af te maken en hadden ze Carolyn in het ziekenhuis gezien en besloten zich van haar te ontdoen zodat ze geen problemen meer zou veroorzaken?

Ze dacht aan Eddie Downly. Hij was maandag gearresteerd en een aantal uren voordat Metroix was neergeschoten abusievelijk vrijgelaten. De inlichtingen die Carolyn had verzameld, hadden tot zijn arrestatie geleid. Dat en haar bezoek aan hem in de gevangenis kon Snelle Eddie redenen te over hebben gegeven om haar dood te willen hebben. Belangrijker was het feit dat hij er niet zeker van kon zijn wat ze nog meer wist. De plaatsen en mensen die Eddie in het verleden had gebruikt, moest hij nu juist mijden.

Het leek Carolyn sterk dat de twee gevallen iets met elkaar te maken hadden, aangezien Eddie op het tijdstip van de ontploffing in de gevangenis had gezeten. Het enige aannemelijke scenario dat een link zou leggen tussen Harrison en Downly, was dat Harrison er op de een of andere manier voor had gezorgd dat hij werd vrijgelaten, zodat hij het werk kon afmaken en Daniel vermoorden.

Zou een commissaris een kinderverkrachter op vrije voeten laten? Zo ja, dan nam Carolyn aan dat Harrison van plan was geweest hem te gebruiken en dan te vermoorden. Gezien de vele aanklachten die Downly boven het hoofd hingen, kon hij hem opdracht geven Daniel te vermoorden zonder hem er zelfs maar voor te betalen.

Carolyn besloot een kijkje te gaan nemen om te zien of ze veilig konden vertrekken. Ze kroop naar de deur van de garage en tuurde de donkere steeg in. In één huis brandde nog licht, maar verder was het er zo stil als het graf. Ze hoorde zelfs geen radio of blaffende honden. De twee katten die ze daarstraks had horen vechten, waren verdwenen.

Er zo goed als zeker van dat de mannen van de Corvette het hadden opgegeven en waren vertrokken, kroop Carolyn weer onder de auto om Rebecca wakker te maken. 'Blijf naast me,' zei ze toen ze de garage uit waren en in de steeg stonden. 'Wanneer ik in je hand knijp, moet je je op de grond laten vallen en roerloos blijven liggen.'

'Mijn enkel,' zei het meisje, zachtjes jammerend. 'Ik denk niet dat ik erop kan lopen, mam.'

Carolyn was een vrij kleine vrouw, maar haar moederlijke instincten gaven haar nieuwe energie en kracht. Ze tilde het meisje in haar armen. Toen ze de Toyota Camry nog op dezelfde plek zag staan waar ze hem had achtergelaten, besefte ze dat de uren die ze in hun krappe schuilplaats hadden doorgebracht, misschien voor niets waren geweest. De mannen in de Corvette moesten zijn langs gestoven zonder de auto tussen de rijen huizen gezien te hebben.

Ze zette Rebecca op de passagiersstoel. Toen ze de dikke linkerenkel van het meisje zag, wist ze dat er een dokter naar zou moeten kijken. Ze was echter niet van plan met het kind naar het Methodist Hospital te gaan. Het was veel te verraderlijk gebleken om in de nabijheid te zijn van Daniel Metroix of iets wat met hem te maken had. Ze besloot met Rebecca naar het Good Samaritan te gaan. Godzijdank was John niet bij hen geweest.

Ze liep om de auto heen, opende het portier en zag de Ruger op de stoel liggen. Ze zou niet half zo bang zijn geweest als ze eraan had gedacht het pistool mee te nemen. Ze deed het handschoenenkastje open, nam haar nieuwe schouderholster eruit, deed het om en stak het pistool erin.

Daniel zou voorlopig zelf zijn strijd moeten strijden, besloot ze, al was ze vastbesloten een einde te maken aan de terreur waaronder zij en haar gezin leden. Terwijl Rebecca naar haar keek met ogen waaruit haar pijn sprak, haalde ze de Ruger weer uit de holster en bekeek ze het magazijn met de ammunitie. Voordat ze het pistool weer in de holster stak, zette ze de veiligheidspal om. Ze wist dat het gevaarlijk was. Ze wist ook dat zich een situatie kon ontwikkelen waarin tijdverlies van ook maar één seconde haar en haar dochter het leven kon kosten. Jaren geleden deden agenten nooit veiligheidsriemen om omdat die te veel oponthoud gaven wanneer ze uit hun surveillancewagens moesten stappen. Zodra ze thuis waren, zou ze de veiligheidspal er weer op doen.

'Wat je ook doet,' zei ze tegen Rebecca terwijl ze de motor startte, 'raak mijn pistool niet aan. Als je de trekker overhaalt, gaat hij af. Ik weet dat je pijn hebt en moe bent. Wat ik tegen je zeg, is erg belangrijk. Snap je dat?'

'Ja,' zei het meisje met een sombere uitdrukking op haar jonge gezicht. 'Maar als er nu weer zoiets gebeurt? Je had zelf gezegd dat ik je pistool moest pakken, weet je nog?'

'Als ik nogmaals tegen je zeg mijn pistool te pakken,' zei Carolyn, 'zal ik je misschien moeten opdragen het te gebruiken.'

Rebecca begreep wat haar moeder bedoelde, maar ze was bang. 'Ik kan niet schieten. Stel dat ik de verkeerde persoon neerschiet? Je hebt ons altijd verteld dat je een hekel hebt aan vuurwapens.'

'Dat weet ik,' zei Carolyn en weer zag ze beelden van de met het bloed van haar oom ondergespatte muren van de woonkamer. 'Zodra je enkel is genezen, neem ik jou en John mee naar de schietbaan. Een vuurwapen is een afgrijselijk ding, lieverd. Je hebt inmiddels wel begrepen dat iemand probeert mij kwaad te doen. Een slecht mens doet soms iemand van wie je houdt kwaad als hij jou zelf niets kan aandoen. Dat zal ik niet laten gebeuren.' Ze zuchtte en keek in het achteruitkijkspiegeltje terwijl ze achteruit naar de straat reed.

'Heeft jouw oom niet zelfmoord gepleegd met een vuurwapen?' vroeg haar dochter. 'Je zei dat je wou dat alle vuurwapens in de hele wereld zouden verdwijnen, dat een klein pistool zoals dat van jou geen enkel doel had, en alleen maar mensen kwaad deed.' 'Blijkbaar heeft zelfs een afschuwelijk ding als een pistool toch wel nut,' antwoordde Carolyn. Ze had nooit gedacht dat ze zoiets tegen haar twaalfjarige dochter zou zeggen. Je kijk op het leven kon door bepaalde omstandigheden sterk veranderen. 'Vullis is vullis. Wanneer iemand op onschuldige mensen gaat schieten of probeert ze iets te doen, Rebecca, zijn ze niets anders dan menselijke vuilnis.'

15

Hank Sawyer stapte op vrijdagochtend om zes uur in de zwarte Ford die hem door het bureau was toegewezen en reed naar Denny's om te ontbijten, zoals hij iedere ochtend deed. Nadat hij twee eieren, toast en drie koppen koffie naar binnen had geschrokt, legde hij met een klap wat geld op de tafel en bleef hij nog een paar minuten praten met de serveerster, een blonde vrouw van middelbare leeftijd die een paar kilo te zwaar was, maar een mooi gezicht en een innemend karakter had.

'Wanneer ga je nou eens met mij dineren, Betty?' vroeg hij terwijl hij een handjevol tandenstokers van de tapkast pakte.

'Je hebt mijn telefoonnummer, Hank,' zei de vrouw, steunend op de tapkast. 'Je zegt altijd dat je zult bellen, maar je doet het nooit. Al twee jaar, als ik me niet vergis.'

'Hou je van dansen?'

'Jazeker,' zei Betty. 'Vroeger ging ik vaak dansen. Ik weet een tent waar ze op zaterdagavond goede countrymuziek draaien. Je kunt er zelfs les krijgen als je de passen vergeten bent. En ze hebben daar de beste barbecue van de stad.'

'Ik heb nu even geen tijd,' antwoordde de rechercheur. 'Misschien kan ik volgende week een avond vrijmaken. Ik hoop alleen dat ik niet op je tenen zal trappen.' Hij keek neer op zijn dikke pens. 'Als je daarvoor tenminste dicht genoeg bij me kunt komen.'

'Eet dan ook niet zoveel bacon,' zei Betty lachend. 'Ik maak maar een grapje, schat. Ik vind het juist prettig wanneer een man een genieter is, en dan bedoel ik niet alleen op het gebied van eten. Een dezer dagen zul je moeten ophouden er alleen maar over te praten en me echt opbellen.'

'Volgende week zaterdag,' riep Hank toen hij de deur uitliep. 'Nu zul je het weten ook, Betty. Ik bel je vrijdag om nader af te spreken.'

'Ik geloof het pas wanneer ik het zie,' zei de vrouw en ze liep snel naar een andere klant.

Hank was meteen in een goede bui. Sinds zijn vrouw hem had verlaten, had hij alleen nog maar voor zijn werk geleefd. Zijn werk was echter ook een van de redenen geweest waarom zijn huwelijk was stukgelopen. Misschien was het hoog tijd dat hij de cyclus doorbrak. Hij belde Carolyn. Toen er bij haar thuis niet werd opgenomen, belde hij naar haar mobieltje. 'Ben je wakker?'

'Nu wel,' mompelde ze knorrig. 'Hebben ze Downly al te pakken?'

'Waar ben je?'

'Bij mijn broer thuis,' fluisterde Carolyn. 'We hebben tot vier uur vanochtend in het ziekenhuis gezeten. Daarna ging ik liever hiernaartoe dan naar huis.'

'Geef me het adres van je broer,' zei Hank. 'Ik kom naar je toe. Ik moet je spreken voordat ik naar Los Angeles ga om met Charles Harrison te praten.'

Toen Carolyn hem vertelde waar haar broer woonde, zei Hank dat hij er binnen tien minuten zou zijn.

'We zullen in je auto moeten praten,' zei ze en ze liep met het mobieltje naar de zitkamer. 'Neil werkt 's nachts en slaapt overdag.'

'Hij lijkt Dracula wel.'

'Die bijnaam zou hem wel aanstaan,' zei Carolyn. 'Heb je zo vroeg op de ochtend al een borrel op?'

Hank drukte op de off-toets van zijn mobiele telefoon, beschaamd dat de mensen nog niet vergeten waren dat er een tijd was geweest dat hij de fles niet had kunnen laten staan. Nu had hij al vijf jaar geen druppel gedronken.

Toen hij de oprit indraaide, stond Carolyn te wachten met een thermosfles koffie en twee bekers. Ze was gekleed in een met verfvlekken besmeurd sweatshirt en een sportbroek die bijna tot haar knieën kwam.

Haar broer moest er warmpjes bij zitten, dacht Hank. Het huis stond in de heuvels en had een panoramisch uitzicht op zee. Hij keek toe toen Carolyn voorzichtig op haar blote voeten over het keienpad naar hem toekwam, het portier opende en naast hem in de auto stapte.

'Aardig optrekje,' zei hij. 'Wat doet je broer voor werk? Banken beroven?'

'Wat heb jij tegen mijn broer?' vroeg Carolyn. Ze bood de rechercheur koffie aan. Toen hij bedankte, schonk ze een beker voor zichzelf in en zette de thermosfles naast zich op de stoel.

'Ik drink niet meer,' zei Hank tegen haar, starend door de voorruit. 'Dacht je dat je me moest ontnuchteren met koffie?'

'Ik zou zelf wel een stevige borrel lusten,' zei Carolyn. 'Je hoeft je niet zo op je teentjes getrapt te voelen, Hank, en wat mijn broer be-

treft, die schildert. Geen huizen. Neil is een vrij bekende kunstenaar.'
'Wat zat je gisteravond allemaal te leuteren?' vroeg hij. Hij bedoelde haar late telefoontje vanuit het ziekenhuis. 'Je denkt toch niet echt dat Charles Harrison ervoor heeft gezorgd dat Snelle Eddie uit de gevangenis is vrijgelaten zodat hij Metroix kon gaan vermoorden?'
'Eerlijk gezegd weet ik niet meer wat ik moet denken,' zei Carolyn. 'Qua tijd klopt het allemaal, afgezien van de explosie. Misschien heeft Harrison het karwei in het motel door iemand anders laten opknappen. Het zijn heel verschillende soorten misdaden.'
Hank gaf het niet graag toe, maar ze had gelijk. Een pistool op iemand richten en de trekker overhalen was niet hetzelfde als een bom laten ontploffen. Voor de klus in het motel was een zekere mate van expertise vereist geweest. Daarentegen kon ieder stuk gajes een pistool uit het raampje van een auto steken en de trekker overhalen.
'We zitten ook nog met directeur Lackner,' bracht Carolyn hem in herinnering. 'Hebben jouw mensen de kamer van Metroix in de Comfort Inn doorzocht?'
'Uiteraard,' zei hij. 'We hebben alleen maar een stapel paperassen en een oude foto gevonden.'
'Zijn die opgeslagen als bewijsmateriaal?'
'Nee,' antwoordde Hank. Hij haalde een tandenstoker uit zijn zak. 'Er was niets bij dat iets met de zaak te maken had, dus leek het me beter de spullen in het ziekenhuis af te geven. Metroix heeft ook nieuwe kleren nodig. Hij heeft niks om aan te trekken wanneer hij naar huis mag.' Hij hield op met praten en vroeg zich af waarom ze zo bezorgd keek. 'Hij heeft de operatie goed doorstaan, als je je daar soms zorgen over maakt. Hij is alleen nog niet helder genoeg om ondervraagd te kunnen worden.'
'Je zei iets over een stapel paperassen,' zei ze terwijl ze zich naar hem toe draaide op haar stoel. 'Waren er papieren bij met tekeningen of berekeningen?'
'Ja,' zei Hank. 'Ik kon er geen kop of staart aan vinden.' Hij wees met zijn duim naar de achterzijde van de auto. 'Al dat spul ligt nog in de kofferbak, als je het soms wilt zien.'
'Ja, pak het even,' zei Carolyn, met vlammende ogen van de spanning. 'We dachten dat al Daniels werk verloren was gegaan bij de explosie.'
Hank kwam terug met een plastic zak.
Ze gooide de weinige kledingstukken op de achterbank en haalde de stapel van ongeveer dertig losse vellen papier en de foto, die in een

transparant bewijszakje zat, uit de plastic tas. Ze draaide het raampje open in de hoop dat de frisse ochtendlucht haar wakker zou houden terwijl ze probeerde wijs te worden uit de ingewikkelde berekeningen. Een deel ervan had ze al eens eerder gezien. Dit was echter niet het origineel, en ook geen kopie. Daniel had zijn uiterste best gedaan het werk dat bij de explosie verloren was gegaan, te reconstrueren. Ze leunde naar de rechercheur toe en hield hem een van de vellen papier voor. 'Dit is een ontwerp voor een exoskelet.'

'Ik geloof dat ik iets dergelijks een keer heb gezien in een sciencefictionfilm,' zei Hank ongeïnteresseerd.

Carolyn trok het blad papier gefrustreerd weer naar zich toe. 'Ik heb je toch verteld,' zei ze op scherpe toon, 'dat het leger al jaren werkt aan de perfectie van exoskeletten? Al deze andere papieren zijn berekeningen voor energiebronnen en andere apparatuur die je nodig hebt om een exoskelet goed te laten functioneren.'

Hank schoof de tandenstoker naar de andere kant van zijn mond. 'Hoe weet je dat?'

'Omdat mijn ouders allebei natuurkunde en wiskunde gestudeerd hebben,' zei Carolyn tegen hem. 'Het is dat ik zwanger werd, Hank, anders zou ik misschien ook die richting zijn opgegaan. Mijn vader werd bijna gek van zijn pogingen een bepaald vraagstuk op te lossen. Uiteindelijk gaf hij het op en nam hij een vaste baan aan als wiskundeleraar op een middelbare school. Toen ik opgroeide, stonden we met die dingen op en gingen we ermee naar bed.'

De rechercheur keek schuin naar de paperassen.

'Een deel van de natuurkunde gaat me boven mijn pet, maar het kan zijn dat Daniel de oplossing heeft gevonden voor een heel belangrijk probleem.' Ze legde de vellen papier met een klap op haar schoot. 'We hebben het over veel geld.'

'Hoeveel geld?'

'Miljoenen,' antwoordde Carolyn. 'Begrijp me niet verkeerd. Ik kan niet met zekerheid zeggen dat Daniel een genie is of dat deze papieren zoveel waard zijn dat mensen erom vermoord worden. Ik weet alleen dat hij me heeft verteld dat hij hier al jaren aan werkt.' Ze schraapte haar keel en nam nog een slokje van haar koffie. 'Ik heb laatst met Arline Shoeffel gesproken. Het lijkt haar niet onwaarschijnlijk dat de gevangenisdirecteur erbij betrokken is. Daniel zei dat hij voor de dochter van een gevangenbewaarder, die vanaf haar middel verlamd is, iets had ontworpen dat hij een looppak noemt. Dat pak, een exoskelet, werkte niet erg goed omdat hij niet aan de juiste materialen kon komen. Het meisje liep er echter wel mee. Dat was jaren geleden. Sindsdien heeft hij er verbeteringen in aangebracht.'

Hank was onder de indruk. 'Hij heeft dus iets uitgevonden waarmee verlamde mensen kunnen lopen?'

'Niet per se, 'antwoordde Carolyn en ze stak een vinger in de lucht. 'Of het exoskelet dat hij heeft ontworpen, goed werkt, maakt niet zoveel uit. Begrijp me niet verkeerd. Het zou een sensatie zijn als het wel zo was. Maar daar gaat het niet om. Stel dat de directeur van de gevangenis Daniels werk aan iemand buiten de gevangenis heeft laten zien, misschien een privé-firma die research doet op dit gebied of iemand die de waarde ervan weet in te schatten. Dan gebeurt het volgende.' Ze wachtte even om de rechercheur te laten verwerken wat ze hem tot nu toe had verteld voordat ze doorging. 'Een wetenschapper of uitvinder ontwikkelt een prototype. Hij kan in dienst zijn van een groot bedrijf of zijn uitvindingen zelf verkopen. Als het een bedrijf is, beginnen hun eigen mensen eraan te werken. Als directeur Lackner Daniels ontwerpen heeft verkocht, kan hij het zich niet veroorloven zijn werk aan iemand te laten zien. Hij zou gerechtelijk worden vervolgd, ook als hij alleen maar van plan was ze te verkopen. En dit heb ik uit de eerste hand.'

'Rechter Shoeffel zeker?'

Carolyn knikte.

'Dan is het misschien Lackner die hier achter zit, en niet commissaris Harrison.'

'Dat probeer ik je nou juist te vertellen,' zei Carolyn terwijl ze de dop van de thermosfles eraf draaide en haar beker opnieuw vulde. 'Laat me even uitpraten. Het kan zijn dat de gevangenis een zogenaamde joint venture is aangegaan. Dat zou echter in strijd met de wet zijn. Lackner zei iets over een dergelijke regeling toen ik hem telefonisch sprak. Ik denk dat hij probeerde ons af te poeieren. Hij is in ieder geval nerveus. De laatste keer dat ik hem heb gebeld, heeft hij het gesprek zelfs abrupt afgebroken.'

'Is het ooit bij je opgekomen dat de directeur het te druk heeft om over een ex- gevangene te praten?' vroeg Hank smalend.

'Dat kan zijn,' zei Carolyn. 'Ik voel het meestal aan wanneer iemand liegt. Er is een kleine kans dat de gevangenis samenwerkt met het leger. Zoals ik al zei, is dat echter volgens mij niet het geval.'

'Wacht eens even,' zei hij. 'Hoe kan een gevangenisdirecteur beweren dat hij dat exoskelet of waar je het ook over hebt, heeft uitgevonden?'

'Er worden dagelijks in het geheim deals gesloten,' antwoordde Carolyn, vooral als het om iets van zo'n grote waarde gaat. Het enige dat Lackner hoeft te doen, is een punt van de taart aanbieden aan iemand die iets van wiskunde en natuurkunde weet. Deze stroman bestudeert het werk en biedt het aan alsof het van hem is, waarbij hij zegt dat hij er niet mee verder kan gaan omdat hem de juiste werktuigen of bronnen ontbreken. Een andere mogelijkheid is dat de directeur iemand ervan heeft overtuigd dat zijn overleden neef deze papieren in een doos op zolder had liggen.'

'Ongelooflijk,' zei Hank hoofdschuddend. 'Ga nog een poosje uitrusten. We praten straks nog wel. Ik moet naar Los Angeles. Commissaris Harrison is al twee weken met ziekteverlof. Ik heb zijn adres. Persoonlijk geloof ik dat je er faliekant naast zit wat de gevangenisdirecteur betreft.'

'Mag ik dit spul houden?' vroeg Carolyn terwijl ze de paperassen in beide handen nam. 'Ik ken iemand die ons er misschien een intelligente evaluatie van kan geven.'

'Ik vind het best,' zei de rechercheur. 'Hoe is het met Rebecca?'

'Haar enkel zit in het gips,' vertelde Carolyn. 'Ze heeft niet zoveel pijn, maar is erg bang. John heeft vannacht bij een vriend gelogeerd. Denk je dat ik hem vandaag naar school kan laten gaan?'

'Hij is op school waarschijnlijk veiliger dan bij jou,' zei Hank, al werd hij liever niet gedwongen daar een oordeel over te vellen. Hij kende Carolyns kinderen niet. Ze hadden in ieder geval een fantastische moeder, dacht hij. De vrouw had al dagen niet behoorlijk geslapen, maar ging nog steeds stug door en deed alles wat in haar vermogen lag om niet alleen haar gezin maar ook de gemeenschap te beschermen.

'Denk je dat Rebecca en ik thuis veilig zijn?'

'Ik heb de patrouilledienst opdracht gegeven zo vaak mogelijk langs te rijden,' antwoordde de rechercheur. 'Je weet dat we op het moment niet voldoende mankracht hebben om vierentwintig uur per dag een surveillancewagen voor je huis te zetten. Ik zou White en zijn vervanger uit het ziekenhuis kunnen weghalen. Er is ook een ploeg die Luisa Cortez bewaakt tot we Downly te pakken hebben. Zelfs de burgemeester is erbij betrokken.'

'Maak je over mij nu maar geen zorgen,' zei Carolyn tegen hem en ze deed het portier open. 'Ik kan wel voor mezelf zorgen. Ik wil niet dat iemand mijn kinderen iets aandoet.'

Hank ging bij het bureau langs om als versterking een geüniformeerde agent, Mike Russell, mee te nemen. Al kon hij zich niet voorstellen dat een man als Charles Harrison in zijn eigen huis een collega zou doodschieten. Bovendien was het nog niet eens negen uur en de gedachte dat Harrison persoonlijk al deze misdaden had gepleegd, was bespottelijk.

De situatie met Eddie Downly was een ramp. Het verhaal stond op de voorpagina van de meeste kranten in Californië, en vanwege het internet hadden zelfs mensen in andere landen het waarschijnlijk al gelezen. Hank was blij dat zijn afdeling er niets mee te maken had. Carolyns theorie dat Harrison de hand had gehad in de vrijlating van Downly en hem had gehuurd om Daniel Metroix om het leven te brengen, wilde er bij hem niet in. Eddie Downly had voor zover ze wisten maar twee misdaden op zijn geweten – de verkrachting van Luisa Cortez en de eerdere verkrachting van een kind. Vroeger, toen het gevangeniswezen en de rest van de wereld nog niet door computers werden gerund, waren dergelijke fouten zelden voorgekomen.

Niettemin was alles mogelijk. Downly was tot maandag op vrije voeten geweest. Carolyn wist niet dat Hank ervan op de hoogte was dat ze Downly in het vierde en laatste jaar van zijn proeftijd niet meer maandelijks had bezocht. De rechercheur was iemand die bijzonder nauwgezet werkte. Wanneer het om zware misdaden ging, zoals deze, las hij ieder woord van het betreffende dossier. Zo ook dat van Downly. Waarom zou hij de reputatie van een uitmuntende reclasseringsambtenaar als Carolyn vernietigen terwijl hij wist dat ze enorm overbelast was geweest?

Hank had gedurende zijn loopbaan zelf ook wel slechte beslissingen genomen, en niet alleen wanneer hij had gedronken. Hij joeg op de allergevaarlijkste criminelen, behandelde de zaken die de meeste kans hadden voor de rechter te komen. De andere zaken werden ergens achter in de dossierkast weggestopt. Zo was het nu eenmaal.

Mike Russell was een grote, stoïcijnse man, een voormalige marinier die zijn adem niet verspilde tenzij het belangrijk was. Hank liet Russell rijden zodat hij zijn ogen rust kon geven en besluiten welke aanpak hij moest gebruiken voor Harrison. Zelfs als zijn gehuurde lijfwachten er waren, wat niet waarschijnlijk was, wist hij uit ervaring dat die geen grote bedreiging vormden.

De meeste criminelen waren nachtdieren. Ze gingen de hele nacht tekeer en kwamen over het algemeen pas weer tot leven wanneer tegen het middaguur hun maag begon te knorren. Bij de politie maakten ze daar al jaren gebruik van. Invallen die in de vroege ochtenduren werden gedaan, hadden meestal succes en dan raakten er veel minder agenten gewond.

Hank zat pas twee jaar bij de politie toen Charles Harrison tot commissaris was gepromoveerd. Hij herinnerde zich hoezeer de agenten tegen hem hadden opgekeken en niet alleen vanwege zijn functie. Harrison gaf niets om de politieke kant van zijn baan, zoals de meeste commissarissen. Hij was zijn mannen trouw gebleven, vastbesloten hun levensstandaard te verhogen en manieren te zoeken om hun veiligheid te vergroten.

Op het moment zat er helemaal geen schot in het onderzoek naar het incident in het Seagull Motel. De sloopmaatschappij, Barrow and Kline, had bevestigd dat de kamer net als de rest van het motel in gereedheid was gebracht om opgeblazen te worden, maar ze zwoeren dat niet zij de ontploffing hadden veroorzaakt. Volgens Ralph Kline, een van de eigenaars, had iemand een paar van de draden losgekoppeld van het netwerk en naar een apparaat in de telefoon geleid, dat geactiveerd zou worden zodra de telefoon begon te rinkelen. Een slimme elektricien had zoiets wel voor elkaar kunnen krijgen, al betwijfelde Kline dat. Volgens hem moest de persoon ervaring hebben met explosieven. Hank vroeg zich af of het een voormalig lid van het bommenteam van de politie kon zijn, misschien een agent die in het verleden onder Harrison had gediend.

Al met al vertelde Kline hem niets wat hij niet al wist.

'We zijn er bijna,' zei Russell, die naar de huisnummers op de stoeprand keek. 'Het adres is toch Eagle Drive 5036? Dit is 5034, maar ik zie 5036 nergens.' Hij stopte voor een ogenschijnlijk onbebouwd terrein vol bomen en grote struiken. 'Wat denkt u? Weet u zeker dat ze u het juiste adres gegeven hebben?'

'Ja,' antwoordde hij. 'Ik heb het twee keer nagekeken.' Er stond geen nummer op de stoeprand en er was geen brievenbus. Hank pakte een verrekijker en zag tussen het dichte gebladerte helemaal achter op het terrein een huis. Harrison wilde blijkbaar niet gevonden worden.

Hank keek op naar de lucht toen ze uit de Ford stapten. Het was een grijze, bewolkte dag. Omdat ze zo dichtbij de oceaan waren, had hij gehoopt dat het alleen maar een ochtendmist zou zijn. Die werd meestal tegen het eind van de ochtend of de vroege middag door de zon verdreven. Nee, dacht hij hoofdschuddend, het zou niet weer gaan regenen, maar hij was er zo goed als zeker van dat ze de zon vandaag niet zouden zien.

Hank was nu tien jaar gescheiden. Martha, zijn ex, was hertrouwd en in Florida gaan wonen. Hij had zich heilig voorgenomen de rest van zijn leven alleen te blijven. Het was een enorme klap geweest dat zijn vrouw hem had verlaten, en toen ze was hertrouwd had hij nog eens een paar trappen na gekregen. Toen was hij in de fles gedoken. Betty was een aardige vrouw. Hij had de energie niet voor vrijgezellenbars. Wat hem betrof zou Martha altijd zijn vrouw zijn. De serveerster zou misschien een aardige metgezel zijn. Wat seks nu en dan zou zijn leven wat meer smaak geven. Als je je gereedschap niet gebruikt, gaat het roesten, had een van zijn vrienden hem laatst nog gezegd.

Wanneer je op bezoek ging bij een man die op sterven lag, dacht Hank nu, was zo'n grauwe dag wel passend. Zelfs als de commissaris niets te maken had met de recente misdaden, wist de rechercheur dat het hem goed zou doen een man te zien die niet had geweten wanneer het tijd was om op te houden met drinken.

Agent Russell liep voorop en hield boomtakken en struiken opzij terwijl ze naar de voordeur van het huis liepen. De rechercheur belde aan, terwijl Russell zich naast de deur opstelde met zijn hand op zijn dienstpistool.

Toen er niet werd opengedaan, keek Hank omhoog en zag hij licht branden in een kamer op de bovenverdieping. Hij drukte nogmaals op de bel en liet die pas los toen hij het doffe geluid van voetstappen hoorde. Hij draaide zich snel om naar Russell en zei: 'Blijf uit het zicht tenzij ik je nodig heb. We hebben geen gerechtelijk bevel. Dit lukt alleen als Harrison denkt dat dit geen officieel bezoek is.'

Een kleine vrouw met een olijfkleurige huid deed de deur op een kier open. 'Ga weg,' zei ze en ze deed meteen de deur weer dicht.

'Doe open, ' riep de rechercheur. 'Uw baas en ik zijn oude vrienden. Ik heb gehoord dat hij ziek is. Zeg maar dat Hank Sawyer uit Ventura hem komt opzoeken.'

Even later verscheen de vrouw weer. Hij zag nu dat het een Latijns-Amerikaanse was en nam aan dat het Harrisons huishoudster was.

'Hebt u een gerechtelijk bevel?'

Wat leerden ze toch snel, dacht hij, zich afvragend hoe lang ze al voor Harrison werkte. Hij had geruchten gehoord dat de vrouw van de commissaris in een inrichting zat, dat ze een zenuwinzinking had gekregen nadat hun zoon was vermoord. Harrison had geprobeerd de mensen wijs te maken dat ze een of andere chronische ziekte had. Iedereen wist dat hij daarmee de waarheid probeerde te verbloemen.

Misschien was de kleine vrouw met het zijdeachtige, donkere haar en het welgeschapen lichaam méér dan Harrisons huishoudster.

'Ik heb geen gerechtelijk bevel nodig, juffrouw,' zei hij tegen haar op zachtere toon dan daarvoor. 'Zoals ik al zei, kennen Charles en ik elkaar al heel lang. Ik ben gekomen om hem op te vrolijken, om te praten over de goeie ouwe tijd.'

De vrouw drukte een hand tegen haar mond en haar schouders schokten toen ze begon te huilen. Even later beheerste ze zich en veegde ze haar ogen droog met de punt van haar bloes. 'U kunt hem niet spreken.'

'En waarom dan wel niet?' vroeg de rechercheur, die een tandenstoker uit zijn zak haalde.

Weer vertrok het gezicht van de vrouw erbarmelijk. 'Commissaris Harrison is gisteravond gestorven. Zou u ons nu alstublieft met rust willen laten?'

Hank spuugde de tandenstoker uit, uit zijn evenwicht gebracht door deze nieuwe ontwikkeling. 'Is zijn stoffelijk overschot nog hier?'

Mike Russell kwam naast de rechercheur staan.

'Nee,' zei de vrouw, die haar ogen ophief naar de lange agent in uniform. 'De mensen van de uitvaartonderneming hebben hem gisteravond meegenomen. Wij zorgen overal voor, nemen contact op met zijn familie. Het zou dus prettig zijn als u ons daarbij niet zou storen.'

'Is mevrouw Harrison hier?'

'Mevrouw Harrison ligt in een ziekenhuis in Los Angeles. Ze weet dat haar man is overleden. Als u haar wilt spreken, zult u Fairview Manor moeten bellen.'

'Wie zijn *wij*?' vroeg Hank en hij stapte naar voren zodat hij een kijkje in het huis kon nemen. 'Wie is hier nog meer aanwezig?'

'Alleen Mario,' zei ze zonder een stap te wijken.

'Wie is Mario?'

'De tuinman.'

De rechercheur wist niet hoe hij het had. 'Bedoelt u dat de tuinman en u samen de begrafenis van Charles Harrison regelen?'

'We doen wat er gedaan moet worden,' zei ze en ze hief uitdagend haar kin op. 'Commissaris Harrison heeft specifieke instructies achtergelaten. Zou u ons nu alstublieft met rust willen laten?'

'Is de politie hier al geweest?'

'Nee,' zei de vrouw met een blik van lichte verbazing op haar gezicht. 'De mensen van de uitvaartonderneming zeiden dat het niet nodig was de politie te bellen, aangezien Charles... ik bedoel commissaris Harrison... onder doktersbehandeling stond.'

Als ze niet de minnares van Harrison was geweest, zoals Hank dacht, had ze iets met de tuinman en dachten die twee dat ze nu fijn samen in Harrisons huis konden blijven wonen. De rechercheur veegde wat blaadjes van zijn schouder. Hij zag dat Russell schrammen op zijn handen had. Wie weet was Harrison gewoon binnen en had hij dit verhaal verzonnen om tijd te winnen.

'Ik zal weggaan,' zei hij, 'maar eerst moet u me de naam van de uitvaartonderneming geven.'

'Arden Brothers.'

'Wordt hij begraven of gecremeerd?'

'Gecremeerd,' zei ze en ze snufte weer. 'Hij wilde het extra geld niet betalen.'

'Maak dat de kat wijs, zeg,' zei Hank nijdig en hij draaide zich om. Uitvaartondernemingen waren zo corrupt als de pest. Mannen die de hele dag met lijken speelden, konden voor een paar duizend dollar omgekocht worden. Na twee mislukte pogingen Daniel Metroix te vermoorden had Harrison zijn gangsters erop uitgestuurd om Carolyn Sullivan, die hem voortdurend in de weg zat, koud te maken. Toen ook dat was mislukt had hij zijn eigen dood geënsceneerd en was hij ertussenuit geknepen, in de overtuiging dat Metroix was doodgeschoten, óf na een huurmoordenaar opdracht te hebben gegeven het werk af te maken.

Hank struikelde over een boomstronk en kwam hard neer op zijn rechterknie, de knie waaraan hij twee jaar geleden was geopereerd. Russell bukte zich en hielp hem overeind. 'Bedankt,' zei hij. 'Het enige dat Harrison nog nodig heeft, is een vijver vol piranha's.'

Russell lachte. 'Hij hield blijkbaar niet van bezoek.'

Toen ze bij de auto waren, keek Hank nog even om naar de verwilderde tuin. Harrisons handlanger was hoogstwaarschijnlijk de man die Mario heette. Eén ding was zeker. Mario deed niets wat ook maar in de verste verte op tuinieren leek.

16

'Jullie zijn me helemaal niet tot last,' zei Paul Leighton. Het was even na tienen op vrijdagochtend en hij zat tegenover Carolyn en Rebecca in zijn huiskamer. 'Willen jullie iets drinken? We hebben koffie, thee, melk.'

'Nee, dank je,' antwoordde Carolyn en ze legde haar hand op die van haar dochter. 'Ik had haar eigenlijk bij mijn broer willen laten.' Ze begon uit te leggen dat ze bang was dat Neil in slaap zou vallen, aangezien hij aan het werk was geweest toen ze die ochtend om vier uur bij hem had aangebeld. Ze had zelf ook maar een paar uur geslapen, maar zíj had geen keus. Als kunstenaar was haar broer er bovendien nogal gevoelig voor wanneer hij plotseling mensen in huis had. Met de modellen en vriendinnen had hij geen problemen. Kinderen waren iets anders.

'Mijn moeder zou voor haar kunnen zorgen,' ging Carolyn door, 'maar na gisteravond...'

De professor stak zijn hand op. 'Je hebt het al uitgelegd toen je hebt gebeld, Carolyn.'

Pauls huis was spaarzaam maar gerieflijk ingericht. Hij had de vloerbedekking weggehaald en de originele houten vloer opnieuw bewerkt. Bovendien had hij de muur tussen de eetkamer en de huiskamer weggebroken zodat er nu een open ruimte was waardoor het huis veel groter leek. Een grote, bruine, leren bank en een aantal bijpassende fauteuils stonden in het midden van de kamer, met ertussenin een lage tafel waarop keurige stapeltjes boeken en tijdschriften lagen. De voormalige eetkamer was nu een gecombineerde bibliotheek en werkkamer. Drie muren werden in beslag genomen door boekenkasten die tot aan het plafond reikten. De enige vrije ruimte was die waar de twee ramen waren. Zijn bureau leek ongewoon klein, zo ongeveer als het tienerbureau dat Carolyn een paar jaar geleden voor John had gekocht. Er stond een lamp op, een pennenhouder, een ingelijste foto van zijn dochter, een stapeltje papier en verder niets.

In een hoek stond nog een klein bureau met een computer en een printer. Zoals ze al had verwacht, hield de professor van orde en netheid. Bovendien kon hij zich een fulltime huishoudster veroorloven. 'Isobel zal tussen de middag iets voor Rebecca te eten maken,' zei Paul. 'Lucy heeft een verzameling dvd's die Rebecca kan bekijken. Ik weet zeker dat Lucy het leuk zal vinden Rebecca hier aan te treffen wanneer ze thuiskomt uit school.' Hij keek een beetje gegeneerd. 'Ik hoop dat jullie niet de indruk krijgen dat mijn dochter verwend is. Een van de redenen waarom Lucy zoveel dvd's heeft, is dat ik niet zoveel aandacht aan haar besteed als ik zou moeten doen. Wanneer ik aan het werk ben, wil ik de tijd nog wel eens vergeten.'

'De dokter heeft gezegd dat Rebecca met haar been omhoog moet zitten,' vertelde Carolyn hem en ze haalde een flesje medicijnen uit haar tas. 'Je kunt haar om de vier uur een van deze tabletten geven als ze pijn heeft. Volgens de röntgenfoto zit er een haarscheurtje in het bot. Ze kan maandag wel weer naar school.'

'Maak je geen zorgen,' zei Paul en hij glimlachte naar Rebecca. 'We zullen goed voor haar zorgen.'

Carolyn keek onrustig op haar horloge. 'Ik moet naar kantoor voor een bespreking met mijn baas. Het zal hooguit twee uur in beslag nemen. Was je van plan uit te gaan? Zo ja...'

'Nee,' zei hij, nu hij begreep hoe ernstig de situatie was. Hij wees met zijn hoofd naar een glazen pistoolkast om haar te laten weten dat hij de middelen had om Rebecca te beschermen als het nodig mocht zijn. 'En wat mijn werk betreft, ik zit nu al een week naar een blanco pagina te staren.'

Carolyn haalde Daniels paperassen uit haar rugtas. 'Ik zou het erg op prijs stellen als je dit zou willen bekijken en me vertellen wat je ervan vindt.'

Paul keek een beetje geïrriteerd. 'Heeft je zoon...?'

'Nee,' zei ze, hem in de rede vallend. 'Ik kan je niet vertellen hoe de man heet. Hij probeert een ontwerp voor een exoskelet te perfectioneren.'

'Een exoskelet,' zei hij terwijl hij de papieren van haar overnam. Hij keek naar een aantal van de tekeningen en berekeningen en hief toen met een ruk zijn hoofd op. 'Zijn dit geheime documenten? Komt dit bij het ministerie van Defensie vandaan?'

'Natuurlijk niet,' zei Carolyn. 'Ik heb niets te maken met het ministerie van Defensie.'

'Waarom kun je me dan de naam van de man niet vertellen?' vroeg Paul. Toen hij begreep dat hij geen antwoord zou krijgen, legde hij de paperassen op de lage tafel.

'Niemand mag weten dat Rebecca hier is,' zei Carolyn met een blik op haar dochter. Bij hen in de straat waren alle garages aan de achterkant van de huizen. Ze had de gehuurde Camry bij haar broer achtergelaten en een taxi genomen naar het huis van Leighton. De chauffeur zat buiten te wachten om haar naar het gerechtsgebouw te brengen. Na haar bespreking met Brad zou ze geen andere keus hebben dan een van de dienstauto's mee te nemen.

Ze stond op nadat ze Rebecca een kus op haar wang had gegeven. 'O ja,' zei ze terwijl ze haar hand in haar tas stak en het meisje een van de mobieltjes gaf die ze de dag ervoor had gekocht. 'Als je me nodig hebt, hoef je alleen maar op nummer 1 van het snelkeuzemenu te drukken. Nummer twee is het politiebureau. Als het een noodgeval is, bel je eerst de politie en dan mij.'

'Cool,' zei het meisje en ze griste met een gretig gebaar de telefoon uit haar moeders hand.

'Ik heb dit ding niet voor je gekocht om met je vriendinnen te gaan kletsen, jongedame.'

Rebecca's gezicht betrok, maar klaarde meteen weer op. 'Moet je niet iedere maand een bepaald bedrag betalen? Een van de meisjes op school heeft een mobieltje en zegt dat ze een uur of zo gratis krijgt.' Ze dacht even na en zei er toen nog bij: 'Dat heet air time.'

Carolyn zag Paul glimlachen. 'Kinderen zijn tegenwoordig veel te bijdehand,' zei ze en ze vervolgde tegen haar dochter: 'Je mag een paar meisjes bellen, maar overdrijf het niet. En wanneer dit allemaal voorbij is, moet je de telefoon weer inleveren.'

Rebecca kneep haar ogen iets toe. 'Moet John hem ook inleveren? Hij denkt dat hij hem mag houden.'

Ze waren even langsgegaan bij Turner Highland, de jongen bij wie John had gelogeerd. Carolyn had haar zoon de telefoon willen geven en hem op de hoogte brengen van de gebeurtenissen van de avond ervoor. Ze had de taxichauffeur opdracht gegeven via zijstraten te rijden en had goed opgelet of ze gevolgd werden. Turners moeder had aangeboden de jongens 's middags van school te halen.

Gezien de hoeveelheid verantwoordelijkheden die haar zoon droeg, overwoog Carolyn hem de telefoon te laten houden. Hij was er de jongen niet naar om misbruik te maken van een dergelijk privilege. Ze vroeg zich af hoe Rebecca dat had uitgevogeld, of dat John iets had gezegd.

'Waarom ga jij niet een leuke film kijken, zoals professor Leighton heeft voorgesteld?' zei Carolyn. 'Aangezien je vannacht en de nacht daarvoor niet al te veel hebt geslapen, is het misschien ook verstandig als je een dutje doet. Paul, mag ze hier op de bank liggen?'

'Ga maar lekker naar Lucy's kamer, Rebecca, daar staat de dvd-speler ook. Als je er niet mee overweg kunt, roep je me maar via de intercom.' Hij draaide zich om en keek in Carolyns vermoeide ogen. 'Zodra je klaar bent met wat je doen moet, zou je je eigen advies moeten opvolgen. Een dutje gaan doen, bedoel ik. Je dochter is hier volkomen veilig. Kom niet voor zessen terug. En breng John ook mee. Isobel zal een lekkere maaltijd voor ons maken. We kunnen ons avondje uit wel uitstellen tot volgend weekend. Tegen die tijd zal dit alles misschien voorbij zijn.'

Carolyn keek Rebecca na toen die op haar krukken door de gang naar Lucy's kamer hinkte. Paul stond nu naast haar en ze kon zijn aftershave ruiken, een mannelijke, muskusachtige geur. Hij had ook iets opvallend kalms over zich, een heerlijk contrast met haar jachtige tempo van de afgelopen paar dagen. Toen het licht op zijn gezicht viel, zag ze pas wat een mooie ogen hij had – een bleke kleur blauw. Hij had zijn leesbril op. Die deed echter niet af aan zijn uiterlijk, maar liet zijn ogen juist meer opvallen en gaf hem een gedistingeerde uitstraling. Nee, verbeterde ze zichzelf, dit was een man die geen gedistingeerde uitstraling nodig had. Hij *was* gedistingeerd.

Toen kwam een andere gedachte in Carolyns hoofd op. John was een van de weinige tieners die nog bad. Ze hadden het er bijna nooit over, maar hij had zijn rozenkrans aan een spijker boven zijn bureau gehangen. Zou hij hebben gebeden dat zijn moeder verliefd zou worden op de nieuwe buurman? Het was natuurlijk zo dat Johns vurige wens om natuurkundige te worden aanleiding voor hem kon zijn geweest van iedere beschikbare hulpbron gebruik te maken.

Misschien waren er nog belangrijker redenen. Misschien wilde haar zoon dat zijn moeder een relatie aanging met de professor om redenen die slechts zijdelings te maken hadden met een aanbeveling voor het MIT. Haar ex had zijn kinderen min of meer in de steek gelaten. In veel opzichten was het feit dat Frank in het leven van John en Rebecca ontbrak, een zegen, maar het idee dat haar zoon behoefte had aan mannelijk gezelschap en raad, was zorgwekkend. Aan de andere kant stond de oplossing misschien hier voor haar neus.

'Ik weet niet hoe ik je moet bedanken,' zei Carolyn met een lichte trilling in haar stem.

'Ik begin een beetje het gevoel te krijgen dat we een gezin zijn,' zei Paul met een glimlach. 'Best wel leuk. Wanneer ik lesgeef, heb ik aldoor mensen om me heen. Een boek schrijven is een eenzame bezigheid.' Hij hield op met praten en voegde er toen aan toe: 'Wat het ontwerp voor het exoskelet van die man betreft...'

'Tot vanavond dan,' zei Carolyn met een lieve glimlach. 'Ik kan die paperassen wel weer meenemen als je het te druk hebt om ernaar te kijken.'

'Nee,' zei hij fronsend. 'Ik wil alleen graag weten wiens werk ik beoordeel.'

'Ik bel je over een uur of twee om te horen hoe het met Rebecca is.'

'Ga slapen,' zei Paul, op een toon die meer een bevel dan een raadgeving was. 'Je ziet eruit als een wandelend lijk.'

'Ik beloof je dat ik mijn tijd verstandig zal gebruiken.'

Carolyn keek over haar schouder naar hem toen ze naar de deur liep. Een natuurkundige van Paul Leightons kaliber mocht dan intrigerend zijn, maar ze had het gevoel dat hij ook dominant kon zijn. Ze had liever een geheime verhouding met Brad dan dat ze een constante werd in een van de sociale vergelijkingen van de professor.

17

'Ik denk dat ik de zaak-Sandoval maar aan iemand anders geef,' zei Brad Preston. Hij leunde achterover in de zwarte leren stoel achter zijn bureau. 'In de gebeurtenissen van gisteravond zit geen enkele logica, Carolyn. Je cliënt lag in het ziekenhuis. Waarom zou iemand dan geprobeerd hebben je van de weg te drukken? Weet je zeker dat het geen stunt van een stelletje tieners was? Misschien wilden ze een wedstrijdje met je doen.'

'Een wedstrijdje met een huurauto?'

Brad grijnsde tegen haar. 'Je weet maar nooit.'

'Dit is geen spel, eikel.'

Brads assistente, Rachel, had een vrije dag genomen, dus wisten ze dat ze niet gestoord zouden worden. Ze zaten tijd te doden in afwachting van Hank Sawyers telefoontje. Brad ging rechtop zitten. 'Gisteren zei je dat ik een geweldige minnaar was. Vandaag ben ik opeens een eikel. Laten we een compromis sluiten en weer vrienden worden. En als dat niet gaat, kun je er misschien af en toe aan denken dat ik je baas ben.'

'Ik word pissig wanneer je me niet serieus neemt.' Carolyn zat onderuitgezakt op de bank in zijn kantoor. Ze was gekleed in een zwarte lange broek en een blauw katoenen bloesje, en had haar haar tot een paardenstaart gebonden. Voordat ze Rebecca bij de professor had afgezet, was ze even naar haar eigen huis gegaan om zich om te kleden en een schoon T-shirt en een lange broek voor haar dochter te pakken. 'Ik weet nu waarom je me laatst het herentoilet hebt ingesleurd.'

'O ja?' vroeg Brad met pretlichtjes in zijn ogen.

'Ik zou mezelf belachelijk maken als ik zou proberen je aan te klagen wegens ongewenste intimiteiten,' antwoordde Carolyn terwijl ze een been in de lucht stak. 'Jij zou kunnen zeggen dat je om de normale redenen in het toilet was en dat ik opeens binnenkwam en probeerde je over te halen seks met me te hebben. En omdat er uiteindelijk niets is gebeurd, kun jij zeggen dat je niet buiten je boekje bent gegaan.'

'Laat dat nou maar zitten, oké?' zei Brad, die het liever over iets anders had. 'Terug naar gisteravond – '

'Denk even na,' zei Carolyn. 'Daniel Metroix zat in de gevangenis toen ze mijn autoruiten hebben ingeslagen en het dreigbriefje achtergelaten. En gisteravond waren het geen tieners die probeerden me van de weg te drukken. Ik ben er vrijwel zeker van dat ze van plan waren op me te schieten, net zoals ze op Metroix hebben geschoten.'

'Heb je een vuurwapen gezien?'

'Ik kan het niet met zekerheid zeggen,' antwoordde Carolyn. 'Een paar seconden voordat ik erin slaagde de zijstraat in te slaan, draaide iemand het raampje aan de rechterkant van de Corvette open. Ik weet nog dat ik iets naar buiten zag komen. Maar het was donker. En wanneer je met een snelheid van bijna 160 kilometer per uur door een woonwijk rijdt, heb je niet veel tijd voor andere dingen dan sturen.'

'Het spijt me van Rebecca's enkel,' zei Brad. 'Het is een lief kind.'

'Ja,' zei Carolyn terwijl ze rechtop ging zitten. 'Je hoeft de zaak-Sandoval trouwens niet aan iemand anders te geven. Ik heb het verslag gisteren gedicteerd. Ik hoef het alleen nog maar na te lezen en in te leveren. Maar geef me alsjeblieft geen nieuwe zaken.'

Brad wreef de zijkant van zijn hals. 'We zitten tot onze nek in het werk. De stress wordt me bijna te veel. Ik geloof dat mijn hernia weer begint op te spelen. En de hele stad is in rep en roer vanwege Eddie Downly.'

'Ik zal het niet kunnen verdragen als iemand mijn kinderen iets aandoet,' zei Carolyn. 'Dit zit me veel te dicht bij huis. Ik ben bang, Brad.'

Eindelijk kwam het telefoontje waar ze op hadden zitten wachten. Brad drukte op de knop van de luidspreker en legde zijn voeten op zijn bureau.

'Charles Harrison is dood,' zei Hank. 'Ik kom zojuist bij de uitvaartonderneming, Arden Brothers, vandaan. Ze zeiden dat hij vanochtend vroeg is gecremeerd.'

'Wanneer is hij gestorven?' vroeg Carolyn die iets dichterbij ging zitten om beter te kunnen horen.

'Gisteravond,' antwoordde Hank met zijn raspende stem.

'Mooi is dat,' zei Brad. 'Dan is het al te laat voor een lijkschouwing.'

'Weet je niet hoe deze dingen in hun werk gaan?' vroeg de rechercheur op een toon die aan sarcasme grensde. 'Omdat Harrison onder doktersbehandeling stond, hoefde zijn huishoudster alleen maar de uitvaartonderneming te bellen dat ze het lijk moesten komen halen. Jullie hebben daar bij de reclasseringsdienst zeker niet vaak met de dood te maken.'

'Alleen met moord,' antwoordde Brad en hij legde zijn handen plat op het bureau.

'Volgens de wet,' ging de rechercheur door, 'is het niet noodzakelijk dat iemand anders dan de mensen van de uitvaartonderneming het lijk zelfs maar te *zien* krijgt. De overlijdensakte is nog niet getekend. De uitvaartonderneming stuurt in de loop van de ochtend iemand naar de arts die Harrison behandelde.'

Carolyn en Brad keken elkaar verbluft aan. Carolyn kon haar oren nauwelijks geloven. Dit nieuws zette haar speculaties over de voormalige commissaris in een heel nieuw licht. 'Is Charles Harrison echt dood?'

'Ze zeggen van wel,' antwoordde Hank. 'Het komt net iets te mooi uit, als je het mij vraagt. Metroix is gisteren rond twee uur neergeschoten. Gisterenavond heeft iemand geprobeerd zijn reclasseringsambtenaar te grazen te nemen. Metroix overleeft het... Carolyn weet te ontsnappen. En vergeet de explosie in het Seagull Motel niet. Ze vissen aldoor naast het net.'

Carolyn legde haar hand op haar borst. 'Wil jij beweren dat Harrison dit heeft geënsceneerd en helemaal niet dood is?'

'Dat zou ik misschien zelf ook doen, als ik een stelletje gangsters had gehuurd, die een puinhoop van de klus hadden gemaakt, waardoor ikzelf er uiteindelijk misschien voor zou moeten opdraaien.' Hij stopte even om adem te halen. 'Ik ben er zeker van dat Harrison echt ziek was. Eerlijk gezegd zou zijn slechte gezondheid hem redenen te meer geven om zijn eigen dood te ensceneren. Wie wil er nu zijn laatste dagen in een cel doorbrengen?'

'Momentje, niet zo snel,' zei Carolyn, die probeerde alle feiten op een rijtje te krijgen. 'Is er, nadat iemand is gecremeerd, geen enkele mogelijkheid hem te identificeren? We moeten een bewijs hebben dat hij het was, Hank.'

'Arden Brothers is een eersteklas firma,' zei hij. 'Mevrouw Harrison zit in een inrichting. Ze zou waarschijnlijk niet eens in staat zijn geweest de begrafenis van haar man bij te wonen, als die had besloten zich te laten begraven. En je denkt toch niet dat de inrichting het leuk zou vinden als Arden Brothers die arme vrouw de as van haar man opstuurt?'

'Wat wil je daarmee zeggen, Hank?'

'Dat ze zich ervan hebben ontdaan,' zei hij. 'De meeste mensen willen de as niet, volgens Anthony Arden. Vroeger gooiden ze het in een container achter het gebouw. Nu hebben ze een regeling met de begraafplaats Ivy Lawn. Ze sturen alle as die ze hebben verzameld naar de begraafplaats waar het in een gezamenlijk graf wordt begraven. Vanochtend was toevallig hun vaste ruimdag. Begrafenisondernemers hebben een eigen vocabulaire. Ze noemen dit asresten.'

Carolyn herinnerde zich daarover iets in de krant te hebben gelezen. 'Is er een aantal jaren geleden geen rechtszaak over deze praktijken geweest?'

'Jullie begrijpen het nog steeds niet,' zei Hank, die zich een beetje begon te ergeren. 'In de zaak waar jij het over hebt, ging het om een uitvaartonderneming die had beloofd de as over zee uit te strooien. Ik geloof dat ze geen boot hadden en zelfs geen crematorium. Ze hadden overal lijken opgeslagen. Arden Brothers heeft niets verkeerds gedaan. Wanneer niemand de asresten opeist en er geen specifieke regelingen zijn getroffen voor het begraven of in een muur bijzetten van een urn, wordt het lijk verbrand en de as in het algemene graf gestort.'

'Dit lijkt mij een perfecte manier om iemand stilletjes te vermoorden,' onderbrak Carolyn hem. 'Hoe zit het met zijn gebit?'

'Als jij in de as wilt gaan zoeken naar een brug of iets anders wat niet is verpulverd, ga je je gang maar. We hebben meer kans Harrison te vinden via artsen en ziekenhuizen, want als hij nog leeft, heeft hij medische behandeling nodig.'

'Waarom zou hij zijn ware naam opgeven?' vroeg Carolyn die nu door de kamer ijsbeerde. 'Harrison is commissaris van politie geweest. Zoiets stoms zou hij nooit doen. Als hij zich niet ergens in L.A. onder een aangenomen naam verscholen houdt, heeft hij Californië vast en zeker verlaten. Je kunt je mensen natuurlijk best navraag laten doen bij artsen en ziekenhuizen, maar volgens mij is dat zonde van jullie tijd.'

'Laten we er even van uitgaan dat Harrison wél dood is.' Je kon aan Brads gezicht zien dat dat volgens hem heel goed mogelijk was. 'We weten nog helemaal niet of hij inderdaad iets te maken had met de recente gebeurtenissen. Dat houdt in dat we andere verdachten moeten zoeken. Hebben de Corvette en de SUV niets opgeleverd?'

'Nog niet,' zei Hank. 'We lopen alle kentekennummers na waarin de letters en het cijfer voorkomen die de getuige ons heeft gegeven. Het zou prettig zijn als we wisten welk merk auto het was.'

'Beide auto's waren waarschijnlijk gestolen,' zei Carolyn, die haar vingernagels één voor één langs haar duimen haalde. 'Ik wil wedden dat ze ze allebei al ergens hebben achtergelaten. Kijken jouw mensen ook naar onbeheerde auto's?'

'Tuurlijk,' zei de rechercheur. 'Maar weet je hoeveel auto's er in deze stad jaarlijks worden achtergelaten? En waarom zouden ze de auto's in Ventura achterlaten? Daar komt nog bij dat mensen die om geld moorden, hier slim in zijn. Ze zetten de auto's op parkeerterreinen van winkelcentra, waar het weken of zelfs maanden kan duren voordat iemand er erg in heeft. Of ze verkopen ze aan een schroothandel. Daar registreren ze lang niet alle wagens die ze binnenkrijgen. Onderdelen van gestolen auto's leveren veel op.'

'We zullen die kerels misschien nooit te pakken krijgen,' zei Brad. 'Is dat wat je ons probeert te vertellen, Hank?'

'Min of meer.'

'Hoe zit het met Daniel?' vroeg Carolyn. 'Heeft iemand al met hem gesproken?'

'Nee,' zei Hank. 'White zei dat hij de hele ochtend nog niet is bijgekomen. Ik ben van plan er vanmiddag zelf naartoe te gaan.'

'Nou,' zei Brad, terwijl hij opstond en zich uitrekte, 'onze dienst heeft alles gedaan wat in onze macht ligt.'

Carolyn ging weer op de bank zitten. 'Waarom was ik eigenlijk een doelwit? Dat ze het op Daniel gemunt hadden, begrijp ik.' Haar stem steeg van de opwinding. 'Het leven van twee mannen zou geruïneerd zijn als de waarheid over Tim Harrison aan het licht zou komen. En aangezien ik de enige ben die heeft geprobeerd de zaak heropend te krijgen, zouden ze van hun problemen af zijn als ik er niet meer was.' Ze hief haar arm op in de richting van haar baas. 'Neem jou nou, Brad,' zei ze. 'Jij denkt dat Daniel en ik niet meer in gevaar verkeren, dat we alles wat er is gebeurd, moeten vergeten. Zelfs als je Daniel en Harrison buiten beschouwing laat, verandert dat niets aan het feit dat iemand bij twee afzonderlijke gelegenheden heeft geprobeerd mij te vermoorden.'

'Wind je niet zo op,' zei Brad. 'Ik kan je trouwens niet meer volgen wat die andere twee mannen betreft.'

'Ik wel,' baste Hanks stem uit de luidspreker. 'Het is tijd dat we een bezoek brengen aan Liam Armstrong en Nolan Houston. Maar kunnen we deze mannen überhaupt aanklagen? Wat meineed betreft, is de zaak allang verjaard.'

'Meineed was de minste van hun misdaden,' zei Carolyn tegen hem. 'Ik zou me geen zorgen maken over verjaring. We hebben het over moord, Hank.'

'Hoe kom jij bij moord?' vroeg de rechercheur. 'Voor zover ik de oorspronkelijke misdaad kan beoordelen, kan het een ongeluk zijn geweest.'

'Daniel Metroix heeft in de gevangenis gezeten wegens doodslag,' zei Carolyn, die er zeker van was dat ze op het goede spoor zaten. 'Als Houston of Armstrong Tim Harrison voor die auto heeft geduwd, kunnen ze aangeklaagd worden voor dezelfde misdaad. Voor moord geldt geen verjaring. Snap je het nu? We hebben dit gewoon verkeerd benaderd.'

Het werd stil op de lijn, maar even later begon Hank weer te praten. 'Misschien heb je gelijk, Carolyn. Je weet wat er gebeurt wanneer je onder stenen gaat kijken.'

'Ik heb Houston en Armstrong al gevonden,' zei ze op radde toon. 'Dat wil zeggen, ik weet waar ze werken. Thuis hebben ze allebei een geheim telefoonnummer en ik heb geen tijd gehad om daar nader onderzoek naar te doen. Ik wil met je mee wanneer je naar ze toe gaat. Het is moeilijker iemand te vermoorden nadat je hem, of haar in dit geval, in de ogen hebt gekeken.'

'Ik wil hen niet thuis ondervragen,' zei Hank tegen haar. 'Ik betwijfel of ze ons iets zullen vertellen wat de moeite waard is wanneer hun vrouw en kinderen erbij zijn. Laten we er voor vandaag een punt achter zetten en maandag een bezoekje brengen aan Armstrong en Houston. Zorg dat je rond acht uur op het bureau bent.'

Carolyn liep Brads kantoor uit om de informatie te halen die ze over de twee mannen had verzameld, zodat ze maandag regelrecht vanaf haar huis naar het politiebureau kon gaan.

'Intelligente vrouw,' zei Hank tegen haar baas. 'We kunnen er hier bij ons wel een paar zoals zij gebruiken. Je zult haar missen wanneer ze eenmaal advocaat is.'

'Laten we hopen dat ze lang genoeg in leven blijft om advocaat te wórden,' zei Brad Preston en hij drukte op een toets van de telefoon om een einde te maken aan het gesprek.

18

Carolyn kwam die vrijdagmiddag om kwart over twee thuis, liep wankelend de gang door en liet zich languit op haar bed vallen. Nu ze wist dat haar kinderen veilig waren, kon ze zich ontspannen. Paul Leighton had gelijk. Als ze niet een paar uur sliep, zou ze nog met uitputtingsverschijnselen in het ziekenhuis terechtkomen.

Ze werd wakker toen ze de stem van haar zoon hoorde.

'Waar is Rebecca?' vroeg John, die naast het bed van zijn moeder stond. 'Ik heb een halfuur geleden geprobeerd je op te bellen. Er nam niemand op.'

'Dan heb ik dat blijkbaar niet gehoord,' zei Carolyn. Ze had het gevoel dat haar oogleden aan elkaar geplakt zaten. Ze stak haar hand uit, pakte de wekker van het nachtkastje en zag dat het bijna vijf uur was. 'Rebecca is bij Paul thuis. Ik moest op kantoor nog wat belangrijke dingen doen.'

John zette zijn handen in zijn zij. 'Wat is er belangrijker dan je eigen kind? Ze breekt haar enkel, ze heeft de schrik van haar leven gehad, en jij laat haar rustig achter bij Paul om andere dingen te gaan doen. De man probeert een boek te schrijven. Hij heeft geen oppascentrale.'

Carolyn zwaaide haar benen over de rand van het bed. Er lag een scherpe klank in haar stem toen ze zei: 'Ben je me nu alweer aan het bekritiseren?'

'Er gebeuren allemaal afgrijselijke dingen,' legde de jongen uit en hij maakte een vuist om zijn woorden kracht bij te zetten. 'Je stelt steeds meer eisen aan me. Waarom mag ik dan niets zeggen wanneer je – '

'Hou je mond,' zei Carolyn. 'Ik heb geen zin om weer met je te redetwisten. We gaan vanavond bij de professor thuis eten. Ik dacht dat je dat leuk zou vinden.'

De frustratie van haar zoon verdween meteen. 'Meen je dat?' vroeg hij. 'Hoe komt dat zo opeens?'

Carolyn voelde zich vies. Ze krabde zich op het hoofd. Ze had al dagen haar haar niet gewassen en ving zelfs een onaangename lichaamsgeur op. Ze had die ochtend zo'n haast gehad om weg te komen dat ze had vergeten deodorant te gebruiken.

'Zoals het steeds is gegaan,' antwoordde ze. 'Hij heeft ons uitgenodigd en ik heb de uitnodiging aanvaard. Ik moet onder de douche. Ik raad je aan hetzelfde te doen.' Ze zweeg even en zei toen: 'Als je het slim aanpakt, krijg je misschien een aanbeveling voor het MIT. Je beoordelingsvermogen is niet slecht wat mannen betreft. Ik mag deze wel.'

'Cool,' zei John. Hij draaide op zijn hakken een rondje, zijn ogen glanzend van opwinding. Hij liep naar de deur, maar stopte opeens. 'Wat zal ik aantrekken? Wat doe jij aan?'

'Sinds wanneer maak jij je druk over je kleren?' vroeg zijn moeder, hoewel ze zich precies hetzelfde afvroeg. 'Zolang we schoon zijn, zal het wel goed zijn. Doe maar een spijkerbroek aan, maar niet zo'n mouwloos T-shirt.'

'Dit is echt geweldig,' zei John. Hij legde zijn hand op zijn hoofd. 'Er zijn zoveel dingen die ik hem wil vragen.'

'Ik ook,' zei Carolyn, die hoopte dat de professor haar wat antwoorden kon geven met betrekking tot Daniels werk. 'We moeten er om zes uur zijn, dus kunnen we beter opschieten. Ik ga als eerste onder de douche. Ik zal mijn best doen niet al het warme water op te maken.'

'Ik ben vanochtend bij Turner thuis al onder de douche geweest,' zei John met een schaapachtige glimlach. 'Neem dus gerust de tijd. Je wilt er toch mooi uitzien?'

Carolyn liep naar hem toe en sloeg haar armen om zijn nek. 'Stel je er nou niet al te veel van voor. Dat ik hem interessant vind, wil nog niet zeggen dat het wederzijds is. Misschien wordt het helemaal niets.' Ze wilde niets aan Johns blijdschap afdoen door hem te vertellen dat Paul voor haar misschien te veeleisend was. Zijn vriendelijke manier van doen kon heel wat onaangename karaktertrekken verhullen. 'Jouw vriend de professor is misschien helemaal niet aan een vaste vriendin toe.'

John strengelde zijn vingers ineen en hief zijn handen met een triomfantelijk gebaar omhoog. 'Je bent geweldig,' zei hij. 'Je bent mooi, intelligent, sterk, dapper. En niet alleen dat, je bent ook nog eens mijn moeder! Welke man zou niet dolverliefd op je worden?'

Carolyn werd er helemaal blij van. Ze hief haar hand weer op en streelde teder zijn wang. 'Wat aardig van je om dat te zeggen,' zei ze. 'Een paar minuten geleden verweet je me nog dat ik je zusje verwaarloos.'

'Dat bedoelde ik niet zo,' antwoordde John. 'Ik heb me de afgelopen week zoveel zorgen gemaakt. Soms heb ik het gevoel dat Becky en ik geen vader hebben en dat ik zijn plaats moet innemen.'

'Haar naam is Rebecca,' bracht zijn moeder hem in herinnering.

'Al word ik honderd jaar, ik zal nooit iets van vrouwen begrijpen,' zei hij hoofdschuddend. 'Ik weet niet of je het zelf beseft, mam, maar jij en *Rebecca* lijken precies op elkaar. Zelfs wanneer er hartstikke belangrijke dingen gebeuren, zijn jullie in staat over een woord of een naam te vallen.'

'Daar kun je wel eens gelijk in hebben,' antwoordde Carolyn, die dat nooit zo had gezien. 'Ook al verschillen we soms van mening, lieverd, ik zou je voor geen goud willen missen. Ik ben er erg trots op dat jij mijn zoon bent.'

'Ja,' zei John die zijn blik ophief naar het plafond. 'Zie je nu wel dat er een God moet zijn? Eindelijk gebeurt er hier eens iets positiefs.'

Op ongeveer hetzelfde moment dat Carolyn, John en Rebecca aan tafel gingen met Paul Leighton en zijn dochter, stond Hank Sawyer naast het bed van Daniel Metroix. Daniel was van de intensive care overgebracht naar een gewone kamer op de zevende verdieping van het Methodist Hospital. Hank had tegen de plaatsvervanger van Trevor White gezegd dat hij pauze kon nemen om iets te gaan eten, en was stilletjes de kamer binnengegaan.

Een verpleeghulp kwam binnen met een dienblad. Hank keek ernaar en zag een kom soep, een glas melk, een kartonnetje vruchtensap, een snee brood en een bakje pudding. Hoewel hij zich niet veel herinnerde van de eerste dagen nadat hijzelf was neergeschoten, betwijfelde hij ten zeerste of Daniel iets wilde eten. Als ze iets hadden gebracht wat er ook maar een béétje aanlokkelijk uitzag, had de rechercheur het zelf genomen. Hij had de lunch overgeslagen en rammelde van de honger.

Daniels huid was zo bleek als dat van een lijk en zijn gezicht was vertrokken van de pijn. Toen de rechercheur zijn hand uitstak en zijn schouder aanraakte, verstijfde hij en gingen zijn ogen open. 'Bent u de dokter?'

'Nee, beste kerel,' antwoordde hij. 'Ik ben rechercheur Sawyer van de politie van Ventura.'

Daniels ogen gingen weer dicht.

'Ik weet hoe je je voelt,' ging Hank door. 'Het doet hartstikke pijn. Een of andere klootzak heeft een aantal jaren geleden op mij geschoten en me op precies dezelfde plek geraakt als bij jou het geval is.'

Toen hij zag dat Daniel nu helemaal wakker was en luisterde, ging hij door: 'De kramp is het ergste. De gasophoping in je buik. Maar dat wordt iedere dag iets beter. Hou vol. Probeer het te verdragen. Veel keus heb je trouwens niet.'

'Wie heeft er op me geschoten?'

'We hadden juist gehoopt dat jij het antwoord op die vraag kon geven,' zei Hank. 'Weet je welk merk SUV het was, of wat het kentekennummer was?'

'Nee,' zei Daniel en hij greep de stang van het bed toen zijn ingewanden weer geteisterd werden.

'Het helpt wanneer je ademhaalt,' zei de rechercheur, die zelf een gezicht trok terwijl hij wachtte tot de pijn wegtrok. Toen Daniels hoofd weer terugzakte op het kussen, ging hij door met zijn ondervraging. 'Kun je me dan soms een beschrijving van de dader geven? Heb je zijn gezicht gezien? Kun je iets zeggen over zijn leeftijd, haarkleur en verdere kenmerken?'

'Het was een blanke man,' vertelde Daniel hem.

'Dat schiet al lekker op,' zei Hank ironisch. 'Verder nog iets? Ogen, kin, mond, tanden, littekens. Aangezien hij in een auto zat, verwacht ik niet dat je iets kunt zeggen over zijn kleren en lichaamsbouw.'

'Een donkere zonnebril,' zei hij, starend naar het plafond. 'Ik geloof dat hij blond haar had. Of misschien droeg hij een pet met een lichte kleur. Ik weet het niet zeker. Alles ging zo snel.'

'Vertel me eens iets over de man die in het Seagull Motel achter de balie zat,' zei Hank. 'Je zei dat een man in de bus van Chino het adres had opgeschreven en gezegd had dat het een goed motel was. Was hij ook een vrijgelaten gevangene?'

'Nee,' antwoordde Daniel. 'Althans, dat geloof ik niet. Het was geen gevangenisbus. Er waren op die dag nog meer mensen vrijgelaten. Ik weet niet waar die naartoe zijn gegaan. Een man zei dat hij wilde proberen in de stad te blijven en werk te krijgen. De meesten wilden naar een bar om zich te bezuipen.'

'Hoe zag de man in de bus eruit?'

'Oudere man,' antwoordde Daniel. 'Tegen de vijftig. Hij leek me oké.'

'In welk opzicht?'

'Weet ik niet,' zei hij en hij drukte op de knop van zijn morfinepomp toen de kramp weer te erg werd. Toen het verdovende middel zijn bloedsomloop had bereikt, ging hij door: 'Hij gedroeg zich ongeveer zoals u of zoals sommigen van de bewakers in de gevangenis. Stoere vent, zelfverzekerd, en hij had een mooi poloshirt aan.'

'Kan het een van de gevangenbewaarders zijn geweest?'

'Ik kan me niet herinneren hem ooit gezien te hebben,' antwoordde Daniel. 'En waarom zou een gevangenbewaarder in de bus zitten? Die lui hebben allemaal een eigen auto.'

De rechercheur pakte de snee brood van het blad en hield hem omhoog zodat Daniel hem kon zien. 'Ga je dit opeten?' Toen de man zijn hoofd schudde, trok Hank het plastic eraf en stak de snee brood in zijn mond. Hij trok een stoel bij en ging zitten. 'Ik heb last van zuur,' legde hij uit. 'Dat voel je vooral wanneer je niet eet. De man die je de kamer heeft verhuurd in het Seagull Motel, hoe zag die eruit?'

Daniel zweeg terwijl hij in zijn geheugen groef. 'Mager, blank,' zei hij. 'Niet al te intelligent. O, en hij had tatoeages op zijn knokkels. Ik weet niet welke letters het waren, dus vraag me daar niet naar. Ik weet alleen dat het sierletters waren, zoals die ze gebruiken voor graffiti op muren.'

Hank sprong overeind. Eddie Downly had dat soort tatoeages op zijn knokkels. Net als honderden bendeleden en dergelijke figuren, natuurlijk, maar Carolyns vermoeden dat Snelle Eddie er iets mee te maken had, werd hierdoor een stuk aannemelijker. Het kantoor van het Seagull Motel was vóór de explosie helemaal schoongepoetst. De mensen van het forensisch laboratorium hadden er geen enkele vingerafdruk kunnen vinden.

'Hoe vaak heb je hem gezien?' vroeg Hank. 'De man achter de balie bedoel ik, met de tatoeages op zijn knokkels.'

'Twee keer, geloof ik,' antwoordde Daniel. 'Ik ben er maandag rond vier uur aangekomen. Die kerel was heel ongedurig. Ik dacht dat hij aan de speed was of zoiets. Hij had ook zweren op zijn armen en zijn gezicht.'

Dat klonk inderdaad als een speedfreak, dacht de rechercheur. Wanneer iemand gedurende een lange tijd amfetaminen gebruikte, dropen de giftige chemicaliën zo'n beetje via zijn poriën naar buiten. Verdomme, dacht hij, Carolyn kon niet weten of Snelle Eddie aan harddrugs verslaafd was; ze had hem al een jaar niet gezien. Een jaar in het leven van een crimineel was niet hetzelfde als een jaar voor normale mensen. Wie weet had Eddie iemand vermoord, meerdere jonge meisjes verkracht en tientallen drankwinkels overvallen.

'Je zei dat je hem twee keer hebt gezien. Wanneer was de tweede keer?' vroeg Hank.

'Er was geen warm water,' antwoordde Daniel. 'Ik ben naar de balie gegaan om te vragen of ik een andere kamer kon krijgen. De man zei dat ze helemaal volgeboekt waren en dat ik op de klusjesman moest wachten. Ik wist dat het motel niet vol kon zijn, want er stonden bijna geen auto's op het parkeerterrein.' Hij hield op met praten, drukte op de knop voor meer morfine en deed zijn ogen dicht terwijl hij tegen de pijn vocht.

'Ik zou niet zo aandringen als het niet voor je eigen veiligheid was,' zei Hank. 'De hoofdinspecteur wil dat ik de agent die op wacht staat bij je kamer, weghaal. Ik moet alles weten wat je me kunt vertellen over die man die achter de balie zat.'

'Hij begon tegen me te schreeuwen.' Daniel sprak met zijn ogen dicht. 'Ik besloot dat een douche niet zo belangrijk was en ben weggegaan. Meer valt er niet te vertellen. Daarna heb ik die man niet meer gezien.'

De rechercheur liep de kamer uit, belde de centrale van het bureau en zei dat een surveillancewagen onmiddellijk de reeks politiefoto's die ze hadden laten zien aan het meisje dat door Eddie Downly was verkracht, naar het ziekenhuis moest brengen. Het probleem was dat Metroix zo zwaar onder de verdovende middelen zat dat een mogelijke identificatie die hij kon maken, weinig gewicht in de schaal zou leggen. Het enige dat Hank echter wilde, was zich ervan verzekeren dat ze niet hun tijd zaten te verkwisten aan hun pogingen Downly aan het incident in het Seagull te koppelen. Alle politiekorpsen van het land waren al gewaarschuwd dat een gevaarlijke crimineel was ontsnapt.

Wat de zaak-Metroix betrof, lagen de puzzelstukjes nog allemaal los. Hank wist dat hij ze zo snel mogelijk in elkaar moest zien te passen.

'Laten we het even over Chino hebben,' zei de rechercheur. 'Tussen haakjes, Charles Harrison is dood. Dat wil echter niet zeggen dat hij niet iemand kan hebben gehuurd om jou koud te maken. Hij heeft gisteravond pas het loodje gelegd. We moeten andere verdachten in aanmerking nemen. Had iemand het in de gevangenis op jou voorzien?'

'Voor zover ik weet niet,' antwoordde Daniel, nu iets alerter. 'Is Charles Harrison echt dood? Ik kan het nauwelijks geloven. Die man haatte me zo, dat ik soms het gevoel had dat zijn haat alleen al genoeg was om me te doden. Ik had nooit gedacht dat ik hem zou overleven.'

'Het is je ook maar nét gelukt,' merkte de rechercheur op. Hij gooide de plastic verpakking van het brood in de prullenbak en haalde een tandenstoker uit zijn zak. 'Je moet eerlijk tegenover ons zijn als je wilt dat we degene die je heeft neergeschoten, te pakken krijgen. In de gevangenis krijgt iedereen vijanden. Hoorde je bij een bepaalde groep of gevangenisbende?'

'Nee.'

'Had je een minnaar?'

Daniel keek geschokt. 'Een man, bedoelt u?'

'Uiteraard,' antwoordde Hank. 'Veel vrouwen zijn er niet in Chino. Laat me even wat duidelijk maken. Als jij aan je trekken kwam met een man, heeft dat op dit moment helemaal niets te betekenen. Ik zou het zelf misschien ook met een vent doen als ik zo lang opgesloten zat. Het komt heus niet in de krant. We hebben geen enkele bruikbare aanwijzing over deze zaak. Helemaal niks, begrijp je? En de man die op je heeft geschoten, weet dat.'

'Hoe weet hij dat?'

'Omdat er niemand op zijn deur klopt. En nu ze zo gemakkelijk zijn weggekomen, zullen ze misschien terugkomen om af te maken waarvoor ze betaald zijn. Het is mijn taak dat te voorkomen.'

Daniel werd opeens geagiteerd. 'Hoe is het met Carolyn? Is alles goed met haar?'

Zo, zo, het was dus al *Carolyn*, dacht Hank. Hij wipte de voorpoten van de stoel omhoog. Daniel vond dat hij zijn reclasseringsambtenaar bij haar voornaam mocht noemen. Na Metroix' ervaringen in het Seagull was het begrijpelijk dat hun relatie de normale beroepsgrenzen overschreed. Goed beschouwd had Carolyn Sullivan zijn leven gered.

'Laat *mevrouw Sullivan* nu maar even zitten,' zei Hank. 'Je hebt geen antwoord gegeven op mijn vraag. Had je in de gevangenis een minnaar?'

'Nee,' zei Daniel en hij keek de rechercheur recht in de ogen. 'Ik ben nog nooit met iemand naar bed geweest, man of vrouw.'

Hank liet de voorpoten van zijn stoel weer neerkomen. Lange tijd staarde hij naar de vloer. Hoeveel mannen van eenenveertig waren nog nooit met iemand naar bed geweest? Belangrijker nog, hoeveel mannen zouden dat openlijk toegeven? En seks was slechts één aspect van het leven waarmee Metroix geen ervaring gegund was geweest. Hij was best aardig om te zien. Hij had kunnen trouwen en kinderen krijgen, hij had kunnen studeren en al zijn uitvindingen verkopen. Carolyn was van mening dat zijn werk veel waarde had en hij respecteerde haar mening. Ze had er de hersens voor om zoiets te kunnen weten.

Een jonge agent keek om het hoekje van de deur met een bruine envelop in zijn hand. 'Ik heb opdracht u dit te geven, meneer,' zei hij en hij gaf de envelop aan de rechercheur. 'Wilt u dat ik hier blijf?'

'Nee,' zei hij terwijl hij de inhoud van de envelop eruit haalde. 'We hebben hier in het ziekenhuis al genoeg mensen. Jij bent buiten op straat nodig.'

Zodra de agent was vertrokken, zette de rechercheur de stang van Metroix' bed lager en leunde naar voren om hem de foto's te laten zien. 'Herken je een van deze mannen?'

'Deze man lijkt een beetje op hem,' zei Daniel, met moeite zijn blik op scherp houdend terwijl hij een van de foto's aanwees.

De rechercheur zuchtte. De man die hij had aangewezen was niet Eddie Downly. 'Weet je het zeker?'

'Ik geloof van wel,' zei Daniel. Hij stak zijn hand uit en bracht de foto's dichter bij zijn gezicht. 'Deze lijkt nog meer op hem. Hij had rare ogen.'

Hebbes, dacht Hank. Hij had Eddie Downly aangewezen als de man die in het Seagull Motel achter de balie had gezeten. Dit gold niet als een officiële identificatie, maar het was een begin.

'Hou je haaks, beste kerel,' zei hij tegen hem. Gezien alles wat Metroix had moeten doorstaan, zou zijn kinderlijke oprechtheid zelfs de hardste harten vermurwen. 'Over een paar dagen, wanneer je je wat beter voelt, zal ik je een behoorlijke maaltijd brengen, uit een restaurant. Voor zover ik het kan bekijken, heb je al veel te lang aan het kortste eind getrokken. Ik zal samen met mevrouw Sullivan proberen daar verandering in te brengen.'

19

Voordat ze die vrijdagavond aan tafel gingen, sprak John met professor Leighton in de woonkamer over zijn vurige wens op het MIT aangenomen te worden, terwijl Lucy de rest van het huis aan Carolyn liet zien. Rebecca volgde hen op haar krukken.

Lucy was een mager meisje met halflang, steil, blond haar. Ze was een stuk langer dan Rebecca, droeg een beugel en had kuiltjes in haar wangen.

Omdat Paul de oorspronkelijke eetkamer had veranderd in een bibliotheek annex kantoor, had hij bij de keuken een kamer laten aanbouwen en die ingericht met een tafel die groot genoeg was voor twaalf personen en een antieke vitrinekast gevuld met porselein en zilver. De kamer werd verlicht door een prachtige kristallen kroonluchter.

'Het meeste antiek is van mijn moeder geweest,' vertelde Paul toen hij aan het hoofd van de tafel ging zitten. 'Al het goedkope moderne spul heb ik zelf uitgekozen. Een binnenhuisarchitecte zei dat ik moest kiezen tussen het oude en het nieuwe, waarop ik heb gezegd dat ze de pot op kon.' Hij streek liefdevol over de gepolijste oppervlakte van de mahoniehouten tafel. 'Aan deze tafel heb ik als kleine jongen al gegeten. Er zijn dingen die je nooit kwijt wilt.'

'Dat klinkt precies als mijn moeder en haar manchetknopen,' zei Rebecca, die naast Lucy zat. 'Die zijn nog van mijn overgrootvader geweest.'

De huishoudster van het gezin, Isobel Montgomery, was een pezige, knappe zwarte vrouw van achter in de vijftig met kortgeknipt haar. Ze diende lasagne, een salade en zelfgebakken, in knoflook gedrenkte soepstengels op.

'Eet je niet met ons mee?' vroeg Lucy bezorgd.

'Nee, lieverd,' zei Isobel, die haar schort losmaakte en haar hand op de schouder van het meisje legde. 'Ik ga uit eten met een kennis. Vergeet de chocoladecake niet die we vanmiddag hebben gemaakt.'

'Isobel werkt al achttien jaar voor ons,' legde Paul uit toen de vrouw was vertrokken. 'Ze is een van de redenen waarom Lucy heeft besloten bij mij te wonen en niet bij haar moeder.'

'Mijn moeder kan niet koken,' zei Lucy, terwijl ze de sla doorgaf aan John. 'Ze heeft een huishoudster, maar die mag ik niet. Ze spreekt geen Engels en ze is Isobel niet. Bovendien zijn mijn moeder en mijn stiefvader nooit thuis.'

John at wat van zijn sla en nam toen een portie lasagne. 'Lekker, zeg,' zei hij, de lasagne naar binnen schrokkend.

Rebecca knabbelde op een soepstengel. 'Ik wou dat wij iemand hadden die voor ons kookte en voor ons zorgde.'

'Mamma en ik zorgen voor je,' zei John, die wist dat ze haar moeders gevoelens kwetste. 'Je praat alsof je een wees bent.'

'Helemaal niet,' beet Rebecca hem toe. 'Maar wat jij maakt, smaakt als hondenvoer.'

'O ja?' zei hij. 'Je bent bijna dertien. Waarom kook je zelf niet?'

Paul stond op, glimlachte, en wreef in zijn handen. Hij pakte een fles wijn die in een ijsemmer stond. 'Als jullie moeder er geen bezwaar tegen heeft,' zei hij, toen hij begreep dat Carolyns kinderen op het punt stonden ruzie te krijgen, 'vind ik dat jullie wel wat wijn mogen. In Europa mogen kinderen bij iedere maaltijd een glas wijn.'

'Ik heb van jou nog nooit wijn mogen drinken,' zei Lucy.

'Dit is een speciale gelegenheid,' antwoordde haar vader. 'We gaan een toast uitbrengen op ons nieuwe huis en op onze geweldige nieuwe vrienden. Vind je het goed, Carolyn?'

'Vooruit dan maar,' zei ze, met bewondering voor zijn vindingrijkheid. 'Maar een half glas en er wordt niet bijgevuld.'

Toen ze klaar waren met eten gingen Rebecca en Lucy naar de keuken om het dessert te halen. Paul stond op om de tafel af te ruimen, maar John zei dat hij het zou doen.

'Je moet met je voet omhoogzitten,' zei Carolyn tegen haar dochter.

'Ik heb de hele dag in bed gelegen, mam,' protesteerde Rebecca, steunend op haar krukken. 'Mijn enkel doet geen pijn en is ook niet dik meer.'

'Mag Rebecca hier vanavond blijven slapen?' vroeg Lucy terwijl ze een bordje met chocoladecake voor haar vader neerzette. 'Ze wil samen met mij *The Mummy Returns* zien. Isobel heeft gezegd dat Rebecca morgenochtend met ons mee kan naar de kerk en daarna naar het kerkhof, naar Otis. En als jij ons dan tussen de middag voor de lunch meeneemt naar Dave and Buster's...'

Haar vader zuchtte. 'Je zult aan Carolyn moeten vragen of het goed is.'

'Niet vanavond, Lucy,' zei Carolyn. 'Misschien kun je volgend weekend bij ons komen logeren. Je vader moet zich op zijn boek concentreren. We zijn hem al genoeg tot last geweest.'

De meisjes gingen naar de woonkamer. John vroeg aan zijn moeder of hij naar huis mocht. 'Paul heeft me een manier aan de hand gedaan om de som op te lossen waarmee ik zoveel moeite heb. Iedereen denkt dat meneer Chang ons die zal opgeven voor het overgangsexamen.'

'Ik had liever dat je hier bleef,' zei Carolyn. 'We gaan zo dadelijk samen naar huis.' Ze hoorde de meisjes in de woonkamer giechelen.

'Ze kunnen goed met elkaar overweg,' zei Paul. 'Wil je nog een glas wijn, of koffie? John, we hebben frisdrank in huis.'

'Nee, dank je,' zei hij mokkend.

'Koffie,' zei Carolyn die wist dat haar weer een slapeloze nacht te wachten stond. Ze kon John morgen vragen de wacht te houden.

'Als je je niet meer precies kunt herinneren waar we het over gehad hebben,' zei de professor tegen John, 'kun je morgenochtend langskomen, dan leg ik het nog wel een keer uit.'

'Meen je dat?' vroeg John. Zijn gezicht klaarde meteen op. 'Weet je het zeker? Het spijt me dat ik aan tafel zo flauw deed. Ik dacht dat je me nooit meer zou willen zien.'

'Kom even mee,' zei Paul en hij maakte een gebaar naar de woonkamer. De meisjes zaten op de grond naast de open haard. Lucy liet Rebecca foto's zien van het danskamp waar ze de afgelopen zomer was geweest. John ging naast zijn moeder op de bank zitten.

De professor deed de kast in de hal open en haalde er een aantal grote rollen papier uit. 'Al sinds ik klein was, heb ik erg veel belangstelling voor achtbanen. Een van mijn vrienden werkt voor Arrow Dynamics. Daar hebben ze 'X' voor Six Flags ontworpen. Ik heb met hem om vijftig dollar gewed dat ik iets beters zou kunnen verzinnen.'

'Wie heeft er gewonnen?' vroeg Carolyn.

'Ze zijn klaar met de bouw ervan, maar ik weet nog steeds niet of ik de weddenschap heb gewonnen of niet. De achtbaan wordt over drie weken in gebruik genomen en dan moeten we nog afwachten wat de critici ervan vinden.' Paul kamde met zijn vingers door zijn haar, een kinderlijke blos van opwinding op zijn gezicht. 'Willen jullie het zien?'

'Ik ben gek op achtbanen,' zei John die snel naar hem toeliep en toekeek terwijl de professor de tekeningen op het bureau uitrolde. 'Dit is onwijs goed, zeg. Een 4D-achtbaan.'

'Wat wil dat zeggen?' vroeg Rebecca.

'In tegenstelling tot traditionele achtbanen waar de treinen alleen maar over de rails lopen,' legde Paul uit, 'zitten de mensen in wagentjes die ieder op zich driehonderdzestig graden linksom of rechtsom kunnen draaien op een aparte as.'

'Moet je dit zien,' zei John en hij wees ergens naar. 'Dit is een vleugelvormige wagen van zeven meter breed. Je gaat er loodrecht mee naar beneden. En dit hier is een zogenaamde verticale skydive. Verder heb je een gedraaide frontflip, drie backflips and vier raven turns.'

Paul glimlachte. 'Ik ben zeer onder de indruk. Je weet veel van achtbanen.'

'Ja,' zei de jongen, zich over de tekeningen buigend zodat hij ze beter kon bekijken. 'Achtbanen zijn de reden waarom ik zo gefascineerd ben door de zwaartekracht. Hoe oud was ik, mam?'

'Ik geloof dat je pas in de tweede klas zat,' zei Carolyn met een blik op de professor. 'Hij had hetzelfde probleem waarmee jij moet hebben gezeten, Paul. Hij was nog te jong om in de achtbaan te mogen, dus wilde ik geen entreegeld voor het pretpark betalen. We zochten in plaats daarvan een gunstig plekje buiten het hek en zaten daar uren naar de achtbaan te kijken.'

'Hoe gaan jullie deze noemen?'

'Alle goede namen zijn al bezet,' zei Paul. 'Je weet wel, Colossus, Medusa, Talon, Twister, Vortex. Bovendien heb ik dit alleen maar ontworpen als hobby. Ze gaan hem Super X noemen. Ik had liever Ultimate X, maar ik geloof dat ze proberen te concurreren met Bolliger & Mabillard, de Zwitsers. Die hebben de Superman-achtbanen ontworpen en heten de beste in de business te zijn.'

'Bedoel je dat je geen geld voor dit ontwerp hebt gekregen? Het moet je jaren hebben gekost om dit allemaal te berekenen.' John keek naar Rebecca. 'Paul heeft natuurkunde gebruikt. Zie je nou wel, ik zei toch dat het geen vervelend vak was?'

'De firma heeft me wel betaald,' zei Paul. 'Maar dat wilde nog niet zeggen dat ik de naam mocht kiezen.'

'Er is een computerspel,' vertelde John hem. 'Het heet World's Greatest Roller Coasters in 3D. Er is er nog een, Roller Coaster Tycoon, maar deze is beter. Je kunt zelf de achtbaan bouwen, het amusementspark inrichten, zelfs de concessies regelen.'

'Ik heb het gezien,' vertelde Paul hem. 'Het is interessant. Zulke dingen hadden we niet toen ik jong was.'

Carolyn en de meisjes keken nu mee over Johns en Pauls schouders. 'Ik ga van mijn leven niet in dat stomme ding,' zei Lucy, terwijl ze zachtjes met haar vuist tegen haar vaders arm stompte. 'Papa zegt dat ik een bangerik ben. Hij heeft me één keer in de Superman Ultimate Flight gekregen. Ik was zo bang dat ik bijna dood ben gegaan. Jullie denken misschien dat ik overdrijf, maar dat is niet zo. Ik ben in een ambulance naar het ziekenhuis gebracht.'

'Je bent helemaal niet bijna doodgegaan,' zei haar vader. 'Je bent flauwgevallen. Ik beloof je dat je niet in deze hoeft. De helft van de volwassenen die ik ken zou nooit in het soort achtbanen gaan die we tegenwoordig bouwen.'

'Nou,' zei Rebecca, 'ik ben niet bang, hoor. Ik zou er dolgraag in willen.'

'Mooi zo,' zei Paul, 'want ik nodig jullie allemaal uit voor de opening. Het terrein is dan nog gesloten voor het grote publiek. Het is een soort besloten feest. Jullie mogen dan in alle achtbanen.'

Carolyns mobiele telefoon ging. 'Neem me niet kwalijk,' zei ze en ze liep naar de keuken.

'Kun je een nieuwe sensatie aan?' vroeg Brad Preston. 'Ik zal Hank het woord geven. Ik heb hem aan de lijn in een vergadergesprek. Waar ben je?'

'Bij buren. Wat is er aan de hand?'

Hank nam het woord. 'De man achter de balie van het Seagull Motel kan Eddie Downly zijn geweest.'

Ze dacht dat ze hem niet goed had verstaan en deed de deur dicht. 'Zeg dat nog eens.' Toen hij dat deed, bleef ze met haar voorhoofd tegen de muur staan.

'Als Downly achter de balie van het Seagull zat, werkte hij dus voor Harrison,' zei Brad. 'Wie anders dan een commissaris van politie is in staat een kinderverkrachter als Downly uit de gevangenis te halen en het eruit te laten zien als een vergissing? Dit wil zeggen dat hij handlangers binnen de gevangenis had. Probeer alsjeblieft de Downy van de parkeerboetes te vinden. Het is allemaal doorgestoken kaart. We worden door iedereen bij de neus genomen.'

Terwijl Brad zijn gal spuwde, dacht Carolyn na.

'Niet overdrijven,' zei Hank. 'Metroix zat vol morfine toen hij de foto van Downly aanwees. En dat niet alleen, Downly was niet de eerste man die hij aanwees. Hoeveel mannen met tatoeages op hun knokkels kennen we wel niet?'

'Hij was jouw cliënt, Carolyn,' zei Brad. 'Wat voor tatoeages waren het?'

'Op de linkerhand stond "love" en op de rechterhand "hate",' antwoordde ze. 'Maar Snelle Eddie heeft ofwel geprobeerd ze weg te laten halen, of degene die ze heeft gemaakt, was een amateur. Ik weet alleen wat er stond omdat hij me dat heeft verteld. De letters waren vreselijk onduidelijk.'

Het duizelde Carolyn nog toen ze terugkeerde naar de woonkamer. 'Is er iets?' vroeg Paul. 'Ik wilde net een glaasje cognac nemen. Wil je er ook een?'

'Je bent bijzonder gastvrij geweest,' antwoordde Carolyn. 'Het is erg aardig dat je ons hebt uitgenodigd voor de officiële opening van de achtbaan die je hebt ontworpen. Ik weet zeker dat John en Rebecca de dagen zullen aftellen. Maar nu moeten we naar huis. Ik heb bepaalde informatie ontvangen over een van de zaken waaraan ik werk.'

John ving het laatste deel van de zin op. 'Je gaat vanavond toch niet weg? Ik dacht dat je ons niet alleen wilde laten.'

'Ik ga nergens naartoe,' verzekerde zijn moeder hem. 'Ik moet alleen een paar dingen nakijken.' Ze dacht aan Daniel. 'Heb je gelegenheid gehad de paperassen te bekijken die ik je vanochtend heb gegeven?'

'Het is goed werk,' zei de professor terwijl hij met hen meeliep naar de achterdeur. 'Een deel ervan is bouwkunde, de rest natuurkunde. Ik heb nog geen gelegenheid gehad het echt goed te bekijken. Je hebt me de spullen immers vanochtend pas gegeven. Ik heb alles naar een collega bij Caltech gefaxt. Hij heeft me daarstraks gebeld om te vragen welke kwalificaties de ontwerper heeft. Er komt volgend jaar een betrekking vrij op de natuurkundefaculteit.'

'Hij heeft helemaal geen kwalificaties,' antwoordde Carolyn terwijl ze haar trui om Rebecca's schouders legde.

'Hij hoeft geen doctor in de natuurkunde te zijn.'

'Nee, je begrijpt het niet,' zei Carolyn. 'Hij heeft niet eens de middelbare school afgemaakt. Hij heeft alleen een staatsexamen gedaan.'

'Dat bestaat niet.' Paul zette grote ogen op. 'Maak je een grapje?'

'Nee,' antwoordde Carolyn, die niet in een best humeur was na wat ze over Eddie Downly had gehoord. 'Ik had je trouwens geen toestemming gegeven het werk van deze man naar iemand te faxen of aan anderen te laten zien. Bel die man op en zeg dat hij de papieren moet vernietigen. Ik heb jou de originele paperassen gegeven. Mag ik die nu alsjeblieft terug?'

'Natuurlijk,' zei Paul. Hij liep weg en kwam even later terug met het stapeltje papier.

Carolyn zag dat John en Rebecca over het grasveld wegliepen. Lucy was er niet bij, dus nam ze aan dat het meisje naar haar kamer was gegaan. Ze ging op haar tenen staan en gaf Paul een kus op zijn wang.

'Dat was niet netjes van me,' zei ze zachtjes. 'Mijn verontschuldigingen. Deze paperassen zijn bewijsmateriaal die bij een lopend crimineel onderzoek horen. Ik had ze je niet eens mogen geven. Ik dacht dat je me zou kunnen vertellen of ze enige waarde hebben.'

'Waarde hebben ze in ieder geval,' antwoordde Paul Leighton. 'En de man naar wie ik ze heb gefaxt, is niet alleen een betrouwbare vriend, maar ook een heel goede natuurkundige. Ik zal doen wat je me hebt gevraagd, maar als je wilt, kan ik een privégesprek regelen op de universiteit.'

De nacht was kil. Carolyn sloeg haar armen om haar bovenlichaam om warm te blijven en riep John en Rebecca. Ze liepen net onder een lamp door aan de rechterzijde van de garage van de professor. Ze wilde niet dat ze zonder haar het huis binnengingen. 'Blijf staan en wacht op me!' riep ze. 'Ik kom eraan!'

'We hebben zowel een ingenieur als een natuurkundige nodig,' legde Paul uit. 'Het probleem met dingen als exoskeletten is, dat je niet altijd kunt weten of een probleem is opgelost tot je het ding hebt gemaakt en uitgeprobeerd.'

'Ik kom er volgende week nog wel op terug,' zei Carolyn. Ze stak de paperassen onder haar arm en liep snel het grasveld over naar haar kinderen.

'Er is iemand in ons huis!' zei Rebecca met trillende stem. 'Kijk maar door het raam. Je kunt in de spiegel zijn rug zien.'

'Bukken!' riep Carolyn. Ze haalde snel haar Ruger uit haar tas, nam het pistool over in haar linkerhand, greep met haar rechterhand haar mobieltje en belde via de snelkeuzetoets het alarmnummer. Maar voordat ze begon te praten, herkende ze Frank toen die de gang naar de keuken inliep. Ze zei tegen de centrale dat ze haar telefoontje konden negeren en hing op. Hoe was hij aan een sleutel van het huis gekomen? Ze had jaren geleden de sloten vervangen.

'Het is pappa,' zei John, die in een kringetje liep. 'Ik ga niet naar binnen, mam. Hij zal wel weer blut zijn en geld van je willen.'

'Of misschien wil hij ons gewoon zien,' ging zijn zusje ertegenin. 'Hij is geen monster. Hij zal ons heus niets doen.'

Tegen de tijd dat ze de achterdeur hadden ontsloten en naar binnen waren gegaan, zat Frank onderuitgezakt op de bank in de woonkamer televisie te kijken. Hij duwde zich overeind. 'Daar is mijn meisje,' zei hij met een brede glimlach terwijl hij zijn armen spreidde voor zijn dochter. 'Kom hier, schoonheid. Wat is er met je enkel gebeurd?'

'Ik ben gestruikeld,' antwoordde Rebecca.

'Geef me eens een flinke knuffel.' Toen hij haar weer had losgelaten, ging Rebecca naast hem staan. Ze keek vinnig naar haar broer.

'Ga jij me niet eens gedag zeggen, ouwe reus?'

'Dag,' zei John kortaf. 'En hoepel nu maar op. Dit is ons huis. Mamma betaalt de rekeningen. Hoe waag je het zomaar binnen te komen alsof je hier thuishoort?'

Carolyn ging tegenover haar voormalige echtgenoot zitten. Frank had kringen onder zijn ogen en ingevallen wangen. Zijn broek leek hem een paar maten te groot. Hij was zeker tien kilo afgevallen sinds ze hem voor het laatst had gezien. Ze was er zeker van dat hij nog steeds aan de drugs was. 'Hoe is het met je, Frank?'

'Niet zo best. Ik vroeg me af of ik soms hier op de bank mocht slapen.' Hij keek naar een mobiele telefoon op de lage tafel. 'Ik zit te wachten op een belangrijk telefoontje. Over een baan.'

Carolyn vouwde haar handen. Ze wist dat hij zat te liegen. Hij wachtte op een telefoontje van een drugsdealer. Het was een penibele situatie. Rebecca had haar hand op de schouder van haar vader gelegd. 'Ik had liever dat je hier niet bleef, Frank. Bel me volgende week, dan zullen we praten over een bezoek, zodat je wat tijd kunt doorbrengen met Rebecca.'

'Ik heb een nieuwe schoolfoto,' zei het meisje. 'Ik heb mamma gevraagd die naar je op te sturen, maar ze zei dat ze je nieuwe adres niet had. Zal ik hem gaan halen?'

Frank woelde door haar haar. 'Graag, kleintje. Ik wil je foto heel graag hebben.'

Rebecca pakte haar krukken en hinkte weg naar haar kamer. John was met een nors gezicht bij de deur blijven staan. 'Mam heeft je verzocht weg te gaan.'

'Nou zeg,' zei Frank. 'Je hoeft niet zo lelijk te doen. God mag weten wat je moeder je allemaal over mij heeft verteld.'

Er bleef een gespannen stilte in de kamer hangen. Carolyn en John verroerden zich niet. Rebecca kwam terug en gaf haar vader de foto en een dikke stapel brieven. 'Zijn die allemaal voor mij, engeltje?'

Het meisje keek benepen naar haar moeder. 'Mamma zei dat ze waren teruggestuurd vanaf je oude adres.' Ze zag de mobiele telefoon toen haar vader die oppakte. 'Ik dacht dat je geen telefoon meer had, dat je daar geen geld voor had.'

'Ik bedoelde een gewone telefoon.' Hij zocht net zo lang tot hij een pen had gevonden, scheurde een hoekje van een tijdschrift en krabbelde

er een nummer op. 'Nu kun je je pappa bellen wanneer je maar wilt.'
John ging naar zijn kamer in de garage en gooide de deur achter zich dicht. Carolyn deed net alsof ze tv-keek tot Rebecca opstond om naar de wc te gaan. 'Je bent erg wreed bezig,' fluisterde ze. 'Rebecca houdt van je. En John ook. Hij is boos omdat hij weet dat je hen nooit meer komt opzoeken zodat je geen alimentatie hoeft te betalen.'

'Godverdomme,' zei Frank terwijl hij weer op de bank neerplofte. 'Je hebt zelf de politie op me afgestuurd. Ik kan geen alimentatie betalen als ik geen werk heb. En ik kan geen baan krijgen als ik in de gevangenis zit.'

'Hoe ben je binnengekomen?'

'Door een raam,' zei hij. 'Ik weet de code van het alarmsysteem nog.'

Rebecca kwam de kamer weer in. 'Hij kan hier vanavond niet blijven,' zei haar moeder. 'Je hebt zijn nummer. Je kunt hem morgen bellen.'

'Nou,' zei Frank met een van woede opgetrokken lip toen hij opstond om te vertrekken, 'dan ga ik maar. Je bent een kille vrouw, Carolyn. Wat geeft het nou als ik op de bank zou slapen? Het is maar voor één nacht. Ik heb bijna geen benzine meer en ben een beetje krap bij kas op het moment. Bovendien wil mijn dochter graag dat ik blijf.' Hij stond te wankelen op zijn benen en moest zich vasthouden aan de rugleuning van de bank.

Carolyn rook de geur van alcohol. Wanneer hij high was van de cocaïne, begon hij te drinken om van de trip terug te komen. Hij liep wankelend naar de deur. Rebecca begon te huilen. 'Hij kan zo niet rijden,' zei ze tegen haar moeder. 'Hij zal nog een ongeluk krijgen.'

Carolyn haalde een briefje van twintig uit haar portemonnee, liep naar hem toe en stopte het in zijn hand. Frank leunde naar voren en probeerde haar te kussen. Ze duwde hem zachtjes van zich af. Als ze te hard duwde, zou hij achterovervallen. 'Het geld dat ik je heb gegeven, is voor een taxi,' zei ze. 'Je twaalfjarige dochter is pienter genoeg om te weten wanneer haar vader te dronken is om te kunnen rijden. Ik zal een taxi voor je bellen. Hij zal er over vijf of tien minuten zijn.'

'Dank je wel, schat,' zei Frank en hij stopte het geld in zijn zak.

Ergens diep in het onverzorgde, stinkende omhulsel van de man die voor haar stond, zat de knappe, lieve en echt getalenteerde schrijver met wie Carolyn in het huwelijk was getreden. Hier en daar zag ze een glimp van zijn oude ik. Hij was nog jong. De meeste romanschrijvers kregen pas succes wanneer ze in de veertig waren. Frank zou weer kunnen lesgeven als hij zichzelf in de hand kon houden. Hij was bevoegd. Misschien kon hij de weg terug vinden voordat het te laat was. 'Zorg dat je nuchter blijft en ga een baan zoeken,' zei ze tegen hem op een zo zachte toon dat Rebecca het niet zou horen. 'Ik zal de alimentatiekwestie nog een paar maanden opschuiven zodat je niet met een strafblad komt te zitten. Je was een goede docent, Frank. Je hebt de rest van je leven nog om aan het schrijven te besteden. Het is niet gemakkelijk om een uitgever voor je eerste boek te vinden. Zelfs Hemingway en Fitzgerald zijn aanvankelijk afgewezen.' De keuze van deze auteurs was niet slim. Beide mannen waren alcoholisten geweest. 'Je vernietigt niet alleen jezelf, maar je doet ook de kinderen verdriet. Als je aan de drugs blijft, zal het je dood worden.'

Carolyn keek hem door de hordeur na toen hij slingerend over het pad naar een gehavende zwarte Mustang-cabriolet liep en in zijn zakken naar zijn sleuteltjes zocht. In het linnen dak zaten zoveel scheuren dat hij het maar niet meer dichtdeed. De rode stoelen zaten vol vlekken en vochtplekken omdat ze voortdurend blootgesteld werden aan alle weersomstandigheden. Ze had hem de auto twaalf jaar geleden met de kerst cadeau gegeven. De maandelijkse afbetalingen waren regelrecht afgeschreven van haar salaris. Wat was hij blij geweest met de blinkend nieuwe cabriolet. Iedere zaterdag had hij zijn zwembroek aangetrokken om de auto op de oprit te wassen en te poetsen. Hij had er toen net zo uitgezien als John nu – lang, gebruind en gespierd. Ze was aldoor bang geweest dat ze hem aan een andere vrouw zou kwijtraken. De slippertjes waren niet belangrijk geweest. Ze was hem uiteindelijk kwijtgeraakt aan de cocaïne.

Carolyn liep naar de keuken om een taxi te bellen. Ze moest sloten op de ramen laten maken. Ze vroeg zich af of Frank degene was geweest die haar auto had toegetakeld, uit nijd, omdat ze een officiële aanklacht tegen hem had ingediend omdat hij geen alimentatie betaalde. Het was alle ellende niet waard. Na vanavond wist ze dat hij maanden in behandeling moest voordat hij een baan zou kunnen krijgen en houden.

Toen Carolyn even later naar buiten ging om te kijken wat hij aan het doen was, was hij al weggesjeesd. Ze bleef een poosje staan, terwijl de wind haar haren wegblies van haar gezicht, bedroefd dat wat ooit zo mooi was geweest, nu voor altijd verloren leek. Toen ze zich omdraaide naar het huis, zag ze een klein wit voorwerp op de stoep liggen. Toen ze het oppakte, sloeg ze haar hand voor haar mond. Terug in het huis deed ze haar handtas open en liet ze Rebecca's schoolfoto in een binnenvakje glijden.

Haar dochter stond in de gang en keek door haar tranen heen uit het raam. 'Huil maar niet, lieverd,' zei Carolyn. 'Ik heb je vader wat geld gegeven. Hij redt zich wel.'

'Nietwaar!' riep Rebecca uit terwijl ze zich snikkend langs de muur op de grond liet zakken. 'Ik ben dan wel niet zo knap als John, maar ik ben niet dom. Ik heb hem vanuit mijn slaapkamer zien wegrijden.' Ze gooide een ineengefrommeld stukje papier naar haar moeder. 'Ik heb geprobeerd hem te bellen. Het nummer bestaat niet. Hij heeft tegen me gelogen. Hij wil ons nooit meer zien. John heeft gelijk. Hij wilde alleen maar geld.'

Carolyn ging naast haar op de grond zitten en wiegde haar in haar armen. Wat kon ze zeggen om haar te troosten? Haar vader kon binnen een uur verongelukken. Ze zou de politie moeten waarschuwen, want hij zou wel eens een onschuldige weggebruiker kunnen doodrijden. 'Kom vanavond gezellig bij mij in bed,' zei ze in een poging opgewekt te klinken. 'Dan maak ik warme chocolademelk en kijken we samen naar een film.'

In de keuken zag Carolyn dat John aan de keukentafel zat te studeren. 'Hij heeft in de eetkamer een ruit ingeslagen,' vertelde hij haar. 'Ik heb er een stuk karton ingezet tot we de ruit kunnen laten vervangen. Waarom is het alarm niet afgegaan?'

Carolyn stond bij de gootsteen en staarde naar de tuin. Er was al te veel tijd verstreken om nu nog de politie te bellen. Ze zou morgen navraag doen naar ongelukken. Ze hoopte dat hij met een lege benzinetank was komen staan. 'Ik heb de sloten laten vervangen, maar vergeten de code van het alarmsysteem te veranderen.'

'Zijn hersencellen zijn zo goed als afgestorven,' zei John. 'Hoe kan hij zich de code herinneren?'

Zijn moeder zuchtte en draaide zich naar hem om. 'Ik heb onze trouwdag gebruikt. Hij heeft je zusje een nummer gegeven dat volgens hem van zijn mobiele telefoon is. Toen ze het belde, hoorde ze dat het nummer niet bestaat.'

'Wat een schoft,' zei hij. Hij stond op en griste zijn boeken van de tafel. 'Wil je me een plezier doen?'

'Wat dan?' vroeg Carolyn terwijl ze water in twee bekers schonk en in de magnetron zette om chocolademelk te maken.

John liep naar de deur van de garage en keek over zijn schouder naar haar. 'Vergeet je trouwdag. Ik wou dat je nooit met hem was getrouwd. Wat mij betreft, heb ik geen vader.'

20

Het hoofdkantoor van de keten van golfwinkels waarvan Nolan Houston de eigenaar was, was gevestigd in een wolkenkrabber in een zakendistrict aan de Wilshire Boulevard in Los Angeles. Om er zeker van te zijn dat Houston er zou zijn, had Hank op maandagochtend gebeld en een afspraak met hem gemaakt voor tien uur, onder het mom dat hij van de belastingdienst was.

'Dat trucje gaat iedere keer op,' zei hij met een sluwe glimlach tegen Carolyn. 'Als je zegt dat je van de politie bent, geven ze niet thuis. Laat het woord belastingdienst vallen en ze doen het in hun broek.'

Eenmaal onderweg haalde Carolyn een spiegeltje uit haar tas om haar lippen te stiften. 'Kun je je de natuurkundeprofessor nog herinneren? De man die een huis bij mij in de straat heeft gekocht? Ik heb hem gevraagd de paperassen uit Daniels kamer in de Comfort Inn te bekijken. Hij heeft ze naar een van zijn collega's bij Caltech gefaxt.'

'En?' zei de rechercheur, terwijl hij het achteruitkijkspiegeltje wat verzette.

'Ik heb er niet bij gezegd van wie het werk is,' vervolgde Carolyn. 'Maar weet je wat? Ze vinden dat hij kan solliciteren naar een functie als docent op de universiteit.'

'Krijg nou wat!'

'Paul wil een vergadering beleggen met een paar professoren van de universiteit. Om het werk van Metroix te evalueren, niet om hem een baan aan te bieden. Wat vind jij daarvan?'

'Ik heb Metroix afgelopen vrijdagavond in het ziekenhuis gezien,' antwoordde Hank. 'Ik weet dat hij veel pijn had en onder invloed was van morfine. Je moet me niet verkeerd begrijpen. Ik heb met hem te doen, maar ik geloof niet dat hij een genie is. Het zou me meevallen als hij zijn eigen schoenveters kon strikken, om het zo maar even te zeggen.'

Een typerende reactie, dacht Carolyn. Daniels unieke talenten gingen het begrip van de gewone mens te boven. Zijn ziekte en de jaren die hij in de gevangenis had gezeten, deden veel af aan zijn geloofwaardigheid. 'Ik wil alleen maar toestemming van jou om zijn werk door de mensen van Caltech te laten evalueren. Als er niets uit komt, weten we in ieder geval waar we staan wat directeur Lackner betreft.'

'De spullen zijn Metroix' eigendom,' zei Hank. 'Vind je niet dat je hém om toestemming moet vragen in plaats van mij?'

'Het zal uiteindelijk misschien als bewijsmateriaal beschouwd moeten worden,' zei Carolyn. 'Ik weet dat de gevangenisdirecteur geen hoofdverdachte is. Stel dat we Armstrong en Houston moeten schrappen, samen met Harrison en Downly? Dan zijn we weer terug bij af.'

'Nou, zoek dan uit wat het waard is.' De rechercheur verliet de snelweg via de uitrit naar Wilshire. Toen ze het gebouw hadden gevonden, reden ze de ondergrondse parkeergarage in.

'Kijk dit eens.' De foto die bij Daniels paperassen had gezeten, was op de stoel gevallen toen Carolyn haar tas had opengedaan. Ze liet hem aan de rechercheur zien.

Hank haalde zijn schouders op. 'Een kiekje van twee kinderen. En wat dan nog? Denk je dat dat iets met de zaak te maken heeft?'

'Waarschijnlijk niet,' zei Carolyn nadat ze de auto afgesloten hadden en naar het gebouw liepen. 'Rebecca zag hem gisteren op mijn nachtkastje liggen en dacht dat ik het meisje was.'

Ze namen de lift naar de twaalfde verdieping, waar het hoofdkantoor van Hole in One was gevestigd. 'Ik ben blij dat je ervoor gekozen hebt eerst met Houston te gaan praten,' zei ze tegen hem. 'Ik heb slechte ervaringen met Liam Armstrong.'

De rechercheur keek verrast. 'Ken je hem?'

'Ik heb hem gekend,' antwoordde Carolyn. Ze keek naar de grote gouden letters op de glazen deuren. 'Ik heb met Houston en Armstrong op school gezeten. Wat een luxe bedoening is het hier, Hank. Ik ben er helemaal niet op gekleed.' Ze droeg een geruite bloes, spijkerbroek en denim vest met metalen sierknopjes. 'Ik zie eruit als een cowgirl. Ik denk niet dat vertegenwoordigers van de belastingdienst er zo bijlopen.'

'Maakt niet uit,' zei hij. 'Zodra we binnen zijn, zullen we Houston vertellen dat we van de politie zijn.'

Niettemin voelde Carolyn wel aan dat Hank zelf ook onder de indruk was. Ze liepen de lobby in waar twee aantrekkelijke, jonge receptionistes achter een lange balie zaten. Ze droegen allebei een headset en spraken in het microfoontje. Een gedistingeerd uitziende man in een duur pak zat op een bank in een duur tijdschrift te bladeren, een zwartleren aktetas naast zich.

Een lange, knappe zwarte man met gespierde armen, gekleed in een groen golfshirt met het logo van Hole in One op de borst, gooide de deuren open en liep met gezwinde pas een zijgang in.

'We komen voor meneer Houston,' zei Hank tegen een van de receptionistes. Hij hield zijn penning omhoog maar stak hem meteen weer in zijn binnenzak voordat ze de kans had de woorden Ventura Police te lezen. Hij zag de ogen van de vrouw naar de gang flitsen die de man was ingelopen, wat zijn vermoeden bevestigde dat de lange neger die zo snel langs was gelopen, Nolan Houston was.

De vrouw, een tengere blondine met grote blauwe ogen, stak een vinger omhoog in een verzoek te wachten tot ze haar telefoongesprek had beëindigd, en draaide de microfoon toen weg van haar mond. 'Hebt u een afspraak met meneer Houston?'

'Jazeker,' zei Hank met een knipoog je naar Carolyn die zijdelings tegen de balie leunde. 'We zijn van de belasting. U kunt beter uw baas bellen om te zeggen dat we er zijn. En als ik u was, zou ik erbij zeggen dat we niet van wachten houden.'

Terwijl de vrouw Houston belde, liep de rechercheur met Carolyn bij de balie weg. 'Ik weet niet hoe het met Armstrong zit,' fluisterde hij in haar oor, 'maar deze man heeft een heleboel te verliezen.'

Met achter zich ramen die van de vloer tot het plafond reikten en uitzicht boden op de skyline van Los Angeles, bekeek Nolan Houston hen nijdig vanachter een rijkelijk versierd bureau. De muren van zijn kantoor hingen vol olieverfschilderijen en er stond een aantal bronzen beeldjes op witmarmeren voetstukken.

'Ik zou u kunnen aanklagen wegens bedrog,' zei Houston woedend. 'Ik had moeten deelnemen aan een liefdadigheidstoernooi van de Los Angeles Country Club. Misschien vindt u zoiets niet belangrijk, maar golf is mijn werk.'

'Ik denk dat ons aanklagen niet zo'n verstandige zet van u zou zijn,' zei Hank tegen hem terwijl hij één mondhoek omhoogtrok. 'We zijn gekomen om met u te praten over de dood van Tim Harrison.'

Carolyn keek naar Houstons gezicht om zijn reactie te peilen. Hij vertrok geen spier. Gezien het aantal jaren dat was verstreken, had ze niet verwacht dat hij zich haar zou herinneren. Ze wist meteen dat hij een kille, berekenende man was. Het verbaasde haar niets dat hij zo'n succes had in het zakenleven. Houston kon zich misschien niet één meisje herinneren met wie hij op de middelbare school had gezeten, maar hoe kon hij de tragische dood van een jongen vergeten? Hij stak zijn hand uit naar een zilveren kan die samen met vier kristallen glazen op een blad stond.

Nolan Houston schonk voor zichzelf een glas water in, maar maakte geen aanstalten zijn gasten iets aan te bieden. 'Tim Harrison is al meer dan twintig jaar dood,' zei hij met het glas opgeheven zodat de onderste helft van zijn gezicht erachter schuilging. 'Zit de man die hem heeft gedood niet in de gevangenis?'

'Op dit moment ligt hij in het ziekenhuis met een kogelwond,' zei de rechercheur en hij haalde een tandenstoker uit zijn binnenzak. 'Daar weet u niet toevallig iets van?'

'Natuurlijk niet,' zei Houston, maar heel even flakkerde er angst in zijn ogen. Meteen keerde de ijzige blik weer terug. 'Heeft dat in de krant gestaan? Ik kan me niet herinneren er iets over gelezen te hebben. Maar ik let ook nooit op zulke dingen. Bovendien woon ik al vijftien jaar niet meer in Ventura.'

Hank stak de tandenstoker in zijn mond en liet hem van de ene mondhoek naar de andere wandelen om wat tijd te winnen voordat hij weer sprak. 'Waarom denkt u dat er in Ventura op hem is geschoten?'

Houston maakte een rukkerige beweging, waardoor zijn stoel een piepend geluid maakte op de plastic mat die eronder lag. Hij fronste zijn wenkbrauwen en zijn hand trilde licht toen hij het kristallen glas op zijn bureau zette. Carolyn zag een onderzetter, maar Houston had het glas daar niet op gezet. Ze ving Hanks blik op en vroeg zich af of hij het ook had gemerkt. Kleine dingen onthulden vaak meer dan men besefte.

'Daar ging ik gewoon vanuit, goed?' zei Houston met opeengeklemde kaken. 'Waarom bent u hier eigenlijk, rechercheur? U denkt toch niet dat ik iets te maken heb met die schietpartij?' Hij zweeg en haalde diep adem. 'Als ik heel eerlijk moet zijn, heb ik geen goed woord over voor die Metroix. Ze hadden de schoft nooit uit de gevangenis mogen laten.'

Carolyn besloot dat het tijd was aan het gesprek deel te nemen. 'Kun je je mij nog herinneren, Nolan? We hebben samen op Ventura High gezeten. Ik heb een tijdje met Liam Armstrong verkering gehad.'

'Met Liam?' zei hij. Hij bracht zijn hand naar zijn keel alsof hij moeite had met slikken. 'Hoe zei je dat je heette?'

'Carolyn Sullivan,' zei ze. 'Ik ben Daniel Metroix' reclasseringsambtenaar. Volgens mij heeft degene die op Metroix heeft geschoten, gisteravond geprobeerd mij en mijn dochter van de weg te drukken.

Verder waren er explosieven geplaatst rond Metroix' motelkamer. Die ontploften toen ik daar was.'

'Hebt u uw vriend Liam Armstrong onlangs nog gezien?' vroeg Hank.

'Ik heb hem ongeveer twee jaar geleden voor het laatst gezien,' antwoordde Houston. 'Gaat u ook naar hem toe?'

Daar gaf noch de rechercheur noch Carolyn antwoord op. Carolyn wist zeker dat Houston Armstrong zou bellen zodra ze zijn kantoor hadden verlaten. Wat ze wilden weten was of de mannen hadden samengewerkt of dat slechts één van hen betrokken was bij de recente gebeurtenissen. Houston had duidelijk geld genoeg om een huurmoordenaar in de arm te nemen, maar was een man van zijn kaliber wreed genoeg om te proberen een vrouwelijke reclasseringsambtenaar te vermoorden? Ze verbeterde zichzelf. Succes ging niet gelijk op met eergevoel en fatsoen. Ze waren hier nog maar net, maar zelfs zij was onder de indruk van de enorme luxe van Houstons kantoor.

Carolyn probeerde terug te keren naar het verleden en zich in te leven in de avond dat Tim Harrison was gestorven. Liam, Nolan en Tim Harrison waren drie van de populairste jongens van Ventura High geweest. Omdat Harrisons vader commissaris van politie was, genoot de jongen een zeker aanzien. Ze herinnerde zich dat ze alledrie een mooie auto hadden, dure kleren droegen en dat alle meisjes ernaar smachtten om door hen gevraagd te worden. Misschien had de aard van het football ook een rol gespeeld bij de misdaad. Het was een agressieve sport waarbij de spelers werd geleerd gebruik te maken van de zwakke punten van hun tegenstanders. Ze zouden er misschien nooit achter komen wat er was gebeurd in de dagen die waren voorafgegaan aan de dood van Tim Harrison. Misschien had een van de jongens een uitbrander gekregen van een coach of was er iets anders gebeurd waardoor hij zich vernederd had gevoeld. En er was immers geen betere manier om een aangeslagen ego weer op te krikken dan door je af te reageren op een geestesziekte jongen als Daniel Metroix, die toevallig hun pad had gekruist?

Ze betwijfelde ten zeerste of Liam of Nolan de bedoeling had gehad hun vriend te doden. Alles bij elkaar genomen was hun gedrag echter aanstootgevend geweest. Nadat ze Metroix hadden mishandeld en vernederd moest de situatie uit de hand zijn gelopen. Daniel kon zich herinneren dat de drie jongens met elkaar hadden gevochten, en had zelfs gezegd dat hij meende dat Harrison de aanstichter was geweest omdat hij bang was dat zijn vader erachter zou komen wat ze hadden gedaan. Een stoot met een elleboog, een klap die verkeerd aankwam, of een aanval zoals ze tijdens de wedstrijden had gezien – je kon je heel gemakkelijk voorstellen hoe Harrison de slechtverlichte weg op was geduwd, waar de bestuurder van de naderende auto geen tijd had gehad om te remmen. Ze was er niet alleen van overtuigd dat Liam Armstrong en Nolan Houston de waarheid over de mishandeling van Daniel hadden verzwegen, maar ze geloofde ook dat ze de man drieëntwintig jaar in de gevangenis hadden laten zitten voor een geval van doodslag waaraan zijzelf hoogstwaarschijnlijk schuld hadden.

Toen Houston had gezegd dat hij geen goed woord over had voor degene die hij als zondebok had gebruikt, was Carolyn hem het liefst naar de keel gevlogen. Ze keek nog een keer om zich heen en besloot dat hij niet eens het glas verdiende waaruit hij zo egoïstisch water dronk.

'Hoe zit het eigenlijk met Charles Harrison?' vroeg Houston zwakjes toen het aanhoudende zwijgen van beide agenten doel had bereikt. 'Als er iemand was die Metroix dood wilde hebben, was het Tims vader. Liam en ik dachten zelfs dat hij hem midden in de rechtszaal overhoop zou schieten.'

'Dat zal best,' zei Carolyn met een minachtende blik. Het enige waar de twee jongens zich druk om hadden gemaakt, waren zijzelf.

'Commissaris Harrison is dood,' zei Hank. 'Hij is afgelopen vrijdagavond overleden.'

'Dat spijt me,' zei Houston, starend naar een punt boven hun hoofden terwijl hij probeerde zijn koele houding terug te vinden. 'Hoe zit het met zijn vrouw? Is het met haar nog goed gekomen? Ze was destijds helemaal ingestort. Hun hele leven draaide om Tim. Kort nadat hij was overleden, moest mevrouw Harrison haar baarmoeder laten weghalen. Daarna is ze nooit meer de oude geworden. Als ze in staat waren geweest nog een kind te krijgen, hadden ze misschien gemakkelijker kunnen accepteren wat er was gebeurd.'

Hank stond op en maakte een hoofdgebaar naar de deur om Carolyn te laten weten dat het tijd was te vertrekken. Ze waren het kantoor voor de helft doorgelopen toen hij zich omdraaide en zag dat Houston zijn hand al uitstak naar de telefoon. 'Er is nieuwe informatie aan het licht gekomen,' zei hij. 'Daniel Metroix zweert dat u, Tim Harrison en Liam Armstrong hem die avond hebben aangevallen. Hij kan zich zelfs herinneren dat Harrison ruzie met jullie kreeg nadat jullie hem in elkaar hadden geslagen.'

'Dat is gelogen,' baste Houston, terwijl zich zweetdruppeltjes op zijn voorhoofd vormden.

'Aangezien iemand heeft geprobeerd Metroix én mevrouw Sullivan van het leven te beroven,' ging de rechercheur door, 'is het onderzoek officieel heropend. En nu zijn er drie nieuwe misdaden bijgekomen. U bent een intelligente man, meneer Houston. Denkt u niet dat de waarheid uiteindelijk toch aan het licht zal komen?'

Nolan Houston bleef als verstijfd zitten met de telefoon in zijn hand. Al het bloed trok weg uit zijn gezicht. 'Ik heb een advocaat nodig,' mompelde hij zonder erbij na te denken.

Hank gooide de deur open en liet Carolyn voorgaan. Hij wees met zijn vinger naar Houston. 'Als Carolyn Sullivan nóg iets overkomt, kom ik je hoogstpersoonlijk overhoopschieten. Is dat duidelijk, Houston?'

Toen ze in de lift stonden, vroeg Carolyn aan de rechercheur: 'Wat denk je?'

'Hij liegt dat hij barst,' zei hij, terwijl hij zijn knokkels liet knakken. 'Weet je het zeker?'

Een belletje pingelde toen de deuren van de lift op de begane grond opengingen. 'Niets in het leven is zeker,' antwoordde Hank en zijn gezicht verzachtte tot een vaderlijke uitdrukking. 'We hebben in ieder geval iets bereikt. Als Houston schuldig is, zal hij zich tweemaal bedenken voordat hij nog een keer probeert jou of je kinderen iets te doen.'

21

Hank wendde zich tot Carolyn toen ze terug waren bij zijn politieauto nadat ze het gebouw aan Wilshire hadden verlaten. 'Laten we ergens gaan lunchen. Ik geloof dat ik jou nog nooit iets anders in je mond heb zien stoppen dan die domme proteïnerepen.'

'Doe niet zo raar,' zei Carolyn. 'Ik eet de hele tijd. Ik dacht dat we om één uur een afspraak hadden en het is al over twaalven. Waar moeten we zijn voor Armstrong?'

De rechercheur glimlachte. 'Ongeveer vijf straten hiervandaan.'

'Hoe heb je dat voor elkaar gekregen?'

'Ik heb tegen hem gezegd dat ik hier ergens drieduizend vierkante meter kantoorruimte wil huren voor mijn nieuwe financieringsfirma.' Hank reed het parkeerterrein van een winkelcentrum op. 'Ik wil geen tijd verkwisten. We hebben bewijsmateriaal nodig. Kevin Thomas van het OM zal de verzoeken om de diverse gerechtelijke bevelen tegen het eind van de dag wel klaar hebben.'

Ze gingen een populair restaurant binnen dat de China Garden heette en kozen een plaats aan de bar om niet op een tafel te hoeven wachten. Het was er druk en lawaaierig. Ze deden een keus uit het menu en toen keek Carolyn de rechercheur aan. 'Als Houston Armstrong heeft gebeld, komt hij waarschijnlijk niet opdagen.'

'Jawel hoor,' zei de rechercheur en hij legde een loempia op haar bord toen de kelner de schaal voor hen neerzette. 'Geloof me, het enige waar Armstrong aan dacht toen ik hem sprak, waren dollars. Het geeft niet als hij al te horen heeft gekregen dat we van de politie zijn. Het is geen geheim meer. En ik weet waar ik hem kan vinden.' Er werd een schaal rijst met garnalen voor hen neergezet en weer schepte hij een grote portie op haar bord. 'Maar nu eerst eten. Je hebt misschien genoeg aan een paar uur slaap, maar je kunt niet van de wind leven.'

Carolyn zag Armstrong zodra ze de lobby van Wilshire West Towers binnenliepen. 'Dat is hem,' fluisterde ze tegen Hank.

Armstrong was niet zo lang en zeker niet zo fit als Nolan Houston. Hij liep met stijve bewegingen en leek een probleem te hebben met zijn linkerbeen. Zijn gezicht was niet erg veranderd. Een paar lijntjes waaierden uit rond zijn ogen en mond, en zijn haar was doorschoten met grijs. Carolyn herinnerde zich hoe opgewonden ze was geweest toen hij haar voor het eerst mee uit had gevraagd. Hij was nog steeds een aantrekkelijke man. Hij droeg een pak met een krijtstreep, een hemelsblauw overhemd met een das in dezelfde kleur, droeg een aktetas en had een oordopje van een mobiele telefoon in zijn oor.

'Bent u Liam Armstrong?'

'Neemt u me niet kwalijk,' zei hij met een blik op Hanks goedkope pak en versleten schoenen. 'Ik zit midden in een telefoongesprek.'

Hank stak zijn hand uit en trok het oordopje uit Armstrongs oor. Hij liet hem zijn penning zien en zei: 'Brigadier Hank Sawyer van de politie van Ventura. Waar kunnen we onder vier ogen praten?'

Liam Armstrong bekeek Carolyn nieuwsgierig. 'Ik begrijp het niet,' zei hij, zich weer tot de rechercheur wendend. 'U moet de verkeerde voor hebben.' Hij stak zijn hand in zijn binnenzak en gaf hun allebei een visitekaartje. 'Ik heb hier afgesproken met een belangrijke klant. Hij kan ieder moment hier zijn. Wat is er aan de hand, brigadier?'

'Ik ben uw belangrijke klant,' zei Hank en hij gooide Armstrongs kaartje in de dichtstbijzijnde prullenbak. 'We zijn bezig met het onderzoek naar een aantal ernstige misdaden, die allemaal verband lijken te houden met de dood van Tim Harrison.'

Mensen stroomden binnen door de dubbele deuren, terugkerend van de lunch. Een van hen botste tegen Armstrong, die daardoor bijna omviel.

'Tim is al jaren dood,' zei hij terwijl hij naar een hoek van de lobby hinkte. 'De man die voor zijn dood verantwoordelijk is, heeft levenslang gekregen. Ik weet niet welke misdaden u onderzoekt, maar die kunnen niets met mij te maken hebben.'

'We kunnen hier praten of naar het politiebureau gaan,' zei Hank tegen hem. 'U mag het zelf zeggen.'

Armstrongs telefoon liet een hoge pieptoon horen. Hij haalde hem uit zijn zak en zette hem af. 'We kunnen wel naar de kantoorruimte gaan,' zei hij. 'De vorige huurders zijn al weg. Het is een uitstekende locatie, de volledige achtste verdieping. Een dergelijke ruimte komt zelden beschikbaar in Wilshire.'

Hank had hem verteld wie ze waren en waarvoor ze gekomen waren, maar Armstrong deed evengoed alsof hij dacht dat ze belangstelling hadden voor de kantoorruimte. Houston was uit zijn evenwicht gebracht, dacht Carolyn, maar Armstrong leed ofwel aan een ernstig geval van ontkenning, of hij was dronken of high. Ze ging iets dichter bij hem staan om te zien of ze erachter kon komen of zijn adem naar alcohol rook. Als hij dronk, gebruikte hij blijkbaar veel mondwater.

'Het is lang geleden, Liam,' zei Carolyn toen ze in de lift stonden.

'Ik voel me gekwetst dat je je mij niet herinnert. We hebben op de middelbare school een tijdje verkering gehad.'

'Het spijt me,' zei hij en hij schudde zijn hoofd. 'Ik ben met zoveel meisjes uitgegaan toen ik nog op school zat. Hoe heet je?'

'Carolyn Sullivan,' antwoordde ze. 'Mijn vader was leraar wiskunde.'

Daarmee kreeg ze eindelijk een reactie van hem los. 'Dit gaat toch niet om – '

'Nee,' zei Carolyn, die haar hand uitstak en op de knop van de achtste etage drukte.

Ze wachtten terwijl Armstrong zijn aktetas openmaakte, een sleutel zocht en die in een sleuf van de lift stak. 'Ik zet de airconditioning wat hoger,' zei hij, aan zijn boord trekkend. 'Het is hier zeker dertig graden.'

'Ik heb nergens last van,' zei Hank. 'Jij, Carolyn?'

'Ik ben getrouwd,' zei Armstrong zonder duidelijke reden. 'Ik heb drie kinderen.'

'Waar was je afgelopen maandagavond, Liam?' vroeg Hank.

'Thuis bij mijn gezin,' antwoordde hij. 'Waarom? Waarom bent u hier? Waarom hebt u net gedaan alsof u een klant was? Ik weet niet welke vragen u me wilt stellen, maar dat had u net zo goed telefonisch kunnen doen.' Hij richtte zijn aandacht op Carolyn. 'Zit jij nu bij de politie?'

'Ik werk voor de reclasseringsdienst,' vertelde ze hem. 'Ik heb de supervisie toegewezen gekregen over Daniel Metroix.'

'Is die dan vrijgelaten?'

'Ja,' zei Hank. 'Wist je dat niet? Heeft je vriendje Nolan Houston je niet gebeld?'

'Nolan?' zei Armstrong. 'Jezus, die heb ik al in geen jaren gesproken. Hoe kan een man die levenslang heeft gekregen, op vrije voeten zijn gesteld?'

Ze stapten uit de lift de lege kantoorruimte in. Hank liep naar de ramen en draaide zich daar om. Armstrong transpireerde nu. 'Hoe zit het met woensdag? Kun je aantonen waar je tussen tien en drie uur was?'

Armstrong slikte. 'Ik geloof dat ik klanten had. Mijn secretaresse zou mijn agenda voor die dag moeten nakijken. De misdaden waar u het over had, waar zijn die gepleegd?'

'In Ventura.'

'Waren het zware misdaden?'

'Naar mijn mening zijn het opblazen van een motel en een schietpartij vrij zware misdaden,' antwoordde Hank. 'Ben je het daarmee eens, Carolyn?'

'Absoluut,' zei ze. Ze stond met haar rug tegen de muur geleund. Er was geen meubilair, dus hadden ze geen andere keus dan te blijven staan.

'Maar ik begrijp niet waarom u mij ervan verdenkt erbij betrokken te zijn, ongeacht welke misdaden er zijn gepleegd,' protesteerde Armstrong. 'Ik ben nog nooit ergens voor gearresteerd. Ik werk hard om mijn gezin te onderhouden. Ik kan u tientallen referenties geven. Hebt u niet een geldige reden nodig om me hiermee lastig te vallen?'

'Ik ga je niet arresteren,' zei Hank. 'We proberen vast te stellen wat er in werkelijkheid is gebeurd op de dag dat Tim Harrison is gedood.'

Er blonken tranen in Armstrongs ogen. 'Vijf jaar geleden,' zei hij tegen hem, 'hebben ze mijn linkerbeen moeten amputeren wegens kanker. Ik dacht dat ik er daarmee van af was. Gisteren heb ik van mijn dokter gehoord dat hij op een röntgenfoto iets verdachts heeft gezien. Morgen moet ik komen voor een MRI.' Hij zweeg tot hij zijn zelfbeheersing terug had en ging toen door. 'Ik heb destijds in de getuigenbank alles verteld wat ik wist over Tims dood. Op dit moment vecht ik voor mijn leven. Als u me nog meer vragen wilt stellen, zult u mijn advocaat moeten bellen.' Hij deed zijn aktetas weer open en gaf hun nog een visitekaartje.

Als Armstrong erbij betrokken was, dacht Carolyn, verdiende hij een Academy Award. Ze vond zijn verhaal zo roerend dat ze er bijna tranen van in haar ogen kreeg. Slaapgebrek was heel slecht voor je emoties, hield ze zichzelf voor. Ze was zondag op de bank in slaap gevallen, maar de kinderen hadden haar steeds wakker gemaakt. Rebecca en Lucy waren inmiddels onafscheidelijk. Ze hadden naar de bioscoop gewild, en toen wilden ze televisiekijken. Uiteindelijk had Carolyn het meisje te eten gegeven en naar huis gestuurd.

'We ondervragen iedereen die iets met het oorspronkelijke incident te maken had,' zei Hank, over zijn kin wrijvend, 'in de hoop dat het wat licht zal werpen op de nieuwe misdaden.'

Armstrong leek nu helemaal verbijsterd. 'Het zou handig zijn als ik wist waar u naar zoekt, brigadier. Op wie is er geschoten?'

'Op Daniel Metroix,' zei Carolyn, die wist dat hij alles over de gebeurtenissen van de afgelopen dagen op het internet had kunnen lezen. 'Daarmee kan ik u niet helpen,' zei hij. 'Ik weet alleen dat Tims vader helemaal kapot was. Commissaris Harrison heeft veel macht. Hij was erg streng voor Tim. Hij dacht dat hij bij het beroepsfootball kon komen als hij maar voldoende zijn best deed. Tim was een heel goede quarterback. Hij kon hard lopen en vangen als de beste. Ik betwijfel echter of hij beroeps had kunnen worden. Dat hij op het college zou spelen, was duidelijk. Alle scouts hadden een oogje op hem.'

Carolyn was nieuwsgierig. 'Je zegt dat Tims vader streng was. Wat bedoel je daar precies mee?'

'O,' zei Armstrong, 'details weet ik niet. Tim was bang voor hem. Een keer, toen hij naar te veel feestjes was geweest en een bal liet vallen, had hij de dag daarop een gekneusde kaak. Hij zei tegen iedereen dat het tijdens de wedstrijd was gebeurd. Dat vond ik vreemd, omdat hij er de dag ervoor in de kleedkamer niets over had gezegd.'

'Denk je dat zijn vader hem had geslagen?'

'Het is mogelijk,' zei hij met zijn ogen op de vloer gericht. 'Na Tims dood ben ik opgehouden met football. Ik kijk er niet eens naar op tv. Tim Harrison was mijn beste vriend.'

'Bel ons als je iets te binnen schiet,' zei Hank. 'En het beste met je onderzoek morgen.'

Liam Armstrong gaf Carolyn een hand, hinkte toen naar de andere kant van de ruimte en wenkte haar met zich mee. De rechercheur bleef bij de deur staan. Carolyn vermoedde dat de dood van Tim Harrison niet de enige reden was waarom de makelaar zijn belangstelling voor football had verloren. Voor een voormalige atleet is het zwaar om een been kwijt te raken.

'Ik schaam me voor mijn gedrag van die avond,' zei Armstrong tegen haar. 'Ik was jong, weet je. Ik dacht dat de hele wereld aan mij toebehoorde. Ik stel het erg op prijs dat je niets tegen je vader of de politie hebt gezegd. Ergens zou het beter zijn geweest als je dat wel had gedaan. Dan zou ik veel sneller tot bezinning zijn gekomen.'

Carolyn wist niet wat ze moest zeggen. 'Zo te horen heb je een fijn gezin, Liam. Ik weet zeker dat ze je in alle opzichten steunen. Ik zal voor je bidden.'

Voor het eerst glimlachte Armstrong. 'Nog steeds een braaf katholiek meisje, hè?'

'Ik weet niet hoe braaf ik ben,' antwoordde Carolyn, 'maar ik zei dat niet zomaar. Ik bid nog steeds.'

22

Carolyn, Hank Sawyer en assistent-officier van justitie Kevin Thomas zaten maandag om halfvijf in het kantoor van rechter Arline Shoeffel. Hank had de zaak voorgelegd aan de officier van justitie zodra hij had gehoord dat de mogelijkheid bestond dat Downly erbij betrokken was. Nadat Thomas alle op de zaak betrekking hebbende feiten had bekeken, had hij gezegd dat hij bereid was huiszoekingsbevelen gereed te maken voor de woningen van Charles Harrison, Nolan Houston en Liam Armstrong. Hij was er echter niet zeker van dat hij een rechter zover zou krijgen ze te ondertekenen. Hij was bijzonder verheugd toen hij hoorde dat Carolyn de zaak al had aangekaart bij de president van de rechtbank. Dat wil zeggen, tot hij haar reactie hoorde.

'Alles is me volkomen duidelijk, meneer Thomas,' zei Arline Shoeffel koeltjes, haar bril afgezakt tot halverwege haar neus. 'Maar het is mogelijk dat de gebeurtenissen van de afgelopen week niets te maken hebben met de oorspronkelijke misdaad. Ik sta niet toe dat u deze huiszoekingsbevelen laat uitvoeren voordat u me duidelijker bewijsmateriaal toont dat meneer Houston en meneer Armstrong erbij betrokken zijn. Deze mannen maken de indruk rechtschapen burgers te zijn. Ze hebben geen van beiden een strafblad. Er moet een mate van discretie betracht worden wanneer men te maken heeft met vooraanstaande mensen uit de gemeenschap.'

Carolyn zei: 'Met uw permissie... Dat Houston en Armstrong geslaagde zakenmensen zijn, wil nog niet zeggen dat ze niet schuldig zijn. Hun succes kan juist een beweegreden zijn.'

Rechter Shoeffels mond trok strak. Ze vond het niet prettig wanneer men haar oordeel in twijfel trok. Kevin Thomas hield wijselijk zijn mond. Een van de andere rechters tegenspreken, was nog tot daaraan toe. De president van de rechtbank tegen de haren in strijken, kon het einde betekenen van zijn carrière.

Arline duwde haar bril omhoog en bladerde weer in het dossier. 'Met betrekking tot mevrouw Harrison,' zei ze op zo zachte toon dat ze moeite hadden haar te verstaan. 'Is die vrijwillig of tegen haar zin opgenomen?'

Thomas keek naar Hank, die langzaam zijn hoofd schudde.

'Wil een van u alstublieft antwoord geven?' vroeg de rechter, terwijl haar frustratie nog een streepje steeg.

'Dat weten we niet,' gaf Hank uiteindelijk toe. 'Ik zag geen reden contact op te nemen met de inrichting. Mevrouw Harrison zit daar al bijna twintig jaar. Ze is er zo slecht aan toe dat ze de begrafenis van haar man niet eens kon bijwonen.'

De rechter sloot het dossier en legde haar handen erbovenop. 'Om te beginnen, brigadier,' zei ze terwijl ze haar bril afzette, 'heb ik gehoord dat meneer Harrison niet begraven is of zal worden, en dat de uitvaartonderneming zich al heeft ontdaan van zijn as. Is dat juist?'

'Ja, dat is wel zo,' antwoordde hij, slecht op zijn gemak, 'maar daarom kan er nog wel een rouwdienst gehouden worden.'

'Maar voor meneer Harrison is er geen dienst gehouden.'

'Nee,' zei hij. 'Hij heeft vóór zijn dood regelingen getroffen dat de uitvaartonderneming zijn stoffelijk overschot moest komen halen en cremeren. Zijn huishoudster zei dat hij zo weinig mogelijk kosten wilde maken.'

'Wat denkt u? Is meneer Harrison dood of leeft hij nog?'

Hij haalde zijn schouders op. 'We kunnen het niet met zekerheid zeggen.'

'Ik ook niet, rechercheur,' zei rechter Shoeffel tegen hem. Ze pakte haar bril en zette hem weer op. 'Alhoewel ik niet bereid ben huiszoekingsbevelen te ondertekenen met betrekking tot Houston en Armstrong voordat ik meer bewijsmateriaal heb gezien, zal ik wel een huiszoekingsbevel ondertekenen voor de woning van Charles Harrison.' Ze pakte het formulier, zette haar handtekening eronder en gaf het aan de officier van justitie, samen met het dossier.

'Zo,' ging ze door, 'en laten we nu even op een intelligente manier redeneren. U hebt een aanzienlijk deel van mijn tijd opgeëist zonder dat u deze zaak naar behoren hebt onderzocht. Was meneer Harrison nog volledig bij zinnen op het tijdstip dat hij vrijdagavond naar zeggen is overleden?'

'Volgens de behandelende arts,' zei Hank, 'was Harrisons lever volkomen kapot, maar mankeerde hij geestelijk niets.'

'Wanneer is de dokter voor het laatst bij hem geweest?'

'Ongeveer twee weken geleden,' antwoordde hij en hij wist al wat haar volgende vraag zou zijn. 'Harrisons arts zei dat hij zou sterven als hij geen nieuwe lever kreeg. De arts was kwaad dat de huishoudster hem niet had gebeld toen ze haar baas dood had aangetroffen.'

De rechter liet haar hoofd op haar hand rusten. 'En waarom was dat?'

'Omdat hij niet had verwacht dat hij zo snel dood zou gaan. Ziet u,' zei Hank, aan zijn kin krabbend, 'daarom zijn we er niet zeker van of hij wel dood is. De dokter zei dat hij nog een jaar of zelfs langer had kunnen leven. Aan de andere kant kan hij vanwege zijn ziekte best opeens achteruit zijn gegaan en gestorven. Een lijkschouwing zou prettig zijn geweest, maar daarvoor is het nu duidelijk te laat.'

'Niemand lijdt na de dood van een kind meer dan de moeder,' verklaarde Arline Shoeffel. 'Dat wordt gestaafd door het feit dat mevrouw Harrison in een inrichting zit, terwijl haar echtgenoot geestelijk helemaal niets mankeerde. Dat de vrouw haar man niet heeft begraven, doet niet terzake, aangezien hij duidelijke instructies had achtergelaten dat hij geen begrafenis wilde. Zijn we het op dit punt eens, brigadier Sawyer?'

'Ja,' zei hij met een schouderophalen.

'Wat in dit geval van groot belang kan zijn, is de vraag of mevrouw Harrison in een besloten instituut zit of dat ze naar eigen believen mag komen en gaan. Daarnaast moeten we ons afvragen wat voor soort middelen de moeder van het slachtoffer tot haar beschikking heeft.'

Hank keek bedremmeld toen hij begreep waar Arline Shoeffel op aanstuurde. Ook Carolyn voelde zich nogal dom. De officier van justitie sloeg met het dossier tegen zijn knie en sprong toen overeind terwijl hij een blik op de rechercheur en Carolyn wierp, die duidelijk maakte dat hij wou dat hij er niet in had toegestemd de zaak aan te nemen.

'Jullie hebben je huiswerk niet goed gedaan,' zei rechter Shoeffel. Ze zag dat de lichtjes van alle vier haar telefoonlijnen knipperden. 'Ga hiermee niet naar een andere rechter in de hoop langs mij heen te komen. Vergeet niet dat alle wegen naar dit kantoor leiden.'

Brad Preston liep op maandagmiddag om zes uur met Carolyn naar haar Infiniti. 'Wanneer heb je je auto teruggekregen?'

'Iemand van de garage heeft hem vanmiddag gebracht,' zei ze. Ze liep om de auto heen om te zien of de reparaties allemaal naar behoren waren uitgevoerd. 'Ik heb ook een deuk in de bumper van de BMW van mijn buurman gereden. Daar moet ik ook nog voor betalen.'

'Ga je nu weer verder met je studie?'

'Deze week nog niet,' antwoordde Carolyn. Ze hield haar hand boven haar ogen om ze te beschermen tegen de lage zon. 'Ik durf de kinderen nog niet alleen te laten.'

Ze hielden op met praten toen er wat mensen langs hen liepen. 'Veronica zei dat je een afspraakje had met die natuurkundeprofessor. Hoe is dat gegaan?'

'Heel goed,' zei ze met een glimlach. 'John mag hem graag, Rebecca en zijn dochter kunnen uitstekend met elkaar opschieten en zijn huishoudster kan heel lekker koken.'

Brad leunde tegen de zijkant van de auto zodat ze het portier niet kon openen. Zijn gezicht stond somber. 'Is dit een romance of een vriendschap?'

'Mijn god!' riep Carolyn uit. 'Je bent jaloers. De man heeft me zijn auto geleend. Rebecca mocht bij hem logeren. Misschien had ik het mis wat Amy McFarland betreft, maar ga me niet vertellen dat je niet met andere vrouwen uitgaat.'

'Ik heb je laatst precies verteld wat ik voor je voel,' zei Brad onbehaaglijk. 'Ik ga inderdaad met meisjes uit, maar dat zijn alleen maar meisjes. Ze betekenen niets voor me.'

'Dan is de professor alleen maar een vent,' gaf Carolyn hem lik op stuk, verbluft over de manier waarop het brein van mannen werkte. Hij kon met tientallen vrouwen naar bed gaan en rustig blijven zeggen dat dat niets te betekenen had. Maar hij kreeg de smoor in omdat zij bij een buurman had gegeten. 'We zijn nu al een paar maanden uit elkaar, Brad,' zei ze tegen hem. 'Ik schaam me dat ik me onlangs zo heb laten gaan. Ik mag je graag, ik mis ons samenzijn, ik mis zelfs de seks met jou. Maar ik wil geen nieuwe relatie met je aangaan. En ik wil beslist mijn baan niet verliezen vanwege jou.'

'Waarom nodig je me nooit meer bij je thuis uit? We zijn jaren bevriend geweest voordat we een relatie kregen. Wil je ook daar nu een punt achter zetten? John en ik hadden altijd schik samen. Met Rebecca lag dat wat anders, omdat ze een meisje is.'

John had dezelfde vraag gesteld, herinnerde Carolyn zich. Het viel niet mee om een relatie terug te draaien naar vriendschap. Wanneer je eenmaal zover was gegaan, veranderde alles. 'Frank kwam laatst opeens opdagen.'

'En?' vroeg Brad. 'Heeft hij je een cheque gegeven voor de achterstallige alimentatie?'

'Laat me niet lachen. En ook al had hij het geld, dan weet ik nog niet of ik het zou aanpakken. Hij zag er verschrikkelijk uit, Brad. Toen we thuiskwamen, zat hij daar. Hij deed heel aanhankelijk tegen

Rebecca maar gaf haar toen een vals telefoonnummer. Hoe kan een man zijn eigen kind zo kwetsen?'

'Hij is aan drugs verslaafd,' zei Brad met walging. 'Hij leeft in de Twilight Zone.'

'Ik wil hem uit mijn leven hebben.'

'Hoe zit het met Harrisons weduwe?' vroeg Brad, op een ander onderwerp overstappend. 'Is Hank vanmiddag iets te weten gekomen?'

'Ja,' antwoordde Carolyn. 'Arline Shoeffel is geniaal. De inrichting waar Madeline Harrison zit, is net een countryclub. Ze gaat winkelen, kan haar haar laten doen, gaat naar theatervoorstellingen. Ik denk dat ze zich daarginds veilig voelt of zo. Volgens Hank kunnen de rekeningen van de inrichting best een van de redenen zijn waarom Harrison zich zo druk maakte over geld.'

'Het is dus te betwijfelen of ze iemand heeft gehuurd om jou en Metroix van kant te maken?'

'Na vandaag,' zei Carolyn, terwijl ze een lok haar naar achteren streek, 'wil ik nergens meer over speculeren tot ik alle feiten heb. Arline was geneigd de zaak te heropenen tot ze erachter kwam dat we hadden zitten klungelen.'

'Kom nou,' zei Brad, terwijl hij haar zachtjes in de ribben porde. 'Denk je nu werkelijk dat mevrouw Harrison er iets mee te maken heeft? Hoe zou die aan de connecties en het geld komen om iemand te huren om deze misdaden te plegen? We hebben het over een explosie, een schietpartij. En het incident met jou en Rebecca. Nogal sinister allemaal voor een vrouw op leeftijd.'

'Weet ik veel,' zei Carolyn. 'Misschien heeft Harrisons vrouw een geheime bankrekening. Volgens de mensen van de inrichting verkeert ze in uitstekende gezondheid. Ze jogt dagelijks drie kilometer. En zo oud is ze nu ook weer niet, Brad. Ze is pas tweeënvijftig.'

'Ik zie het helemaal voor me,' zei hij lachend. 'Ze heeft een van haar vriendinnen uit het gekkenhuis in de kladden gegrepen, een auto gehuurd en is niet gaan winkelen, maar misdaden gaan plegen.'

'Soms gedraag jij je echt als een puber.' Carolyn hief haar hand op en duwde hem zachtjes opzij. 'We praten morgen wel verder.'

23

Om een paar minuten over negenen op maandagavond was Carolyn bezig de keuken op te ruimen toen de telefoon ging. Een mannenstem vroeg zachtjes: 'Heb je zin om iets te komen drinken?'

'Kun je niet eens ophouden met me lastig te vallen?' zei ze, omdat ze dacht dat het Brad was. Toen ze minnaars waren, belde hij vaak 's avonds laat op om te proberen haar over te halen hem haar slaapkamer binnen te smokkelen.

Paul Leighton zei stijfjes: 'Misschien had ik niet zo laat nog moeten bellen. Een andere keer dan.'

'Neem me niet kwalijk,' zei Carolyn. 'Ik dacht dat je iemand anders was.'

'O, sorry,' zei hij. 'Lag je al in bed? Ik was van plan geweest je eerder te bellen.'

'Nee, ik heb net de laatste huishoudelijke klusjes af.'

'Kom dan een slaapmutsje halen. Lucy is al onder zeil. Als je je kroost niet alleen durft te laten, kan ik Isobel naar je toesturen. Die ziet er misschien niet erg intimiderend uit, maar als iemand zou proberen je kinderen iets te doen, zal hij er de rest van zijn leven spijt van hebben. Zullen we zeggen over een kwartiertje?' ging hij door. 'Ik zal op het terras achter het huis op je wachten.'

'Stuur Isobel maar,' zei Carolyn. 'Ik kan alleen niet erg lang blijven.'

Nadat ze haar haar had geborsteld en wat parfum opgedaan, bekeek ze haar kast en pakte er een strak zittend zwart topje met een laag decolleté uit. Ze trok haar T-shirt uit en had het topje al over haar hoofd gedaan, toen ze zich bedacht en het terughing op het hangertje. Op vrijdagavond samen eten met de professor en de kinderen was niet hetzelfde als een rendez-vous op de late avond.

Ze moest definitief een punt zetten achter haar affaire met Brad. In al die tijd dat ze een verhouding hadden gehad, had hij niet één keer iets over trouwen gezegd. De beste manier om een definitief einde te maken aan een relatie, had haar moeder haar altijd verteld, was door een nieuwe relatie aan te gaan. Ze wilde echter niet dat Paul zou denken dat ze op een echtgenoot aasde. Maar zodra die gedachte in haar opkwam, vroeg ze zich in alle eerlijkheid af of dat niet zo was. Soms, wanneer ze 's nachts niet kon slapen, lag ze in bed te huilen. Over de hele wereld waren er mensen die een moeilijk leven hadden vanwege een slecht huwelijk, maar weigerden de hoop op te geven. Ze wilde niet de rest van haar leven alleen blijven.

Ze trok een witte bloes met een vrouwelijke kanten kraag aan en een zwarte lange broek. Toen ze iemand op de achterdeur hoorde kloppen, ging ze snel opendoen.

'Hier is de bewaker.' Isobel was gekleed in een oranje wollen trui en, zo te zien, haar pyjamabroek, met pluchen sloffen aan haar voeten.

'Dit vind ik ontzettend aardig van je,' zei Carolyn, die zich afvroeg of de vrouw al in bed had gelegen. 'Je kunt in de woonkamer televisiekijken, als je wilt.'

Isobel stak een pocketboek omhoog. 'Ik kijk geen televisie,' zei ze. 'Niks dan waardeloze programma's de laatste tijd. Laat me even zien waar de kinderen zijn die ik geacht word te beschermen en geef me dan een comfortabele stoel en een behoorlijke leeslamp.'

Toen Isobel haar plek had gevonden, stak Carolyn haar hoofd om de hoek van de deur van Johns kamer in de verbouwde garage. De jongen zat aan zijn bureau over zijn boeken gebogen. Zijn haar zat in de war en hij had donkere kringen onder zijn ogen. Op het bureau lagen opengeslagen boeken en hij zat te staren naar een blad vol berekeningen terwijl hij met zijn potlood tegen zijn voorhoofd tikte.

'Ik ga eventjes weg,' zei ze. 'Je kunt me bereiken op mijn mobiele telefoon. Paul heeft Isobel gestuurd. Ze zit in de woonkamer.'

Eerst leek het alsof John haar niet had gehoord, maar toen keek hij op. 'Zeg maar tegen Paul dat ik geloof dat ik de som heb opgelost,' zei hij opgewonden. 'Misschien krijg ik nu toch een tien voor integraal- en differentiaalrekening. Ik heb met dat vak het hele jaar problemen gehad.'

'Hoe zit het met je andere vakken?' vroeg zijn moeder. 'Je moet overal hoge cijfers voor halen als je naar de universiteit wilt.'

'Allemaal negens en tienen,' zei John zonder naar haar te kijken. 'De andere vakken komen me allemaal aangewaaid.'

'Mooi zo,' zei Carolyn. 'Bel me als je me nodig hebt.'

Ze zaten op het terras in ligstoelen met groene kussens. Paul maakte een fles chardonnay open en schonk hun glazen vol. 'Heb je de tijd gehad met je baas te praten over het ontwerp van het exoskelet dat je me hebt laten zien?'

'Ja,' antwoordde ze. 'Een vergadering is niet nodig. Ik hoef alleen maar toestemming te krijgen van de eigenaar van het werk. Ik kan een dezer dagen naar hem toe.' Het was een heldere nacht en hij zag dat ze opkeek naar de sterren. Op een hoek van het terras stond een grote telescoop op een statief. 'Wil je ze van dichterbij zien?'

'Graag,' zei Carolyn en ze nam haar glas wijn mee toen ze achter hem aan liep. Nadat Paul de lens scherp had gesteld, bukte ze zich om er door te kijken. 'Weet jij de namen van alle sterrenstelsels die hier te zien zijn?'

'Dat geloof ik wel,' zei hij, 'maar ik luister liever naar jou. Kosmologie is niet mijn specialiteit.'

Ze voelde zijn warme adem in haar nek toen hij achter haar kwam staan en op een knop drukte om de telescoop in een andere positie te brengen. Toen ze overeind kwam en zich omdraaide, raakten hun lichamen elkaar. 'Je bent erg mooi,' zei Paul. Hij bracht zijn hand omhoog en streelde haar haar. 'Ik ben blij dat je bent gekomen.'

'Ik ook,' zei Carolyn. Haar adem stokte in haar keel.

Hij legde zijn hand in haar nek en drukte zijn lippen op de hare. Ze voelde zijn andere hand onder in haar rug. De kus hield niet erg lang aan, maar Carolyn voelde sterke emoties. Impulsief legde ze haar handen rond zijn gezicht en kuste hem hartstochtelijk. Toen trok ze zich abrupt terug. 'God,' zei ze lachend, 'wat ben ik aan het doen? We kennen elkaar nauwelijks.'

'Zo gaat dat,' zei Paul terwijl hij haar weer in zijn armen nam. 'Toen ik je voor het eerst zag, begeerde ik je al. Ik heb me in geen jaren zo gevoeld. En ik ben er vrij zeker van dat voor jou precies hetzelfde geldt.'

Wat ze met Brad had gehad, was meer lichamelijk dan geestelijk geweest. Hoe kon ze houden van een man terwijl ze wist dat hij haar zo goed als zeker ontrouw zou zijn? Op dat gebied had ze al genoeg ervaring opgedaan met Frank. 'Misschien wilde ik me niet zo voelen.'

'Misschien ik ook niet,' zei Paul. 'Ik ben met opzet hier komen wonen om afstand te nemen van de universiteit. Het is belangrijk dat ik dit boek af krijg. Ik kan hier niet eeuwig blijven.'

Carolyn legde een hand op zijn borst. 'Maar je kunt terugkomen,' zei ze. 'Waarom zou je dit huis houden als je er geen gebruik van maakt?'

'Een jaar is zo om, vooral voor mensen die verantwoordelijkheden dragen. Wil je niet weten waarnaar dit ons zal leiden?'

'Misschien naar de hemel?' zei ze terwijl ze zich weer in zijn armen nestelde en genoot van de warmte en geur van zijn lichaam.

'Ik geloof niet in de hemel,' antwoordde Paul. 'De hemel bestaat alleen in de verbeelding, net als al het andere dat met religie te maken heeft.'

Carolyn maakte zich van hem los. Het magische moment was meteen kapotgemaakt. 'Ben je dan een atheïst?'

'Kom, laten we liever van onze wijn genieten.'

'Nee,' zei ze, terwijl ze zijn hand pakte om hem tegen te houden. 'Ik wil hierover praten.'

'Goed dan,' zei Paul, een beetje wrevelig. 'Ik beschouw mezelf als een agnost. Ik kan niet bewijzen dat God niet bestaat net zomin als ik het bestaan van God of iets anders dat ook maar in de verste verte bovennatuurlijk is, kan bewijzen. Eerlijk gezegd heeft een atheïst het gemakkelijker. Het spijt me. Ik had niet de indruk dat je zo godsdienstig was.'

'Je hebt me er nooit naar gevraagd,' zei Carolyn met een hol gevoel in haar binnenste. 'Is het belangrijk?'

Toen ze de bezorgdheid op zijn gezicht zag, vroeg ze zich af of zijn mening over religie al eerder problemen had veroorzaakt. Zou het de reden zijn waarom zijn huwelijk kapot was gegaan? 'Je moet me niet verkeerd begrijpen,' antwoordde ze. 'Ik ben niet fanatiek religieus. Ik geloof echter wel in God, en dat doen mijn kinderen ook. John – '

Paul liep een stukje bij haar vandaan en bleef tegen de houten balustrade geleund naar de donkere hemel staan staren. 'Je zoon is nog jong,' zei hij. 'Wat hij nu gelooft, zal nog veranderen, vooral als hij inderdaad besluit natuurkundige te worden.'

Carolyn liet haar armen slap langs haar lichaam zakken. 'Ik wil dit niet horen,' zei ze. Haar idyllische gedachten om opnieuw verliefd te worden, verdwenen als sneeuw voor de zon. 'Ik moet naar huis.'

'Ben je echt zo onvolwassen?' vroeg hij, terwijl hij snel naar haar toekwam. 'Kunnen twee mensen met tegengestelde opinies niet om elkaar geven en elkaar het recht gunnen te geloven waarin ze willen? Stel dat ik dol was op biefstuk en dat jij een vegetariër in hart en nieren was? Zou je dan niet met me willen omgaan? Zou ik geen biefstuk kunnen blijven eten terwijl jij groenten at?'

'Dat weet ik niet,' zei Carolyn verward.

'Natuurlijk wel,' antwoordde Paul. 'Ik probeer noch jou noch je kinderen van jullie geloof af te brengen. Ik zou mijn tijd niet verkwisten als ik dacht dat we geen enkele kans hadden. Een kans op geluk, kameraadschap, plezier, misschien zelfs een band voor het leven. Dacht je dat ik uit was op een vluggertje? Ik bekijk de meeste vrouwen niet eens. Waarom iemand met jouw capaciteiten als reclasseringsambtenaar in dit stadje blijft hangen, is mij een raadsel.'

Paul trok haar in zijn armen, kuste haar voorhoofd, haar wangen, de zijkant van haar hals. Haar lichaam boog zich naar achteren en ze slaakte een diepe zucht. Ze kon dit niet de rug toekeren. Ze wilde deze man. Hij had iets over zich waardoor ze zich compleet voelde, alsof ze een ontbrekend deel van haar anatomie had gevonden. Hij tilde haar in zijn armen, droeg haar naar de ligstoel, legde haar op haar rug neer en ging boven op haar liggen. Zijn tong tastte de binnenkant van haar mond af terwijl zijn vingers de knoopjes van haar bloes losmaakten. 'Stop,' zei ze. 'We kunnen dit niet doen...'

'Waarom niet?' fluisterde hij. 'Niemand kan ons zien.'

'Niet nu,' antwoordde Carolyn.

'Wanneer dan?'

'Dat weet ik niet,' zei ze, terwijl ze ging zitten en haar bloes weer dichtknoopte.

'Kun je morgen tussen de middag hierheen komen?'

'Er is op mijn werk veel te veel gaande.'

'Maak tijd,' drong Paul aan. 'Het gerechtsgebouw is hier maar een kwartiertje rijden vandaan. Ik wil je zien.'

Carolyn had zich in geen jaren zo bruisend van leven gevoeld. Ze voelde een enorme energie in zich opwellen, alsof ze kon rennen, over hekken springen, hollen tot ze erbij neerviel. Brad had haar lichaam bevredigd, maar Paul raakte haar ziel. Dit was een man op wie ze verliefd kon worden, met wie ze misschien kon trouwen. Dergelijke gedachten waren te belangrijk voor impulsieve besluiten. Ze wilde het langzaamaan doen, ze moesten elkaar eerst leren kennen, de relatie langzaam ontwikkelen.

Ze zou er morgen misschien een of twee uur tussenuit kunnen knijpen, vooral omdat ze al haar lopende zaken had afgewikkeld. Maar dat ging ze Paul echt niet aan zijn neus hangen. Natuurkunde leek in veel opzichten op een spel, of liever gezegd op een intrigerende puzzel. Misschien was ze niets anders dan een fascinerende puzzel in mensengedaante die de professor wilde ontleden en oplossen. Ook al was ze blijven hangen in een onbeduidende stad als Ventura, na al die jaren dat ze met criminelen had gewerkt, wist ze voet bij stuk te houden.

'Hoe kun je me laten wachten?' zei Paul en hij sloeg als een opstandig kind op de rand van de ligstoel. 'Je maakt me dol. Ik zal me niet op mijn boek kunnen concentreren. Wat moet ik nu?'

'Je zou kunnen bidden,' gooide Carolyn eruit en ze lachte toen ze het trapje van de veranda afdaalde en wegliep in de richting van haar huis.

24

Hank kwam op dinsdagochtend om tien over halfelf Carolyns werk-hoek binnen. Ze droeg vandaag niet een van haar pakjes, maar een dunne, zwarte, wollen jurk die haar lichaam omvatte en haar rondin-gen goed liet uitkomen. Omdat ze van plan was Paul te bellen en zijn uitnodiging om tijdens de lunch naar hem toe te gaan, aan te nemen, droeg ze ook hoge hakken in plaats van haar makkelijke schoenen.

'Je ziet er geweldig uit, zeg,' zei Hank. 'Ben je naar de kapper ge-weest of zo?'

Mannen, dacht ze. Ook wanneer het hen opviel dat een vrouw iets had gedaan om haar uiterlijk te verbeteren, wisten ze nooit wát. 'Dank je,' zei ze. Ze was bezig op het internet naar informatie over uitvindingen en octrooirechten te zoeken. 'Ik probeer te werken, Hank. Is er nieuws over de zaak, of kom je me alleen maar lastig-vallen?'

'Ik dacht dat je misschien met me mee wilde naar het Fairview Hospital om met Madeline Harrison te gaan praten.'

'Wanneer?'

'Zodra we klaar zijn met het doorzoeken van Charles Harrisons huis. Kevin Thomas zei dat hij op kantoor nog wat dingen moest nakijken.'

Carolyn wendde zich in haar draaistoel naar hem toe. 'Heeft het lab nieuw bewijsmateriaal gevonden uit het Seagull?'

'*Nada*,' zei Hank. 'Geen vingerafdrukken, geen haren. Het was er zo schoon als in een operatiekamer. Gebruikte Downly speed?'

'Voor zover ik weet niet,' antwoordde Carolyn. 'Er stond in de voorwaarden voor zijn vrijlating niets over drugs, dus heb ik hem nooit een drugstest laten doen. Hoezo?'

'Metroix zei dat de man achter de balie van het Seagull zweren op zijn armen en gezicht had. Dat klinkt voor mij als speed. Of – '

'O, zeg het alsjeblieft niet,' zei ze, en ze moest meteen aan Luisa Cortez denken. Bij verkrachtingen was iedereen altijd bang voor aids. Toen ze Eddie in de gevangenis had opgezocht, had hij een overhemd met lange mouwen aangehad. Ze durfde Hank niets over dat bezoek te vertellen, uit angst dat het hun zaak in gevaar zou brengen. 'Als Eddie zweren had van speed, moet hij er al jaren aan verslaafd zijn.'

'Zouden ze hem daarom soms Snelle Eddie noemen?'

Carolyn zweeg. Hoe zou ze het zichzelf ooit kunnen vergeven dat ze het afgelopen jaar geen toezicht op die kerel had gehouden? Ook al besteedde geen enkele reclasseringsambtenaar na het eerste vraaggesprek erg veel tijd aan de voorwaardelijk vrijgelaten gevangenen. Ze kon zich niet herinneren bij Snelle Eddie sporen van drugsgebruik te hebben gezien.

'Ik zie het zo,' zei Hank. 'Vóór de verkrachting van Luisa Cortez heeft een agent van het LAPD Downly op heterdaad betrapt terwijl hij drugs nam of aan het verkopen was. Misschien is dat de reden waarom commissaris Harrison hem voor zijn karretje heeft kunnen spannen. De agent die hem heeft gearresteerd, heeft hem niet naar het huis van bewaring gebracht, maar naar Harrison. Aangezien Downly in Ventura is opgegroeid en de stad goed kent, was hij dé man om Metroix koud te maken.' Hij zette een stoel naast haar neer, ging zitten en snuffelde aan haar. 'Je rúíkt zelfs lekker.'

Carolyn negeerde dat. 'Toen moest de commissaris hem uit het huis van bewaring zien te krijgen. Hij kon het risico niet nemen dat Downly uit de school zou klappen in ruil voor een minder zware straf voor de verkrachting. Nee,' verbeterde ze zichzelf, 'in het geval van kinderverkrachting verbiedt de wet vermindering van de gevangenisstraf. Dat is het niet, Hank. De commissaris was bang voor míj, snap je?'

'Waarom zou hij bang zijn voor jou?'

Had Harrison het geweten? vroeg Carolyn zich af. Ze had erop gerekend dat Alex Barker haar zou dekken. Ook als Barker had gedaan wat ze hem had gevraagd, kon iemand anders in de gevangenis de commissaris hebben verteld dat er een vrouw bij Eddie op bezoek was geweest. Harrison wist niet hoe ze eruitzag, maar hij wist wel hoe zulke dingen werkten. 'Heb je gesproken met de man van de verkeersovertredingen?'

'Met wie?'

'Je weet wel,' zei Carolyn met een ongeduldig gebaar, 'Edward James Downy, de man met wie ze Snelle Eddie hebben verwisseld.'

'Nee,' antwoordde Hank. 'We hebben iemand naar het adres gestuurd dat op het proces-verbaal stond. Het is een flatgebouw. De mensen daar zeiden dat ze nog nooit van iemand met die naam hebben gehoord. We hebben ook navraag gedaan bij de firma die de borgsom heeft gestort. Een man van middelbare leeftijd was naar hun kantoor gekomen, had drieduizend dollar in contant geld op de balie gelegd en gezegd dat ze dat als borgsom moesten storten voor James Edward Downy.'

'En de gegevens van het bureau voor de registratie van motorvoertuigen dan?'

Hank haalde zijn schouders op. 'Het moet een vervalst rijbewijs zijn geweest. Ze hebben wel Downly, maar geen Edward James Downy met dezelfde geboortedatum.'

'Die andere man bestaat helemaal niet,' zei Carolyn, verbijsterd over de mate van bedrog in deze zaak. 'In de gevangenis wisten ze dat ze een verkrachter vrijlieten, maar ze hebben evengoed de man met de verkeersovertredingen laten gaan. Hoe kan hij verkeersovertredingen hebben begaan als hij niet eens een rijbewijs had?'

'De bonnen waren uitgeschreven op naam van Snelle Eddie.'

'Ik heb nog nooit zo'n ingewikkelde bedriegerij meegemaakt,' zei Carolyn. Ze masseerde haar slapen. Zou Alex Barker erachter zijn gekomen dat haar bezoek al was geregistreerd op de computer? Had hij toen, in een poging er iets aan te doen, zich vergist in het registratienummer van de gevangene? Het was niet haar schuld, hield ze zichzelf voor. Ondanks de vervalste identiteit was een levende persoon in hechtenis genomen en later vrijgelaten uit het huis van bewaring.

'Je hebt niet uitgelegd waarom commissaris Harrison bang zou zijn geweest voor jou.'

'Nou,' zei Carolyn, 'hij wist dat ik een onderzoek zou instellen naar de nieuwe misdaad. Ik heb de reputatie dat ik gedetineerden aan het praten weet te krijgen. Harrison moest Eddie uit het huis van bewaring zien te krijgen voordat ik met hem zou gaan praten. Toen hij Snelle Eddie er eenmaal uit had, heeft hij hem opdracht gegeven Metroix af te maken.'

'Dat klinkt logisch,' zei de rechercheur. 'We weten dat er meer dan één persoon bij betrokken is. Na de schietpartij moet de commissaris Eddie reisgeld hebben gegeven met het bevel uit de stad te verdwijnen. Maar wie heeft dan geprobeerd jou van de weg te drukken?'

'Eddie,' zei Carolyn. Ze zat met haar in zwarte nylons gestoken been te zwaaien, maar hield ermee op toen ze merkte dat de rechercheur meer op haar lichaam lette dan op wat ze hem zat te vertellen. 'Als Eddie niet al dood is, zal hij dat zijn zodra de mensen van Harrison hem te pakken krijgen. De commissaris heeft die rotzak helemaal geen geld gegeven. Daarom zit hij hem zo te knijpen. Hij heeft een veilig adres nodig. Ik ken al zijn contactpersonen. Hij zit als het ware opgesloten in Ventura, met aan beide zijden van het hek agenten die klaarstaan om hem overhoop te schieten.'

'We hebben meer feiten en minder speculatie nodig,' zei Hank terwijl hij zich uit zijn stoel omhoog duwde. 'Tenzij we bij Harrison thuis belangrijke informatie vinden, ga ik om drie uur naar L.A. Ga je mee?' Carolyn dacht na. Ook als ze bij Paul ging lunchen, zou ze tegen het eind van de dag terug moeten komen op kantoor. Ze had er behoefte aan na te denken over iets wat niet met haar werk te maken had, om alles even helemaal van zich af te zetten. Ze zei tegen Hank dat ze om drie uur bij het politiebureau zou zijn. Het was niet ver van Pauls huis. Toen belde ze Paul om hem te vertellen dat ze eraan kwam.

Zodra hij de deur had geopend, rook Carolyn de heerlijke geur van versgebakken brood. Schalen met dungesneden rosbief, aardappelsalade, partjes ananas, sinaasappel, papaja en aardbeien stonden klaar op de eetkamertafel.

'Jij ziet er nog verrukkelijker uit dan die schalen,' zei Paul tegen haar. Hij lichtte haar haar op en kuste haar in haar hals.

'Waar is Isobel?' vroeg ze, omdat ze haar niet had gezien toen ze door de keuken waren gelopen.

'Die heeft een vrije dag,' zei hij met een ondeugende glimlach.

'Aha,' antwoordde Carolyn. 'Is dit haar vaste vrije dag of heb je haar weggestuurd nadat ze dit allemaal had klaargemaakt?'

'Jij bent veel te pienter,' zei hij grinnikend. 'Ik heb haar een extra vrije dag gegeven zodat ik samen met jou alleen kan zijn.'

'Je had hier niet zoveel werk van moeten maken,' zei Carolyn terwijl ze aan de tafel plaatsnam. 'Ik ben niet gewend tussen de middag iets te eten. Ik ben meer een mens voor een stevig ontbijt en avondeten.'

'O ja?' zei Paul. 'Dan kan dit dus wel even wachten. Ik eet zelf meestal ook op een later tijdstip.' Hij gaf haar een glas wijn. 'Kom even mee. Ik wil je iets laten zien.'

Carolyn liep achter hem aan, zich afvragend of hij soms iets belangrijks had ontdekt over Daniels werk. Toen ze in zijn slaapkamer waren, nam hij haar het wijnglas uit de hand en trok haar neer op het bed. 'Ik heb reuze trek,' fluisterde hij. 'Maar niet in eten.'

'Dat merk ik,' antwoordde Carolyn terwijl ze zijn hand wegduwde van haar been. Maar toen hij haar kuste, reageerde ze toch meteen en strengelde ze haar vingers in zijn haar. Zijn lippen waren zacht, zijn lichaam was slank en pezig.

Hij duwde haar jurk over haar rechterschouder omlaag. 'God, wat ben je mooi.'

'Ik dacht dat je niet in God geloofde,' zei ze plagerig.

'Het is maar een woord,' zei hij. 'Ik hoop dat je niet bent gekomen om over godsdienst te praten.'

'Vandaag niet.' Carolyn volgde met haar vingertop de lijn van zijn neus en vond dat hij knapper was dan ze aanvankelijk had gedacht. Ze was weg van zijn haar. Zo te zien droogde hij het met de föhn om de natuurlijke krul glad te krijgen. Haar vader had net zulk haar. Na een paar uur begon het vanzelf weer te krullen. Ze vroeg zich af hoe oud hij was, maar vond het niet netjes om ernaar te vragen. Hij had geen rimpels en zijn huid was zacht en glad. Van opzij leek hij bijna een jongen.

Ze pakte een van zijn handen en bekeek die. De vingers waren lang en liepen spits toe, de nagels keurig geknipt – duidelijk niet de handen van een man die zijn brood verdiende met lichamelijke arbeid. Ze kroop tegen hem aan en voelde zich sereen en tevreden. Hij leek begerig, maar maakte geen haast.

Tien minuten later rolden ze over het bed met de energie en uitgelatenheid van een stelletje tieners, giechelend en lachend. Ze kusten elkaar, hielden op om elkaar aan te kijken, om te zien wie als eerste zou knipperen. Dan probeerde hij zijn hand op haar borsten te leggen en rolde ze snel bij hem vandaan.

Uiteindelijk deed Carolyn haar ogen dicht toen hij haar op een sensuele manier tussen haar benen begon te strelen. Hij deed dat heel anders dan de mannen die ze tot nu toe had gekend. Dat een natuurkundige een buitengewoon goede minnaar zou zijn, was iets wat nog helemaal niet in haar was opgekomen. Intelligent, ja... Goed in bed, dat niet. Zozo, dacht ze, toen ze begreep dat ze dat helemaal mis had gehad. Paul leek niet alleen veel van natuurkunde te weten, maar een doctorsgraad te hebben in de vrouwelijke anatomie. Hij wist niet alleen *hoe* hij haar moest aanraken, maar ook precies *waar*.

'Stop,' zei ze terwijl ze zijn hand weer wegduwde.

'Nee,' zei hij, zijn ogen halfdicht van wellust. 'We zijn nog niet eens begonnen. Trek je nylons uit.'

Carolyn keek op de klok die op het nachtkastje stond. Het was al één uur. Ze mochten de tijd niet vergeten. Bovendien, ook al begeerde ze hem nog zo, ze kon onmogelijk overdag de liefde bedrijven, vooral niet met een man die ze nog niet erg lang kende.

De glazen schuifdeuren aan het einde van de kamer kwamen uit op een kleine omsloten binnenplaats gevuld met struiken. Aangezien hij geen gordijnen had, was het onmogelijk de middagzon buiten te sluiten. Brad had ze jaren gekend voordat ze een relatie met hem was aangegaan en pas na zes maanden had ze die relatie op het volgende niveau gebracht. Toen het nieuwe er eenmaal af was, had ze geleerd zich te ontspannen en ervan te genieten.

'Doe je jurk uit,' zei Paul, en hij begon eraan te trekken. 'Ik wil je zien.'

'Nee, ik trek mijn kleren niet uit,' zei Carolyn. Ze pakte zijn hand en kuste die. 'Je begrijpt het niet.'

Hij ging op zijn zij liggen met zijn hand onder zijn hoofd. 'Wat begrijp ik niet?'

Ze wist dat als ze hier nog lang bleef, ze zou toegeven aan zijn avances. Ze ging zitten. 'Ik moet terug naar mijn werk.'

'Dat is maar een smoes,' zei Paul terwijl hij haar weer neertrok. 'Waarom mag ik niet de liefde met je bedrijven? Hoelang blijf je me martelen? Wil je me niet?'

'Natuurlijk wil ik je,' zei Carolyn, gegeneerd. 'En je weet dat ik de waarheid spreek.'

Hij kuste haar weer. 'Dan blijf je.'

'Ik hoef pas om drie uur terug te zijn,' bekende ze. 'Ik kan zelfs van het bezoek aan L.A. afzien en de hele middag vrij nemen. Maar ik kan niet overdag met je vrijen. Ik heb altijd een zekere gêne gehad wat mijn lichaam betreft.' Ze dacht aan de zwangerschapsstrepen die ze aan haar twee zwangerschappen had overgehouden. Ze was slank, maar deed niet aan sport. Ze keek altijd met afgunst naar de vrouwen op straat die gekleed waren in minirokjes of broeken die gevaarlijk laag op hun heupen zaten en hun hele middenrif vrij lieten. De vrouwen in Californië waren fitnessfreaks. Ze brachten iedere dag uren door in fitnessclubs. Carolyn had geen stalen spieren, geen wasbord als middenrif, noch een budget voor een jaarlijkse opknapbeurt bij de plastisch chirurg.

Pauls adem voelde warm aan op haar gezicht. 'Sta je in contact met het Opperwezen?'

'Het Opperwezen?' vroeg ze verbaasd. 'Bedoel je God? Waarom stel je zo'n rare vraag?'

'Omdat een zonsverduistering op dit moment heel geschikt zou zijn,' zei hij met een slinkse glimlach. 'Dan zal het donker zijn en kunnen we de liefde bedrijven.'

'Ik heb gezegd dat ik in God geloof, maar dat wil nog niet zeggen dat ik hem rechtstreeks kan bereiken,' antwoordde Carolyn. 'En zelfs als dat zo was, hoe zou ik een zonsverduistering kunnen veroorzaken?'

'Heel gemakkelijk,' antwoordde hij. 'Door alles voor de zon te gooien.'

Carolyn legde een vinger op zijn lippen. 'Ik zal aan je zonsverduistering werken, maar alleen als je me belooft dat je me nu laat gaan. Ik ga vandaag niet de liefde met je bedrijven.'

'Wat ben je hardvochtig. Als je geen belangstelling voor me hebt, moet je dat gewoon zeggen.'

'Niets is minder waar,' zei ze terwijl ze zich losmaakte uit zijn armen.

Toen ze naast het bed stond, voelde ze zich zo licht in het hoofd dat ze zich moest vasthouden aan de commode. Ze had geen wijn nodig. De man zelf bedwelmde haar. En ze vocht niet alleen tegen zijn krachtige wil, maar ook tegen haar verlangen weer in zijn armen te kruipen.

'Ik bel je vanavond,' zei ze tegen hem terwijl ze in haar schoenen stapte.

Paul liet zich gefrustreerd op het kussen vallen. 'Geen lunch?' vroeg hij. 'Ga je nu alweer weg en laat je me weer alleen? Ik kan mijn manuscript net zo goed in de prullenbak gooien.'

'Je moet geduldig zijn,' zei Carolyn. Ze kuste hem vluchtig op de lippen voordat ze wegging. 'Ik was niet voor het eten gekomen, weet je nog wel? Wanneer de tijd rijp is, zullen we samen zijn.'

'Tussen haakjes,' zei hij, terwijl hij ging zitten en zijn bril opzette, 'die vriend van mij bij Caltech heeft vanochtend weer gebeld. Het ontwerp van die kennis van jou voor een lichtgewicht krachtbron voor een exoskelet, lijkt uitvoerbaar. De regering heeft een bedrag van maximaal vijftig miljoen toegezegd aan de maatschappij of het laboratorium dat een bruikbaar en functioneel exoskelet weet te perfectioneren.' Hij zweeg en poetste de glazen van zijn bril op met een punt van het laken.

Carolyn wist niet wat ze hoorde. 'Zei je vijftig miljoen?'

'Ja,' zei Paul, de hartstocht vergetend toen zijn wetenschappelijke aard opnieuw de overhand nam. 'Als ik het goed heb begrepen, heeft deze man dus geen formele opleiding genoten. Hoelang heeft hij aan dit project gewerkt?'

'Meer dan twintig jaar,' antwoordde ze. 'Hij heeft nog meer dingen uitgevonden, maar al zijn ontwerpen zijn bij de explosie verloren gegaan.'

Paul keek perplex. 'Wil je mij vertellen dat dit het werk is van Metroix, de voorwaardelijk vrijgelaten gevangene op wie je toezicht moet houden?'

Carolyn drukte haar handpalm tegen haar voorhoofd. Het was niet haar bedoeling geweest Daniels identiteit te onthullen. 'Ja,' zei ze. 'Hij heeft nog meer dingen uitgevonden. Wat ik jou heb gegeven, heeft hij in zijn motelkamer opgetekend op de avond voordat hij is neergeschoten.'

Ze had geen tijd uit te leggen welke verwikkelingen er allemaal ontstaan waren rond Daniels werk. Wat directeur Lackner betrof, moest ze nog uitzoeken of er in de gevangenis inderdaad een joint venture was opgezet waarbij Metroix betrokken was geweest. Om dat soort informatie te verkrijgen, zou ze waarschijnlijk de hulp moeten inroepen van de hoofdofficier van justitie. Ze kon Lackner niet nog een keer opbellen.

'Wat je zegt is onmogelijk,' zei Paul, terwijl hij opstond en het beddengoed rechttrok. 'Niemand kan in één dag zoveel werk doen. Je moet je vergissen.'

'Omdat al zijn werk vernietigd was, probeerde hij het te reproduceren,' antwoordde Carolyn met een glimlach. 'Ik maakte me zorgen dat hij er niet in zou slagen. Gezien wat je me hebt verteld, zal dat geen probleem zijn.'

25

John was op dinsdagmiddag na school een paar minuten nagebleven om te praten met meneer Chang, zijn docent integraal- en differenti-aalrekening. Hij was bezig wat boeken in zijn kastje op de gang te leggen toen hij merkte dat er iemand vlak achter hem was komen staan. De meeste scholieren waren al vertrokken en de gangen waren leeg.

'Hé zeg, het is niet netjes om zo stilletjes op iemand af te sluipen.'

'Ik heb hulp nodig,' zei een jongeman met een paniekerige uitdruk-king op zijn gezicht.

John bekeek hem. Hij zag eruit als een jaar of achttien, en moest dus in de hoogste klas zitten. Hij vroeg zich af of hij probeerde hem drugs te verkopen. Zijn sweatshirt zat vol vlekken en hij rook alsof hij al twee dagen niet onder de douche was geweest. 'Wat is er aan de hand?'

'Mijn vader heeft een hartaanval gehad. Mijn moeder wacht op me in het Methodist Hospital. We zijn vorige week vanuit Simi Valley hiernaartoe verhuisd en ik weet de weg nog niet.'

'Als je een lift nodig hebt,' zei John terwijl hij zijn kastje dichtdeed en een draai gaf aan het combinatieslot, 'moet je niet bij mij zijn. Ik heb geen auto. Hoe heet je?'

'Wade,' antwoordde de jongen. 'Hoor nou even, mijn moeder was hysterisch. Dit is al de derde keer dat mijn vader een hartaanval heeft gekregen. Ze heeft vergeten me uit te leggen hoe ik bij het ziekenhuis moet komen.' Hij beukte met zijn vuist tegen een kastje. 'Over een kwartier nemen ze mijn vader mee naar de operatiekamer. Het is mo-gelijk dat hij de operatie niet overleeft. Ik moet hem zien.' Zijn ge-zicht vertrok alsof hij moeite had niet te gaan huilen. 'We hebben gisteravond ruzie gehad. Ik heb afgrijselijke dingen tegen hem gezegd. Ik wil niet dat hij doodgaat zonder dat ik de kans krijg hem te vertel-len dat ik van hem hou.'

'Oké, geen paniek,' zei John, die een beetje werd meegesleept door de emotionele uitbarsting van de jongen. Hij dacht aan zijn eigen vader – de afkeer die hij had gevoeld, de manier waarop hij tegen hem was uitgevallen. Zou hij zich net zo voelen als hij wist dat zijn vader op sterven lag?' 'Ik schrijf wel even op hoe je bij het ziekenhuis moet komen. Heb je een velletje papier? Het is hier maar tien minuten vandaan.'

'Ik ben veel te veel van streek,' zei Wade. 'Ik heb daarstraks al geprobeerd er te komen en toen ben ik verdwaald. Kun je niet met me meegaan? Ik heb een auto.'

'Sorry,' antwoordde John, 'ik moet mijn zusje afhalen en ik ben al laat. Als ik niet opschiet, halen we de laatste bus niet.'

'Alsjeblieft...'

Rebecca's school was maar twee straten bij het Methodist Hospital vandaan. Bovendien had zijn moeder tegen haar gezegd dat ze in de gymzaal op hem moest wachten. Aangezien de jongen een auto had, zou John sneller bij Rebecca's school zijn als hij meereed dan wanneer hij ging lopen. 'Goed dan,' zei hij. 'Ik rijd wel even met je mee.'

'Snel,' zei Wade met een blik de lege gang in. 'We kunnen het beste de zijdeur nemen. Het parkeerterrein voor de scholieren was vanochtend vol. Mijn auto staat in de straat geparkeerd.'

'Het lijkt inderdaad wel een countryclub.'

Dat zei Carolyn tegen Hank toen ze de ingang van Fairview Manor naderden. De inrichting bevond zich in de heuvels boven de campus van de UCLA, in een gebied dat bekendstond als Westwood. Het gebouw zelf leek op een buitenhuis uit een oude film, te midden van een prachtige, uit terrassen opgebouwde tuin met bloeiende bloemperken en een overvloed aan grote bomen. Veel van de bankjes en tuinstoelen waren bezet. Sommigen van de mensen zaten vredig te dutten, anderen zaten te lezen of te praten. Een groepje mannen had zich aan een kleine tafel rond een dambord geschaard. En er liepen verpleegkundigen in witte uniformen.

De patiënten van Fairview liepen niet in hun pyjama en sloften niet rond in een half verdoofde geestestoestand. Carolyn zag een enkele zonderling, maar over het algemeen zagen de mensen er volkomen normaal uit.

'Een voorproefje van het paradijs,' merkte Hank op toen een knap roodharig verpleegstertje langs hen liep en vriendelijk glimlachte. 'Misschien moeten we hier een kamer reserveren. Ik weet nu al dat ik nooit in zo'n luxe tehuis kom wanneer ik met pensioen ben. Als ik bof kan ik een aanleunwoning krijgen. En er zullen niet allemaal van die lekkere meidjes zijn zoals dat zustertje dat net langskwam, om me op mijn wenken te bedienen.'

Carolyn zat ergens anders aan te denken. 'Zelfs een commissaris van politie verdient niet zoveel geld, Hank. Dit kost op zijn minst duizend dollar per dag. Ik ken geen enkele verzekeringsmaatschappij die de kosten van zo'n luxueuze inrichting als deze zou dekken.'

'Misschien neemt het ziekenfonds voor een paar maanden de kosten voor zijn rekening,' speculeerde hij. 'Maar bij het LAPD, bijvoorbeeld, loopt de verzekering via een particuliere zorgverzekeraar.'

'Lieve hemel,' riep ze uit terwijl ze bleef staan en hem aankeek. 'Madeline Harrison zit hier al twintig jaar. Hoe heeft haar man zich dat kunnen veroorloven?'

'Weet jij het, weet ik het,' antwoordde Hank. Hij trok zijn colbertje uit en haakte het aan één vinger over zijn schouder. 'Harrison had een verzekering afgesloten voor één miljoen en zijn vrouw was de enige begunstigde. Ook dat kan een reden zijn waarom hij zijn eigen dood heeft geënsceneerd. Omdat het geld op was.'

'En de huishoudster?' vroeg Carolyn. 'Denk je dat die liegt? Dan kan ze aangeklaagd worden als medeplichtige. Is zij niet degene die het lijk heeft gevonden?'

'Mevrouw Sanchez beweert dat hij al een paar uur dood was toen ze hem vond,' vertelde de rechercheur. 'Er is iets niet in de haak, zelfs niet als Harrison echt dood is. We hebben geen gegronde redenen om de echtgenote te arresteren, dus moeten we afwachten hoe het gesprek met haar zich ontwikkelt. Op medewerking van het bureau hoef ik niet echt te rekenen.'

Carolyn had zich helemaal niet gerealiseerd hoe moeilijk hij het had. 'Niemand wil aan een zaak werken wanneer de verdachte een collega is, en al helemaal niet als het om een hooggewaardeerde voormalige commissaris van je eigen afdeling gaat. Heb ik dat goed begrepen?'

'Dat heb je uitstekend begrepen,' zei Hank. 'Het zou prettig zijn geweest als we vanochtend bij Harrison thuis iets hadden gevonden wat enig licht zou werpen op zijn financiële status. Sanchez moet alles hebben weggedaan voordat ze de uitvaartondernemer heeft gebeld. Zelfs Harrisons kleerkasten waren leeg. Ze zegt dat ze alleen maar zijn instructies heeft opgevolgd en alles aan het Leger des Heils heeft gegeven. Als je het mij vraagt heeft Mario, de zogenaamde tuinman, een mooie nieuwe garderobe.'

'Heb je contact opgenomen met het Leger des Heils om te controleren of ze de waarheid spreekt?'

'Nee,' zei hij. 'Het kan me eerlijk gezegd geen donder schelen waar

Harrisons kleren en andere persoonlijke bezittingen zijn gebleven. Wat we willen weten, is of hij een grote som geld heeft opgenomen.' Ze waren bij de bezoekersingang van de inrichting gekomen. De brigadier verzocht een van de verpleegkundigen mevrouw Harrison te gaan halen. Ze gingen op een bank in de lobby zitten wachten.

'Commissaris Harrison kreeg zijn salaris van de gemeente,' zei Carolyn. 'Het moet niet al te moeilijk zijn erachter te komen bij welke bank hij een rekening had.'

'Hij nam iedere maand zijn salaris in contant geld op bij de krediet- vereniging. Daar houdt het geldspoor op. We weten niet eens hoe Harrisons boekhouder heet. Hij heeft een halfjaar geleden alles rond zijn uitvaart geregeld en vooruit betaald.'

'Hoe heeft hij dat betaald?'

De rechercheur wreef zijn duim en wijsvinger over elkaar. 'Handje contantje,' antwoordde hij. 'Zo betaalde hij de huishoudster en de tuinman ook altijd. Alle medische rekeningen die niet door de verze- kering werden gedekt, werden voldaan met een bankcheque. Dat wil zeggen, de rekeningen voor zijn eigen medische behandelingen. Ik weet niet wie die van zijn vrouw betaalde. Ik weet alleen dat Harrison zich een hoop moeite heeft getroost om te voorkomen dat anderen iets over zijn geldzaken te weten zouden komen.' Hij streek met zijn wijs- vinger over zijn wenkbrauw. 'Waarom zou hij dat doen als hij niets te verbergen had? Zelfs als hij Downly geen geld heeft gegeven, zoals jij denkt, moest hij toch iemand huren voor dat klusje in het Seagull.'

'Ik weet het,' zei Carolyn. 'Zoek naar een bankrekening of een spaarrekening op naam van Tim Harrison. De jongen moet een le- vensverzekering hebben gehad omdat zijn vader bij de politie zat.'

Hank dacht even na voordat hij antwoord gaf. 'Waarom zou hij een bankrekening hebben aangehouden op naam van zijn overleden zoon?'

'Omdat hij daar waarschijnlijk een machtiging voor had,' ant- woordde ze. 'Op die rekening kon hij mooi stiekem geld wegzetten. Verder kan hij de uitkering voor de dood van zijn zoon erop gezet hebben. In drieëntwintig jaar kan zoiets aardig oplopen. Daniel had van zijn grootmoeder slechts tienduizend dollar geërfd, maar dat was zeventigduizend geworden tegen de tijd dat hij uit de gevangenis werd vrijgelaten.'

'Ik wíst dat er een goede reden was waarom ik je steeds met me mee laat gaan,' zei Hank en hij woelde door haar haar.

Ze stak haar hand uit en deed bij hem hetzelfde. Ze bleef naar hem kijken toen hij snel een kam pakte en zijn haar over zijn kalende schedel kamde.

'Mevrouw Harrison kan u nu ontvangen,' zei de vrouw achter de balie tegen hen. 'Die gang door en aan het einde links.'

Carolyn en Hank kwamen uit in een grote open ruimte die als bibliotheek en leeszaal diende. De muren gingen schuil achter boekenkasten, en aan de zijkant was een open haard waar een aantal gemakkelijke stoelen voor stond. Grote ramen boden uitzicht op het terrein aan de voorkant van de inrichting en lieten de kamer in zonlicht baden.

Madeline Harrison zat in een fauteuil met een hoge rugleuning. Ze keek helder en achterdochtig uit haar ogen. Ze was een lange, slanke vrouw, gekleed in een bruine lange broek en een lichtbruine gebreide trui. Haar blonde haar zag er schoon en zijdezacht uit; het was opgestoken en vastgezet met een sierclip.

'Wat komt u hier doen?' vroeg mevrouw Harrison. Ze liet haar armen rusten op de armleuningen van de stoel.

Hank en Carolyn namen tegenover haar plaats. 'We zijn inlichtingen aan het inwinnen over de dood van uw echtgenoot. Ik ben rechercheur Sawyer van de politie van Ventura en dit is Carolyn Sullivan. Mevrouw Sullivan is reclasseringsambtenaar.'

'Charles was geen voorwaardelijk vrijgelaten gevangene,' zei de vrouw. Haar ogen hadden een intelligente uitstraling. 'Mijn man was alcoholist. Hij is gestorven aan een chronische leverziekte. Wat kan in hemelsnaam de reden zijn waarom u inlichtingen moet inwinnen over zijn dood?'

Het kon best zijn dat Harrisons weduwe in de eerste maanden na de dood van haar zoon op de rand van krankzinnigheid had geleefd, maar op dit moment was er geen enkel symptoom van een geesteszieke te bespeuren.

'Wanneer hebt u uw man voor het laatst gezien?' vroeg Hank.

'Dat kan ik me niet herinneren,' antwoordde ze terwijl ze een pluisje van haar broek verwijderde. 'Charles en ik waren alleen nog maar voor de vorm getrouwd. Als hij de uitkering van zijn verzekering niet zou zijn kwijtgeraakt, zouden we gescheiden zijn. Ik neem om vier uur deel aan een bridgewedstrijd. Ik zou het dus op prijs stellen als u nu vertrok.'

'Weet u dat Daniel Metroix is vrijgelaten?'

'Dat weet ik nu,' zei mevrouw Harrison. Ze kneep haar ogen iets toe. 'Ik neem aan dat u zijn reclasseringsambtenaar bent, mevrouw Sullivan?'

'Ja,' zei Carolyn. 'Iemand heeft op hem geschoten.'

'Mooi,' zei de vrouw. 'Is de schoft dood?'

'Nee,' zei ze. 'Maar hij is zwaargewond.'

Madeline Harrison klemde boos haar kaken op elkaar.

'We moeten u een paar vragen stellen,' ging de rechercheur door. 'Was u afgelopen vrijdag hier in de inrichting?'

'Natuurlijk,' antwoordde ze. 'Ik ga 's avonds niet uit, rechercheur.'

'Overdag wel?'

Ze wendde haar hoofd af en keek uit het raam. Ze deed Carolyn denken aan een stenen beeld. Zelfs wanneer ze sprak, bewoog er vrijwel niets aan haar, behalve haar lippen. Nu draaide ze haar hoofd weer naar hen toe. 'Ik meen dat ik afgelopen vrijdag niet ben uitgegaan. U bedoelt de dag dat Charles is gestorven, niet?'

'Ja,' zei hij. 'Afgelopen vrijdag.'

'Je moet hier je naam in een boek noteren wanneer je uitgaat,' vertelde mevrouw Harrison. 'U kunt dat boek bekijken, als u dat nodig acht. Een van de verpleegkundigen zou ook een taxi voor me hebben moeten bestellen. We maken gebruik van een busje voor bepaalde activiteiten, zoals afspraken bij de dokter, uitstapjes naar museums, het theater, en meer van dat soort dingen. Ik was vorige week verkouden. Ik ben vrijdag het grootste deel van de dag in mijn kamer gebleven.'

'Deelt u uw kamer met een andere patiënte?'

'Tot voor kort was dat zo,' antwoordde ze, met een zweem van ergernis in haar stem. 'Volgende maand vier ik mijn twintigjarig verblijf hier in Fairview. Na al het geld dat deze inrichting aan me heeft verdiend, is de financieel directeur het er eindelijk mee eens dat ik mijn privacy heb verdiend.' Ze keek op haar horloge en stond op, met kaarsrechte rug. 'Het spijt me, maar ik moet gaan. Vanwege uw bezoek ben ik al aan de late kant. Mijn medespeelsters zitten op me te wachten.'

Hank kwam nijdig overeind, liep naar haar toe en versperde haar de weg. 'Een ogenblikje, mevrouw. We stellen een onderzoek in naar een aantal ernstige misdrijven, die allemaal verband lijken te houden met de dood van uw zoon. We zijn niet helemaal hierheen gekomen om na tien minuten afgescheept te worden.'

'Laat me erdoor, rechercheur,' beet ze hem toe. 'Of arresteer me. Maar ik denk dat u dat niet zult doen.'

Carolyn keek Madeline Harrison na toen die brutaal de kamer uitliep. Haar manier van lopen en houding waren eerder die van iemand van achter in de dertig dan van achter in de vijftig. Ze zouden verdere informatie over de vrouw uit haar dossier moeten halen. Hoe ont-spannen de sfeer op Fairview ook leek, het was en bleef een psychia-trische inrichting en het was even moeilijk om een gerechtelijk verzoek om dit soort informatie te krijgen als toegang tot de dossiers van het Pentagon.

In ieder geval, dacht Carolyn, hadden ze antwoord gekregen op de vraag van Arline Shoeffel – niets weerhield een patiënte ervan de in-richting te verlaten. Onder aan de heuvel was een portiersloge, en het hele terrein was omgeven door een anderhalve meter hoge omheining die eerder diende om mensen buiten te houden dan om te voorkomen dat er iemand wegging. Men had Hank telefonisch al verteld dat alle patiënten van Fairview daar vrijwillig verbleven. Een klein percentage van de bewoners leed aan klassieke geestesziekten zoals schizofrenie en manische depressie. Maar ook zij waren vrijwillig opgenomen en konden ieder moment uit de inrichting ontslagen worden als ze dat wilden. De rest had zich laten opnemen om te worden behandeld voor medicijnverslaving, eetstoornissen, hypochondrie en allerlei fobieën. Een klein aantal patiënten kampte met gezondheidsproblemen die niet ernstig genoeg waren om een verblijf in een verpleegtehuis te recht-vaardigen. Veel bleven omdat ze nergens anders naartoe konden en net als Madeline Harrison gewend waren geraakt aan de veiligheid en routine van het leven hier.

Men had Carolyn verteld dat mevrouw Harrison ooit had geleden aan ME. Na wat ze vandaag hadden gezien en wat de staf hun had verteld over haar dagelijkse jogginguurtje, begreep Carolyn dat daar nu geen sprake meer van was.

'Zou ze erbij betrokken zijn?' vroeg Carolyn toen ze naar het par-keerterrein voor de bezoekers liepen, waar Hank zijn auto, die geen uiterlijke kenmerken van de politie droeg, had neergezet.

'Wie weet?' zei hij. 'Het lijkt me niet erg waarschijnlijk dat ze de misdaden zelf heeft gepleegd. Maar kan ze er iemand voor in de arm hebben genomen? Ongetwijfeld. Het is een vals wijf. Zo eentje die, zonder ook maar met haar ogen te knipperen, een mes in je rug steekt. Stel je toch voor dat ze voor één keer een bridgewedstrijd moet over-slaan. Ze is waarschijnlijk ook gewoon blijven spelen toen ze haar kwamen vertellen dat haar man de pijp uit was.'

Carolyn vond het grappig dat Harrisons weduwe de rechercheur zo tegen de haren in streek. Zijzelf had de vrouw hooghartig gevonden, maar nergens aan kunnen merken dat ze wreed was. Mevrouw Har-rison moest redenen hebben waarom ze in deze inrichting bleef wonen, redenen waar zij misschien nooit achter zouden komen. Carolyn was nog het meest onder de indruk van haar geestkracht. Het was haar goed recht in opstand te komen tegen hun vragen. Ongeacht hoe de relatie met haar man was geweest, hij was nu dood en zij hadden pijnlijke herinneringen opgerakeld met betrekking tot haar zoon. Hoe meer macht een man had, hoe meer hij zich bedreigd voelde wanneer hij werd geconfronteerd met een vrouw die weigerde zijn eisen in te willigen.

'Hé,' zei Carolyn terwijl ze achteruit liep om hem te kunnen aankijken, 'bridge is een serieus spel. Ik wil wedden dat ze parenwedstrijden speelt. Ze heeft waarschijnlijk een meestertitel behaald. Ik heb jaren geleden ook parenwedstrijden gespeeld.'

'Nou wordt het helemaal mooi,' zei Hank met een vuile blik. 'Mag jij dat wijf? Je laat me van hot naar her hollen om uit te zoeken wie er op dat meelijwekkende genie van jou heeft geschoten, maar wanneer we een potentiële verdachte ondervragen, schaar je je aan haar kant. Vrouwen zijn niet goed wijs.'

'Probeer jij maar eens een stelletje mannen iets te vragen wanneer ze naar de World Series of de Superbowl zitten te kijken.'

'Hou je snater,' zei Hank nors. 'Ik ben moe, ik heb honger en we zullen wel weer in een file komen. Als we uiterlijk volgende week geen concreet bewijsmateriaal hebben, word ik door de hoofdinspecteur van de zaak afgehaald.' Toen ze bij de auto waren, gooide hij haar de sleuteltjes toe. 'Rij jij maar. Ik ga een dutje doen om even te kunnen vergeten dat ik de naam Daniel Metroix ooit heb gehoord.'

Terwijl Hank naast haar snurkte, belde Carolyn naar huis om te zien hoe het met haar kinderen was. Ze had John op school gebeld nadat ze Pauls huis had verlaten om te zeggen dat ze naar Los Angeles ging en misschien wat later thuis zou zijn dan ze had gedacht. 'Dag, lieverd,' zei ze toen haar dochter opnam. 'Geef me je broer even.'

'Die is er niet,' antwoordde Rebecca. 'Hij heeft me vandaag niet van school gehaald.'

'Waarom heb je me niet gebeld?'

'Ik kon met Isobel meerijden,' zei ze. 'Er is niets gebeurd, hoor. Je had toch gezegd dat we alleen moesten bellen in noodgevallen? John zal wel bij Turner zitten. Je hebt trouwens de telefoonnummers van de politie en van jouw mobieltje wél in mijn telefoon geprogrammeerd, maar niet dat van John.'

Carolyn voelde gal opkomen in haar keel. Hoe had ze zo onachtzaam kunnen zijn? Ze had er geen enkel recht op om zelfs maar een uur bij Paul door te brengen nu er zoveel gaande was. 'Heb je het nummer van Turner?'

'Nee,' antwoordde Rebecca. 'Wat is er aan de hand, mam?'

Carolyn zat vast in een langzaam rijdende file op Freeway 101. Ze schudde Hank aan zijn schouder om hem wakker te maken en zei onderhand tegen haar dochter. 'Ga naar het huis van professor Leighton en blijft daar tot ik er ben. Ga niet de straat op. Als John komt opdagen of contact met je opneemt, moet je me onmiddellijk op mijn mobieltje bellen.'

'Wat gebeurt er?' mompelde Hank terwijl hij rechtop ging zitten.

Carolyn gaf hem geen antwoord, maar belde via de snelkeuzetoets het nummer van haar zoon. Nadat de telefoon tien keer was overgegaan, hing ze op. Ze hadden op hun mobieltjes geen voicemail. Beide kinderen hadden opdracht gekregen hun telefoons altijd aan te laten, behalve wanneer ze thuis sliepen. Ze keek naar de barrière van auto's vóór haar. Er was zeker een ongeluk gebeurd, want ze stonden nu helemaal stil.

'Neem het stuur van me over,' zei ze tegen de rechercheur. 'Er is iets met mijn zoon gebeurd.' Ze stapten tegelijkertijd uit en liepen om de auto heen om van plaats te wisselen.

'Zou je me alsjeblieft willen vertellen wat er aan de hand is?'

Carolyn negeerde hem en belde opnieuw Johns nummer. 'John wordt vermist.' Ze staarde naar de auto's om haar heen, voelde zich paniekerig en ingesloten. 'Hij heeft Rebecca niet van school gehaald en neemt zijn telefoon niet op.'

Hank reikte achter zich, pakte het zwaailicht van de achterbank en leunde uit het raampje om het op het dak van zijn auto te zetten. Voordat hij de sirene aanzette, nam hij contact op met de centrale van het bureau om te zeggen dat ze een surveillancewagen naar Ventura High en eentje naar het huis van Carolyn moesten sturen.

'Ik heb tegen Rebecca gezegd dat ze naar het huis van Paul Leighton moet gaan,' zei ze tegen hem. 'Hij woont twee huizen bij ons vandaan aan de rechterkant. Het adres is 518 Wilton Drive. Laten ze beide huizen in de gaten houden, voor het geval John thuiskomt.'

'Kan hij naar een vriend zijn gegaan? Of naar je broer?'

'Misschien,' zei Carolyn met trillende stem. Ze belde Neil en kreeg zijn antwoordapparaat. Hij was waarschijnlijk naar de galerie om zijn tentoonstelling in te richten. Ze probeerde het bij haar moeder. 'Heb jij John vandaag gezien of iets van hem gehoord?'

'Nee, liefje,' antwoordde Marie Sullivan, haar woorden nauwkeurig articulerend. 'Wat is er? Waarom heb je me niet gebeld? Ik weet dat Neil helemaal opgaat in zijn schilderwerk, maar jij belt tenminste altijd.'

'Ik heb het druk met mijn werk, mam,' zei Carolyn. 'Ik kan nu niet praten. Ik bel je vanavond of morgen nog wel.'

Ze klapte de telefoon dicht en wierp een zijdelingse blik op de rechercheur. 'John zit vaak bij een jongen genaamd Turner Highland. Ik heb zijn telefoonnummer en adres niet bij me, maar ik ken de straat en kan het huis beschrijven. Hij woont in Oakhurst in een zijstraat van Windward. Het huis is het vierde van de hoek en het enige met een halfronde oprit. De buitenkant is lichtblauw. Op de eerste etage is een balkon. En zijn moeder heeft een witte Ford Explorer.'

Hank gaf de informatie door aan het bureau, en zette toen de sirene en het zwaailicht aan. Auto's weken uit naar de vluchtstrook waardoor er een opening vrijkwam naar de dichtstbijzijnde afrit. Hank liet de sterke motor van de Ford loeien. 'Maak je geen zorgen,' riep hij boven het lawaai van de sirene uit. 'Hij heeft waarschijnlijk gewoon de tijd vergeten.'

Carolyn beet op een afgekloven nagel. De rechercheur probeerde haar een hart onder de riem te steken, dus had het geen zin hem tegen te spreken. John had veel verantwoordelijkheidsgevoel. Er was iets met hem gebeurd. Anders had hij wel gebeld of zijn zusje van school gehaald.

John bleef staan bij de blauwe Dodge Stratus die in een van de zijstraten rond Ventura High geparkeerd stond en wachtte terwijl Wade het rechterportier ontsloot. Toen hij zich omdraaide om in te stappen, draaide Wade zijn armen op zijn rug en bond zijn polsen tegen elkaar met dik touw. John probeerde te ontsnappen, maar de jongen had zijn knie in zijn rug gezet. Wade duwde hem snel de auto in en gooide het portier dicht.

John schreeuwde om hulp, draaide zich opzij en probeerde de ruit in te trappen. Zodra Wade was ingestapt, pakte hij een rol tape uit het handschoenenkastje, scheurde er een stuk af en plakte dat op Johns mond.

'Je kunt verder beter geen geintjes uithalen,' zei Wade. 'Want dan vermoord ik je.'

Ze reden ongeveer twintig minuten en stopten toen voor een armoedig huis in een woonwijk. De verf bladderde af en de tuin stond vol onkruid. Wade reed de open garage in. Hij liet John pas uitstappen nadat hij de deur had gesloten en vergrendeld.

Er stonden geen meubels in het huis en het stonk er: een muffe combinatie van schimmel en rioolwater, en andere geuren die John niet kon thuisbrengen. De gootsteen was van zijn plek gerukt en de kale vloerbedekking zat vol vlekken.

Wade duwde John op de grond, haalde nog een stuk touw uit zijn achterzak en bond daarmee zijn benen aan elkaar. Toen rukte hij het tape van zijn mond. 'Ik zal je vertellen wat we gaan doen,' zei hij. Aan zijn linkerhand bengelde een telefoon. 'Geef me het telefoonnummer van je moeder. Ik draai, jij praat. Je zegt tegen haar dat je over een halfuur in de lobby van het Methodist Hospital op haar wacht.'

'Als ik dat doe,' antwoordde John, terwijl hij probeerde zijn handen uit het touw bevrijden, 'komen er tien politieagenten met haar mee. Wil je dat soms?'

'Nee, nee,' zei Wade, die paniekerig begon te ijsberen. 'Zeg dan maar dat je gewond bent en dat een vriend je naar de eerstehulpafdeling van het ziekenhuis heeft gebracht.'

John voelde zich ontzettend stom dat hij zich naar de auto van deze gozer had laten lokken. Daniel Metroix lag in het Methodist Hospital. Wade wilde zijn moeder gebruiken om bij Metroix te komen. Als hij erin slaagde Metroix te doden, redeneerde John, zou hij waarschijnlijk ook zijn moeder, hemzelf en wie weet hoeveel andere onschuldige mensen vermoorden. Hij moest een manier zien te vinden om hem tegen te houden.

'Ik weet niet hoe ik contact zou moeten opnemen met mijn moeder,' loog hij. 'Ze zei dat ze vandaag vroeg weg zou gaan om boodschappen te doen.'

'Bel dan naar haar mobiele telefoon.'

'Ze heeft geen mobiele telefoon.'

'Je bent een vuile leugenaar!' schreeuwde Wade en hij kwam dichterbij zodat John de telefoon in zijn hand kon zien. 'Waar denk je dat ik dit ding vandaan heb, zak? Ik heb hem uit je kontzak gehaald. Wil je mij wijsmaken dat je moeder zelf geen mobieltje heeft, maar haar kinderen wel? Gelul! Geef me het nummer, of je zult er spijt van krijgen dat je bent geboren.'

'Oké, mijn moeder heeft wel een mobiele telefoon, maar die mag ze alleen gebruiken voor haar werk.'

'Zou ze niet opnemen als ik haar bel?'

'Dan krijg je haar voicemail,' zei John. 'En ze luistert morgenochtend pas naar de berichten.'

'Ik geloof er niks van, eikel!' schreeuwde Wade, die zich steeds meer begon op te winden. 'Blijkbaar moet ik je een beetje pijn doen om iets van je los te krijgen.' Hij liep naar het aanrecht en pakte een zaag die daar lag. 'Ik zou om te beginnen een paar van je vingers en tenen kunnen afzagen.'

Johns hersenen werkten op volle toeren. Zijn moeder had hem daarstraks gebeld om te zeggen dat ze die middag naar Los Angeles ging om iets na te gaan in verband met de zaak-Metroix. Hij dacht niet dat ze nog zou teruggaan naar haar kantoor in het gerechtsgebouw. Wade was onder invloed van cocaïne of speed. Vanwege zijn vader wist John dat te herkennen. De ogen van de jongen gingen aldoor heen en weer en hij bewoog zich houterig en gejaagd. Hij kon geen ogenblik stilstaan en likte steeds aan zijn lippen.

Starend naar de zaag besloot John hem het doorkiesnummer van zijn moeders kantoor te geven, in de hoop dat hij gelijk had en Wade haar voicemail zou krijgen. Omdat zijn handen achter zijn rug zaten, kon hij niet op zijn horloge kijken. Het moest bijna vijf uur zijn. De school was om halfvier uit geweest en hij was ongeveer twintig minuten nagebleven.

'Ik zal je het nummer geven van mijn moeders mobiele telefoon,' zei John en hij ratelde het nummer van haar kantoor af.

Wade toetste het in en hield de telefoon toen vlak voor het gezicht van zijn gevangene.

Even later zei John: 'Luister zelf maar. Het is haar voicemail. Moet ik een bericht achterlaten?'

'Fuck,' zei Wadden. Hij smeet de telefoon door de kamer. 'Wat moet ik nu? Metroix moet uiterlijk om acht uur vanavond dood zijn, anders krijg ik mijn geld niet.'

'Je bent dus een huurmoordenaar?' vroeg John. Hoe langer hij hem aan de praat wist te houden, hoe meer tijd hij had voordat Wade hem zou vermoorden. Hij was vreselijk bang, maar dwong zichzelf op een zachte, gelijkmatige toon te praten. 'Wie heeft je gehuurd?'

'De paashaas, eikel,' smaalde Wade. 'Je dacht toch niet dat ik jou aan je neus zou hangen wie me heeft gehuurd?'

'Ze krijgen je heus wel te pakken en dan ga je naar de gevangenis.'

'Ik sta te trillen op mijn benen,' zei de jongen spottend. 'Ik ben niet bang voor de gevangenis. Waar ik van kotsen moet, zijn stomme jongetjes zoals jij. Ik zou je zó koud kunnen maken. Doet me niks. Ik was veertien toen ik mijn eerste moord pleegde. Man, je hebt geen idee hoe high je daarvan wordt.' Hij was loslippig vanwege de drugs. 'De laatste keer hebben ze me gepakt vanwege dat kreng van een moeder van je. Maar ze zullen me niet nog een keer pakken. Ik ben nu slimmer. Je denkt toch niet dat ik in dit krot woon? Ik gebruik het alleen omdat het leegstaat. Ik heb vijftien verschillende identiteiten. Ik blijf nooit langer dan een paar dagen op dezelfde plek. De Dodge heb ik één uur voordat ik jou heb gepakt, gestolen.' Hij draaide zich om naar John, spreidde zijn handen en glimlachte. 'Zeg nou zelf. Is dit het gezicht van een moordenaar? Jij bent toch maar mooi met me meegegaan.'

John moest toegeven dat Wade er met zijn korte haar en de sproeten op zijn neus en voorhoofd allerminst angstaanjagend uitzag. Hij was een beetje slordig gekleed, maar dat was gebruikelijk bij tieners. Hij zag zwarte vlekken op zijn knokkels en dacht dat het verf was. 'Ben je een klusjesman of zoiets? Moet jij dit huis opknappen?'

Wade legde de zaag terug op de plek waar hij hem had gevonden, ging in een hoek op zijn hurken zitten en staarde voor zich uit.

Door de drugs dacht hij dat hij onoverwinnelijk was, wist John. Wade zou hem al deze dingen nooit hebben verteld tenzij hij van plan was hem te vermoorden.

Hij moest zien te ontsnappen.

De tijd kroop voorbij alsof iedere minuut een uur was. John keek toe toen Wade opstond, een biertje uit een koelbox van piepschuim haalde die in de keuken stond, de dop eraf wipte en het flesje bijna in één teug leeg dronk. John dacht dat als hij Wade kon afleiden en die zaag te pakken kon krijgen, hij het touw ermee zou kunnen doorzagen. Wade was maar een schriel mannetje. John had zijn spieren ontwikkeld door met gewichten te werken. Hij dacht dat hij hem wel aankon.

'Ik heb een nieuw plan,' zei Wade. Hij liep naar John toe en sleurde hem overeind. Voordat John kon vragen wat het plan was, deed de jongen weer een stuk tape op zijn mond. John deed zijn best om met bijeengebonden benen te lopen toen Wade hem meetrok.

Ze kwamen bij het trapje naar de garage. Bij de deur zag John een kleine witte gymschoen op de grond liggen. De schoen had een apart soort versiering, maar hij kon niet zien wat het was. Hartjes, dacht hij, zijn ogen inspannend. Een paar meter erbij vandaan zag hij nog een schoen, die vol verfspatten zat. Naast de tweede gymschoen lag een handdoek vol rode vlekken. Toen hij besefte dat het misschien geen verf maar bloed was, kreeg hij de neiging over te geven. Een jong meisje was verkracht. Zijn moeder was de reclasseringsambtenaar van de verkrachter geweest. Maar het kon Wade niet zijn. De politie had de dader al in hechtenis genomen.

Er was hier iets vreselijks gebeurd – de stank, de zaag, de met bloed bespatte schoentjes. Zulke kleine schoentjes. Tranen welden op in zijn ogen. Het was alsof hij het bloedstollende gekrijs van een kind kon horen.

John voelde de hand van Wade op zijn hoofd toen hij hem neerduwde op de achterbank. Hij walgde van zijn aanraking, maar hij dwong zich hem in de ogen te kijken. Wat hij zag, was het kwaad zelf. Een ander wezen leek uit zijn ogen naar hem te kijken. Hoe kon iemand een kind afslachten? Hij worstelde met de touwen. Wade gaf hem een harde klap en duwde hem met zijn voet op de vloer. Toen gooide hij iets over zijn gezicht, zodat hij niets meer kon zien. John hoorde het portier dichtslaan.

Hij hoorde iets wat klonk als gehamer en toen een geluid als van metaal op metaal. Hij kreeg het gevoel dat hij geen adem kon krijgen. *Niet in paniek raken*, zei hij tegen zichzelf. Hij herinnerde zich de metalen grendel aan de onderkant van de garagedeur. Die zat zeker vast. Het portier ging open en weer dicht. Muziek denderende uit de radio.

Ze begonnen te rijden.

John werd heen en weer geslingerd toen ze in volle vaart de bochten namen. Toen de auto met piepende banden tot stilstand kwam, werd hij tegen de achterbank gesmeten.

Wade deed het achterportier open en sneed met een zakmes de touwen rond Johns enkels door. Hij rukte de tape van zijn mond, sleurde hem overeind en hing de grote, zwart met rode parka die over Johns hoofd had gelegen, om zijn schouders.

John zag het logo van het Methodist Hospital. Hij was erin geslaagd één vinger los te krijgen, maar het touw zat te strak om zijn polsen. Zodra ze in het ziekenhuis waren, zou hij om hulp roepen.

'We zijn gewoon twee vrienden die bij iemand op bezoek gaan,' zei Wade. 'Kijk opgewekt en hou je mond dicht.'

John voelde een hard ding in zijn zij prikken.

'Je weet zeker wel hoe een pistool aanvoelt?' fluisterde Wade in zijn oor. 'Doe precies wat ik zeg, dan zullen we geen problemen krijgen. Eén verkeerde beweging en je bent er geweest.'

Ze liepen via de lobby naar binnen en glipten de servicelift in. Wade drukte op de knop voor de zesde etage. Ze stapten uit de lift en liepen de gang door tot ze een voorraadkast zagen. Wade gooide zijn kleren van zich af en trok een groen operatiepak aan en latex handschoenen. Met een handdoek veegde hij het pistool schoon, nam het toen over in zijn rechterhand en drukte het weer tussen Johns ribben.

Wade keek om het hoekje van de deur om te zien of de kust vrij was. Hij nam John weer mee naar de servicelift en drukte op de knop voor de zevende etage.

Zodra de deuren opengingen, zag John een agent in uniform die aan het einde van de gang op een stoel zat en in een tijdschrift bladerde. Meteen gaf Wade hem een gemene trap waardoor hij op de grond viel, en trok snel de parka recht zodat die Johns armen en bovenlichaam bedekte.

'Hij heeft een pistool!' schreeuwde Wade en hij holde naar de kamer die door de agent werd bewaakt. Verpleegsters doken geschrokken weg achter de verpleegstersbalie. White zag niet dat de man in het groene operatiepak achter hem Metroix' kamer binnenging, toen hij behoedzaam naar de verdachte bij de lift liep.

Johns handen werden aan het oog onttrokken door de parka. Hij wist dat de agent niet kon zien dat hij niet gewapend was. Hij wilde omrollen, maar bedacht zich, bang dat de agent zou denken dat hij een wapen probeerde te pakken. Hij verwachtte ieder ogenblik een kogel in zijn lijf te krijgen.

John kneep zijn ogen dicht en begon te bidden.

In Daniels kamer richtte Wade de .357 op het bed, zijn vinger aan de trekker. Toen hij dichter bij het bed kwam, zag hij dat er niemand in lag. Hij dacht dat Metroix op het toilet was, draaide zich om en richtte het pistool op de deur van de badkamer. Hij moest Metroix vermoorden en, indien nodig, al schietend uit het ziekenhuis wegkomen. Hij had de buitenkant van het gebouw bekeken op de avond dat hij had geprobeerd Carolyn Sullivan van de weg te drukken. Aan de buitenkant was geen brandtrap. Een sprong uit het raam op de zevende verdieping zou zijn dood zijn.

Wade liep achteruit tot aan het bed en voelde opeens dat iets zich aan zijn enkels vasthechtte. De linoleumvloer was onlangs gewreven, waardoor hij languit op zijn gezicht viel. Het pistool vloog uit zijn hand en zeilde naar de andere kant van de kamer. Wade begon te schoppen om los te komen maar voelde zich alsof zijn voeten in een bankschroef zaten. Hij gilde van de pijn toen er iets scherps in zijn linkerenkel drong en even later in zijn rechter.

Trevor White gooide de deur open en richtte zijn vuurwapen op de man op de vloer. 'Verroer je niet, anders schiet ik,' schreeuwde hij. Zweet droop over zijn voorhoofd. Hij griste de .357 van de vloer, stak hem in de tailleband van zijn broek en reikte achter zich naar zijn handboeien. 'Waar is Metroix?'

'Hoe moet ik dat weten?' antwoordde Wade. 'Ik ben een co-assistent. De man op de gang heeft me met een pistool bedreigd. Ik ben alleen maar gekomen om te zien hoe het met de patiënt is.'

'Hij kan je niet met een pistool bedreigd hebben,' zei White. Hij bukte zich om Wade de handenboeien om te doen. 'Zijn armen zaten op zijn rug vastgebonden.'

De onderste helft van Wades lichaam lag nog onder het bed. Toen White Wades armen wilde pakken, trok Wade het pistool uit Whites tailleband en haalde de trekker over.

Het schot echode door de kamer. De kogel drong Trevor Whites keel binnen. Het was alsof de agent naar achteren werd gesmeten. Bloed spoot uit de gapende wond in zijn hals. Hij klapte tegen de muur en gleed op de vloer.

Wade krabbelde overeind en sprintte de kamer uit. Hij zag John niet, dus riep hij naar de verpleegkundigen: 'Er is een politieman neergeschoten! Hebben jullie gezien in welke richting de dader is gevlucht?'

De verpleegkundigen keken verward. Wade wachtte niet op de lift. Hij vond het trappenhuis en holde de trappen af naar de begane grond. Hij veegde de .357 schoon met een punt van zijn shirt, gooide hem in een vuilniscontainer en wandelde rustig het gebouw uit.

Drie surveillancewagens met gillende sirenes stopten voor de hoofdingang. Wade liep met een groep verpleegkundigen mee die op weg waren naar het parkeerterrein voor het personeel. 'Wat is er aan de hand?' vroeg een kleine, jonge verpleegster die haar hals rekte om de politieauto's te kunnen zien.

'Bommelding,' zei Wade. Hij keek naar de grond zodat ze zijn gezicht niet kon zien. Hij bleef staan toen hij de plek had bereikt waar de Dodge stond geparkeerd en wachtte tot de groep verpleegkundigen zonder hem was doorgelopen.

Toen hij eenmaal in de auto zat, zakte hij zo ver mogelijk onderuit op de bestuurdersstoel en reed weg. Hij reed langzaam tot hij een paar kilometer bij het ziekenhuis vandaan was en parkeerde toen in een steeg achter een verlaten gebouw.

Voordat hij de Dodge achterliet, trok hij zijn shirt uit en veegde daarmee over het stuur, het handschoenenkastje, de hendels van de portieren, de radio en alle andere dingen die hij mogelijk had aangeraakt. Hij stapte uit, deed het achterportier open, pakte de strengen touw en de tape, rolde ze strak op en stak ze in de zakken van zijn gestolen, groene, katoenen broek.

Zijn enkels bloedden en het lopen deed hem pijn. Dieren waren niet toegestaan in het ziekenhuis, dacht hij bij zichzelf, dus moest het die waanzinnige Metroix zijn geweest. Hij moest het kabaal op de gang hebben gehoord en snel onder zijn bed zijn gekropen. Metroix had drieëntwintig jaar in de gevangenis gezeten, dus waren zijn overlevingsinstincten veel beter ontwikkeld dan die van andere mensen. Geen wonder dat de mensen die hem hadden gehuurd de man dood wilden hebben. Hij zou Metroix' voeten afsnijden voordat hij hem afmaakte, om hem te laten boeten voor wat hij had gedaan.

Wade hinkte nog anderhalve straat door. Hij zag een nieuw model Honda Civic met open raampjes. Hij dook de auto in, trok aan de bedrading van het contact tot hij de juiste verbinding had gevonden en de motor aansloeg.

Zodra hij de rand van Ventura had bereikt, sloeg Wade een van de wegen naar het strand in, zette de auto langs de kant van de weg en beukte in een vlaag van woede met zijn vuisten op het stuur. Hij zag nu pas dat hij nog steeds de latex handschoenen droeg, rukte ze van zijn handen en gooide ze uit het raam, samen met het touw en de tape.

Niet alleen was hij er niet in geslaagd Metroix te vermoorden, wat inhield dat hij zijn geld niet zou krijgen, maar hij had ook een politieman neergeschoten. De smeris was een stomme kaffer geweest. Het was duidelijk dat hij nog maar pas bij de politie was. Als hij het overleefde, zou hij zich waarschijnlijk niet genoeg herinneren om hem te kunnen identificeren. Hij was van plan geweest de zoon van Carolyn Sullivan koud te maken, anders zou hij hem nooit zoveel verteld hebben, zeker niet hoe hij te werk ging. Dat joch wist nu alles en zou geen enkele moeite hebben hem te identificeren.

De woede trok eindelijk weg.

Wade hield zich voor dat hij alleen maar uit de stad weg hoefde te blijven en zich gedeisd te houden tot de rust was weergekeerd. Het probleem was alleen dat hij een politieman had neergeschoten. Wanneer je een politieman neerschoot, keerde de rust niet terug. De verpleegkundigen waren geen probleem. Die hadden weliswaar zijn gezicht gezien, maar er waren honderden mensen die er net zo uitzagen als hij. Zijn uiterlijk was een van de redenen waarom hij maar een paar keer was gepakt terwijl hij meer misdaden had gepleegd dan hij zich kon herinneren. Of hij zijn geld kreeg, was nu niet meer zijn grootste probleem, hoewel er nog steeds een kans was dat hij in staat zou zijn een verlenging te krijgen om de klus af te maken.

De zoon van de reclasseringsambtenaar vormde nu de grootste bedreiging. Als hij werd gearresteerd, of dat nu morgen was of over zes jaar, zou de getuigenis van de jongen hem achter de tralies zetten. Als de agent het niet overleefde, zou hij de doodstraf krijgen. Het was misschien een beetje riskant, maar hij was er vrij zeker van dat hij het probleem uit de weg kon ruimen. Hij had geen keus.

De jongen moest dood.

26

Carolyn en Hank Sawyer vernamen het nieuws over het incident in het ziekenhuis via de politieradio. Trevor White was onmiddellijk naar de operatiekamer gebracht. Als hij buiten het ziekenhuis was neergeschoten, zou hij waarschijnlijk zijn doodgebloed. De kogel was door zijn slagader gegaan en had zijn ruggengraat geraakt.

'Weet je zeker dat met John alles in orde is?' vroeg Carolyn, die voorovergebogen zat alsof ze op het punt stond te gaan braken.

'Haal een paar keer diep adem,' zei Hank tegen haar. 'John zal misschien een paar dagen wat last hebben met lopen, maar voor de rest is alles in orde. Hij heeft geluk gehad, Carolyn. Als die kogel Whites ruggengraat heeft doorboord, zal hij de rest van zijn leven in een rolstoel zitten.'

Ze waren nog maar een paar kilometer bij het ziekenhuis vandaan. Carolyn had Paul gebeld en uitgelegd wat er was gebeurd. Hij gaf haar de verzekering dat hij Rebecca bij zich thuis zou houden. Toen hij hoorde wat er met John was gebeurd, wilde hij naar het ziekenhuis komen en Lucy en Rebecca onder de hoede van Isobel achterlaten. Carolyn bedankte hem voor zijn bezorgdheid, maar zei dat als hij haar wilde helpen, hij moest blijven waar hij was en haar dochter beschermen.

'Het is misschien verstandig om een van die geweren die ik bij jou in de vitrine heb gezien, eruit te halen en te laden,' zei ze tegen hem. 'Maar zeg niets tegen Rebecca, alleen dat haar broer terecht is en dat alles in orde is met hem.'

Toen ze had opgehangen, zei Hank: 'Je bent nogal dik met de professor, merk ik.'

'Hij heeft zich behulpzaam getoond,' zei Carolyn terwijl ze terugdacht aan de tijd die ze die middag samen hadden doorgebracht. 'Hij is er altijd wanneer ik hem nodig heb. Dat is meer dan ik van Frank kan zeggen.'

'Iedereen heeft iemand nodig,' zei Hank. 'Die Leighton klinkt als een fatsoenlijke vent. Hij heeft een goede baan, kan goed opschieten met je kinderen en lijkt zich oprecht zorgen te maken over jullie welzijn.'

Carolyn richtte haar blik op de rechercheur, er meer op gebrand de moordenaar te pakken te krijgen dan haar relatie met de professor te bespreken. 'We moeten Metroix ergens anders onderbrengen. Wanneer denk je dat hij uit het ziekenhuis kan worden ontslagen?'

'Nou,' zei hij, 'er zijn vijf dagen verstreken sinds hij is neergeschoten. Hij moet redelijk goed hersteld zijn, anders zou hij niet in staat zijn geweest die kerel aan te vallen. Bovendien houden ziekenhuizen hun patiënten tegenwoordig niet meer zo lang vast als vroeger. Waar zullen we hem naartoe brengen? We kunnen hem een bed op de ziekenafdeling van de gevangenis geven nu hij buiten levensgevaar is.'

'Dat lijkt me geen goed idee,' antwoordde Carolyn. 'Iemand binnen de gevangenis heeft ervoor gezorgd dat Downly is vrijgelaten. Als die persoon voor Harrison werkte, kan hij nu Metroix laten vermoorden en het eruit laten zien als een ongeluk.'

Hank besefte dat ze daarin gelijk had. 'Waar moeten we dan met hem naartoe?'

'Paul heeft een huis in Pasadena,' zei ze. 'Misschien kan ik hem overhalen dat een poosje tot onze beschikking te stellen. Ik ben niet alleen bang dat ze weer achter Daniel aan zullen komen, maar hou mijn hart vast voor mijn kinderen. Als Paul het goedvindt, kan ik een verpleegkundige huren om Daniel overdag te verzorgen, en de rest van de tijd kunnen de kinderen en ik voor hem zorgen.'

'Maar hoe moet het dan met je werk?'

'Ik heb nog vakantie tegoed en kan ziekteverlof nemen,' zei Carolyn. 'Brad heeft de meeste van mijn zaken overgedaan aan collega's. Ik kan op zijn minst een week onderduiken. Hopelijk hebben jullie de dader dan te pakken. Niemand zal in Pasadena naar ons gaan zoeken. We moeten er alleen voor zorgen dat we niet geschaduwd worden.'

'Breng hem er in een ambulance naartoe,' adviseerde de rechercheur haar. 'Je kinderen en jij kunnen dan meerijden. Is het niet erg als ze een poosje niet naar school gaan?'

'Ze kunnen beter een of twee weken school verzuimen dan hun leven op het spel zetten. Ik zal hun docenten vragen werk mee te geven. John zal wel kwaad zijn.' Ze dacht even na en veranderde toen van gedachten. 'Misschien is hij wat inschikkelijker na wat er vandaag is gebeurd.' Haar stem trilde van de emoties. 'God, Hank, mijn zoon had nu dood kunnen zijn. We moeten hier een einde aan maken. Ik weet niet hoe lang ik dit nog volhoud.'

Ze parkeerden achter de zwart-witte surveillancewagens. Toen ze op de zevende verdieping waren aangekomen, liep Carolyn regelrecht naar de verpleegstersbalie. 'Waar is mijn zoon?'

'Bent u mevrouw Sullivan?' vroeg een verpleegkundige. Op haar badge stond: Alice Nelson, gediplomeerd verpleegkundige. Ze was een vrouw van middelbare leeftijd met kort zwart haar en een vriendelijk gezicht.

'Ja.'

'Maakt u zich geen zorgen,' zei ze. 'We hebben uw zoon een kamer gegeven zodat hij wat kan rusten. We hebben zijn knie in ijs gepakt. Hij was nogal van de kook, dus heeft de dokter hem een licht kalmerend middel gegeven. Voor de rest mankeert hij niets.'

John deed zijn ogen open toen zijn moeder binnenkwam. Carolyn boog zich over hem heen, gaf hem een zoen, richtte zich toen weer op en pakte zijn hand. 'Het spijt me zo dat dit jou is overkomen,' zei ze. 'Hoe is het met je knie?'

'Best,' zei hij, maar zijn gezicht vertrok van de pijn. 'Ze hebben hem niet te pakken gekregen, hè? Ik wíst dat hij zou weten te ontsnappen.'

'Ze krijgen hem heus wel,' verzekerde Carolyn hem. 'Heeft de politie al met je gepraat?'

'Ja,' zei hij. 'Ik heb alles verteld wat ik weet... In welke auto hij reed, hoe hij eruitzag, alles wat ik me kan herinneren. Hij is gevaarlijk, mam. Hij was bij me gekomen met een huilerig verhaal dat zijn vader een hartaanval had gehad en dat hij de weg naar het ziekenhuis niet wist. Ik had er niet in moeten trappen. Maar hij ziet er zo jong uit. Ik bedoel, hij ziet er helemaal niet uit als een moordenaar.'

'Je hoeft jezelf niets te verwijten.'

Nadat John zijn moeder het hele verhaal had gedaan, vroeg ze: 'Waarom heb je je zusje niet gebeld om te zeggen dat je wat later zou komen? Daarom heb ik die mobieltjes voor jullie gekocht.'

'Ik wíst dat je me dat zou verwijten,' zei John verdedigend. 'Ik ben er nog niet aan gewend dat ik een mobiele telefoon heb. Ik zat met mijn gedachten nog bij een bepaalde som en probeerde te onthouden waar meneer Chang en ik na school aan hadden gewerkt. Toen ik er eenmaal mee had ingestemd met die jongen mee te gaan, heeft hij mijn telefoon gepikt.'

'Dat mobieltje is verder niet belangrijk,' zei Carolyn. 'Ik ben zo blij dat je niet ernstig gewond bent. Hebben ze je verteld dat de politieman is neergeschoten?'

'Ja,' zei John. 'Die agent heeft míj bijna neergeschoten. Hij was nogal sloom. Hij gedroeg zich alsof hij helemaal niet wist wat hij moest doen. Of misschien was hij gewoon bang.'

Carolyn keek hem streng aan. 'Het is niet juist om hem te bekritiseren. Ik weet zeker dat agent White in de gegeven omstandigheden zijn best heeft gedaan.'

Hank Sawyer kwam de kamer in. 'Je hebt het uitstekend gedaan, John. Door je te verstoppen in de kamer van een van de patiënten, ben je waarschijnlijk aan de dood ontsnapt.'

Nu het paniekgevoel begon te zakken, kwamen er meer details naar boven. 'Hij zei dat hij Wade heette,' vertelde John terwijl hij op zijn zij ging liggen. 'Maar zo heet hij niet echt. Hij zei dat hij allerlei verschillende namen gebruikt. Hij vertelde trots dat hij op zijn veertiende zijn eerste moord had gepleegd. Maar hij was zo high van de drugs dat ik niet weet of alles wat hij zei, waar is.'

'Je hebt de andere rechercheur verteld dat je op zijn handen vlekken of iets dergelijks hebt gezien. Kunnen dat tatoeages zijn?'

'Ja, dat zou kunnen,' zei John, terwijl de angst weer opflitste in zijn ogen. 'De situatie was op dat moment heel hachelijk. Het is erg moeilijk me alles precies te herinneren. Hij had een zaag. Hij stond op het punt mijn tenen af te zagen. Wat ik nog het allerergste vond, waren de kindergympjes in de garage. Ik weet zeker dat daar bloedspatten op zaten.'

Het signalement kwam overeen met dat van Eddie Downly. Carolyn probeerde het afgrijzen te onderdrukken dat die walgelijke, gevaarlijke kerel haar zoon in handen had gehad. Om zekerheid te krijgen maakte ze een schetsje van Downly's tatoeages, waarbij ze met opzet de letters vertekende. 'Was het zoiets?' vroeg ze. Ze liet hem de tekeningen zien.

'Ja,' zei John. 'Ik heb een van zijn handen goed kunnen zien toen hij me vastbond. Nu ik erover nadenk, geloof ik dat er LOVE stond. Raar dat een moordenaar juist dat woord op zijn knokkels laat zetten.'

'We komen zo terug,' zei zijn moeder. Hank en Carolyn liepen de kamer uit.

'Eddie Downly is linkshandig. LOVE staat op zijn linkerhand getatoeëerd,' zei Carolyn. 'Waarom heeft Downly Luisa Cortez niet meteen afgemaakt nu hij toch hier in het ziekenhuis was? Het moeten haar schoentjes zijn. John is waarschijnlijk in het huis geweest waar hij haar heeft verkracht.'

'Luisa is gisteren uit het ziekenhuis ontslagen,' antwoordde Hank.

Hij pakte een tandenstoker. 'Denk je dat Downly echt al op zijn veertiende iemand heeft vermoord?'

'Zo ja,' zei Carolyn, 'dan is hij daarvoor nooit gepakt. Ik heb al gezegd dat jullie alle onopgeloste misdaden moesten nalopen. Wie weet hoeveel daarvan Eddie op zijn geweten heeft. Zoals John al zei, hij is jong, blank en ziet er niet uit als een keiharde crimineel. Ik had alleen maar de supervisie over hem. Ik was niet dag en nacht bij hem.'

'Maak jezelf daarover toch geen verwijten,' zei de rechercheur. 'We weten nooit wie we voor ons hebben wanneer we iemand in hechtenis nemen.'

Ze gingen de kamer weer binnen. John zat rechtop in bed en drukte de ijszak tegen zijn knie. 'Ik was nog vergeten te vertellen,' zei hij opgewonden, 'dat hij Metroix vóór acht uur vanavond moest vermoorden. Anders zouden ze hem zijn geld niet geven.'

'Heeft hij verder nog iets gezegd?' vroeg zijn moeder. 'Heeft hij, gedurende de tijd dat jij bij hem was, met iemand getelefoneerd of is ergens anders uit gebleken dat hij een handlanger had?'

'Niet dat ik me kan herinneren.'

'Heeft hij verteld wie hem had gehuurd?'

'De paashaas,' antwoordde John. 'Dat was natuurlijk sarcastisch bedoeld.' Hij zweeg nadenkend. 'Het spijt me dat ik niet méér over het huis kan vertellen. Ik was zo bang dat ik niet heb opgelet.'

'Voel je je goed genoeg om een autoritje te maken?' vroeg Hank.

'Ja, hoor,' zei John. Hij nam de ijszak weg om te zien of de zwelling al was geslonken. De verpleegkundige had de pijp van zijn spijkerbroek afgeknipt waardoor de onderste helft van zijn rechterbeen ontbloot was. 'Ik heb u al verteld dat ik me niet kan herinneren hoe ik bij het huis ben gekomen. Ik voel me zo dom. Ik kan me de naam van de straat niet eens herinneren.'

'Maar je zult het huis herkennen als je het ziet,' zei de rechercheur. 'Heb je langer in de auto gezeten van je school naar het huis, of van het huis naar het ziekenhuis?'

'Het leek alsof we er maar een paar minuten voor nodig hadden om bij het ziekenhuis te komen,' zei John. Hij ging staan en deed een paar stappen om te zien hoe zijn knie voelde. 'Maar misschien heb ik het mis. Toen we bij het huis wegreden, lag ik op de vloer tussen de stoelen en de achterbank. Ik kon niets zien en nadat ik de schoenen van dat meisje had gezien, was ik helemáál bang.'

'Nou, laten we meteen maar gaan. Dat huis zit waarschijnlijk tjokvol bewijsmateriaal.'

Carolyn zag dat haar zoon doodop was, maar ze wist dat de situatie zo ernstig was, dat hij de politie wel medewerking móést verlenen. 'Er kunnen nog meer slachtoffers zijn. Je zei dat hij een zaag had. Zat er bloed aan de zaag?'

'Dat geloof ik niet,' antwoordde John, die wit wegtrok toen hij terugdacht aan die angstaanjagende ogenblikken. 'Er was niet veel licht in het huis. De luiken zaten dicht. En het stonk er vreselijk. Eerst dacht ik dat het de stank van het riool was, maar het kunnen ook lijken zijn, neem ik aan?'

'Luister,' zei Carolyn, die naast hem op het bed ging zitten, 'de man die zich Wade noemt heeft een achtjarig meisje, Luisa Cortez, verkracht en gewurgd. Zijn echte naam is Edward Downly. Hij dacht dat ze dood was en heeft haar uit de auto gegooid op een open plek in de wijk waar ze woont. Ze heeft het overleefd, maar dat wil niet zeggen dat hij geen andere moorden heeft gepleegd. Begrijp je?'

'Ik dacht dat die kerel in de gevangenis zat,' zei John. Hij keek zijn moeder verward aan. 'Dat heb je me zelf verteld. Een van de docenten op school heeft het er zelfs over gehad. Hoe is hij uit de gevangenis gekomen?'

'Dat leg ik je in de auto wel uit,' zei Hank. Hij haalde Johns schoenen en sokken uit het kastje naast het bed. 'Trek je schoenen aan. Ik ga nog een paar ijszakken halen voor je knie. We moeten zorgen dat we dat huis vinden.'

Een agent in uniform stak zijn hoofd om de hoek van de deur. 'We hebben de Dodge gevonden, meneer, in de Walker Drive. Het lab stuurt een sleepwagen. We hebben het kentekennummer nagegaan. De auto is gestolen.'

'Zo werkt hij,' zei John. Hij sprak nog sneller dan daarstraks. 'Een paar uur voordat hij de misdaad begaat, steelt hij een auto. Erna laat hij hem ergens staan en steelt hij een andere.'

'Breng hem naar huis wanneer jullie klaar zijn,' zei Carolyn tegen Hank. 'Ik ga kijken hoe het met Daniel is.'

'O, mijn god!' riep John uit, 'waar is Rebecca? Is ze wel thuisgekomen? Ik heb niet eens naar haar gevraagd. Je zult wel erg in me teleurgesteld zijn, mam.'

'Met je zus is alles in orde,' vertelde Carolyn hem. 'Ze is bij Paul. Je hebt me niet teleurgesteld. Door ervoor te zorgen dat die man mij niet naar het ziekenhuis heeft gelokt, heb je mogelijk mij en veel anderen het leven gered. Je kunt juist trots zijn op jezelf.'

'Ik wilde niet dat hij jou iets zou doen,' zei de jongen met tranen in zijn ogen. 'Ik hou van je, mam.'

Carolyn drukte zijn hoofd tegen haar borst. 'Ik hou ook van jou, lieverd. Alles zal nu in orde komen. We zullen hem te pakken krijgen. En dan zal hij nooit meer iemand iets kunnen doen.'

Daniel Metroix zat rechtop in bed met een sombere uitdrukking op zijn gezicht.

'Heb je je bezeerd?' vroeg Carolyn.

'Nee,' zei Metroix. 'Ze hebben vanochtend de hechtingen eruit gehaald. Hoe is het met die politieman?'

'Ze zijn nog aan het opereren,' vertelde ze hem. 'Hij zal niet doodgaan, maar het ziet er niet goed uit. De kogel is in zijn ruggengraat blijven steken.'

'Ik wou dat ik had kunnen voorkomen dat hij werd neergeschoten,' zei Daniel. 'Toen ik zag dat hij het pistool van die man in de band van zijn broek stak, wist ik meteen dat hij een kanjer van een fout maakte. Toen hij zich bukte, had die kerel het pistool voor het grijpen.' Hij staarde naar de muur. Hij was doodop van de inspanningen. 'Een gevangenbewaarder zou zoiets nooit doen. Hebben de andere agenten je verteld dat ik hem heb gebeten?'

'Nee,' zei Carolyn. 'Waar heb je hem gebeten?'

'In zijn achillespees,' antwoordde Daniel. Hij pakte een bekertje water van het nachtkastje en nam een slok. 'Ik had niets wat ik als wapen kon gebruiken. Ik was erin geslaagd hem op de grond te trekken, maar ik was bang dat hij aan mijn greep zou ontsnappen. In de gevangenis leer je te roeien met de riemen die je hebt. Als de politie iemand vindt die in zijn hielen is gebeten, weten ze dat ze de dader hebben. De mensen van de forensische afdeling kunnen de wonden toch vergelijken met mijn tanden?'

'Jazeker,' zei Carolyn. 'Maar we moeten hem eerst nog te pakken zien te krijgen. Vanavond zetten ze overal in het ziekenhuis agenten neer, hoewel ik betwijfel of hij dom genoeg zal zijn om terug te komen. Uiterlijk morgenochtend zal ik een plek voor je hebben gevonden waar je veilig zit.'

'Tot nu toe heb ik nergens veilig gezeten,' zei Daniel. Hij sloeg zijn ogen neer. 'Misschien kun je me beter terugsturen naar Chino.'

'Ik weet hoe moeilijk je het hebt gehad,' zei ze. 'Ik was bij je toen het motel ontplofte. Mijn dochter heeft haar enkel gebroken, mijn auto is vernield en mijn zoon is vandaag ontvoerd. En dit gaat eigenlijk helemaal niet om mij, Daniel. Wanneer er iets misgaat, moet je gewoon je best doen de zaak weer recht te trekken.'

'Het spijt me,' zei hij. Hij wreef met zijn hand over het laken. 'Het leven was gewoon veel eenvoudiger voor me toen ik nog in de gevangenis zat. Ik word depressief wanneer ik niet kan werken.'

'Hoor eens,' zei ze met kracht, omdat ze weigerde toe te staan dat een zo intelligente en bekwame man als hij weer in zijn schulp zou kruipen, 'als je het wilt opgeven en de rest van je leven achter de tralies zitten, ga je je gang maar. Het enige dat je hoeft te doen, is een paar wieldoppen stelen.'

Daniel zei niets.

'Ik heb je werk laten zien aan een natuurkundeprofessor die ik ken,' ging Carolyn door. 'Hij was erg onder de indruk. Hij wil je ontwerp voor het exoskelet door de andere docenten op Caltech laten bekijken. Het enige wat ik daarvoor nodig hebt, is jouw toestemming.'

Zijn ogen lichtten op. 'Meen je dat?'

'Ja,' zei ze. 'Hij vertelde er nog bij dat de regering vijftig miljoen dollar ter beschikking stelt aan de persoon of het instituut dat het beste prototype weet te ontwikkelen.'

'Je zegt de regering,' zei Daniel, een stuk minder enthousiast,' maar je bedoelt het leger. Ik wil het exoskelet en mijn andere uitvindingen niet perfectioneren als het de bedoeling is dat ze voor oorlogen worden gebruikt. Geld zegt me niets. Het is altijd mijn droom geweest werk te krijgen op biomedisch gebied. Ik wil gehandicapte mensen helpen.'

'Ik kom morgenochtend vroeg terug, of ik bel je,' zei ze. 'We zullen die kerel te pakken krijgen, Daniel. Als je nu nog even volhoudt en je door ons laat helpen, zul je misschien kunnen werken waar je maar wilt.'

Daniel keek Carolyn met een zielig gezicht aan, alsof hij het niet kon verdragen dat ze wegging. Wat had die arme man veel geleden, dacht ze. Al sinds zijn kinderjaren had hij van niemand liefde ontvangen. Na wat John vandaag had meegemaakt, was ze emotioneel nog helemaal aangeslagen. Impulsief liep ze naar zijn bed en drukte een kus op zijn voorhoofd.

Carolyn werd zich opeens van iets heel vreemds bewust. Terwijl ze neerkeek op Daniels gezicht, werd alles wazig. 'De foto die je op je kamer had,' zei ze terwijl ze de foto uit haar tas haalde. 'Ben jij dit?'

'Ja,' zei Daniel op zachte toon.

'En het meisje?' vroeg ze. 'Is dat je zus?'

'Ik hield erg veel van haar,' zei hij. 'Haar naam was Jenny.'

'Je hebt nooit iets over een zus gezegd,' zei Carolyn. 'Waar is ze nu?'

'Op de begraafplaats Koningin der Engelen in Los Angeles,' zei Daniel. 'Ze was vijf toen ze is gestorven. Toen jij in ons gebouw kwam wonen, dacht ik dat God haar bij me had teruggebracht. Je was net zo oud als zij en je leek zo op haar. We speelden altijd samen. Maar dat weet je niet meer, hè?'

'Nee,' zei Carolyn. Ze vroeg zich af of deze tragedie uit zijn jonge jaren een rol had gespeeld bij zijn ziekte. 'Het spijt me van je zus. Hoe heb je me na al die jaren herkend?'

'Misschien omdat ik altijd gelukkig was wanneer ik met jou speelde. Mijn zusje was vanaf de dag dat ze was geboren altijd ziek geweest en ik had meer goede herinneringen aan jou dan aan haar. Toen ik hoorde dat iemand genaamd Carolyn Sullivan mijn reclasseringsambtenaar zou zijn, was ik er niet zeker van dat het om dezelfde persoon ging. Maar toen ik je zag, wist ik het meteen.'

Carolyn moest nu echt weg. 'Of ik me het verleden herinner of niet, is niet belangrijk,' zei ze. 'Ik ben blij dat je me hebt gevonden.'

'Niemand heeft zich ooit druk gemaakt over wat er met mij gebeurde, afgezien van mijn ouders,' zei Daniel met een dankbare blik. 'Jij hebt je leven geriskeerd om me te helpen. Je bent een geweldig mens.'

'Jij ook,' zei Carolyn met een glimlach. 'Ik beloof je dat ik ditmaal niet zal vergeten je te bellen. Maar ga alsjeblieft – '

'Maak je geen zorgen,' onderbrak Daniel haar. 'Ik zal het ziekenhuis niet verlaten.'

27

Carolyn en Paul zaten naast elkaar op de bank in haar woonkamer. Het was bijna middernacht. John en Rebecca sliepen. Nadat John een paar uur met Hank Sawyer had rondgereden, had hij het leegstaande huis gevonden waar hij gevangen was gehouden. De politie had het afgezet als een plaats delict en was nog bezig het huis uit te kammen. Ze hadden er geen lijken gevonden, maar wel bevestigd dat de gymschoentjes die John in de garage had gezien, toebehoorden aan Luisa Cortez. Nadat het forensisch laboratorium alle bewijsmateriaal zou hebben onderzocht, zouden ze misschien in staat zijn te bepalen of er in het huis meer misdaden waren gepleegd, en konden ze proberen de slachtoffers op te sporen.

'Jullie mogen best gebruikmaken van mijn huis in Pasadena,' zei Paul. 'En het is een goed idee om er per ambulance naartoe te gaan. Maar als ik heel eerlijk moet zijn, geloof ik dat je beter geen dagverpleegster kunt nemen.'

'Waarom niet?' vroeg Carolyn, hem met kleine oogjes aankijkend. 'Daniel heeft medische verzorging nodig. Een kogelwond is een ernstige zaak.'

'Ik ben het met je eens dat er iemand voor hem moet zorgen tot hij helemaal hersteld is, maar dat hoeft geen verpleegster te zijn,' zei de professor. 'Bovendien vind ik dat jij en de kinderen mijn huis in Pasadena geen seconde moeten verlaten tot de moordenaar is gepakt. Ik stuur Isobel met jullie mee. Zij kan de boodschappen doen, koken en voor Metroix zorgen. Pasadena is een kleine stad. Een nieuw gezicht zal aandacht trekken.'

'Nee, Paul,' zei Carolyn. 'Dat wil ik echt niet hebben. Het is al mooi genoeg dat je bereid bent ons je huis te lenen. Je hebt Isobel nodig om je te helpen met Lucy en om het huishouden te doen. Ik wil je er niet van weerhouden je boek af te maken.'

'Het boek kan barsten,' zei hij en hij legde een vinger onder haar kin. 'Ik geloof dat ik verliefd op je aan het worden ben.'

Ze kusten elkaar, en toen ging Carolyn weer rechtop zitten. 'Is het niet een beetje voorbarig om dat te zeggen? We zijn nog niet eens met elkaar naar bed geweest. Ik weet hoe mannen te werk gaan. Jullie zijn tot over je oren verliefd tot je de vrouw in bed krijgt. Daarna verflauwt de liefde snel.'

'Ook als we nooit met elkaar naar bed zouden gaan, zou ik je aanbidden. Kijk toch eens hoeveel opwinding je in mijn leven hebt gebracht.' Paul wreef in zijn handen. 'Ik ben van gedachten veranderd over mijn tweede boek. Ik heb besloten de misdaad te bestrijden.'

Carolyn stootte hem in zijn ribben. 'Je steekt de draak met me.'

'Een beetje,' zei Paul glimlachend. 'Ik betwijfel of ik jouw werk zou kunnen doen, zelfs als ik dat zou willen. Maar ik meen wel wat ik daarnet zei. Alleen is dit misschien niet de juiste tijd om verliefd te worden.'

'Zeg dat wel,' zei ze en ze legde haar hoofd op zijn schouder. 'Ik ben zo moe dat ik dubbel zie. Morgen moet ik contact opnemen met de docenten van de kinderen, schoolwerk voor hen regelen en een koffer pakken.'

'Vraag niet om schoolwerk voor de kinderen,' adviseerde Paul haar. 'Als je dit goed wil doen, mag je niemand laten weten wat er gaande is. Vergeet niet dat John in Downly's trucje is getrapt. Downly weet zijn jeugdige leeftijd en uiterlijk heel goed uit te buiten.'

'Ik was niet van plan de school te vertellen waar we naartoe gaan,' zei Carolyn. 'Ik wil alleen maar dat ze niet achteropraken. Je weet hoe belangrijk het voor John is zijn hoge cijfers te houden. Bovendien, wat zouden ze de hele dag in huis moeten doen?'

'Ik geef jullie wel wat van Lucy's dvd's mee,' zei hij. 'En je zoon kan van Daniel Metroix meer leren dan van zijn leraren op school. Ik had gedacht een paar van de professoren van Caltech te vragen met hem te gaan praten als hij toch in de buurt is.' Hij zag de blik op haar gezicht en ging door: 'Maar dat is niet al te slim, hè?'

Carolyn gaapte. 'Hou jij je nu maar bij natuurkunde.'

Een paar minuten later merkte Paul dat Carolyn in slaap was gevallen. Hij tilde haar op en droeg haar naar haar bed. Hij ging echter niet naar huis, maar belde op en verzocht Isobel hem zijn geweer te brengen. Vannacht, besloot hij, was het zijn beurt om de wacht te houden.

Arline Shoeffel belde Carolyn op woensdagochtend om halfacht. Paul was vertrokken zodra Carolyn wakker was geworden. De kinderen waren bezig hun tassen in te pakken voor hun verblijf in Pasadena. Carolyn lag nog even te rusten in haar slaapkamer omdat ze wist dat ze een lange dag voor de boeg had.

De rechter had het nieuws over Johns ontvoering en de schietpartij in het ziekenhuis gehoord, en ook dat Eddie Downly waarschijnlijk degene was die Luisa Cortez had verkracht. Carolyn vertelde haar over haar plan in het huis van de professor in Pasadena te trekken tot Downly was gepakt.

'Wat moeten we met directeur Lackner?' vroeg Carolyn. 'Het kan net zo goed zijn dat *hij* Downly heeft ingehuurd. Hij had dezelfde redenen om hem uit de gevangenis te halen als Charles Harrison. Hij kon het risico niet nemen dat Daniel hem zou verraden.'

'Het OM stelt een onderzoek in,' vertelde Arline haar. 'Ze hebben al vastgesteld dat Chino met niemand een joint venture is aangegaan.'

Carolyn schoot recht overeind in bed. 'Lackner heeft dus gelogen?'

'Daar lijkt het op,' zei ze. 'Er staat ook nergens officieel opgetekend dat welke gedetineerde dan ook een laboratorium of werkkamer had zoals die door Metroix is beschreven. Meerdere bewakers hebben Metroix' verhaal echter al bevestigd, dus moet Lackner het laboratorium hebben ontmanteld zodra jij vragen begon te stellen. Het OM wil Metroix zo snel mogelijk een getuigenis laten afleggen.'

'Hebben ze bij het OM nog steeds niet door dat iemand probeert hem te vermoorden?'

'Ik heb gezegd dat hij vanwege zijn verwondingen nog een aantal weken niet beschikbaar zal zijn,' ging Arline door. 'Ik heb geprobeerd federale bescherming voor hem te regelen, maar de zaak heeft zich nog niet ver genoeg ontwikkeld om dat mogelijk te maken. Wat je wel kunt doen, aangezien je enige tijd met deze man gaat doorbrengen, is proberen een lijst te maken van alles wat hij tijdens zijn verblijf in de gevangenis heeft uitgevonden.'

Carolyn hing op en belde Brad Preston.

'Waar ga je naartoe?'

'Zo ver mogelijk hiervandaan,' antwoordde ze. 'Ik zal aan het einde van de week contact met je opnemen.'

'Wat gaat er met Metroix gebeuren?'

'Dat weet ik niet,' loog Carolyn. 'De veiligheid van mijn gezin staat op dit moment bij mij voorop.'

'Je kunt niet zomaar alles in de steek laten en aan niemand vertellen waar je naartoe gaat en wanneer je terugkomt.'

'Op dit moment,' zei Carolyn, 'hoef ik niemand iets te vertellen. Als je me wilt ontslaan, ga je je gang maar.'

'Dat is niet fair,' zei hij, gekwetst door haar scherpe opmerking. 'Ik maak me alleen maar zorgen om je. Het is helemaal niet mijn bedoeling dat je ontslagen wordt.'

'Ik ben moe en ik ben bang, Brad,' zei Carolyn. 'Er heeft nog nooit iemand zoveel moeite gedaan mijn kinderen kwaad te doen. Als je om me geeft, stel je geen vragen. Dat is voor jezelf ook beter. Zeg maar tegen Wilson dat ik een operatie moet ondergaan.'

'Ik heb de laatste tijd veel aan je gedacht,' zei Brad, nu op zachte toon. 'Misschien kunnen we het nog een keer proberen. De draad weer oppakken. Het enige dat je hoeft te doen, is op een andere afdeling gaan werken. Of ik vraag of ik hoofd van de Velddienst kan worden.'

Carolyn kroop wat dieper onder de dekens en stelde zich voor dat hij naast haar lag. Paul Leighton bood haar intellect en stabiliteit. Wanneer ze alleen maar aan Brad dácht, tintelden haar tenen en werden haar tepels hard. 'Heb je me de waarheid verteld over Amy McFarland?'

'Ik heb nooit iets met haar gehad,' antwoordde hij. 'Ik ben zelfs de laatste tijd met helemaal niemand uit geweest. Misschien word ik oud of zo. Ik weet niet wat ik heb. Laatst heb ik er zelfs over gedacht je ten huwelijk te vragen.'

'Ja, ja,' zei Carolyn, 'en dan zul je niet meer hele nachten aan de boemel gaan en niet meer drinken, en dan ga je al die domme racewagens verkopen en word je een gezapige huisvader.'

Brad lachte. 'Misschien.'

'Misschien niet, kun je beter zeggen,' zei Carolyn. 'Je kunt het gewoon niet uitstaan dat ik een ander heb. Ik neem tegen het eind van de week contact met je op.'

28

Op woensdagochtend zaten Carolyn, John en Rebecca om tien uur in een kamer op het politiebureau van Ventura. Hank had Carolyn finiti in een servicegarage aan de achterkant van het bureau ge een aantal agenten ingeschakeld om de dozen met spullen die ze had meegebracht, eruit te halen en in een wit bestelbusje te laden.

'Het plan is als volgt,' zei Hank, die binnenkwam en tegenover hen aan de vergadertafel ging zitten. 'Jij en je kinderen worden in een busje van onze technische afdeling naar het ziekenhuis gebracht. Dat zal geen achterdocht opwekken omdat Downly weet dat de technische recherche naar het Methodist Hospital zal gaan om op de plaats delict bewijsmateriaal te verzamelen. Metroix wordt om twaalf uur uit het ziekenhuis ontslagen. Daarvan zal echter morgen pas iets te zien zijn in het patiëntendossier van het ziekenhuis. Als Downly erin mocht slagen dat dossier in te kijken of als hij opbelt om te vragen hoe het met Metroix is, krijgt hij te horen dat Metroix daar geen patiënt meer is. Er zal geen huisadres zijn. Op die manier hebben jullie een volle dag voorsprong. Het zou te riskant zijn om dat langer te rekken. We weten niet wie er allemaal bij deze zaak betrokken zijn. We zullen voor vandaag een nepbriefje in Metroix' dossier stoppen dat hij is overgebracht naar de psychiatrische afdeling.' Hij stopte om een slokje koffie te nemen. 'We weten dat Downly niet in zijn eentje werkt. Degene die op Metroix heeft geschoten, zat naast de bestuurder. Hetzelfde geldt voor de mensen die hebben geprobeerd jou en Rebecca van de weg te drukken.'

Carolyn zag de angst in de ogen van haar dochter toen die terugdacht aan die nacht.

'Hebben jullie nog geen idee waar Eddie Downly kan zijn?' vroeg Carolyn. Ze greep de hand van haar dochter en hield die stevig vast. John zat naast zijn zus met een norse uitdrukking op zijn gezicht. Hij was woedend geworden toen zijn moeder hem had verteld ze hem tijdelijk van school moest halen. En toen ze erbij had gezegd dat ze samen met Daniel Metroix gingen onderduiken, had de jongen gezegd dat ze krankzinnig was. Ze had geprobeerd uit te leggen dat het verstandiger was dat ze bij elkaar bleven, aangezien de moordenaar hen alledrie van gezicht kende.

'Nee, we hebben geen idee waar Downly zich op dit moment bevindt,' zei Hank. Hij duwde zijn stoel naar achteren. 'Ik weet niet of het al helemaal tot je is doorgedrongen, John, maar Downly wil jou net zo goed vermoorden als Metroix en Luisa Cortez. Jouw getuigenis zal tot zijn veroordeling leiden.'

'Nu voel ik me een stuk beter,' zei John sarcastisch. 'Hij kan me net zo goed vermoorden. Ik word nu waarschijnlijk toch van school gestuurd.'

'Je wordt helemaal niet van school gestuurd,' zei zijn moeder. 'Hank legt toch uit waarom we een poosje moeten verdwijnen!' Ze wendde zich weer tot de rechercheur. 'Hoe zit het met Nolan Houston en Liam Armstrong?'

'Die moet je nu verder aan ons overlaten, Carolyn,' zei Hank. 'De hoofdinspecteur heeft samen met Kevin Thomas van het OM vanmiddag een bespreking met rechter Shoeffel. Na wat er gisteren is gebeurd, heeft ze erin toegestemd huiszoekingsbevelen te ondertekenen voor zowel Houston als Armstrong.' Hij wees met zijn hoofd naar de deur. 'We moeten gaan, mensen. De ambulance staat klaar bij het ziekenhuis. Onze mensen daar zitten duimen te draaien. Ik wil hen zo snel mogelijk weer de straat op sturen om Downly te zoeken. En we willen dat deze verhuizing zo glad mogelijk verloopt.'

Tijdens de rit naar Pasadena belde Carolyn via haar mobiele telefoon Paul Leighton. 'Bedankt dat je vannacht bent gebleven.'

'Ik was nog vergeten je te vertellen,' zei hij, 'dat er geen gewone telefoonverbinding naar het huis is, maar wel twee lijnen die worden betaald door de universiteit. De ene is een DSL-lijn voor de computer. De andere aansluiting zit er vlak naast. Ik wilde de gewone telefoon niet laten aansluiten voor het geval Downly of iemand anders weet door te dringen in het computerprogramma van de telefoonmaatschappij en op die manier het adres kan vinden. De communicatie zal via onze mobiele telefoons moeten lopen. Als jouw mobieltje het om de een of andere reden niet doet, kun je een telefoontoestel in de stekker achter mijn computer steken.'

Carolyn stond op het punt op te hangen, toen de professor zei: 'Ken je iemand die een zwarte Nissan heeft?'

'Nee,' zei ze. 'Hoezo?'

'Er zat iemand in een zwarte Nissan een stukje bij jouw huis vandaan geparkeerd. Ik denk eerlijk gezegd dat het iemand van de politie is, maar ik vond dat ik het je toch moest vertellen. Ik heb bij de buren navraag gedaan. Niemand kent iemand die zo'n auto heeft.'

'Ik zal straks aan Hank vragen of het een van hun mensen is. Ik heb geen onbekende auto's gezien toen we naar het politiebureau zijn vertrokken.'

Paul had Isobel die ochtend vroeg naar Pasadena gestuurd om het huis te luchten en de koelkast te vullen. 'Stond die wagen er toen Isobel is vertrokken?' vroeg ze, met haar hand rond de telefoon zodat de kinderen het niet zouden horen.

'Dat weet ik eerlijk gezegd niet,' zei hij. 'Ik betwijfel dat het iets is waarover we ons zorgen moeten maken. Ik ben bij de buren langs geweest, maar de meesten waren niet thuis. Het kan best zijn dat de bestuurder van de Nissan een vriend is van een van de tieners die hier wonen en iemand is komen afhalen. De auto is rond halfnegen weggereden. Dat is precies het tijdstip waarop de meeste kinderen naar school gaan.' Hij zweeg even en voegde er toen aan toe: 'Als ik het goed heb gezien zat er een vrouw achter het stuur. Niets van wat je me hebt verteld, wijst erop dat er een vrouw bij betrokken is.'

Carolyn dacht meteen aan Madeline Harrison. Daniel had gezegd dat degene die op hem had geschoten, blond was, en Harrisons weduwe had blond haar. Mevrouw Harrison maakte echter zo'n gedistingeerde indruk. Je kon je nauwelijks voorstellen dat ze in een straat geparkeerd zou wachten op een gelegenheid om hen te vermoorden. Sommige dingen waren gewoon niet met een bepaald soort mensen te rijmen.

Toen Carolyn niets zei, vroeg Paul: 'Ik neem aan dat je je pistool bij je hebt?'

'Ja,' antwoordde ze, 'vuurwapens heb ik in overvloed.'

Hank had haar een klein arsenaal aan wapens gegeven. Ze konden niet op steun rekenen van de politie van Pasadena, tenzij het uitliep op een schietpartij of zich een andere crisis ontwikkelde. Volgens de rechercheur hield de plaatselijke politie zich hoofdzakelijk bezig met pogingen te voorkomen dat studenten werden aangereden door de welgestelde gepensioneerden, die de hoofdmoot van de bevolking van Pasadena vormden.

In een linnen tas achter in de ambulance lagen nog drie pistolen, een geweer van het type AK-47 en genoeg ammunitie om een heel leger op afstand te houden.

Na haar gesprek met Paul bekeek Carolyn de spullen die het ziekenhuis haar had meegegeven voor de verzorging van Daniel. In een grote plastic zak zaten flesjes Percodan, antibioticum, antiseptische middelen, verband en medicijnen. Volgens de getypte instructies die ze haar hadden meegegeven, moest Daniel tegen het eind van de week worden onderzocht door een arts. Hij was nog zwak en zag erg bleek.

Rebecca had medelijden met hem en knoopte een gesprek met hem aan. Het meisje was gekleed in een witte katoenen bloes en een rood met zwart geruite rok, en droeg haar bruine krulhaar in een staartje met een paar losse krullen over haar voorhoofd. 'Hoe voelt het wanneer je wordt neergeschoten?'

'Het doet pijn,' zei Daniel, die roerloos op de brancard lag. 'Hoe is het met je enkel?'

'Ik mag alweer op dit been staan,' vertelde ze hem. 'De dokter zei dat dit loopgips heet. Ik heb maar een paar dagen met krukken hoeven lopen.'

Omdat Daniel niets had om aan te trekken, had Paul Carolyn een paar trainingsbroeken en een stapel witte T-shirts meegegeven. Ze had zelf het ondergoed en de sokken meegebracht die ze op de dag van de ontploffing bij Rite Aid hadden gekocht, samen met de medicijnen die hij bij zichzelf injecteerde.

Rebecca vroeg door. 'Was je bang?'

'Je krijgt niet veel tijd om bang te zijn.'

'Ik wil wedden dat je hem haat, de man die je heeft neergeschoten.'

'Haat is een lelijke emotie,' antwoordde Daniel. 'Het enige dat het doet, is je vanbinnen opvreten.'

'Maar ben je niet kwaad dat je zoveel tijd in de gevangenis hebt gezeten?' vroeg het meisje, terwijl ze gedachteloos tekeningetjes maakte in een spiraalschrift dat ze op haar schoot had liggen. 'Mijn moeder zegt dat je niets verkeerds hebt gedaan.'

'Ik bof dat ik nog leef,' zei Daniel. 'Als je moeder en je broer er niet waren geweest, was ik nu misschien dood geweest. Je moeder is een erg dappere vrouw. John,' zei hij terwijl hij op één elleboog overeind kwam, 'ik ben je erg dankbaar voor wat je hebt gedaan. Ik sta bij je in het krijt. Het was heel slim van je om Downly het telefoonnummer van je moeders kantoor te geven in plaats van dat van haar mobiele telefoon. De meeste mensen zouden radeloos zijn geworden als ze zo onder druk hadden gestaan.'

John zat met zijn neus in een boek over Richard Feynman, de natuurkundige die de Nobelprijs had gewonnen, over wie hij een werkstuk maakte voor school. Hij negeerde Daniels opmerking en zei tegen zijn moeder: 'Feynman heeft op Caltech lesgegeven. Misschien kan ik de campus gaan bekijken wanneer we in Pasadena zijn.'

Daniel sprak weer, vastbesloten het ijs tussen hem en de ontoeschietelijke jongen te breken. 'Ben je een bewonderaar van Feynman? Weet je dat hij als hobby kluizen kraakte? Toen hij aan het Manhattan Project werkte, bracht hij iedereen tot wanhoop.'

Belangstelling flitste op in Johns ogen. 'Ken je Feynman?'

'Natuurlijk,' zei Daniel. 'Als je in natuurkunde geïnteresseerd bent, kun je moeilijk om Feynman heen. Hij was een gigant op zijn gebied en bovendien een geweldige leraar. Veel mensen kunnen natuurkunde in praktijk brengen, maar er is een speciaal talent voor nodig om er les in te geven.'

'Ik ben geïnteresseerd in nanotechnologie,' zei John. Hij deed zijn boek dicht. 'Heb je Feynmans verhandeling gelezen over het "inslikken van de chirurg"? Kun je je voorstellen wat we zouden kunnen doen als we apparaatjes konden maken die klein genoeg zijn om operaties binnen in het menselijk lichaam te verrichten? Zou dat niet geweldig zijn?'

'Jammer genoeg,' zei Daniel, 'hebben we in dat opzicht nog een lange weg te gaan. Wil je op dat gebied iets gaan doen?'

'Op welk gebied?'

'Op biomedisch gebied.'

'Daar heb ik nog niet over nagedacht,' antwoordde John. 'Ik weet dat ik geen massavernietigingswapens wil maken. Ik heb meer belangstelling voor het praktische nut van natuurkunde en andere wetenschappen.'

De ziekenauto stopte voor een klein huis met houten dakspanen en muren die bedekt waren met klimop. De chauffeur, een politieman genaamd Stockwell, zei tegen Carolyn en haar kinderen dat ze in de auto moesten blijven zitten terwijl hij de noodzakelijke voorbereidingen trof. Ze keken door de voorruit toe toen de agent aanbelde en wachtte tot Isobel opendeed. Stockwell verzocht haar de garagedeur te openen zodat hij de ambulance er achteruit kon inrijden.

Toen alles gereed was, controleerde de agent of Daniel goed lag vastgebonden op de brancard. Hank Sawyer had erop gestaan dat John een uniform droeg alsof ook hij een verpleegkundige was. Hulpverleningsvoertuigen zoals ziekenauto's werden altijd bemand door twee personen, omdat de ene moest rijden terwijl de andere de zorg had voor de patiënt achterin.

Stockwell duidde aan dat John hem moest helpen Daniel het huis in te dragen. Carolyn en Rebecca kregen te horen dat ze in de auto moesten blijven tot hij hun een teken gaf dat ze het huis konden binnenglippen.

Ze brachten Daniel naar de logeerkamer op de begane grond, dichtbij de garage. Aangezien Isobel al jaren voor de professor en zijn gezin werkte, had ze haar eigen kamer aan de overkant van de gang. Bij de twee kamers was een aparte badkamer. De gang tussen de twee kamers liep langs de keuken naar de eetkamer en de woonkamer. Boven waren nog drie slaapkamers. Rebecca zocht Lucy's kamer op, terwijl John zich installeerde in de werkkamer van de professor. Paul had hun verteld dat de bank kon worden uitgeklapt. John was in zijn nopjes toen hij een bureau zag met een computer en een X-Box, waarvan hij aannam dat de professor die voor zijn dochter had gekocht.

'Ik vraag me af of hij DSL heeft,' zei de jongen, die onmiddellijk de computer aanzette terwijl zijn moeder in de deuropening geleund bleef staan. 'Hij heeft zelfs Windows XP.'

'Wat wil dat zeggen?' vroeg Carolyn die minder goed op de hoogte was van computertechnologie dan haar kinderen. In het gerechtsgebouw hadden ze goede apparatuur, maar er was geen budget om ieder nieuw programma te kopen zodra het op de markt kwam.

'Nou,' zei John, 'Paul hoeft zich geen zorgen te maken dat ik aan zijn persoonlijke dossiers kom. Windows XP is een besturingssysteem van Microsoft dat je in de gelegenheid stelt je computer zodanig te programmeren dat een gast er probleemloos gebruik van kan maken. Ik had dat programma met de kerst cadeau willen hebben, maar je zei dat het te duur was.'

John maakte verbinding met het internet en meteen flitsten de beelden over het scherm. 'Met ons modem thuis duurt dit allemaal uren. Je moet echt DSL nemen, mam. Dat heeft iedereen tegenwoordig.'

Carolyn begon zich af te vragen of ze er goed aan had gedaan de kinderen mee te nemen naar een andere stad. 'Als *iedereen* een snellere internetverbinding heeft, heeft *iedereen* meer geld op de bank dan ik,' zei ze tegen haar zoon. 'In ieder geval heb je nu iets om je mee bezig te houden zolang je hier bent.'

Zodra Stockwell zou zijn vertrokken, zouden ze op zichzelf aangewezen zijn. Hank had haar gewaarschuwd. De hoofdinspecteur had geweigerd mankracht beschikbaar te stellen in een stad die niet tot hun jurisdictie behoorde. Bovendien hadden ze zelf alle manschappen nodig voor hun klopjacht op Snelle Eddie en zijn handlanger.

Het had hen niet verstandig geleken de politie van Pasadena op de hoogte te brengen van de situatie. Het ging er juist om dat niemand zou weten waar ze zich schuilhielden, en vanwege de omstandigheden was iedereen die bij of met de politie werkte nog steeds verdacht. Er was nog steeds niet bevestigd dat Charles Harrison echt dood was. Bovendien was Carolyn bang voor directeur Lackner, een man die genoeg macht had om alle informatie te bemachtigen die hij wilde.

Nadat agent Stockwell hun dozen en de linnen tas met wapens naar binnen had gebracht, nam hij Carolyn in de keuken even apart. 'Ik kan beter zo snel mogelijk vertrekken,' zei hij. 'Het moet eruitzien alsof we gewoon een patiënt hebben afgeleverd. Het was geen gek idee om juist deze stad kiezen. Ik heb gehoord dat ze hier voortdurend oudere patiënten vervoeren in ambulances. Er zit hier veel geld. De mensen die hier wonen gaan niet naar verpleeghuizen. Ze huren iemand om hen in hun eigen huis te verzorgen. Buiten de studenten van de universiteit bestaat de helft van de bevolking van deze stad waarschijnlijk uit professionele zorgverleners.'

'Dat is voor ons dus juist goed, nietwaar?' zei Carolyn. 'Zolang Isobel de enige is die het huis verlaat, zullen we niet veel aandacht trekken.'

'Ik zou ook dat tot een minimum beperken,' zei Stockwell. 'En vergeet niet de gordijnen dicht te houden. Laat de huishoudster de garagedeur dicht en op slot doen nadat ik ben weggereden. Heeft professor Leighton zijn bewakingsfirma ervan op de hoogte gebracht dat jullie hier zijn?'

'Ja,' zei Carolyn. Ze stak haar hand uit. 'Hartelijk dank voor je hulp.'

'Graag gedaan,' zei de agent beleefd. 'Zoek voor de wapens een plek waar je ze snel kunt pakken. Maar zorg ervoor dat áls er iets mis mocht gaan, Downly of degene die met hem samenwerkt, er niet eerder bij kan komen dan jij. Toen ik je spullen in de kast van de slaapkamer heb gelegd, zag ik een vlizotrap naar de vliering. Je moet het natuurlijk zelf weten, maar daar zou ik ze neerleggen. Hou alleen je dienstpistool naast je bed.'

Snelle Eddie mocht zijn opdrachtgever niet opbellen via zijn mobiele telefoon. Wist dat stomme wijf niet dat er nog maar heel weinig openbare telefoons waren die het deden? Waarschijnlijk was er over een paar jaar geen enkele meer over. Hij had er al zes geprobeerd. Bij de ene ontbrak de hoorn. Bij een andere was het gedeelte waar je de muntjes in moest doen ingeslagen met een levensgrote moersleutel. De dieven hadden die achtergelaten. Omdat het ding hem misschien nog van pas zou komen, had hij hem in de kofferbak gegooid van de auto waar hij nu in reed. Hij had hier en daar nog meer gereedschap opgepikt en nummerborden. De nummerborden stal hij op terreinen waar weggesleepte auto's naartoe werden gebracht. Hij koos altijd auto's die de minste kans maakten opgehaald te worden. De meeste van de sleepmaatschappijen hadden een contract met de gemeente. Ze brachten exorbitant hoge kosten in rekening, vaak een even groot bedrag als de auto waard was. Hij had op dit moment twaalf nummerborden in zijn bezit.

Omdat hij werd gezocht door alle politiekorpsen van het land en te boek stond als gewapend en gevaarlijk, verwisselde Eddie om de vier uur de nummerborden van de Nissan. Tijdens het rijden overschreed hij nooit de snelheidslimiet, veranderde hij nooit van rijbaan zonder zijn richtingaanwijzer uit te zetten, reed hij nooit te dicht op een voorganger en gaf hij altijd voorrang. De politie kon niet iedere zwarte Nissan aanhouden die ze zagen, zeker niet zonder een rechtsgeldige reden. Ze moesten afgaan op het nummerbord. En morgen of overmorgen zou de Nissan sowieso verleden tijd zijn.

Eddie kon niet langer het uiterlijk van een fatsoenlijke tiener gebruiken, waarmee hij de zoon van Carolyn Sullivan zo gemakkelijk in de val had laten lopen. Een van zijn idolen was de seriemoordenaar Ted Bundy. Maar zelfs Bundy had fouten gemaakt. Hij had alleen vrouwen vermoord, en veel van die vrouwen leken op elkaar. Een beroepsmoordenaar zoals hij wist dat je nooit in een vast patroon mocht vervallen. Geen enkele FBI-agent kon een profiel van hem samenstellen.

Hij gaf toe dat hij met Luisa Cortez de mist in was gegaan. Hij had overwogen te proberen haar uit de weg te ruimen, maar het risico was te groot. Als Sullivan hem de waarheid had verteld, was haar getuigenis niet belangrijk. Bewijs in de vorm van DNA was onweerlegbaar. Hij knoopte zijn overhemd open en keek naar de flauwe rode strepen op zijn borst. Ze hadden niet meer nodig dan een haarwortel, een miniem stukje huid, een druppel bloed, wat speeksel of een andere lichaamsvloeistof.

Maar eerst moesten ze hem te pakken zien te krijgen. Na de verkrachting was hij zo dom geweest naar een drugsdealer te gaan in een restaurant waar hij als kelner had gewerkt toen Sullivan nog de supervisie over hem had gevoerd. Hij was erg geschrokken toen hij had gehoord dat het meisje het had overleefd en had er behoefte aan gehad high te worden. Nu moest hij alle plekken mijden waar hij voorheen altijd kwam.

Na het incident in het ziekenhuis had Eddie de *look* aangenomen die berucht was gemaakt door de blanke rapper uit Detroit die zichzelf Eminem noemde. Hij droeg een blauwe wollen muts die hij tot over zijn oren en voorhoofd trok, een ruim T-shirt met lange mouwen en een wijde spijkerbroek die laag op zijn heupen hing. Met een balpen schreef hij teksten voor liedjes op zijn handpalm.

Gelukkig mocht hij de vrouw op haar kosten bellen. Hij kende het nummer uit zijn hoofd. Ze accepteerde het gesprek snel door 'ja' te antwoorden op de vraag van het geautomatiseerde systeem.

'Ik heb Metroix nog niet gevonden,' vertelde Eddie haar. 'Ik heb het ziekenhuis gebeld en gedaan alsof ik zijn broer was. Ik heb een beetje met de verpleegster zitten slijmen en die heeft me toen verteld dat de politie Metroix in een ziekenauto ergens naartoe heeft gebracht.'

Madeline Harrison zat in een geriefelijke beige leunstoel in haar kamer op Fairview Manor. 'Ze hebben Daniel Metroix samen met Carolyn Sullivan en haar twee kinderen naar een privé-woning in Pasadena gebracht.'

'Wanneer?'

'Vanochtend, toen jij sliep of weer een weerzinwekkende misdaad aan het plegen was.'

'Hé zeg,' zei hij met stemverheffing, 'ik sliep helemaal niet. Mijn partner en ik zaten vanochtend vóór achten al in een auto voor Sullivans huis. Voor mensen zoals wij is dat verrekte vroeg. Ze moeten zijn vertrokken voordat we er waren. Na een uur moesten we zelf ook vertrekken, anders zou de politie ons in de gaten hebben gekregen. Maar als u alles al weet, waarom hebt u me dan niet gewoon verteld dat ze naar Pasadena zouden worden gebracht?'

'Wil je je geld?' zei Madeline Harrison. 'Ik accepteer geen gebrek aan respect van zo'n walgelijk stuk ongedierte als jij. Ga naar Pasadena en doe wat je doen moet met de man die mijn zoon heeft gedood. Zodra ik bewijs heb dat hij dood is, krijg je een kwart miljoen dollar in contant geld.'

'Wat is het adres?'

'Ik heb het adres niet,' zei ze tegen hem. 'Als ik het adres had, had ik jou niet nodig. Dan ging ik hem zelf vermoorden.'

'Schitterend,' dacht Eddie toen hij de hoorn op de haak gooide.

Madeline belde haar man in Boston. 'Hoe is het vandaag bij de dokter gegaan?'

'Goed,' zei Charles Harrison. 'Ik sta met mijn nieuwe identiteit op de wachtlijst voor een lever. Al zouden mijn kansen beter zijn geweest als ik in L.A. was gebleven.'

'Het komt heus wel goed,' antwoordde ze koeltjes. 'Heb je met Boyd Chandler gesproken?'

'Nog niet,' zei hij. 'Is Metroix dood?'

'Nee,' zei ze. 'De politie heeft hem naar een onbekende locatie in Pasadena gebracht. Ik heb zojuist met Eddie Downly gesproken en hem verteld wat hij moet doen.'

'Hoe zit het met de levensverzekeringsmaatschappijen? Maken die het je moeilijk?'

'Alles verloopt naar wens. De advocaat die ik in de arm heb genomen, Carl Myers, heeft me vandaag gebeld. De politie heeft geen bewijs dat er sprake is van bedrog. Hij heeft de verzekeringsagent verteld dat ik het geld nodig heb om mijn kosten hier op Fairview te dekken.'

'Je komt toch wel bij me wanneer het voorbij is?' vroeg Charles ongerust. 'Ik bedoel, dat was het plan. Ik wil niet helemaal alleen in een vreemde stad onder het mes. Misschien word ik nooit meer wakker.'

Madeline zuchtte en trok aan een hendel om de rugleuning van haar stoel te laten zakken. 'O, Charles,' zei ze, starend naar een vingernagel waar een schilfertje lak van af was, 'waarom doe jij overal altijd zo dramatisch over? Er worden dagelijks met succes levertransplantaties uitgevoerd. De kans dat er iets misgaat, is bijzonder klein. Als je zo bang bent voor een operatie, had je jaren geleden moeten ophouden met drinken.'

Harrison onderbrak haar: 'Als jij me had bijgestaan, zoals een echtgenote betaamt, in plaats van je intrek te nemen in een luxe inrichting die ze een ziekenhuis noemen, zou ik misschien nooit aan de drank zijn geraakt.'

'Je vader was alcoholist, Charles,' zei Madeline. 'Ik heb al die jaren slechts één ding van je gewild, namelijk dat die afgrijselijke man zou sterven. Hij heeft onze levens gestolen toen hij Tim heeft gedood. En toen heeft hij in de gevangenis een speciale behandeling gekregen. Hoe heb je dat kunnen laten gebeuren?'

'Ik heb geen invloed op wat er binnen gevangenissen gebeurt,' viel Charles uit. 'Ik heb hem drieëntwintig jaar achter de tralies weten te houden. Ik weet niet of je het je realiseert, maar dat was niet gemakkelijk. Ik heb ervoor gezorgd dat Eddie werd vrijgelaten nadat Boyd was vertrokken. Boyd had de klus in het motel goed gedaan. Hij heeft

Metroix ernaartoe weten te krijgen en een bomexpert ingehuurd om de kamer te laten ontploffen. Ik kon toch ook niet weten dat dat mens van Sullivan er zou zijn om hem te redden? Boyd moest de stad verlaten tot alle commotie was gezakt. Men kent hem. Hij heeft bij de politie van Ventura gezeten.'

'Jij hebt overal een excuus voor,' zei Madeline. 'Kun je contact opnemen met Boyd?'

'Ja, ik heb een telefoonnummer waar ik hem kan bereiken. Houden we ons aan het laatste plan?'

'Ja,' zei ze kort en bondig. 'Zodra Metroix dood is, zal ik Eddie vertellen waar hij Boyd kan vinden voor de uitbetaling. Ik wil die man dood hebben. Hij heeft een achtjarig kind verkracht.'

'Jij wilt iedereen dood hebben,' mompelde Charles binnensmonds. Hij aanbad zijn vrouw, maar sinds de dood van hun zoon beheerste ze zijn leven volkomen. Ze zat op haar gemak in het ziekenhuis en liet zich door iedereen op haar wenken bedienen. Hij was er zeker van dat ze voor de lol andere patiënten manipuleerde. Vroeger was ze in het weekend nog thuisgekomen en had ze de liefde met hem bedreven. Ze had gewild dat hij ervoor zou zorgen dat Metroix in Chino werd vermoord. Hij had daartoe een paar pogingen gedaan, maar vanwege zijn positie was het moeilijk voor hem om binnen het gevangeniswezen te werken. De plaatselijke huizen van bewaring waren makkelijker. Hij was aan Eddie gekomen via een agent van het LAPD die hij al jaren kende, sinds hij hem had gearresteerd wegens het bezit van een grote hoeveelheid amfetamine. Hij had Eddie de keus gegeven. Hij kon voor hem werken of een jaar in de cel zitten wegens schending van de voorwaarden van zijn proeftijd. Hoe had hij nou moeten weten dat hij een kind zou verkrachten? Het was waar dat hij was gearresteerd wegens een seksmisdrijf. Hij had het rapport gelezen en was er niet eens zeker van geweest dat er een misdaad was begaan. Eddie en zijn slachtoffer, een tienermeisje dat naast hem woonde, scheelden maar twee jaar in leeftijd. Zijn verhaal dat het zijn vaste vriendin was, had aannemelijk geleken. En het was bij handtastelijkheden gebleven. Hij was niet met het meisje naar bed geweest. Nadat hij was gearresteerd wegens de verkrachting van Luisa Cortez, had Charles geen andere keus gehad dan ervoor te zorgen dat hij werd vrijgelaten. Hij kon niet het risico nemen dat Eddie uit de school zou klappen. Het enige dat hij in het motel had gedaan, was zich voordoen als receptionist. Als hij de officier van justitie had verteld dat een oud-commissaris van politie bij de ontploffing betrokken was, zou hij misschien geen verminderde straftijd hebben gekregen, maar wel íéts. Sean Exley, de hoofdofficier van justitie van Ventura, wilde herkozen worden. Een sensationeel verhaal zou hem goed van pas zijn gekomen.

'Ik heb al met Boyd gesproken,' vertelde Charles haar. 'Hij is bereid Eddie koud te maken. De prijs is een kwart miljoen dollar, net zoveel als we hadden uitgetrokken voor Metroix. Staat er zoveel op je persoonlijke rekening, of moeten we wachten tot de verzekering over de brug komt? Ik heb Boyd, Eddie en de bomexpert betaald voor de klus in het motel. Ik heb nu minder dan honderdduizend over van Tims trust. Ik moet ook de transplantatie betalen, vergeet dat niet. De rekening van het ziekenhuis zal astronomisch zijn, nog buiten die van het medisch team. Ik kan mijn ziekteverzekering niet gebruiken.'

'Dode mannen hebben geen ziekteverzekering,' zei Madeline. 'Maak je geen zorgen, Charles, ik heb meer dan genoeg geld. Zodra Eddie Metroix heeft vermoord, regel ik een ontmoeting met Boyd om hem de helft van de afgesproken som te geven. De andere helft krijgt Boyd nadat hij Eddie heeft vermoord. Daarna is het allemaal voorbij en boek ik meteen een vlucht naar Boston.'

29

Hun eerste avond in Pasadena verliep rustig. Isobel had gebraden kip met aardappelpuree en zelfgebakken broodjes gemaakt. Na het eten strekte Rebecca zich in de woonkamer languit op de grond uit om naar een van Lucy's dvd's te kijken.

Daniel at in zijn kamer van een dienblad. Carolyn bracht hem het toetje, een heerlijke citroencake, en bleef bij hem zitten. Ze was verrast toen ze John zijn hoofd om de hoek van de deur zag steken. 'Als jullie aan het praten zijn, kan ik straks wel – '

'Nee,' zei Carolyn, blij dat John zich iets soepeler begon op te stellen tegenover de man tegen wie hij aanvankelijk zo'n weerzin had gevoeld. 'Ik wilde net naar boven gaan om een paar telefoontjes te voeren.'

Ze deed de deur zachtjes achter zich dicht en voelde blijdschap in zich opwellen. Misschien gebeurden goede dingen dan toch wanneer je ze het minst verwachtte. Ze liep de trap op naar Pauls slaapkamer, sloot haar mobiele telefoon aan op het lichtnet om te voorkomen dat de batterij leeg zou raken en draaide het nummer van haar broer.

'Morgenavond is de opening van mijn tentoonstelling,' zei Neil. 'Jij haalt ma toch op, hè?'

'Lees jij geen kranten?' vroeg Carolyn. 'John is gisteren ontvoerd. Een politieman is neergeschoten.'

'Waarom heb je me niet gebeld?' zei Neil. 'Is alles in orde met John? Waar ben je? Ik kom meteen naar je toe.'

'We zijn niet in ons eigen huis,' vertelde Carolyn hem. 'Ik kan je niet vertellen waar we zijn, alleen dat we veilig zitten.'

'Je kunt me niet vertellen waar jullie zijn? Wat moet dat voorstellen?' riep Neil uit. 'Ik ben je broer! Vertel me dan in ieder geval wat er is gebeurd.'

Carolyn bracht hem in het kort op de hoogte van wat er de vorige dag allemaal was voorgevallen. 'Maak je geen zorgen,' voegde ze eraan toe. 'Ze krijgen Downly heus wel te pakken. Maar wees voorzichtig, Neil. Als hij erachter mocht komen dat jij mijn broer bent, zal hij misschien proberen mij via jou te vinden.'

'Zó,' zei Neil, 'nu is mijn dag goed. Hoe ziet die vent eruit?'

Carolyn beschreef Snelle Eddie. 'Ik zal mama bellen om te zeggen dat je haar morgenochtend om negen uur komt halen.' Voordat Neil kon protesteren, hing ze op en belde haar moeder.

'Hoor eens, mam,' zei ze. 'Ik moet iets heel belangrijks doen voor mijn werk. Neil zal je morgen om negen uur ophalen en de hele dag bij je blijven. Ik kan de opening van zijn tentoonstelling helaas niet bijwonen.'

'Je komt niet naar de tentoonstelling van je eigen broer?' zei Marie Sullivan. 'Van zoiets belangrijks kan de reclasseringsdienst je toch niet afhouden? Wat zal Neil dat erg vinden. En wat moeten de mensen er wel niet van denken?'

Carolyn was blij dat haar moeder niet was geabonneerd op een van de kranten van Ventura. Wanneer ze niet naar haar vriendinnen was, bracht ze haar tijd door met het lezen van wetenschappelijke tijdschriften, keek ze naar educatieve programma's en werkte ze in de kelder van haar huis aan scheikundeprojecten. 'Je weet best dat ik de opening niet graag zou willen missen, maar het kan echt niet anders, mam. We zullen de komende paar dagen trouwens niet veel thuis zijn, dus maak je geen zorgen als je ons daar niet kunt bereiken. Tot nader order moet je maar naar mijn mobieltje bellen. En hecht niet al te veel geloof aan alles wat je hoort.'

'Wat bedoel je daar nu weer mee?'

Carolyn had gehoopt dat ze haar moeder niet zou hoeven te vertellen dat haar kleinzoon ontvoerd was geweest. Haar moeder was fit voor haar leeftijd, maar had een hartziekte. Ze kon echter niet het risico nemen dat een van haar vriendinnen haar over de ontvoering zou vertellen. Ze legde uit wat er was gebeurd en zei erbij dat ze allemaal in veiligheid waren en dat ze zich nergens zorgen over hoefde te maken. 'Ik bel je na de opening van Neils tentoonstelling nog wel, goed? Hij komt je morgen om negen uur halen.'

'Wat verschrikkelijk, Carolyn,' zei Marie Sullivan. 'Ik wil dat je die baan opzegt. Het is te gevaarlijk. Beloof het me. De kinderen en jij kunnen makkelijk bij mij intrekken tot je een nieuwe baan hebt gevonden. Ik heb drie slaapkamers, en de scholen hier in Camarillo zijn heel goed.'

'Ik kan mijn baan niet opzeggen, mam,' zei Carolyn. 'Over een paar jaar kan ik als advocaat gaan werken. Dit was een eenmalig incident. Het zal niet nog een keer gebeuren. Bel Neil even om precies af te spreken voor morgen. Ik weet dat hij thuis is, want ik heb hem zojuist gesproken.'

'Wanneer zie ik jou weer?'

'Dat weet ik nog niet,' zei Carolyn. 'Hopelijk dit weekeinde. Ik hou van je, mam. Veel plezier op de tentoonstelling. Ik wou dat ik met je mee kon.'

Carolyn ging weer naar beneden en zag tot haar verbazing dat Daniels deur nog steeds dichtzat. Isobel was in de keuken verdiept in een boek. 'Ik wil even nakijken wanneer Daniel medicijnen moet innemen.'

'Maak je geen zorgen,' zei Isobel. 'Mijn kamer is pal tegenover die van hem. Ik zal goed voor hem zorgen.'

Carolyn ging aan de tafel zitten en zag dat Isobel haar boek dichtdeed en zich gereedmaakte om te gaan slapen. 'Wat was Pauls vrouw voor iemand?' vroeg ze. 'Je hoeft geen antwoord te geven. Ik ben alleen maar nieuwsgierig.'

'Penelope,' zei Isobel fronsend. 'Die vrouw dacht dat ze een koningin was of zoiets. Ze bekommerde zich om niemand anders dan zichzelf, zelfs niet om de kleine Lucy. Ze had zo'n goede man als professor Leighton helemaal niet verdiend. Weet je dat dit haar huis is?'

Daar schrok Carolyn een beetje van. 'Bedoel je dat ze hier nog steeds woont?'

'Niet meer,' zei Isobel. Ze stond op om een schaaltje chocoladecakejes en een stapeltje servetjes te pakken. 'Neem gerust,' zei ze toen ze de schaal midden op de tafel zette. 'Je bent veel te mager. Je kunt wel wat vlees op je botten gebruiken.'

Carolyn wreef over haar buik. 'Ik heb heerlijk gegeten,' zei ze. 'En maak je geen zorgen, als je die cakejes op de tafel laat staan, zullen mijn kinderen wel zorgen dat ze op komen. Je zei dat dit het huis is van Pauls ex. Ik begin me een beetje opgelaten te voelen, Isobel.'

'Penelope heeft hier al jaren niet gewoond,' vertelde de vrouw haar terwijl ze een cakeje pakte en op een servetje legde. 'Ze heeft dit huis geërfd van een familielid. Ze is hier in Pasadena opgegroeid. Dit was alleen maar een plek waar haar luxe vrienden konden logeren wanneer ze naar de stad kwamen. Ze woont nu in een grote villa in Malibu met haar tweede man, die trouwens zo lelijk is als de nacht.'

'Waarom is ze dan met hem getrouwd?'

Isobel at het cakeje en veegde met het servet de kruimels van de tafel. 'Om zijn geld,' zei ze. 'En hij is plastisch chirurg. Hij geeft haar met net zoveel regelmaat een servicebeurt als de Rolls Royce waarin ze rijdt. De laatste keer dat ik Lucy daar heb afgezet, zat haar gezicht zo strak dat ze niet eens kon glimlachen.'

'Ik begrijp het evengoed niet,' zei Carolyn, met haar hoofd op haar hand gesteund. 'Als ze geld heeft, waarom is ze dan met een lelijke man getrouwd? Toch niet alleen voor de plastische chirurgie? Die kan ze zich dan ook wel veroorloven zonder met hem te trouwen.'

'Erfenissen raken op,' legde Isobel uit met een wijze blik in haar ogen. 'De helft van de dienstmeisjes hier heeft meer geld op hun spaarrekening dan de oude dwazen die in deze grote huizen wonen. Mensen die van kinds af aan gewend zijn aan dit leven, gaan niet werken. Dat vinden ze beneden hun stand. Wij noemen ze dividendvangers. Dat wil zeggen, ze leven van het geld dat hun ouders hun hebben nagelaten. De huizen zijn meestal vrij van hypotheek, dus hoeven ze alleen maar de belasting en het onderhoud te betalen.'

'Sommige van deze huizen zijn miljoenen waard,' zei Carolyn. 'Waarom verkopen ze die niet gewoon?'

'De jongeren onder hen doen dat ook wel en verkwisten dan al het geld. Dit soort mensen geeft geld uit alsof het niks is. Ze hebben van kinds af aan niet anders gedaan, zie je.' Isobel zweeg en strekte haar armen boven de tafel. 'De ouderen zullen hun huis nooit verkopen. Deze stad is hun hele leven. Ze zijn hier geboren en ze zullen hier doodgaan. Het huis verkopen en in een andere stad gaan wonen, staat voor hen gelijk aan met hun hele gezin naar Siberië verhuizen.'

'Over gezinnen gesproken,' zei Carolyn, die steeds meer gesteld begon te raken op de vrouw. 'Ben jij ooit getrouwd geweest?'

'Ja, ik ben getrouwd geweest,' antwoordde Isobel met een lichte hapering in haar stem. 'Mijn man is ervandoor gegaan nadat mijn zoon was geboren. Ik heb nooit meer iets van hem gehoord. Ik had meteen mijn buik vol van mannen.'

'Waar is je zoon nu?'

Ze knipperde een paar keer met haar ogen voordat ze antwoord gaf. 'Otis is dood.'

'O, dat spijt me,' zei Carolyn, die zich nu herinnerde dat Lucy iets had gezegd over een bezoek aan een begraafplaats. 'Hoe is hij gestorven, als ik vragen mag?'

'Vermoord,' zei Isobel en ze veegde een traan weg. 'Ik had een aardig huisje in Los Angeles. Ik werkte bij de posterijen. Jij werkt ook voor de overheid. Je weet dat die banen niet voor het opscheppen liggen. Midden in de nacht heeft een man bij ons ingebroken. Hij heeft Otis in zijn rug geschoten terwijl hij sliep. Lange tijd heb ik mezelf de schuld gegeven, omdat ik Otis had toegestaan de televisie op zijn kamer te zetten.' Ze keek neer op haar boek. 'Mijn ouders hadden geen televisie. Mijn moeder zei dat je in het leven alleen maar vooruit kon komen door te leren lezen. En ze had gelijk. Ik ben er erg mee geholpen toen ik de toets moest doen voor die baan bij de posterijen. Otis was het enige dat ik had, dus heb ik hem verwend. Weet je wat het trieste van het geval is?'

Carolyn haalde diep adem, maar zei niets.

'Als de televisie niet in zijn kamer had gestaan, was mijn zoon er nu misschien nog geweest. Die vuile moordenaar heeft mijn Otis doodgeschoten voor een stom televisietoestel. Hij heeft hem in zijn slaap doodgeschoten om zich ervan te verzekeren dat hij hem niet zou kunnen identificeren.'

'Hoe oud was Otis toen hij is gestorven?'

'Veertien,' zei Isobel. 'Aanstaande zondag zou hij drieëndertig zijn geworden. Nadat Otis was vermoord, heb ik mijn baan opgezegd en de stad verlaten. Ik heb professor Leighton ontmoet bij de kruidenier. Ik werk nu achttien jaar voor hem. Hij en Lucy zijn mijn gezin.'

Carolyn vroeg zich af waarom Paul Isobel in een situatie had gebracht waarin haar leven mogelijk gevaar liep. 'Ben je bang? Vanwege wat er met ons aan de hand is, bedoel ik?'

'Lieve kind,' zei Isobel en haar gezicht kreeg een hardere trek, 'ik ben tegenwoordig nergens meer bang voor. Je kunt je geen betere bewaker wensen dan mij. Als er in dit huis 's nachts ook maar een speld valt, hoor ik het. Als iemand met kwade bedoelingen probeert dit huis binnen te dringen, zal hij er veel spijt van krijgen.'

'Dank je,' zei Carolyn. Ze liep naar haar toe en gaf haar een kus op haar wang. 'Het feit dat jij hier bent geeft me het gevoel dat alles in orde zal komen.'

'Natuurlijk komt alles in orde,' zei Isobel terwijl ze opstond en zich uitrekte. 'Je bent nu bij de juiste mensen.'

Voordat ze naar boven ging, liep Carolyn naar de woonkamer om te kijken hoe het met Rebecca was. 'Blijf niet te laat op,' zei ze tegen het meisje terwijl ze naar haar toeliep en haar een zoen op haar kruin gaf.

'Waarom niet?' vroeg ze. 'We hoeven morgen toch niet naar school.'

'Je hebt je boeken toch meegebracht?' zei haar moeder. 'Je kunt voor ieder vak het volgende hoofdstuk leren.'

'Dat meen je niet,' protesteerde het meisje. 'De leraren slaan vaak dingen over. Straks zit ik van alles voor niks te leren.'

'Je kunt nooit iets voor niks leren,' corrigeerde Carolyn haar. Alles wat je leert heeft waarde. Ik weet dat je een leeslijst hebt waarmee je extra punten kunt halen. Ik zal Isobel vragen naar de bibliotheek te gaan.'

John zat in een fauteuil tegenover Daniels bed. 'Ik heb een beetje op het internet zitten surfen,' zei hij. 'Op school hebben we de ramp van de *Columbia* bestudeerd. Ik wist niet dat Richard Feynman in het presidentiële comité zat dat de ramp van de *Challenger* heeft onderzocht. Dat soort dingen was niet echt zijn specialiteit. Ruimtevaartindustrie, bedoel ik.'

'Hij was een van de beste natuurkundigen van zijn tijd', antwoordde Daniel, terwijl hij de kussens in zijn rug iets hoger optrok, 'ook al had hij geen ervaring met het ruimtevaartprogramma en de spaceshuttle zelf. Hij had toen kanker. Wil je iets interessants horen?'

'Altijd.'

'Feynman was een keer op bezoek bij een vriend die graag aan auto's mocht sleutelen. Die vriend had een paar carburateurs op de tafel staan en vertelde aan Feynman dat de carburateurs lekten wanneer ze afgekoeld waren. De twee mannen vroegen zich toen af of kou misschien een probleem had veroorzaakt met de O-ringen van de *Challenger*.'

'De temperatuur was te ver gezakt op de dag van de lancering,' zei John. 'Bij NASA wisten ze niet dat de temperatuur invloed zou hebben op de O-ringen. Dat heb ik tenminste gelezen.'

'Ze waren zich er niet geheel onbewust van dat er een probleem was met de temperatuur,' zei Daniel. 'Ze kenden alleen niet alle feiten. Natuurkunde heeft hun uiteindelijk het antwoord gegeven. Feynman heeft tijdens een van de besprekingen van het *Challenger*-comité aangetoond wat het probleem was door alleen maar een glas met ijswater te gebruiken.'

'O ja?' zei John geboeid.

'Alle generaals en hoge pieten zaten in de vergaderzaal en gaven een dwarsdoorsnede van het verbindingsstuk van de shuttle door. In plaats van het alleen maar te bekijken en door te geven, zoals de anderen, pakte Feynman zijn gereedschap en haalde hij het ding uit elkaar. Hij pulkte een stukje rubber uit de O-ring, zette er twee klampen op en gooide het in een glas ijswater. Daarom zei ik vanmiddag dat hij een interessante figuur was. De meeste mensen zouden het lef niet hebben om een stuk bewijsmateriaal uit elkaar te halen. Zeker niet tijdens zo'n bespreking.'

'Mijn vrienden begrijpen niets van natuurkunde,' zei John, diep onder de indruk. 'Ze vinden mij een beetje vreemd en denken dat het in de natuurkunde alleen maar om domme sommetjes gaat.'

'Alles draait om natuurkunde,' zei Daniel. Hij trok zijn laken recht. 'Dat vind ik tenminste.'

John stond op, hield zijn hoofd schuin en glimlachte. 'Je bent best wel *cool*,' zei hij. 'Ik snap nu waarom mijn moeder zich zo voor je inspant. Ik zou graag nog wat meer met je willen praten zolang we hier zijn, als je zeker weet dat je dat niet vervelend vindt. Ik bedoel, je bent hier om aan te sterken. Ik wil je niet tot last zijn.'

'Je mag met me komen praten wanneer je maar wilt,' antwoordde Daniel. 'In de gevangenis zaten niet veel gedetineerden die belangstelling hadden voor natuurkunde.'

Toen de kinderen naar bed waren, maakte Carolyn in Pauls werkkamer snel verbinding met het internet om te zien wat ze te weten kon komen over Madeline Harrison. Ervan uitgaand dat het stel in Ventura was getrouwd, bekeek ze de krantenartikelen van een paar jaar voordat hun zoon was geboren.

Een artikel waarin over de verloving werd geschreven, verscheen op het scherm. Ze staarde naar de gezichten van het paar. Charles Harrison was redelijk knap, maar zijn toekomstige echtgenote was zonder meer een schoonheid. In het artikel stond dat de ouders van Madeline allebei arts waren en in Los Angeles werkten, en dat Madeline aan de Cornell University was afgestudeerd in antropologie. Ze vroeg zich af hoe een vrouw met haar achtergrond niet alleen een politieman had leren kennen, maar zelfs met hem was getrouwd. Liefde, nam ze aan. En nu begreep ze waarom de vrouw zo'n verfijnde indruk had gemaakt.

Als haar ouders allebei arts waren geweest, was het heel goed mogelijk dat ze geld van zichzelf had. Ze moest Hank bellen om hem dat te vertellen. Het had erg vergezocht geleken dat mevrouw Harrison iemand had ingehuurd om Daniel te vermoorden. Nu konden ze haar niet langer uitsluiten als verdachte.

Carolyn verdiepte zich verder in de oude kranten. Toen ze de archieven doornam, zag ze de naam Madeline Milcher en zette ze snel het bewuste artikel op het scherm. Milcher was Madelines meisjesnaam. In het artikel stond dat de oud-studente van Cornell door de politie van Ventura was gearresteerd wegens winkeldiefstal. De politieman die het proces-verbaal had opgemaakt, was Charles Harrison, en later was de aanklacht ingetrokken als zijnde ongegrond.

Ze drukte de artikelen af, liep de werkkamer uit en belde Hank vanuit Pauls slaapkamer. Zijn nummer was in gesprek, dus sprak ze op zijn voicemail een boodschap in dat hij haar de volgende ochtend moest bellen.

30

De verveling sloeg op vrijdagavond toe als een onweersbui. Rebecca had iedere film al minstens twee keer gezien, John had op het net gesurft en met Daniel over natuurkunde gepraat tot Carolyn en Isobel zich gedwongen zagen een briefje met bezoekuren op de deur van Daniels kamer te plakken. Zelfs Isobel, die het huis een paar keer had verlaten om boodschappen te doen, deelde mee dat ze op zondagochtend een poosje weg zou zijn om naar de kerk te gaan en een bezoek te brengen aan het graf van haar zoon.

'Waarom kunnen we niet naar de bioscoop?' vroeg Rebecca opstandig. Ze gooide kussens door de kamer. 'We kunnen ons best vermommen of zoiets.'

Het was halfzeven en Carolyn zat op de bank. John zat onderuitgezakt naast haar te zappen. Toen een van de kussens Carolyn in het gezicht raakte, barstte ze in woede uit. 'Ik ben niet van plan dergelijk gedrag te tolereren, jongedame. Toen we hiernaartoe zijn gekomen, heb ik je uitgelegd dat we binnenshuis moeten blijven tot de politie de verdachten heeft opgepakt. We zijn hier nog niet eens drie dagen.'

'Niemand probeert nog ons iets te doen,' zei haar dochter, haar uitdagend aankijkend. 'Ik heb het gevoel dat ik hier zit tot er losgeld is betaald. Ik wil naar huis, naar mijn vriendinnen, naar mijn school.'

John zette de televisie uit. 'Ze heeft gelijk, mam,' zei hij. 'Die mensen hebben het opgegeven. Zie je dat zelf niet? Ze denken dat Daniel de stad heeft verlaten. Híj is altijd het probleem geweest, niet wij. Ik krijg nooit een beurs als ik aanstaande maandag niet terug ben op school. Wat wil je nu eigenlijk? Dat we hier de rest van ons leven blijven?'

Carolyn verborg haar gezicht in haar handen. Ze had geweten dat er problemen zouden komen, maar ze had niet verwacht dat het zo snel zou gebeuren. 'Ik heb vandaag met rechercheur Sawyer gesproken,' zei ze vermoeid. 'Ze lijken Eddie Downly op het spoor te zijn. Een man heeft hem geïdentificeerd als de verdachte van een misdaad die gisteravond in Los Angeles is gepleegd.'

'Zie je nou wel?' zei John. Hij hief zijn handen op. 'Hij is ons al vergeten.'

'Downly heeft onder bedreiging met een vuurwapen een supermarkt beroofd,' zei zijn moeder en ze keek hem scherp aan. 'Hij heeft zelfs op een omstander gevuurd. Gelukkig heeft hij hem niet geraakt.' Nu ze hun volledige aandacht had, ging ze door: 'Hij wacht. Snappen jullie dat niet? Welke zekerheid hebben we dat hij niet naar ons huis zal komen als we terugkeren naar Ventura? Deze man is een moordenaar. Jij hebt enige tijd met hem doorgebracht, John. Waarom vertel je je zusje niet wat Downly zoal heeft gedaan? Wil je dat Rebecca in het mortuarium terechtkomt? Of misschien zou hij haar niet vermoorden. Er zijn andere dingen die een man als Eddie Downly met een jong meisje als je zus zou willen doen, een meisje dat op het punt staat een vrouw te worden.'

John keek haar met afgrijzen aan. 'Waarom zeg je zulke dingen waar Rebecca bij is?'

Carolyns dochter zat nu volkomen stil, met haar armen slap langs haar lichaam.

'Ze is bijna dertien,' antwoordde Carolyn. 'Ze kijkt naar het journaal, ze kijkt films, televisieprogramma's. Ze weet wat er in de wereld allemaal gebeurt.' Ze keek naar Rebecca en wreef met haar handen over haar spijkerbroek. 'Ik probeer uit te leggen waarom we hier moeten blijven, lieverd. Ik zou je nooit bang maken als daar geen reden voor was. Het is mijn verantwoordelijkheid als ouder om je te beschermen.' Ze stond op, liep naar het meisje toe, en draaide haar arm om zodat een cirkelvormig litteken bij haar pols zichtbaar werd. 'Weet je dit nog? Van toen je zeven was? Je had besloten met de oven te spelen. Je hebt niet alleen je arm verbrand. Je haar heeft vlam gevat. Je dacht dat ook het spelen met de oven niet gevaarlijk was.'

'Ik heb een idee,' zei John, die besefte dat zijn moeder gelijk had dat ze zo bezorgd was. 'Isobel is ziek, althans, ze voelt zich niet lekker. Ze heeft een tonijnschotel voor ons in de koelkast gezet, maar ik lust geen tonijn. We kunnen een pizza bestellen en een film kijken. Als die Downly overvallen pleegt, zal iemand hem misschien neerschieten of wordt hij nu hopelijk snel door de politie gepakt. Je zei dat hij in Los Angeles was, dus zitten we hier veilig.'

'Ik heb alle films al gezien,' zei Rebecca, tot tranen toe gefrustreerd. 'Bovendien zei mamma dat we geen pizza mogen bestellen omdat niemand mag weten dat we in het huis van professor Leighton wonen. Wanneer ik niks te doen heb, begin ik aan die misdadigers te denken. Ik heb vannacht heel eng gedroomd.'

'Misschien komen Paul en Lucy morgenavond hierheen,' zei Carolyn tegen haar, terwijl ze haar armen om haar heen sloeg. 'Waarschijnlijk blijven ze ook slapen. Dan heb je tenminste wat gezelschap.'

'Waarom kun jij niet een pizza en wat nieuwe dvd's voor ons gaan halen?' vroeg Rebecca en ze maakte zich los van haar moeder. 'Isobel vindt het vast niet erg als je haar auto neemt. In het winkelcentrum op de hoek is een Blockbuster Video en een Domino's Pizza. Ik kan de uithangborden vanuit mijn raam zien. Zet een hoed en een zonnebril op. Dan denkt iedereen gewoon dat je een filmster bent.'

'Laten we gin rummy spelen,' stelde Carolyn voor. 'Ik geloof dat ik ergens speelkaarten heb gezien. We kunnen een toernooi houden en wie wint, krijgt tien dollar.'

Rebecca dacht erover na. 'Dat is net zoveel als mijn zakgeld. Voor tien dollar koop je niet veel. Laten we er twintig van maken.'

'Mij best,' zei haar moeder glimlachend. 'Ga je geld halen. Ieder moet wel zijn geld op tafel leggen.'

'Jij wint altijd,' zei Rebecca. 'Ik heb maar vijf dollar.'

'Dan spelen we om vijf dollar.'

Carolyn zocht overal naar de kaarten, maar kon ze niet vinden. Ze dacht dat Isobel ze misschien ergens had opgeborgen en klopte op haar deur. Ze wilde ook weten hoe het met haar was. Toen ze de vrouw hoorde kreunen, duwde ze de deurknop naar beneden en ging ze naar binnen.

Isobel lag in bed met een grote plastic kom op haar buik. 'Ik ben echt ziek,' zei ze. 'Misschien heb ik griep. Het heerst. Ik kan niks binnenhouden. Het stroomt er nu al uren aan twee kanten bij me uit. De laatste keer heb ik de badkamer bijna niet gehaald. Kom niet dicht bij me. Ik wil je niet aansteken.'

Carolyn negeerde haar, liep naar haar toe en legde haar hand op haar voorhoofd. 'Lieve hemel,' riep ze uit, 'je bent hartstikke warm.'

Isobel duwde haar opzij en snelde naar de badkamer. Carolyn nam de plastic kom mee naar de keuken, waste hem om en liep ermee terug naar Isobels kamer. Ze wist niet precies hoe oud Isobel was, maar ze vermoedde achter in de vijftig. Als ze jonger was geweest, had ze het wel aangedurfd om haar gewoon te laten uitzieken. Nu maakte ze zich zorgen dat Isobel zou uitdrogen, vooral omdat ze koorts had. Ze wachtte tot ze uit de badkamer kwam en hielp haar terug naar het bed. 'Weet je hier in de buurt een dokter?'

'Ik ziek het wel uit,' zei ze, over de kom gebogen alsof ze weer moest overgeven.

'Waar is de thermometer?'

'Kijk even in het kastje in de badkamer.'

Isobel snelde alweer de gang door naar de badkamer. 'Bel dokter Clark,' riep ze vanachter de gesloten deur. 'Dat is mijn huisarts. Het telefoonnummer staat op een briefje op de koelkast.'

Carolyn belde de dokter en toetste toen een nummer in op haar mobiele telefoon om hem op te piepen. Toen Isobel weer in bed lag, nam ze haar temperatuur op en zag dat ze bijna veertig graden koorts had. Ze liep terug naar de woonkamer en zag dat John en Rebecca gin rummy zaten te spelen.

'De kaarten lagen onder een tijdschrift op de salontafel,' zei John. 'Rebecca wil de tonijnschotel ook niet. Ik val om van de honger.'

'Ik wacht op een telefoontje van Isobels huisarts,' zei Carolyn. 'Ik zal wat boterhammen met pindakaas en jam maken.' Ze vond tonijn ook niet zo aanlokkelijk klinken nadat ze Isobel had geholpen.

Carolyn had net een dienblad klaarstaan met boterhammen, frisdrank en een zak chips toen de dokter terugbelde. 'Een momentje, alstublieft,' zei ze en ze bracht de telefoon naar Isobel.

Nadat ze de kinderen hun eten had gebracht, keerde Carolyn terug naar Isobels kamer en pakte ze haar mobiele telefoon van het nachtkastje. Ze herinnerde zichzelf eraan haar handen te wassen en de telefoon schoon te maken met een desinfecterend middel.

'Hij zal een recept doorbellen naar de apotheek,' zei Isobel, die een velletje papier in haar hand had. 'Iets dat Lomotil heet tegen de diarree, en Compazine tegen het braken. Dat zijn zetpillen. Ik moet eerst de Lomotil nemen en daarna de zetpil.'

'Waar is de apotheek?' vroeg Carolyn met een frons op haar voorhoofd.

'Och, sorry,' zei Isobel. 'Ik was vergeten dat je het huis niet mag verlaten. Maak je geen zorgen. Misschien gaat dit over een paar uur vanzelf voorbij.'

'Is er geen apotheek die bestellingen bezorgt? Nee, laat maar,' zei Carolyn, die probeerde te besluiten wat ze het beste kon doen. Stel dat de moordenaars het huis in de gaten hielden? Ze zou het alarmsysteem moeten afzetten. Ze konden de loopjongen een klap op zijn hoofd geven en beginnen te schieten zodra ze de deur opendeed. Isobels Impala stond in de garage. Als ze de raampjes dichthield, zou ze enigszins beschut zijn. Aangezien Snelle Eddie in Los Angeles alweer een misdaad had gepleegd, had hij Californië nu misschien inmiddels verlaten.

'Ik ga even naar het winkelcentrum,' zei ze tegen John en Rebecca.

'De apotheek is daar ook. Maak een lijst van dvd's, dan zal ik er bij Blockbuster een paar halen. Ben je dan tevreden?'

'Ja,' zei Rebecca. 'En koop dan ook M&M's met pindasmaak, een grote zak.'

Carolyn ging naar boven om haar tas te pakken. Ze haalde haar Ruger uit het nachtkastje, pakte een van de extra Rugers die Hank haar had gegeven en liep de trap weer af naar Daniels kamer. 'Heb je ooit een pistool afgevuurd?'

Hij zat in de zachtpaarse fauteuil wat van zijn werk door te nemen. Hij sterkte al aardig aan. Hij wandelde nu 's ochtends en 's avonds minstens een kwartier door het huis, de wond leek goed te genezen en ze waren begonnen de doses medicijnen langzaam af te bouwen. 'Nee,' zei hij en hij legde de papieren op de tafel naast hem. 'Is er iets mis?'

Carolyn legde uit dat ze medicijnen voor Isobel moest gaan halen. 'Ik kan jou een vuurwapen geven of mijn zoon. Ik geef het liever aan jou.'

Daniel aarzelde niet. 'Ja, geef maar aan mij.'

Carolyn haalde de extra Ruger uit haar tas en gaf hem aan Daniel. 'Met een pistool schieten is vrij eenvoudig.' Ze strekte haar rechterhand, ondersteunde hem met haar linker en liet Daniel toen zien hoe de veiligheidspal werkte. 'Ik zal het alarmsysteem weer inschakelen nadat ik naar buiten ben gegaan. Als de situatie zo ernstig mocht zijn dat je moet schieten, zijn er maar twee dingen waaraan je moet denken voordat je de trekker overhaalt. Kijk goed of het niet Isobel of een van mijn kinderen is. Als ze zeggen dat ze van de politie zijn, moet je hen niet geloven. Ik heb vandaag met Hank Sawyer gesproken. Er is geen reden waarom de politie hierheen zou komen gedurende het halfuur dat ik weg zal zijn.' Ze stak haar hand weer in haar tas. 'Hier heb je een extra magazijn voor het geval de boel uit de hand loopt.' Ze haalde het andere magazijn uit de Ruger om Daniel te laten zien hoe het werkte en gaf hem toen het reservemagazijn. 'In elk ervan zitten tien kogels.' Voordat ze wegging, zei ze nog: 'En als Eddie Downly of iemand anders probeert het huis binnen te komen, probeer dan niet hen alleen maar te verwonden. Je kunt het beste tussen hun ogen richten. Het soort mensen met wie wij hier te maken hebben, moet je meteen afmaken.'

Carolyn zette geen hoed op, zoals haar dochter haar had aangeraden, en het leek haar ook geen goed idee te proberen zich te verschuilen achter een zonnebril. Wie 's avonds een zonnebril droeg, trok meteen de aandacht en dat was precies wat ze niet wilde.

Toen ze bij het winkelcentrum was aangekomen, dook ze allereerst Blockbuster binnen. Isobels rode Chevy Impala had ze vlak voor de winkel geparkeerd. Ze was bezig dvd's te zoeken toen ze een man haar naam hoorde zeggen.

Ze stak haar hand in haar tas, greep haar dienstpistool vast en liet zich op haar knieën zakken terwijl ze zich gereedmaakte om te richten. Voordat ze het wapen uit haar tas kon halen, zag ze David Reynolds op zich afkomen met een brede glimlach op zijn knappe gezicht. Opdat hij niet te weten zou komen dat ze bijna op hem had geschoten, greep ze een dvd van de onderste plank en pakte ze snel het velletje papier met het lijstje films van de vloer.

'Hallo,' zei ze, terwijl ze overeind kwam. 'Wat doe jij in deze contreien?'

'We hebben je gemist in Shoeffels klas,' antwoordde David. Hij was gekleed in een zwarte coltrui en een bruin leren jack. 'Ik dacht dat je het opgegeven had. Rechter Shoeffel zei dat er een sterfgeval in je familie was. Naaste familie?'

'Een oom,' zei Carolyn en ze deed de klep van haar tas dicht. 'Woon jij niet in Thousand Oaks?' Thousand Oaks was een kleine stad niet ver van Ventura.

'Ja,' zei David. 'Maar ik heb een vriend die op Caltech studeert en me voor het weekeinde heeft uitgenodigd. Hé,' ging hij door, 'wil je straks soms bij ons langskomen, als je niets anders te doen hebt? We zijn met vrienden onder elkaar. We willen lekker relaxen, een film kijken, een paar biertjes drinken en dan een poosje in de whirlpool zitten. Het zijn aardige mensen, Carolyn. En zo te zien kun jij wel wat vrolijk gezelschap gebruiken.'

'Bedankt voor de uitnodiging,' zei ze met een gezicht alsof ze teleurgesteld was. 'Misschien een andere keer.'

Hij haalde zijn vingers door zijn lange haar. 'Dat was onnadenkend van me,' zei hij. 'Je hebt net een familielid verloren. Woonde je oom hier in Pasadena?'

'Ja,' zei Carolyn. 'Daarom ben ik hier.'

'Was hij een nog jonge man? Had hij kinderen?'

'Nee,' zei ze, 'hij was in de zestig. Geen kinderen. Hij rookte zwaar, weet je. Ik probeer mijn tante te helpen met allerlei dingen die gedaan moeten worden. Maar mijn kinderen beginnen zich te vervelen, dus gaan we maar weer naar huis.' Ze wilde niet al te veel prijsgeven, zelfs niet tegenover een medestudent. Praatjes deden snel de ronde, ook wanneer men niets kwaads in de zin had. Van het een kwam het ander. 'Dan zie ik je volgende week op de universiteit wel weer,' zei ze. 'Ik hoop dat ik de achterstand kan inhalen.'

Ze zag David naar de stapel dvd's kijken die ze in haar handen had. 'Omdat we weggaan,' loog ze, 'heeft mijn tante me gevraagd wat films voor haar te halen. Ze wil het huis nog niet uit.'

'De dood van haar man valt haar dus zwaar,' zei David. Hij stak zijn hand uit. 'Zal ik deze even voor je dragen?'

'Nee, dank je,' antwoordde Carolyn, 'er staan er nog een paar op haar lijstje. Het was leuk je weer te zien. Veel plezier met je vrienden.'

Het was jammer dat ze een kennis was tegengekomen, maar gelukkig was het iemand die geen kwaad kon. Voor alle zekerheid bleef Carolyn tussen de stellingen rondhangen tot ze David de winkel zag verlaten.

'We hebben haar gevonden,' zei de man terwijl hij aan de passagierskant in een zwarte Nissan stapte die aan de overzijde van het parkeerterrein bij de supermarkt stond geparkeerd. 'Het is maar goed dat we van de overval op de supermarkt hebben afgezien. Ik ben er vrijwel zeker van dat ze gewapend is.' Hij zag Carolyn de Blockbuster Video uitkomen en de apotheek ernaast binnengaan. 'Ik weet dat ze stond te liegen toen ze zei dat ze vanavond zou terugkeren naar Ventura.'

'Hoe weet je dat?'

'Doodeenvoudig,' zei hij, erg met zichzelf ingenomen. 'Als ze naar huis gaat, zoals ze zei, waarom huurt ze dan een hele stapel video's en X-Box-spelletjes? Start de motor, maar blijf hier staan tot we weten in wat voor auto ze rijdt.'

'Heeft ze gezegd waarom ze hier is?' vroeg Eddie Downly. Hij zat onderuitgezakt op de bestuurdersstoel.

'Vanwege een overleden oom,' antwoordde hij. 'Een oom die geen kinderen had.'

'Denk je dat dat waar is?'

'Ik wéét dat het niet waar is,' zei zijn partner, die een sigaret aanstak. 'Wat moet de weduwe van haar oom nu met X-Box-spellen?' Hij inhaleerde diep en tikte de as uit het raam. 'We krijgen ons geld alleen als we Metroix koud maken. Ik hoop dat we niet op goed geluk te werk hoeven gaan. Er zijn kinderen bij betrokken.'

'Daar heb je haar,' zei Snelle Eddie. Hij deed de koplampen van de Nissan uit en wachtte tot Carolyn in de rode Chevy het parkeerterrein af reed en Lake Street insloeg naar Leightons huis. Eddie zorgde ervoor dat er minstens één auto tussen hem en de Impala zat voor het geval Carolyn in haar achteruitkijkspiegeltje keek en begreep dat ze werd geschaduwd. Er was niet veel verkeer, dus kon hij duidelijk zien dat ze Leightons garage inreed.

Hij zette de auto aan het einde van de straat onder een grote boom en draaide zich naar zijn partner. 'Geef me een biertje, Percy,' zei hij. 'We doen niks voordat iedereen naar bed is. Dan gaan we eerst het huis bekijken om te zien of er een alarmsysteem is en of er geen dobermann in de tuin zit. Ik heb bijna net zo'n hekel aan honden als aan smerissen.'

'Moeten we haar ook om zeep brengen?' vroeg Percy, terwijl hij naar de achterbank reikte en twee Budweisers uit een papieren zak pakte. 'Het contract was alleen voor Metroix. Ik mag Carolyn wel. Het is een sexy meid. Weet je dat ze een zoon van vijftien heeft?'

'Jij bent de grootste kaffer die er op de wereld rondloopt,' zei Eddie tegen hem. Hij dacht bij zichzelf dat al die mooie jongens zoals Percy echt achterlijk waren. 'Natuurlijk weet ik dat. Ik heb hem in het ziekenhuis als lokaas gebruikt om bij Metroix te komen. Hoe lang kun jij je concentreren? Dertig seconden? Ik snap niet hoe jij je kunt voordoen als student in de rechten. Je kunt blijkbaar beter acteren dan je hersens gebruiken.'

'Krijg de klere,' zei Percy Mills. Hij kneep het bierblikje fijn in zijn hand. 'Ik was het gewoon even vergeten. En wie is degene die haar heeft gezien? Ik, toevallig. Jij wilde weer supermarkten gaan beroven en bij mensen inbreken.'

Ze zwegen allebei. Percy pakte nog twee biertjes, nam er zelf een en gaf het andere aan Eddie. 'Ik wou dat we wat coke of zo hadden,' zei hij. 'Ik heb nog nooit iemand vermoord terwijl ik nuchter was.'

'Jij hebt nog helemaal nooit iemand vermoord.' Eddie lachte hem uit. 'De rol van David Reynolds begint je naar je kop te stijgen, merk ik. Zelfs toen je iemand had ingehuurd om jóúw klusje te doen, wilde je je volspuiten.'

Percy gaf geen antwoord. Hij zat te zweten, zo nerveus als de pest, terwijl hij zich geestelijk voorbereidde op het misdrijf dat ze op het punt stonden te begaan.

'Dacht je soms dat je echt advocaat zou worden?' Eddie pakte zijn 9mm Kurtz en gaf zijn partner een .357 Magnum. Een van Downly's vrienden had de Kurtz op legale wijze gekocht en het pistool was nog nooit bij een misdrijf gebruikt. Eddie had eigenlijk liever de .357, omdat die van dezelfde makelij was als het pistool dat hij de allereerste keer had gebruikt toen hij iemand had vermoord. Hoewel 9mm-pistolen tegenwoordig vrij populair waren, had Eddie de .357gevonden toen hij in een huis had ingebroken. Aangezien de eigenaar de diefstal had aangegeven bij de politie, wilde Eddie er zeker van zijn dat Percy ervoor zou opdraaien als er iets misging.

'We vermoorden iedereen in het huis die ons gezicht te zien krijgt, duidelijk?' zei Eddie met de blik van een waanzinnige in zijn ogen. 'Kinderen, ouwe vrouwen, het dondert niet. Er ligt een kwart miljoen op ons te wachten als we deze klus goed doen.'

'Ik weet niet of ik een kind kan doodschieten,' zei Percy. Hij slokte zijn bier op. 'Ik heb alleen maar in een jeugdgevangenis gezeten. Zelfs als ze ons pakken vanwege de inbraken, kom ik uiteindelijk weer vrij.'

Eddie draaide zich half om op zijn stoel. 'Wanneer we dat huis binnengaan,' zei hij, 'wil ik zeker weten dat jij op iedereen zult schieten, is dat duidelijk? Als je twijfels hebt, denk je er maar aan wat ze in de gevangenis doen met mooie jongens zoals jij. Je hebt nog nooit in een echte bajes gezeten. Ze zullen je binnenstebuiten keren. Je darmen zullen uit je kont komen te hangen.'

31

Om kwart over tien begon Carolyn zich te ergeren aan het constante gepiep dat werd voortgebracht door het X-Box-spel waarmee John boven aan het spelen was. Ze liep naar de keuken om een kop thee voor zichzelf te maken. Ze voelde zich een beetje rillerig en vroeg zich af of ze ook griep zou krijgen. Rebecca zat in de woonkamer naar de film *Clueless* te kijken en achter elkaar M&M's in haar mond te stoppen.

Op hetzelfde moment dat de magnetronoven begon te piepen, ging Carolyns mobiele telefoon. 'Eindelijk een doorbraak,' zei Hank. 'Liam Armstrong heeft gepraat.'

Carolyn zakte neer op een stoel aan de keukentafel. 'Dus Armstrong heeft Tim Harrison voor de auto geduwd?'

'Hij beweert dat Nolan Houston het heeft gedaan,' antwoordde Hank, zijn stem schor na een hele middag van ondervragingen. 'Zoals jouw cliënt al zei, hebben ze hem in de steeg gegrepen. Ze hadden Metroix al vaker gezien en wisten dat hij geestelijk niet helemaal in orde was. Toen de riem van zijn schooltas brak en zijn boeken eruit vielen, begon Houston die weg te schoppen. Hij maakte er een spel van. De twee andere jongens deden mee en op een gegeven moment liep de boel uit de hand. Harrison deed er ook aan mee, althans, totdat hij besefte wat ze gedaan hadden.' De rechercheur stopte met praten om zijn keel te schrapen. 'Sorry,' zei hij. 'Het is een lange dag geweest. Armstrong is over de brug gekomen toen we vanochtend om tien uur met een huiszoekingsbevel bij hem aanbelden. We hebben uren moeten wachten op zijn advocaat.'

'Heb je liever dat ik straks terugbel?'

'Nee,' zei Hank met een zucht. 'Ik ga zo dadelijk wat eten en dan zet ik er voor vandaag een punt achter. Volgens Armstrong heeft Harrison Metroix in bedwang gehouden terwijl Houston in zijn gezicht plaste. Ze hebben hem alle drie gestompt en geslagen. Toen Metroix begon te bloeden, werd Harrison helemaal gek. Hij was bang dat ze gearresteerd zouden worden. De commissaris was een strenge vader. De jongen was een uitstekende footballspeler. Volgens zijn vader maakte hij kans beroeps te worden.'

Carolyn pakte haar mok uit de magnetron en opende het mahoniehouten kistje dat op het aanrecht stond. Ze zocht tussen de theezakjes tot ze er een had gevonden zonder cafeïne, deed het in de mok en ging weer aan tafel zitten. 'En zijn ze elkaar toen te lijf gegaan?'

'Armstrong zegt dat hij opzij stapte toen Houston op hem afkwam, waardoor Houston niet tegen hem maar tegen Harrison knalde, waarna die de straat op vloog, pal voor die auto.'

'Waar was Daniel toen Harrison onder de auto kwam?' vroeg Carolyn, die er zeker van wilde zijn dat de verhalen allemaal in elkaar grepen. Nolan Houston zou dit weerleggen door Armstrong de schuld te geven. De enige manier waarop ze de zaak hard zouden kunnen maken in de rechtbank, was als zoveel mogelijk mensen het met elkaar eens waren over wat er was gebeurd.

'Dat kan Armstrong zich niet herinneren. Hij meent dat Metroix zich bij de vuilniscontainer schuilhield,' antwoordde Hank. 'Houston had die dag bij de training een bal laten glippen. De coach had hem ten overstaan van de andere spelers op zijn lazer gegeven. Het klinkt alsof Houston die avond in de stemming was geweest om ruzie te zoeken.'

'Godzijdank,' riep Carolyn uit. Misschien was het einde van de nachtmerrie eindelijk in zicht. 'Waarom heeft Liam Armstrong uiteindelijk bekend? Hoe luidt de uitslag van de onderzoeken die hij heeft laten doen? Heeft de kanker weer de kop opgestoken?'

'Nee, het was vals alarm,' zei Hank. 'Armstrong lijkt een fatsoenlijke vent, afgezien van het feit dat hij Metroix drieëntwintig jaar in de gevangenis heeft laten wegrotten om zijn eigen hachje te redden. Toen we bij hem op de stoep stonden, wist hij dat het tijd was de handdoek in de ring te gooien. Hij heeft een vrouw en drie kinderen. Hij wil zijn gezin de schande van een rechtszaak besparen.'

Carolyn nam een teugje van haar thee. 'Hoe zit het met commissaris Harrison?'

'Voor zover Armstrong weet,' vervolgde de rechercheur, 'is Harrison dood. Hij zegt dat hij hem niet heeft gesproken sinds Metroix is veroordeeld. Houston heeft hem echter meteen opgebeld toen hij hoorde dat jij vragen aan het stellen was. Toen hij erachter kwam dat Metroix voorwaardelijk in vrijheid was gesteld, is hij in paniek geraakt.'

Carolyn zat te popelen om dit allemaal aan Daniel te gaan vertellen. 'Dan moet Houston Snelle Eddie hebben ingehuurd om Metroix te vermoorden.'

'Daar kan Armstrong niets over zeggen,' antwoordde Hank. 'Hij weet dat Houston stinkend rijk is, dat zijn golfwinkels een kapitaal binnenbrengen. Armstrong verdient een heel aardige boterham met het verkopen van kantoorpanden, maar hij zwemt niet in het geld zoals zijn voormalige footballmaatje.'

'Hebben ze hem in hechtenis genomen?'

'Zijn advocaat probeert een deal te sluiten met de officier van justitie. Als je het mij vraagt, zou het een schandaal zijn als hij geen gevangenisstraf kreeg, zelfs als hij alleen maar als getuige heeft verzuimd naar voren te komen, wat niet het geval is. Maar dit is een oude misdaad. We hebben zijn verklaring, maar zonder concreet bewijsmateriaal, en ik ben er niet zeker van dat we iets zullen vinden, kan de officier van justitie weigeren hem aan te klagen. Ze zijn er zeker van dat Houston zal zeggen dat Armstrong de schuldige is.'

'Heb je Arline Shoeffel gebeld?'

'Nog niet,' zei Hank. 'Zodra de officier van justitie een besluit neemt, kunnen we Houston arresteren. Maar ook dan weten we nog niet welke aanklacht ze zullen indienen. En nu hebben we het alleen maar over de misdaad van toen. Ik heb Thomas al aan zijn jasje getrokken. Ze peinzen er niet over om op basis van wat we nu hebben iemand aan te klagen wegens het opdracht geven tot een huurmoord.'

Carolyn stond op en begon te ijsberen. 'Dat is gelul,' zei ze. 'We hebben wel degelijk bewijsmateriaal. Dat het indirect is, wil nog niet zeggen dat het bij een jury niet zal aanslaan. Ik heb zaken meegemaakt waarin mensen op basis van veel minder bewijs werden veroordeeld. En hoe hoog ze de borgsom ook stellen, Houston heeft geld zat. Deze man heeft ons leven tot een hel gemaakt. Ik zal Arline zelf wel even bellen.'

'Moment,' zei de rechercheur. 'Je loopt iets te hard van stapel. Het is duidelijk wat we moeten doen. We moeten zien dat we Downly of zijn handlanger te pakken krijgen. Aangezien we weten dat ze met hun tweeën zijn, kunnen we hen tegen elkaar uitspelen. Iemand moet officieel verklaren of Houston opdracht heeft gegeven Metroix te vermoorden, ja of nee. Het is mogelijk dat we te maken hebben met twee afzonderlijke misdaden. Denk daar even over na.'

'Niet te geloven,' zei Carolyn. 'Wil je hiermee zeggen dat Harrison of iemand anders deze mannen heeft ingehuurd om Daniel te vermoorden en dat ze alleen maar op mij uit zijn omdat ik in de weg zat? We weten nu wat Houstons beweegreden is. Ik ben bijna omgekomen bij een explosie. Mijn zoon is ontvoerd. Een politieman is neergeschoten. Nolan Houston zou onmiddellijk zonder borgtocht in hechtenis genomen moeten worden.'

'Ik weet dat je rechten studeert,' zei Hank. 'Ik weet ook dat je er niets aan hebt om rechter Shoeffel te bellen. Hoe zwaarder de misdaad, hoe meer bewijs er vereist is om een veroordeling te krijgen. Als we Houston laten aanklagen en de zaak verliezen, is het voorbij. Wees geduldig, wacht tot hij de bal weer laat vallen, net zoals destijds. Snap je nog steeds niet wat ik probeer duidelijk te maken? Het feit dat deze man zo bekend is, is eveneens een factor.'

'Ik begrijp het,' zei Carolyn nijdig. 'Omdat Nolan Houston geld heeft, moeten we hem met zijden handschoenen aanpakken. Intussen kan ik alleen maar hopen dat de mannen die hij heeft gehuurd, niet zullen komen om de klus af te maken. Waarom luister jij niet eens naar míj, Hank?'

'Als het OM overhaast te werk gaat, zal Houston niet veroordeeld worden,' zei hij met stemverheffing. 'Wil je weten wie Armstrongs advocaat is? Niemand minder dan de bekendste strafpleiter van Los Angeles: Clarence Walters.'

'Maar misschien krijgen we Downly en zijn handlanger nooit te pakken,' zei ze. 'Dat heb je zelf vaak genoeg gezegd. Houston heeft geen reden de opdracht te annuleren. Daniel en ik zijn de overlevenden van een mislukte moordaanslag. De enige reden waarom Houston de moordenaars terug zou moeten roepen, zou zijn als we hiermee naar de media gaan en hem aan de kaak stellen.'

'Ik ben op,' zei Hank. 'We praten morgen verder.'

'Goed,' zei Carolyn en ze drukte op de toets om de verbinding te verbreken.

De twee mannen zaten ineengedoken aan de linkerzijde van de garage. 'En als ook de garage een alarm heeft?'

'Niemand installeert een alarmsysteem in de garage,' antwoordde Snelle Eddie terwijl hij de straat afspeurde. 'Weet je zeker dat er in de achtertuin geen hond zit?'

'Ja,' zei Percy. 'Zo te zien brandt er in nog maar twee kamers licht. Eentje boven en eentje beneden, en die beneden lijkt me een badkamer. Ik ben er bijna zeker van dat ze allemaal slapen.'

'*Bijna* is niet genoeg,' zei Eddie. 'Blijf hier zitten. Als je in het huis iets hoort of ziet, kom je me halen.'

Hij kroop naar de voorzijde en probeerde de garagedeur. Shit, dacht hij. Het huis was zo oud dat hij niet had verwacht dat ze een automatische garagedeur hadden. De echte veiligheidsfanaten lieten er tegenwoordig zelfs een grendel op zetten, waardoor het zo goed als onmogelijk was binnen te komen. Dat was een van de redenen waarom hij dat laatste huis waar hij had gezeten, had uitgekozen. Het huis zelf was uitgewoond, maar de eigenaar had er zeker van willen zijn dat er niemand binnen kon komen.

Hij klopte zachtjes op de houten deur en besloot uiteindelijk zijn vingers te gebruiken. De deur was verdeeld in panelen van een meter twintig bij een meter twintig. Toen hij een wat ruwe rand voelde, haalde hij zijn schroevendraaier uit zijn achterzak. Het huis was vast heel wat waard, dacht hij, zeker met die grote tuin eromheen, maar verkeerde niet in optimale staat. Misschien had de eigenaar vergeten te laten onderzoeken of er geen houtworm in zat. Of was hij het slachtoffer geworden van een zwendelaar. Eddie had vorig jaar voor een verdelgingsfirma gewerkt. Sommige van die firma's stuurden hun mensen eropuit met sproeiflessen waarin gewoon kraanwater zat. Ze maakten hun klanten zelfs wijs dat de chemicaliën die ze gebruikten, geurloos waren, en brachten daarvoor een hoger bedrag in rekening. Voor een inbreker was het een geweldige baan. In alle huizen waar ze waren geweest, had hij later zijn slag geslagen. Hij was bezig het rottende hout weg te krabben toen Percy naast hem opdook.

'Wat is er?'

'Niks,' zei Percy. 'Waarom duurt het zo lang?'

'Ik zou je voor je kop moet schieten,' fluisterde Eddie. 'Ik probeer de garage binnen te komen, stommeling. Als er een alarmsysteem is, moeten we dat uitschakelen. Wat dacht je dan dat ik aan het doen was? Jij wordt geacht me te dekken. Ga terug naar je post.'

Hij mocht geen lawaai maken, dus had hij er bijna een uur voor nodig om een gat te maken dat groot genoeg was om doorheen te kruipen. Geduld en volharding, dacht hij terwijl hij een ander stuk gereedschap gebruikte om het slot van een grijs metalen kastje open te maken. Toen hij het open had, deed hij een smalle zaklantaarn aan om te kijken wat er in het kastje zat. Hij zag de schakelaars van het alarmsysteem en de telefoonlijnen. Meestal werd de telefoonlijn op het alarmsysteem aangesloten zodat de bewakingsfirma automatisch werd gebeld wanneer het alarm werd geactiveerd. Met een combinatietang knipte hij de draden door. Toen keek hij of hij ook de meterkast zag, zodat hij de elektriciteit kon uitschakelen. Maar die zat blijkbaar ergens in het huis, in een kast in de hal of de bijkeuken. Hij wilde net Percy gaan halen om samen de woning binnen te dringen, toen hij in het huis iemand hoorden kreunen. Even later hoorde hij een geluid dat klonk alsof een toilet werd doorgetrokken. Hij voelde aan de deurknop van de deur naar het huis. Toen hij merkte dat die op slot zat, legde hij zijn oor tegen het hout. De voetstappen werden luider. Dat betekende dat iemand zijn richting uit kwam. Snel kroop hij door de opening in de garagedeur naar buiten.

Carolyn was teleurgesteld. Ze had gedacht het nieuws te zullen horen waar ze op hadden gewacht, maar het bleek slechts een begin te zijn. Nolan Houston was een machtig man, zoals Hank had gezegd. Ze dacht terug aan hoe Liam Anderson als tiener was geweest. Nadat hij had geprobeerd haar te dwingen seks met hem te hebben, had hij zitten janken als een klein kind. De indruk die ze een paar dagen geleden van hem had gekregen, was dat hij niet tegen Houston opgewassen zou zijn. Als Armstrong een vooraanstaand advocaat had genomen, was het logisch dat Houston het beste team van strafpleiters in het land zou inhuren. Ze besloot af te wachten wat er de komende dagen zou gebeuren.

Het was bijna elf uur. De kinderen waren ieder op hun eigen kamer, met de deur dicht. Carolyn kleedde zich uit en liet het bad vollopen. Toen ze erin lag, hoorde ze buiten een geluid. Ze hoopte dat het alleen maar katten waren die in een vuilnisbak zaten te rotzooien, maar stapte uit het bad en trok haar badjas aan. Ze liep naar het raam en gluurde door een kier tussen de rolgordijnen naar buiten.

Ze zag niets bijzonders in de tuin, maar op het moment dat ze zich omdraaide, vloog er een kogel door het raam.

Glasscherven vlogen door de lucht. Ze liet zich op de grond vallen toen er nóg een schot klonk. Adrenaline stroomde door haar lichaam.

Ze kroop in allerijl naar het nachtkastje om haar pistool te pakken, maar herinnerde zich toen dat ze haar tas in de keuken had laten liggen. Ze hoorde beneden het geluid van brekend glas.

Ze waren in het huis!

Ze holde naar de kast en trok snel de vlizotrap van de vliering naar beneden. Ze klom naar boven, tastte naar de riem van de linnen tas en smeet hem op de vloer. Ze liet zich snel weer naar beneden zakken, maakte de tas open en haalde er de twee 9mm-pistolen uit, wapens van hetzelfde soort als ze aan Metroix had gegeven. Ze werden allebei C-9 Comp genoemd, al had het ene een rode laser die via een druktoets werd geactiveerd en de gebruiker in staat stelde op zijn doelwit te schieten zonder het in het vizier te hoeven nemen, en het andere in plaats van een laser een zogenaamde witlichtlamp had, die de gebruiker in staat stelde het voorwerp of de persoon op wie hij richtte, met zekerheid te identificeren.

Ze deed het pistool met de witlichtlamp in de linkerzak van haar badjas en dat met de rode laser in de rechterzak. Ze zette de veiligheidspal van beide wapens op vrij en hoorde op hetzelfde moment Rebecca gillen. Ze pakte het AK-47-geweer en zette het tegen haar schouder terwijl ze naar de slaapkamers van de kinderen holde.

Het licht in de badkamer ging uit. Ze drukte op een lichtschakelaar in de gang. De moordenaars hadden de elektriciteit uitgeschakeld. In de gang kwam ze John tegen. 'Blijf jij bij Rebecca,' fluisterde ze en ze gaf hem de 9mm. 'Hier heb je een pistool. Denk erom, de veiligheidspal zit er niet op. Het heeft een soort zaklantaarn zodat je kunt zien op wie je schiet. Ga in de kast zitten met de deur op een kier zodat je naar buiten kunt kijken. Kom er niet uit tot je van mij hoort dat het gevaar geweken is. Wat je ook doet, richt het pistool niet op je zus.'

John gooide de deur van zijn zusjes kamer open, legde het pistool op de commode uit angst dat het zou afgaan, tilde Rebecca op en zette haar in de kast. Hij griste het pistool van de commode, stapte de kast in en zei tegen zijn zusje dat ze zich in de hoek zo klein mogelijk moest maken. Zelf ging hij ook op de vloer zitten. Zijn handen trilden toen hij het pistool door de smalle opening tussen de deuren van de kast richtte.

'Bel de politie,' zei John hijgend.

'Geen tijd,' antwoordde zijn moeder. 'Verroer je niet tot ik zeg dat het mag. Ik moet naar beneden. Als je het pistool moet gebruiken, zorg dan dat je zeker weet op wie je schiet.'

Carolyn baadde in het zweet. Ze had nu een schizofreen en een tiener geladen pistolen gegeven. Ze was als de dood dat iedereen tegelijk zou beginnen te schieten. Ze drukte zich plat tegen de muur en liep heel langzaam naar de trap. Op de begane grond klonken weer schoten. Rebecca begon weer te huilen, maar hield abrupt op. John had haar blijkbaar het zwijgen opgelegd. Carolyn was doodsbang dat Daniel en Isobel waren vermoord. Ze moest kalm blijven. Als ze in paniek raakte, zouden ze haar kinderen afmaken.

Omdat alle gordijnen dicht waren, was het huis een duistere kerker. Ze wou dat ze het pistool met het witlicht had meegenomen, in plaats van het aan John te geven. Het was veel te stil in huis. De moordenaars zaten te luisteren, probeerden uit te zoeken waar hun slachtoffers zich ophielden.

Carolyn voelde de parketvloer onder haar voeten. Iedere stap die ze deed, bracht haar dichter bij hen. Moest ze blijven staan? Dan konden ze in ieder geval niet ongezien de trap op komen. Ze zou hen doodschieten voordat ze bij haar kinderen konden komen.

In haar verbeelding kropen de minuten voorbij. Met een punt van haar badjas veegde ze het zweet van haar voorhoofd. Stel dat ze het wachten moe werden en dwars door het plafond gingen schieten? Afhankelijk van het soort wapens dat ze hadden, zouden ze Rebecca of John kunnen raken.

Carolyn drukte op de toets van de laser en richtte het pistool op de hal. De rode lichtstraal was niet erg sterk. Ze zag alleen maar een kleine rode cirkel. Ze moest iets doen. Ze moest weten wie er nog leefde en wie dood was. 'Daniel!' riep ze.

'Ik heb een man neergeschoten,' antwoordde hij. Zijn stem galmde door het huis. 'Ik kan Isobel niet vinden.'

'Is de man dood?'

'Dat weet ik niet zeker.'

'Schiet nog een keer op hem.'

Even later riep Daniel: 'Hij ademt niet.'

'Waar is Isobel?'

'Niet in haar kamer.'

Carolyn bedacht dat de overgebleven indringer niet achter Daniel zou aangaan nu hij wist dat die gewapend was. Ze bukte zich en legde de AK-47 op de grond. Het was een zwaar geweer, ontworpen voor gebruik in tactische situaties en veel grotere afstanden. Ze moest zich snel kunnen bewegen, aangezien het ernaar uitzag dat Isobel er ofwel in was geslaagd te ontsnappen, of in een ander deel van het huis was doodgeschoten, of in gijzeling genomen. De politie van Pasadena erbij halen zonder dat die wist hoe de situatie precies was, zou op een ramp kunnen uitlopen.

Voordat ze de trap afdaalde, probeerde Carolyn erachter te komen waar de andere indringer zich bevond. Aangezien zijn handlanger door Daniel was doodgeschoten, nam ze aan dat zíjn kamer de eerste was die ze waren binnengedrongen. Daniel had in Isobels kamer gekeken en was daarna teruggekeerd naar de logeerkamer om zich ervan te verzekeren dat de man op wie hij had geschoten, dood was. Ze nam aan dat hij daar toen was gebleven. Dat hield in dat de overgebleven verdachte in de keuken, de badkamer of de woonkamer was. Het was logisch ervan uit te gaan dat hij in de woonkamer op haar wachtte, de enige plek waar hij haar de trap af kon zien komen.

Carolyn voelde zich alsof ze op de dakrand stond van een twintig verdiepingen hoog flatgebouw. De trap afdalen stond gelijk aan zelfmoord. Ze liet zich op de vloer zakken en kroop naar de andere kant van de trap. Ze kon het zich niet veroorloven nogmaals iets naar Daniel te roepen. De moordenaar zou aan haar stem kunnen horen waar ze precies zat.

Ze waren in een impasse geraakt.

De moordenaar kon de trap niet opkomen, om dezelfde redenen als Carolyn niet naar beneden kon gaan. Zolang ze bleef zitten waar ze zat, had ze de overhand. Hij zou niet eeuwig wachten. Ze verwachtte ieder moment dat hij door het plafond zou beginnen te schieten.

Ze kon kiezen uit twee dingen.

Het raam van Pauls kantoor had een aluminium luifel die schuin afliep naar de tuin. Als ze uit het raam kroop, kon ze zich over de luifel naar beneden laten glijden en het huis via de achterdeur binnengaan, wat de verdachte niet zou verwachten. Het enige waar ze zich bij dit plan zorgen over moest maken, was dat Daniel in paniek zou raken en op haar zou schieten wanneer ze binnenkwam. Hij had haar pistool, en de reclasseringsdienst rustte haar medewerkers niet uit met wapens die laser en witlicht hadden.

Het enige dat ze kon doen, was via de trap naar beneden gaan.

Ze herinnerde zich dat er in de gang boven een smal tapijt lag, een loper. Ze tastte ernaar met haar tenen en voelde de rand. Zittend op haar hurken greep ze geruisloos de rand vast, rolde de loper op en liet hem op de trap weer uitrollen. Ze bleef doodstil zitten, verwachtend ieder moment schoten te horen. Toen er niets gebeurde, ging ze op haar buik liggen met het pistool schietklaar in haar handen.

Centimeter voor centimeter schoof ze de houten trap af, met de loper onder zich om het geluid te dempen. Ze haalde haar vinger weg van de drukknop waarmee de laser werd geactiveerd. De duisternis was nu haar beste verdediging.

De tijd leek stil te staan. Toen ze onder aan de trap was gekomen, kroop ze over de vloer tot ze zich kon platdrukken tegen de muur waarachter de woonkamer lag. Niet ver bij zich vandaan hoorde ze het geluid van gedempt ademen. Ze begon nog erger te transpireren. Ze begreep niet waarom de moordenaar niet riep dat hij een gegijzelde had, tenzij hij de arme Isobel gebruikte als menselijk schild. Ze bad tot God haar te helpen en sloeg een kruis. Ze was geen scherpschutter en haar kennis van vuurwapens was beperkt.

Ze kon niet langer wachten. Er konden net zo goed meer dan twee indringers zijn. Misschien was Isobel al dood en zaten de mannen elk aan een andere kant van de kamer. Als dat het geval was, maakte ze geen enkele kans. Ze kon niet gelijktijdig op twee doelen schieten.

Ze nam een besluit en kwam op één knie overeind. Toen er niets gebeurde, drukte ze op de knop van de laser en richtte ze de straal op de woonkamer. Ze stond op het punt het vuur te openen, toen een kleine rode cirkel een deel van Isobels gezicht liet zien. Toen ze het pistool heen en weer bewoog, zag ze dat de huishoudster boven op een man zat en dat haar pyjama met bloed was doordrenkt.

Isobel stak haar handen in de lucht en riep: 'Schiet in godsnaam niet op mij!'

Zweet droop in Carolyns ogen. Ze knipperde een paar keer om weer scherp te kunnen zien. 'Ben je gewond?'

'Ik leef nog,' antwoordde de vrouw. 'Maar ik weet niet of ik dat van deze figuur kan zeggen. Ik geloof dat ik hem heb vermoord.'

Isobel bevond zich dicht bij de voorzijde van het huis. Carolyn bewoog het pistool heen en weer, zoekend naar een mogelijke derde indringer. Toen ze er voor negentig procent zeker van was dat er niemand anders in de kamer was, liep ze snel naar voren en schoof de gordijnen open. In het licht van de straatlantaarns zag ze een langharige man die met zijn gezicht naar beneden op de grond lag. Toen ze de opvallende zilverkleurige sportschoenen zag, wist ze dat het David Reynolds was. Ze ging naast hem op haar knieën zitten en legde haar vinger in zijn nek om te voelen of zijn hart nog klopte.

'Hij leeft nog,' zei Carolyn. 'Heb je op hem geschoten? Waar is het pistool?'

Isobel hief haar rechterarm op en liet een bloederig vleesmes zien. 'Ik heb hem met een mes gestoken,' zei ze. 'Sinds iemand mijn Otis heeft vermoord, heb ik altijd een mes onder mijn matras liggen. Die rotzak had zijn arm om mijn nek geslagen en me hierheen gesleept. Hij zag niet dat ik het mes in mijn hand had.'

'Blijf hier,' zei Carolyn tegen haar. Ze zag een klein stukje bij hen vandaan een pistool op de grond liggen. 'Ik ga de politie en een ambulance bellen.'

Isobel keek met een ruk om. 'Ik ga niet naar het ziekenhuis. Ik mankeer niks.'

'Jij misschien niet,' zei Carolyn, 'maar de man die je hebt neergestoken, moet verzorgd worden.'

'Ik ben de hele dag zo ziek als een hond geweest,' zei Isobel. 'Een man die midden in de nacht mijn kamer binnenkomt om me te vermoorden, verdient niet beter dan dat ik hem neersteek. Wat mij betreft, blijf ik op deze hufter zitten tot hij is doodgebloed.'

Carolyn voelde haar maag omdraaien. Ze boog zich voorover, bang dat ze zou gaan overgeven. Toen de braakneigingen zakten, richtte ze zich weer op. 'Waarom heb je ons niet laten weten dat je nog leefde, Isobel?'

'Ik ben niet achterlijk,' antwoordde de vrouw. 'Er konden hier wel vijf van die moorddadige kerels zitten. Toen ik er eentje te pakken had, vond ik dat als de anderen me wilden vermoorden, ze me maar moesten zoeken.'

'Uitstekend geredeneerd,' zei Carolyn, die er nog danig van ondersteboven was dat haar knappe medestudent een huurmoordenaar was. 'Ik ga kijken hoe het met de anderen is. Blijf hier tot de ambulance er is.'

Ze holde naar de trap. 'John, Rebecca, het is voorbij. Is alles in orde met jullie?'

'Ja,' riep John naar beneden.

'Ik ga de politie bellen. Blijf samen in Rebecca's kamer tot ik jullie kom halen.'

Carolyn ging op zoek naar de meterkast en schakelde de elektriciteit weer in. Toen ze de logeerkamer binnenging, zag ze Snelle Eddie aan het voeteneinde van het bed in een grote plas bloed op de grond liggen. Hij had een groot, afzichtelijk gat in zijn hoofd. 'Heb je de politie al gebeld?' vroeg ze aan Daniel, toen ze zag dat Downly inderdaad dood was. 'We hebben een ziekenauto nodig voor de man in de woonkamer. Isobel heeft hem met een mes gestoken. Zeg maar dat het om een buikwond gaat. Volgens mij verkeert hij niet in levensgevaar, maar hij heeft veel bloed verloren.'

'Ik kon in het donker de telefoon niet vinden,' legde Daniel uit. Hij had het pistool nog losjes in zijn hand. 'Denk je dat alles nu voorbij is?'

'Ja, dat denk ik wel,' zei Carolyn. 'Ik zal je de telefoon brengen zodat je de politie en een ambulance kunt bellen. Ik ga naar boven om mijn kinderen gerust te stellen.'

Haar mobiele telefoon lag nog op de keukentafel, waar ze hem had achtergelaten. Ze pakte hem en liep ermee naar Daniel.

'Ik heb nog nooit de politie gebeld,' zei hij. 'Ze stoppen me toch niet weer in de gevangenis?'

'Nee,' antwoordde Carolyn. 'Liam Armstrong heeft vandaag een bekentenis afgelegd. Je naam zal helemaal gezuiverd worden, Daniel.'

Toen ze op weg naar boven door de woonkamer liep, zag ze dat Isobel nog steeds boven op David Reynolds zat, met haar ellebogen op haar knieën steunend. 'Heb ik je niet gezegd dat alles in orde zou komen? Wanneer je bij de juiste mensen bent, kan de duivel wel proberen de boot te laten omslaan, maar Jezus zal je nooit laten verdrinken.'

32

Op maandagmiddag om twee uur zaten Carolyn, Daniel, Isobel, John en Rebecca aan de lange vergadertafel in het politiebureau van Ventura. Brad Preston, Hank Sawyer, officier van justitie Kevin Thomas, hoofdinspecteur Gary Holmes en een aantal rechercheurs waren er ook bij.

'Zo,' zei Hank, terwijl zijn blik van de een naar de ander ging, 'zoals jullie inmiddels allemaal weten, bestaat er geen enkele twijfel over dat Eddie Downly uit noodweer is doodgeschoten. Als Daniel het niet had gedaan, zou Downly uiteindelijk op de elektrische stoel terecht zijn gekomen.' Hij richtte zich nu tot Daniel: 'Ik heb vanochtend met de ouders van Luisa Cortez gesproken en die hebben me verzocht je persoonlijk te bedanken.'

'Hoe is het nu met het meisje?' vroeg Daniel bedeesd. Hij was blij dat alles uiteindelijk goed was afgelopen, maar werd zenuwachtig van alle aandacht die aan hem werd geschonken. Hij had al journalisten van twee kranten een interview gegeven, en was benaderd door mensen van het tijdschrift *People* en van een aantal wetenschappelijke en technische vakbladen.

'Ze maakt het goed, als je in aanmerking neemt wat ze heeft doorstaan,' antwoordde Hank. 'De wetenschap dat Downly niet meer leeft, moet een gunstige invloed hebben op haar herstel.' Hij sprak weer tot de rest van de aanwezigen. 'Helaas zitten we met een aantal flinke problemen. Percy Mills, alias David Reynolds, zal herstellen van de steekwond. Hij gaat echter regelrecht de gevangenis in.'

Carolyn stelde de vraag waar iedereen het antwoord op wilde weten: 'Wie heeft Eddie Downly ingehuurd?'

'Dat weet Mills niet,' antwoordde de rechercheur. 'Hij heeft toegegeven dat Snelle Eddie hem heeft verteld dat hij was ingehuurd om Daniel Metroix te vermoorden. Het probleem is alleen dat Mills beweert dat hij geen idee heeft wie Downly heeft ingehuurd. Downly was gewiekst. Hij wist dat hij een man als Percy Mills niet kon vertrouwen. Wat er in het huis van professor Leighton is gebeurd, maakt duidelijk dat Mills een inbreker was, geen moordenaar.' De rechercheur haalde diep adem en blies die langzaam uit. Iedereen was de uitputting nabij. 'Mills had het lef niet om een moord plegen en was er ook niet uitgekookt genoeg voor.'

Isobel fronste haar voorhoofd en er verscheen een trek van walging op haar gezicht. 'De viezerik die dat meisje heeft verkracht, is in ieder geval dood. We hoeven ons geen zorgen te maken dat hij nog meer kinderen kwaad zal doen.'

'Ik heb een vraag.' Carolyn stak haar hand op om haar tot stilte te manen. 'Mills was gewapend. Waarom heeft hij niet op Isobel geschoten in plaats van haar mee te slepen naar de woonkamer?'

'Geen idee,' zei de rechercheur en hij haalde zijn schouders op. 'Downly was toen al dood. Mills dacht waarschijnlijk dat de politie het huis had omsingeld en besloot daarom Isobel in gijzeling te nemen.'

'Waarom studeerde hij rechten onder een valse naam?'

'Om bij jou in de buurt te kunnen zijn,' antwoordde Hank. 'Mills had het dossier gestolen van een UCLA-student die aan leukemie was gestorven. Omdat de échte David Reynolds een uitmuntend student was, kon hij zonder problemen midden in het jaar zogenaamd van universiteit veranderen.'

'Ik begrijp het niet,' zei Carolyn verbijsterd. 'Hij was immers een aantal weken voordat ik zelfs maar de supervisie over Daniel had gekregen al zogenaamd van universiteit veranderd.'

'Dat klopt, maar Metroix was toen al voorwaardelijk in vrijheid gesteld.'

Daniel bevestigde de woorden van de rechercheur. 'Ik ben op 25 februari uit de gevangenis gekomen. Ik ben niet regelrecht naar Ventura gegaan. Ik heb een paar weken in Los Angeles doorgebracht.'

'Toen je naar Ventura bent gekomen,' mengde Kevin Thomas zich in het gesprek, 'heb je een kamer genomen in het Seagull Motel. De man in de bus had gezegd dat je het beste daar naartoe kon gaan. Dat is toch wat je rechercheur Sawyer hebt verteld?'

'Ja,' zei Daniel en hij knikte.

Hank schoof een foto over de tafel. 'Zag de man in de bus er zo uit?'

'Dat is hem,' zei Daniel, naar de foto starend. 'Ik ben er zo goed als zeker van. Hij had zelfs precies zo'n moedervlek op zijn linkerwang. Maar hij was ouder dan op deze foto.'

'Weten wij wie dit is?' vroeg Carolyn, die over Daniels schouder meekeek.

'Een ex-politieman genaamd Boyd Chandler,' antwoordde hoofdinspecteur Holmes, een grijsharige man van midden vijftig. 'De huishoudster van Harrison heeft hem eveneens geïdentificeerd. Hij is samen met een andere man, vermoedelijk Pete Cordova, eveneens een ex-politieman van wie we weten dat hij met Chandler samenwerkt, een aantal malen bij Charles Harrison thuis geweest. De laatste keer was nadat Metroix was vrijgelaten en jij de supervisie over hem had gekregen. Ook de borgsteller heeft Chandler geïdentificeerd, en wel als de man die hem drieduizend dollar heeft gegeven.'

'Dat wil zeggen dat Harrison de opdracht tot de moord had gegeven,' begreep Carolyn. 'Is zijn dood al bevestigd?'

Hank pakte een tandenstoker. 'Nee,' zei hij. 'Over Harrison weten we nog steeds niets zeker. We hebben een spaarrekening gevonden waar hij meer dan tweehonderdduizend dollar op had staan, op naam van zijn zoon. Dat geld is verdwenen. Hij heeft het een week voor zijn zogenaamde dood van de rekening gehaald, in contant geld en bankcheques. We hebben de banken op de hoogte gebracht en de nummers van de cheques doorgegeven. Maar het is erg moeilijk om die op te sporen. Voor een bank is een bankcheque bijna hetzelfde als contant geld.' Hij dacht even na en voegde er toen aan toe: 'En vergeet niet dat Harrison commissaris van politie is geweest. Aan een man met een dergelijke reputatie worden meestal geen vragen gesteld.'

'Wie krijgt het geld dat de verkoop van zijn huis zal opbrengen?' vroeg Carolyn. 'En zal de verzekeringsmaatschappij echt een miljoen dollar uitbetalen aan Madeline Harrison? Waarom heeft hij haar het geld nagelaten? Ze zei zelf dat ze haar man al jaren niet heeft gezien.'

'Er zijn geen andere erfgenamen,' antwoordde Hank. 'De verzekeringsmaatschappij moet uitbetalen. Ze kunnen het geld niet vasthouden, tenzij er duidelijk bewijs is van zwendel, en dergelijk bewijs hebben we op het moment niet. De advocaat van mevrouw Harrison heeft al contact met hen opgenomen. Ik neem aan dat ze het geld nodig heeft om haar verblijf in Fairview te betalen. Het huis is nog niet verkocht, maar de echtgenote zal ook de opbrengst daarvan krijgen.'

Carolyn gaf nu de informatie door die ze had gevonden over Madeline Harrison. Volgens Hank had het weinig te maken met de zaak. Het verklaarde alleen waar Harrisons weduwe het geld vandaan had om zo'n lange tijd in een dure inrichting als Fairview te kunnen verblijven. Charles Harrison had de tweehonderdduizend dollar op die rekening nooit bij elkaar kunnen sparen als hij degene was geweest die de verpleging van zijn vrouw moest bekostigen.

'Nou, dat is dan leuk,' zei Carolyn spottend. 'Het is dus heel goed mogelijk dat Harrison nog leeft en opnieuw zal proberen Daniel te vermoorden.'

'De man had een ernstige leveraandoening,' zei Hank. 'Als hij niet al dood is, kan hij iedere dag het loodje leggen. Eddie Downly is dood, Percy Mills gaat de gevangenis in wegens poging tot moord, inbraak, diefstal en god mag weten hoeveel andere nog openstaande zaken. Ik zou me niet al te veel zorgen maken over Charles Harrison.'

Carolyn verzocht John en Rebecca het vertrek te verlaten. Ze gaf hun wat geld en zei dat ze een blikje fris konden gaan halen uit de automaat die verderop in de gang stond.

'Harrison heeft een nieuwe lever nodig,' zei ze zodra haar kinderen de kamer uit waren. 'Als hij die krijgt, kan hij net zo oud worden als ieder ander. We weten dat hij genoeg geld heeft om de operatie te kunnen betalen. We moeten hem zien te vinden.'

'Hou het er nu maar op dat hij dood is,' zei Hank, omdat hij niet wist wat hij anders moest zeggen.

'Niet zonder bewijs.' Carolyn schudde haar hoofd. 'En je hebt geen bewijs. Daar heeft Harrison voor gezorgd door zijn eigen crematie te regelen.'

Daniel trok een somber gezicht. 'Ik dacht dat het allemaal voorbij was.'

'Je zaait alleen maar paniek,' zei hoofdinspecteur Holmes. 'Het zit er dik in dat Charles Harrison wel degelijk dood is. Dat iemand zijn eigen dood ensceneert, is bijzonder ongebruikelijk. Bovendien heeft Liam Armstrong Metroix al min of meer van verdenking gezuiverd. Zodra Harrison beseft dat niet Metroix de dood van zijn zoon heeft veroorzaakt, heeft hij geen reden meer hem kwaad te willen doen. Zijn woede zou dan gericht moeten worden op de mannen die wél verantwoordelijk zijn, namelijk Nolan Houston en Liam Armstrong.'

'En als Harrison weigert te geloven dat zij de schuldigen zijn?' vroeg Carolyn. 'De rechtszaak kan zich maanden voortslepen, zelfs jaren. En zelfs als ze schuldig worden bevonden, weet je best dat Armstrong en Houston in hoger beroep zullen gaan. In de tussentijd zal Daniel misschien een bekende figuur zijn geworden. Daar zou Harrison dan weer zo kwaad om kunnen worden dat hij misschien iemand anders inhuurt om hem te vermoorden.'

'Ik heb een vraag,' zei Daniel, die de gebeurtenissen van de bewuste avond nog eens door zijn hoofd liet gaan. 'Heeft Liam Armstrong ge-

zegd dat Houston degene is die Tim Harrison voor de auto heeft geduwd?'

'Ja,' antwoordde Hank. 'We hebben vanochtend met Houston en zijn
twee advocaten gesproken. Houston gebruikt de tactiek die we van hem
hadden verwacht. Hij zweert dat het Liam Armstrong is geweest die de
dood van Tim Harrison heeft veroorzaakt door hem een duw te geven,
en dat hij hem toen heeft overgehaald de waarheid te verzwijgen.'

'Dat klopt,' zei Daniel, die naar de rechercheur zat te staren.

Daarop bleef er in de kamer een gespannen stilte hangen.

'Ik weet niet zeker of ik het goed begrijp,' zei Hank, nogal overdon-
derd door wat hij nu hoorde. 'Als jij ons nou eens vertelt wat er volgens jou is gebeurd.'

Daniel begon opgewonden te vertellen, gebarend met zijn handen.
'Het meeste van wat u hebt gezegd, is waar. In ieder geval over hoe
alles in zijn werk is gegaan. Het enige dat u moet doen, is een paar
dingen omdraaien. Ik herinner me dat Liam Armstrong heeft gesproken met de man die Tim heeft aangereden. Hij zei dat ik hen had aangevallen en de jongen voor de auto had geduwd. Hij zei tegen die man
dat ik een mes had, maar ook dat was gelogen.' Hij verbleekte. 'Ik had
wel een mes,' gaf hij toe, 'maar ik had het die avond niet bij me. Het
is nooit mijn bedoeling geweest iemand ermee kwaad te doen, echt
niet. Ik wilde het gebruiken om zelfmoord te plegen. Ik heb dat ook
een keer geprobeerd, maar had er uiteindelijk de moed niet toe.'

Carolyn legde haar hand op de zijne. Zelfs vóórdat hij valselijk was
beschuldigd, had hij zich zo ellendig gevoeld dat hij zichzelf van het
leven had willen beroven. Hij had niet alleen drieëntwintig jaar in de
gevangenis overleefd, maar opmerkelijke dingen gepresteerd. Het OM
was erachter gekomen dat directeur Lackner het octrooi op een aantal van Daniels uitvindingen op naam van zijn broer had laten zetten.
Het videosysteem met de meervoudige beeldschermen had miljoenen
opgeleverd. Het goede nieuws was dat het grootste deel van dat geld
teruggevorderd kon worden. Lackner had het geld op een rekening
gezet en slechts een paar honderdduizend per jaar in zijn eigen zak gestoken, hoofdzakelijk de rente en de opbrengst van investeringen. De
hoofdofficier van justitie ging hem en zijn zwager aanklagen. Lackner
was al ontslagen als gevangenisdirecteur. Een aantal grote research- en
ontwikkelingsmaatschappijen had belangstelling voor Daniel, en Mitsubishi Corporation had hem een bedrag van zes cijfers geboden als
lokkertje. Of hij het leuk vond of niet, Daniel Metroix was op weg
rijk en beroemd te worden.

'Ga door,' zei Hank. 'We willen weten wat je je herinnert over de dood van Tim Harrison.'

'Nolan zei niet veel,' ging Daniel door. 'Liam voerde het woord. Ik herinner me dat die een paar keer zei: "Vind je ook niet, Nolan?" U weet wel, zoals je doet wanneer je wilt dat iemand anders met je instemt.'

Aller ogen waren nu op hem gericht.

Daniel wachtte een paar ogenblikken voordat hij weer sprak en hield zijn ogen op de tafel gericht. 'Al die tijd dat ik in de gevangenis heb gezeten, was ik er niet zeker van of ik schuldig of onschuldig was. Eerlijk gezegd heb ik er niet veel over nagedacht. Wanneer een jury zegt dat je iets heel ergs hebt gedaan, heeft iemand met een ziekte als de mijne de neiging dat te geloven.' Hij zweeg even en keek op. 'Omdat we dit zo vaak hebben doorgenomen, begin ik me nu allerlei dingen te herinneren.'

'Hoe weet je zo zeker dat het niet Houston was, maar Liam Armstrong?' vroeg Kevin Thomas, die een slokje water nam. Zijn zaak kreeg opeens een heel onverwachte wending.

'Liam is toch de blanke?'

'Ja,' zei Thomas.

'Het was de blanke jongen die Tim voor de auto duwde.'

'Hmmf,' snoof Isobel en ze deed haar armen over elkaar. 'Dat zegt genoeg.'

'De jongens waren aan het vechten,' vertelde Daniel op zachte toon. 'Tim was kwaad omdat hij wist dat ze moeilijkheden zouden krijgen. Nolan zei dat hij zijn mond moest houden en begon hem te slaan. Liam stond een eindje bij hen vandaan. Opeens stoof hij op Nolan af, maar Nolan maakte een rare beweging, bijna een danspas. Ik neem aan dat footballspelers leren zulke bewegingen te maken. Liam botste daardoor niet tegen Nolan, maar tegen Tim, die achteroverviel en werd geraakt door de auto.'

Hank leunde naar voren. 'Weet je dit zeker?' vroeg hij. 'Wanneer je straks in de getuigenbank zit, zullen ze het feit dat je die avond psychotisch was, naar voren halen. En als je psychotisch was, hoe weten we dan dat dit de waarheid is?'

Daniel keek hem met een onschuldig gezicht aan. 'Omdat het zo is,' zei hij. Hij wreef de zijkant van zijn gezicht. 'Ik weet het zeker. Ik herinner me nu bijna alles van wat er die avond is gebeurd. Ook toen ik mijn eerste inzinking had en naar de psychiatrische inrichting Camarillo ben gestuurd, herinnerde ik me precies wat er was gebeurd. Ik weet uit eigen ervaring dat een psychotische toestand niet hetzelfde is als het hebben van waanvoorstellingen. Wanneer ik psychotisch ben, doe en zeg ik rare dingen, maar weet ik wel wat er rondom mij gebeurt. Wanneer je in een psychotische toestand verkeert, lijkt het net alsof je alles door een vergrootglas ziet. Wanneer je waanvoorstellingen hebt, zit je min of meer in een droomwereld.'

'En was je psychotisch op de avond van de misdaad?'

'Dat moet wel,' zei Daniel. 'Als ik waanbeelden had gehad, zou niets van wat er gebeurde me als reëel zijn voorgekomen. En we weten dat dat niet zo is.'

Carolyn dacht aan de analyse van het laboratorium inzake de medicijnen die Daniel op de avond van de misdaad in zijn zak had. De pillen waren er niet meer, maar de informatie stond in het computerdossier. 'Hij had de verkeerde medicijnen gekregen,' zei ze. 'Volgens mij hebben ze in de apotheek een fout gemaakt. Een van de medicijnen heette Levodopa. Dat wordt gebruikt voor de behandeling van de ziekte van Parkinson. Volgens dokter Weiss, de psychiater die bij rechtszaken vaak optreedt als getuige-deskundige, zou dit medicijn een acute psychotische toestand veroorzaken als het werd ingenomen door een schizofreen.'

'Waarom is dit tijdens de rechtszaak niet ter sprake gekomen?' vroeg Kevin Thomas. 'Dit is de perfecte fundering voor een verdediging op grond van verminderde toerekeningsvatbaarheid.'

Carolyn keek de advocaat vuil aan. 'Heb je de transcripties van de rechtszaak niet gelezen?' beet ze hem toe, terwijl ze naar voren leunde. 'Tijdens de rechtszaak is helemaal niets over Daniels ziekte ter sprake gebracht. Hij heeft in de gevangenis tien jaar moeten knokken om zijn medicijnen te krijgen. Niet alleen Charles Harrison en een stelletje footballspelers die aan het loltrappen waren, hebben het leven van deze man kapotgemaakt. Het hele systeem draagt er de verantwoordelijkheid voor. Gaan we nu nog eens precies hetzelfde beleven?'

'Ik hoef dit van jou niet te pikken, Sullivan,' snauwde Kevin Thomas terug. Hij stond op en trok met nijdige bewegingen zijn stropdas los. 'Ik ben hier vorige week pas bij gehaald. Ik ben bezig met nog vijf andere zaken die eerdaags voorkomen. Ik ben niet degene die bij deze zaak de mist in is gegaan. Waarom ga je juist tegen *mij* tekeer?'

Hank zei: 'Ja, laat hem met rust, Carolyn. De andere officieren van justitie waren niet eens bereid te overwegen de zaak op zich te nemen.'

'Oké,' zei ze en ze keek Thomas in de ogen. 'Mijn verontschuldigingen.' Zodra de officier van justitie weer was gaan zitten, ging ze door met haar relaas. 'Het betreffende bewijsmateriaal is achtergehouden. Vermoedelijk door Charles Harrison. Hij was toen commissaris van politie. Het was zijn zoon die was gedood, en ik weet zeker dat vrijwel iedereen bij de politie en het gerechtelijke apparaat zo met hem meeleefde, dat ze zonder meer deden wat hij wilde.'

Kevin Thomas keek op zijn horloge. 'Ik moet gaan,' zei hij. 'Mijn zoon heeft om vier uur een honkbalwedstrijd.'

'Wat zijn de plannen met betrekking tot Armstrong en Houston?'

'Die gaan we aanklagen,' antwoordde hij. 'Laat dokter Weiss een rapport maken over de geestelijke toestand van Metroix. Zijn getuigenis zal van groot belang zijn.'

'Hoe zal de aanklacht luiden?' vroeg Carolyn, die er spijt van had dat ze tegen hem was uitgevallen.

'Daarover staat het besluit nog niet helemaal vast,' legde Thomas uit. 'Ik hoop op doodslag, aangezien Metroix daarvoor heeft vastgezeten. Meineed lukt niet meer, vanwege de verjaringswet.'

'Daniels naam moet volledig in ere hersteld worden,' zei Carolyn. 'Wat kunnen we doen om dat voor elkaar te krijgen?'

'Daarover zal rechter Shoeffel zich bekommeren,' zei Kevin Thomas. 'Zulke dingen kosten tijd, maar gezien de omstandigheden denk ik niet dat het een probleem zal zijn.' Hij liep naar Daniel en gaf hem een hand. 'Je kunt je geen betere rechter wensen om aan je kant te hebben. Wanneer Shoeffel iets wil, krijgt ze het geheid.'

'Waren er nog meer slachtoffers?' vroeg Carolyn. 'Heeft er iemand gereageerd op het bulletin inzake Downly?'

'Ja,' antwoordde Hank, bedroefd om de afgrijselijke dingen waarvan Eddie Downly werd verdacht. 'We hebben DNA-monsters naar vier andere bureaus gestuurd. De lijken van de meisjes zijn gevonden, maar de dader is nooit achterhaald. De leeftijden lagen tussen de zes en tien jaar. Twee zijn gevonden in Arizona, een in Las Vegas, en het vierde meisje is vijf jaar geleden in Los Angeles verdwenen. Het LAPD heeft kortgeleden haar lijk pas gevonden.'

'Hoe weten we dat Downly de dader is?' vroeg Brad.

'Alle meisjes zijn op straat gegrepen, naar een stille plek gebracht waar ze zijn verkracht, en daarna uit een rijdende auto gegooid of in een ondiep graf begraven. De moordenaar gebruikte een condoom. Downly heeft een condoom gebruikt toen hij Luisa Cortez verkrachtte. De enige uitzondering was het meisje uit Los Angeles.' Hij keek naar zijn aantekeningen. 'De andere overeenkomsten waren dat alle vier de meisjes een jurk en een witte, katoenen onderbroek aan hadden.'

Brad keek naar Carolyn. 'Jij hebt van het begin af aan het idee gehad dat Downly wel eens een pedofiel kon zijn. Hij paste echter niet in het geijkte beeld van de pedofiel. Dat zijn over het algemeen mannen van middelbare leeftijd. Downly was pas negentien. Hoe wist jij dat er nog meer slachtoffers waren?'

'Hij was slordig geworden, weet je nog wel?' zei Carolyn. 'Hij dacht dat Luisa Cortez dood was toen hij haar uit de auto gooide. Het meisje uit Los Angeles moet zijn eerste slachtoffer zijn geweest. Vijf jaar geleden was Downly veertien. Hij heeft aan John verteld dat hij op die leeftijd zijn eerste moord heeft gepleegd.'

Zonder iets te zeggen stond Carolyn op en verliet de kamer. Brad ging kijken wat er met haar was. Ze stond op de gang te huilen. 'Ik had hem nota bene binnen handbereik! Hij was al een moordenaar toen de rechtbank hem voorwaardelijk gaf. Ik had het moeten zien. Hij heeft zich nooit verloofd. Alles wat hij me heeft verteld, was gelogen. Hij wilde me alleen maar om de tuin leiden. Hij heeft drie kinderen vermoord in de jaren dat ik actief de supervisie over hem had. Alleen het meisje uit L.A. niet.'

'Nu moet je even goed luisteren,' zei Brad en hij pakte haar bij de schouders. 'Dit alles zou nooit zo zijn afgelopen als jij er niet was geweest. Je hebt een onschuldige man, om wie niemand anders iets gaf, van blaam gezuiverd. Je hebt als lokaas gediend om Downly en Mills te pakken te krijgen. De gevangenis heeft Downly vrijgelaten. Als jij er niet was geweest, was hij nu misschien nog steeds op vrije voeten. Toen alles op de spits werd gedreven in dat huis in Pasadena, heb je je fantastisch geweerd. Je bent geen mislukkeling. Je bent een heldin.'

'Waarom voel ik me dan zo ellendig?' vroeg Carolyn. Ze haalde een papieren zakdoekje uit haar tas en snoot haar neus.

'Omdat je, net zoals wij allemaal, een einde wilt maken aan het ergste soort geweldpleging dat er bestaat, misdaden tegen onschuldige kinderen. Maar we kunnen die niet tegenhouden, Carolyn. Het enige dat we kunnen doen, is ertegen vechten. En dat is precies wat jij hebt gedaan.'

'Dank je,' zei Carolyn en ze keek hem in de ogen.

'Nu wil ik nog maar één ding.'

Carolyn was benieuwd of hij haar ten huwelijk zou vragen. Ze had haar besluit al genomen, in ieder geval wat de nabije toekomst aanging. Ze had Brad liever als vriend dan als minnaar. De aspecten van zijn karakter die hem opwindend maakten, zouden haar waarschijnlijk alleen maar hartzeer bezorgen als ze getrouwd waren.

'Geef je studie op,' zei Brad. 'En als je er per se mee door wilt gaan, beloof me dan dat je een baan zult nemen bij het OM. Ik zou het verschrikkelijk vinden als je misdadigers ging verdedigen.'

Carolyn glimlachte. 'Afgesproken.'

Carolyn stuurde John en Rebecca naar huis met Isobel. Nu iedereen loerde op een kans met Daniel te praten, was Brad Preston opeens zijn beste vriend. Ze stonden voor de vergaderzaal op de gang. Een groep verslaggevers zat op het grasveld voor het politiebureau te wachten.

Brad sprak met Daniel over een beveiligd appartementencomplex niet ver van het gerechtsgebouw als tijdelijke oplossing voor Daniels huisvestingsprobleem. Hij pakte zijn mobiele telefoon, belde en regelde het zo dat iemand Daniel over een halfuur zou komen halen. Daniel herstelde goed van de kogelwond, maar zag er moe en een beetje verward uit.

'Zoals het er nu uitziet,' zei Brad tegen Daniel terwijl hij zijn arm om zijn schouders sloeg, 'zul je schatrijk worden. De videoapparatuur met al die aparte beeldschermen is voor de rest van je leven al voldoende voor een mooi inkomen. En als het exoskelet een succes wordt, zal je rijkdom geen grenzen kennen.' Hij hief zijn hand op. 'Ik weet dat het even zal duren voordat het grote geld loskomt. Ik heb gehoord dat je een erfenis hebt waar je een tijdje van kunt leven. Ik weet zeker dat je zonder enig probleem een lening zult kunnen afsluiten als je geld nodig hebt.'

'Een lening?' vroeg Daniel perplex. 'Waarom zou ik een lening moeten afsluiten?'

'Laat maar zitten,' zei Brad, tot wie het begon door te dringen dat het begeleiden van Daniel niet zo eenvoudig zou zijn als hij had gedacht. 'Het eerste punt op de agenda is een rijbewijs. Daarna gaan we op zoek naar een auto. Een Ferrari is misschien te opzichtig. Met een tweedehands Porsche laat je zien wie je bent. Een Jaguar kan ook. Wat is je lievelingskleur?'

'Ik heb boeken en schriften nodig.'

Carolyn en Hank Sawyer stonden in de deuropening van de recherchekamer mee te luisteren. Carolyn boog zich naar Hank toe en fluisterde in zijn oor: 'Zo te zien heeft Daniel een impresario.'

'We zullen zorgen dat je zoveel boeken en schriften krijgt als je wilt,' zei Brad tegen Daniel. 'We moeten ook iets aan je uiterlijk doen. Misschien zet *People* je op de cover. Niet ver van de flat is een herenmodezaak. We zullen daar even binnenstappen en wat behoorlijke kleren voor je kopen. Overhemden, broeken, een mooi sportjasje en wat stropdassen. De vertegenwoordigers van Mitsubishi hebben je uitgenodigd voor de lunch morgen. Je advocaat kan beter meegaan. Denk er alleen om dat advocaten een uurtarief in rekening brengen. Ze gedragen zich wel alsof ze je beste vriend zijn, maar dat zijn ze niet. Als je behoefte voelt te praten, kom je maar bij mij.'

'Die Preston is me er een,' zei Hank en hij verhuisde zijn tandenstoker naar de andere kant van zijn mond. 'Moet je die arme kerel niet gaan redden?'

'Nee,' antwoordde Carolyn met een glimlach. 'Misschien is Preston precies wat hij nodig heeft. Hij moet zoveel over het leven leren. Ik zie het wel zitten, die twee.'

'Ik heb al die dingen niet nodig,' zei Daniel tegen Brad, zijn blik op zijn voeten gericht. 'Het enige dat ik nodig heb, is een paar schoenveters. Op die van mij zit bloed, van de dag dat ik ben neergeschoten. Al kan ik ze natuurlijk ook wel wassen.'

'Jouw tijd is veel te kostbaar om schoenveters te wassen,' zei Brad terwijl hij hem bij de elleboog pakte en meenam. 'O, dat zou ik bijna vergeten. Je moet ook een mobiele telefoon hebben.'

'Waarom?'

'Omdat iedereen er een heeft. Het zijn hartstikke leuke dingen. Je kunt er van alles mee regelen, zelfs wanneer je op de plee zit.'

Carolyn lachte en wuifde Daniel gedag.

Aan een vrij bureau in de recherchekamer nam Carolyn de dozen met spullen door die de politie uit het huis van Charles Harrison had gehaald. Ze pakte een dikke stapel telefoonrekeningen en begon ze te bekijken. Eén nummer kwam steeds terug. Iedere keer had het gesprek slechts één minuut geduurd. Ze liep naar Hanks bureau. De werkplekken waren van elkaar gescheiden door schotten. 'Hebben jullie dit nummer nagetrokken?'

'Ja,' antwoordde de rechercheur, terwijl hij zijn leesbril wat hoger op zijn neus duwde. 'Ik meen dat Trevor White het heeft gebeld. De vrouw die opnam, sprak geen Engels. Waarschijnlijk een vriendin van de huishoudster.'

'Wanneer er zulke korte gesprekken worden gevoerd, is het vaak een soort code. Vanaf het college belde ik vroeger mijn moeder altijd voor haar rekening. Ik vroeg dan naar een fictieve persoon, zoals we van tevoren hadden afgesproken, waarop mijn moeder weigerde het telefoontje aan te nemen en dan belde ze terug naar de openbare telefoon in het studentenhuis.'

'Zoiets noem je "de telefoonmaatschappij oplichten",' zei Hank, starend naar zijn computerscherm.

'Ja, ik weet het,' zei Carolyn. 'Maar als ik op kosten van mijn moeder had gebeld, zouden we twee keer zo duur uit zijn geweest. Geloof me, Hank, deze telefoontjes hebben iets te betekenen.'

'Hebben ze jou eigenlijk op je eigen werk niet nodig?' vroeg hij. Hij was bezig een rapport te typen over de dood van Eddie Downly en de verwonding van Percy Mills. De jurisdictie lag bij de politie van Pasadena, maar het bureau Ventura moest rapporten overleggen waarin stond op welke manier ze bij de verdachten betrokken waren.

Carolyn liep terug naar het bureau. Ze had besloten zelf uit te zoeken wat het voor telefoonnummer was. Bij zaken van deze omvang werden er gemakkelijk dingen over het hoofd gezien. Ze herkende de stem van Madeline Harrison meteen. In plaats van iets te zeggen, luisterde ze.

'Ben jij dat, Charles? Hebben ze een lever voor je?'

Carolyn hield haar hand voor haar mond en mompelde iets met een zware stem.

'Ik bel je nummer in het ziekenhuis wel even,' zei Madeline. 'De lijn is erg slecht.'

Carolyn hing op en riep over het schot heen: 'Ze heeft een privénummer!'

'Wie?'

'Madeline Harrison, ' antwoordde ze. 'Ze heeft een privé-telefoon op haar kamer in Fairview. En wie denk je dat ze dacht dat er belde? Haar dode echtgenoot. Hij zit ergens in een ziekenhuis op een levertransplantatie te wachten.'

Hank stond op. 'Probeer je me in de maling te nemen?'

'Helemaal niet,' zei ze. Adrenaline stroomde door haar aderen. 'Als we opschieten, krijgen we Arline Shoeffel misschien nog te pakken voordat ze naar huis gaat. We hebben een gerechtelijk bevel nodig om het telefoonregister op te vragen. Madeline belt op dit moment haar man. We moeten weten in welk ziekenhuis hij ligt.'

'Geef me het nummer!' riep Hank, ongelovig zijn hoofd schuddend. 'Het is maar goed dat Trevor White in het ziekenhuis ligt. Die zak heeft bijna mijn natte droom verpest. Jij belt de rechter. Ze kan telefonisch toestemming geven en het later op papier laten zetten.'

Hank belde een afdelingschef van de telefoonmaatschappij, gaf haar het nummer en verzocht haar na te gaan van wie het was. 'Boston Memorial,' riep hij een paar minuten later naar een van de andere rechercheurs. 'Bel de politie van Boston. We zullen hun al onze info over Harrison per e-mail toesturen. Hij moet zich onder een valse naam hebben laten opnemen. Ze moeten snel zijn.'

'Kunnen ze bij de telefoonmaatschappij niet zien naar welke kamer ze heeft gebeld?' vroeg Carolyn toen Hank had opgehangen.

'Nee,' antwoordde de rechercheur. Hij rukte zijn stropdas af en gooide hem op zijn bureau. 'Ze kunnen alleen zien dat het nummer van het ziekenhuis is. Met de interne lijnen hebben ze niets te maken. Ik was van plan een paar vrije dagen te nemen. Het ziet er nu naar uit dat ik naar Boston moet.'

Op dinsdagavond zat Carolyn knus met Paul Leighton op een linnen schommel in zijn achtertuin. Ze dronken wijn en keken naar de nachtelijke hemel. Daniel, Lucy, Rebecca, John en Isobel waren uit eten en naar de bioscoop.

'Dus Madeline Harrison had alles bedacht,' zei Paul. 'Ziet het ernaar uit dat het OM er een veroordeling zal kunnen uitslepen?'

'Zeker weten,' antwoordde ze. 'Het OM gaat hen aanklagen voor poging tot moord. Madeline en Charles Harrison kijken tegen driemaal levenslang aan. Als hun plannen waren gelukt, zouden ze de doodstraf hebben gekregen.'

'Zullen ze de gevangenis ooit nog uitkomen?'

'Dat valt te betwijfelen,' zei Carolyn. 'Er is sprake van meerdere slachtoffers, het gebruik van explosieven, een ontvoering en geweldplegingen met vuurwapens. Ik heb het nu over Madeline. Haar man zal waarschijnlijk overlijden voordat de zaak voorkomt. Boyd Chandler heeft een deal gesloten. Toen Charles Harrison dat te horen kreeg, heeft hij meteen een bekentenis afgelegd. De verwachting is dat hij nog maar een paar dagen te leven heeft als hij geen nieuwe lever krijgt. En er staan nog driehonderd mensen vóór hem op de transplantatielijst. Ik zou in zijn plaats ook een bekentenis hebben afgelegd. Wie wil er nu met zoiets het graf in?'

'Het klinkt alsof zijn vrouw hem tot alles heeft aangezet,' zei Paul. 'Kan hij zijn oude plek op de lijst niet opeisen?'

'Nee,' zei Carolyn. 'En ik vind dat er mensen zijn die het verdienen om vóór te gaan. Harrison was nota bene een politiecommissaris en toch hebben hij en zijn duivelse vrouw een moord beraamd. Die we gelukkig hebben kunnen verijdelen. Maar ik dacht dat we vanavond niet over mijn werk zouden praten.'

'Het is donker,' zei Paul met een glimlach. 'De kinderen blijven nog zeker twee uur weg.'

'O ja?' vroeg ze schalks. 'Wil je daarmee zeggen dat we naar binnen moeten gaan?'

'Zoiets,' zei hij. 'Al hebben we natuurlijk ook de ligstoel.'

Carolyn ging schrijlings op hem zitten, sloeg haar armen om zijn nek en kuste hem op de lippen. De schommel begon te bewegen maar sloeg niet om. Carolyn droeg een witte linnen bloes die van voren bij elkaar werd gehouden met veters. Hij maakte de veters los en legde zijn hand onder een van haar borsten. 'Weet je hoeveel vooruitgang ik heb geboekt met mijn boek?'

'Nee,' zei ze, terwijl ze een lok haar van zijn voorhoofd streek.

'Geen enkele,' zei Paul. 'Ik denk aan jou wanneer ik opsta en wanneer ik naar bed ga. Ik denk onophoudelijk aan je. Ik kan niet werken, ik kan niet slapen. Het enige dat ik nog kan, is eten. Ik ben gisteren op de weegschaal gaan staan. Ik ben ruim twee kilo aangekomen.'

'Prima,' zei Carolyn. 'Wanneer ik het niet druk heb met voorkomen dat iemand me vermoordt, denk ik ook aan jou. De twee kilo die jij bent aangekomen, ben ik afgevallen. Het is heel prettig dat je lijf slinkt wanneer je gestrest bent. Ik heb al jaren niet in deze broek gekund.'

'Laten we naar binnen gaan.'

'Laten we wachten.'

'Wat?' riep Paul uit en hij tilde haar van zich af. 'Wat ben jij een plaaggeest. Je zult nooit met me naar bed gaan. Ik voel me alsof ik weer op de middelbare school zit.'

'Dat kan me niets schelen,' zei Carolyn en ze strekte haar benen. 'Ik wil de eerste keer niet het gevoel hebben dat we haast moeten maken. We hebben tot nu toe gewacht. Laten we ergens naartoe gaan, zodat we ons geen zorgen hoeven te maken dat de kinderen ons betrappen.'

'Wanneer?'

'We zouden aanstaand weekeinde naar jouw huis in Pasadena kunnen gaan,' zei ze. Dan zou ze mooi de gelegenheid hebben alle dingen te doen waar mannen helemaal niet aan dachten wanneer ze een vrouw in bed wilden krijgen – naar de kapper, haar nagels laten doen, haar benen ontharen, enzovoorts. 'Isobel kan met de kinderen hier blijven.'

Paul trok een gezicht alsof hij een ingewikkeld probleem probeerde op te lossen. 'Vertrekken we op vrijdag of op zaterdag?'

'Dat weet ik niet,' zei Carolyn. 'Maakt dat iets uit?'

Hij legde zijn arm weer rond haar schouders. 'Ik wil weten hoe lang ik moet wachten. Het is nu een paar minuten over zeven op dinsdag. Als we op vrijdag vertrekken, hoef ik maar vijfenzestig uur te wachten, oftewel ongeveer negenendertighonderd minuten. Althans, als we met het aftellen pas om middernacht beginnen en als we om vijf uur vertrekken. Als je vrijdagmiddag vrij kunt nemen, hoef ik maar zestig uur te wachten. Al moeten we natuurlijk rekening houden met de rit naar Pasadena en de vrijdagse files.'

'Moet ik voortaan aldoor dergelijke berekeningen aanhoren?' vroeg ze lachend. 'Jij moet nodig weer aan je boek gaan werken!'

Hij wees met zijn duim naar het huis. 'We kunnen ook nu naar binnen gaan.'

'We vertrekken vrijdag,' zei Carolyn en ze voelde een warmte door haar hele lichaam trekken. 'Vind jij het afwachten ook zo leuk? Nu hebben we de rest van de week om ons erop te verheugen.'